Von Heather Graham sind
als Heyne-Taschenbücher erschienen:

Die Geliebte des Freibeuters · Band 04/37
Die Wildkatze · Band 04/61
Die Gefangene des Wikingers · Band 04/71
Die Liebe der Rebellen · Band 04/77
Geliebter Rebell · Band 04/97
Tochter des Feuers · Band 04/106
Irrwege der Liebe · Band 04/116
Spiegel der Liebe · Band 04/118
Triumph der Liebe · Band 04/120
Irrwege der Liebe / Spiegel der Liebe · Band 23/124
Die Normannenbraut · Band 04/128
Der Herr der Wölfe · Band 04/138
Kreuzzug des Herzens · Band 04/143
Die Braut des Windes · Band 04/146
Dornen im Herzen · Band 04/157
Ondine · Band 04/164

HEATHER GRAHAM

REBELL DER LEIDENSCHAFT

Roman

Deutsche Erstausgabe

WILHELM HEYNE VERLAG
MÜNCHEN

HEYNE ROMANE FÜR »SIE«
Nr. 04/182

Titel der Originalausgabe
KNIGHT OF FIRE

Aus dem Amerikanischen
von Eva Malsch

2. Auflage

Copyright © 1993 by Shannon Drake
Published by Arrangement with Avon Books
Copyright © 1996 der deutschen Ausgabe by
Wilhelm Heyne Verlag GmbH & Co. KG, München
Printed in France 1997
Umschlagillustration: Pino Daeni / Agentur Schlück
Umschlaggestaltung: Atelier Ingrid Schütz, München
Satz: Fotosatz Prechtl, Passau
Druck und Bindung: Brodard & Taupin

ISBN 3-453-11863-4

Prolog

1088

Ein selten schöner Tag brach in dieser unwirtlichen Gegend an, wo so oft ein wilder Sturm heulte, wo meistens graue Nebelschwaden die Landschaft verhüllten oder dichte Wolken die Berge verdunkelten. Aber jetzt war die Luft frisch und klar, der Himmel schimmerte kobaltblau, und die Sonne goß goldenen Glanz auf den Schnee.

Das alles paßte nicht zum Gestank des qualmenden Scheiterhaufens, zum Schrecken des Todes.

»Wann fängt es an?«

Sie hörte das heisere Flüstern, sah die bewaffneten Männer ihres Onkels, die sie umzingelten und die Augen niederschlugen, um ihrem Blick auszuweichen. Vor dieser grausigen Pflicht schreckten sie alle zurück. Die meisten kannte sie Zeit ihres Lebens. Doch das Gesetz hatte sie verdammt.

»Wann?« Wieder erklang das schmerzliche Flüstern.

»Bald.« Eine ältere, härtere Stimme. »Robert sagt, sie müsse am frühen Morgen hingerichtet werden, also wird er den Leuten demnächst befehlen, die Fackeln zu entzünden.«

»Kann er das tun?«

»Es bleibt ihm gar nichts anderes übrig, mein Junge. Jetzt gibt's kein Zurück mehr.«

»Aber er wird doch nicht zulassen, daß sie in den Flammen stirbt ...«

»*Er* kann ja nicht kommen.« Diese müde Stimme mußte einem Krieger gehören, der schon lange für ihren Onkel, Laird Robert, kämpfte. Und in den Worten schwang tiefe Trauer mit. Die Hinrichtung — *ihre* Hinrichtung — bereitete dem Mann Höllenqualen. Doch er konnte ihr nicht helfen.

Selbst wenn *er* käme, mit seinen fünfzig Mann, wäre er in der Unterzahl, und er müßte sein eigenes Leben opfern. Einen barmherzigen Tod würde Robert ihm sicher nicht gönnen und ihn vierteilen lassen, um zu demonstrieren, daß sich die schottischen Lords nicht vor dem Sohn des englischen Bastardkönigs beugten. Wenn der schottische König Malcolm auch gezwungen worden war, sich William I. zu unterwerfen, und vielleicht auch vor dem Sohn kapitulieren mußte — die schottischen Lairds waren Könige in ihren eigenen Reichen und schwer zu besiegen. Falls nötig, flohen sie in ihr wildes, zerklüftetes Land und kehrten zurück, um weitere Schlachten zu schlagen. Sollte ein Mann wie Bret d'Anlou ergriffen und enthauptet und sein stolzer, dunkelhaariger Kopf dem Volk präsentiert werden, wäre das ein Segen für die einheimischen Krieger.

Welcher edle Lord würde ein solches Schicksal herausfordern? Selbst wenn es um das Leben seiner Frau ging. Andererseits hatte er sie infolge eines Mißgeschicks gewonnen. Erbittert hatte sie ihn bekämpft, von Anfang an beteuert, sie sei seine Feindin, und ihn verraten. Kein Mann würde so einer Gemahlin nachtrauern. Und doch ...

»Das wäre sein sicherer Tod«, wisperte der junge Mann. »Und er ist kein Narr. Robert muß den größeren Fisch mit dem kleineren fangen. Dann könnte der kleine munter und frei umherschwimmen.«

»Nein«, lautete die wehmütige Antwort. »Welchen Fluchtweg gäbe es? Ganz gleichgültig, welche Kampfkraft der Sohn des elenden Bastards in London besitzt — wir sind weit von dieser Stadt entfernt. Und Roberts Männer werden eisern durchhalten. Sieh dich doch um, mein Junge! Nicht einmal die Römer würden es mit diesen wilden, schwerbewaffneten Kriegern aus dem Hochland aufnehmen. Und wenn er kommt ... Die Fackeln flackern bereits neben dem Anzündholz. Und sobald der Scheiterhaufen in Brand gesteckt wird, lodert er wie ein Höllenfeuer. Das würde er sehen. Die Lady ist verloren. Und wir können nur darum beten, daß Robert sie erwürgen läßt, ehe die Flammen ihr süßes Fleisch küssen. Sie ist seine Nichte, eine von uns. Das Grauen eines Infernos dürfte er ihr nicht zumuten.«

»Wer wird die Scheite anzünden?« fragte der junge Mann mit gepreßter Stimme. »Wer kann ihr in die Augen schauen und diese stolze Schönheit dem Tode weihen?«

»Und wer würde Robert trotzen? Sie hat ihn verraten. Uns alle.«

Sie wünschte, sie könnte dem Burschen, der sich für sie einsetzte, dankbar zulächeln. Doch sie sah ihn nicht, vermochte sich nicht umzudrehen. Offensichtlich verstand er, welches Unrecht ihr zugefügt wurde. Ihr Onkel, der sie jetzt verdammte, hatte sie gezwungen, den Mann zu heiraten. Und wegen ihrer ehelichen Treue galt sie nun als Verräterin. *Er* mußte sie retten — *er*, der sie seinerseits Verräterin genannt und ihr die Loyalität gegenüber dem Volk ihres Vaters vorgeworfen hatte. Nein, sie durfte ihm nichts übelnehmen. Trotz seiner eigenen Interessen hatte er sie immer verstanden und ihr sein Mitgefühl geschenkt. Seltsam, wie klar sie das nun erkannte, wie schmerzlich sie sich nach ihm sehnte ... Könnte sie doch noch ein einziges Mal mit ihm sprechen! Jetzt liebte sie ihn ebenso leidenschaftlich, wie sie ihn einst gehaßt hatte. Ihre Seele würde sie verkaufen für einen kurzen Augenblick, allein mit ihm. Aber das blieb ihr verwehrt.

Bald würden die Flammen an ihrem Körper emporzüngeln, ein Feuer, dem sie nicht entrinnen konnte, denn ein dicker Strick umschlang sie von den Schultern bis zu den Knien. Doch sie würde ihre Angst nicht zeigen, nicht vor diesen Männern, die sie so feindselig anstarrten. Bis zum bittern Ende wollte sie ihre Würde bewahren.

Der Wind zerrte am Saum ihrer Tunika, und ihr goldblondes Haar flatterte. Beim Gerangel mit den Kriegern hatte sie den Schleier verloren. Vornehm gekleidet, so wie es ihrem Stand entsprach, trug sie eine Tunika aus feinem weißen Leinen, mit Pelz besetzt und mit winzigen Staubperlen bestickt. Rubine, Saphire und Smaragde, leuchtend grün wie ihre Augen, schmückten den goldenen Gürtel, der ihre Hüften umspannte. Nichts davon würde man vor den Flammen retten. Die Männer ihres Onkels waren keine Diebe, sondern stolze Krieger, freiheitsliebende Schotten.

Hier sah man keine kurzgeschnittenen Haare, die der normannischen Mode entsprochen hätten, und nur wenige glattrasierte Gesichter. Diese Männer trugen lange, ungekämmte Mähnen, Bärte bedeckten fast alle Wangen. Vereinzelt schimmerten Kettenpanzer und Helme. Doch die meisten hatten sich in Pelze oder schlichte Tuniken gehüllt. Einige waren mit Leder gepanzert, manche Schilde bestanden aus Holz. Bis zum letzten Atemzug würden diese wilden Krieger kämpfen und sich an ihr rauhes Land klammern — stets bereit, jedem Feind zu trotzen.

Wären sie damals in Hastings gewesen, hätte der Bastard vielleicht nicht gesiegt, dachte Allora. Nicht, daß die Männer, die ihrem Mann folgten, nicht so hart zu kämpfen vermochten. Viele stammten von dem Wikinger Rollo ab, der vor langer Zeit einen Großteil der Normandie beansprucht hatte. Auf dem Schlachtfeld zeigten sie sich furchtlos und unbarmherzig — und stets diszipliniert.

Reglos umstanden Roberts Männer den Scheiterhaufen. Warum läßt sich mein Onkel soviel Zeit, überlegte Allora. Wartet er auf Bret? Doch er wird nicht kommen, um mich zu retten. Und ich fürchte den Tod auch gar nicht ... Oh, was für eine verdammte Lüge! Sie hatte schreckliche Angst, vor den Schmerzen, nicht vor dem Jenseits, denn sie glaubte an Gott. In dieser anderen Welt würde sie viele geliebte Menschen wiedersehen. Aber nicht Bret, nicht Brianna, ihre Tochter. Niemals würde sie erfahren, ob sie jetzt einen Jungen oder ein Mädchen unter dem Herzen trug. Wie grausam, ein Kind zu töten, dessen Leben noch nicht einmal begonnen hatte ...

In ihren Augen brannten Tränen, die sie entschlossen hinunterschluckte. Warum eilte Bret ihr nicht zu Hilfe? Vielleicht ersehnte er die Freiheit, die ihr Tod ihm schenken würde. Andererseits mußte ihn seine Ehre veranlassen, gegen das Unrecht vorzugehen, das man ihm hier antat, an der Grenze des umstrittenen Landes. Denn er gehorchte einem zweiten verdammten William. Seit der Schlacht von Hastings regierten die verhaßten Normannen, mußten aber unentwegt kämpfen, um das eroberte Land zu verteidigen. Als der Bastard zum erstenmal seinen Fuß auf englischen Boden gesetzt und den Thron angestrebt hatte, war Allora noch gar nicht auf der Welt gewesen. Und obwohl er jetzt unter der Erde lag, verursachte er ihren Tod. Oh, dieser Elende! Er hatte ihre Ehe erzwungen, ihr Land in seinen Besitz genommen, wilden Haß heraufbeschworen — und heiße Liebe.

Beinahe hätte sie verzweifelt aufgeschrien, als Brets Bild in ihrer Fantasie erschien, seine hochgewachsene Gestalt, die breiten Schultern, die stahlblauen Augen, das rabenschwarze Haar.

In Gedanken glaubte sie, seine tiefe, gebieterische Stimme zu hören. Wie unbesiegbar, hart und gnadenlos er wirkte — und trotzdem konnte er so sanft und zärtlich sein ...

Ja, sie liebte ihn. Und jetzt sollte sie ihre Lieben und ihr Leben verlieren.

»*Er* muß kommen«, hörte sie ihren jungen Freund flüstern.

Gewiß, er mußte kommen. Manche fürchteten ihn mehr als den König, denn er war der Sohn eines großen normannischen Edelmanns und der Enkel eines Sachsenkönigs, bekannt für seine Kampfkraft, aber auch für seine Güte.

Entschlossen hatte er sich gegen den Eroberer und William Rufus gewandt, um den Besiegten einige Rechte zu ertrotzen. Er pflegte schnell und klug zu urteilen. Und Allora kannte sowohl seinen Zorn als auch seine Milde.

Plötzlich zuckte sie zusammen. Hinter ihr näherten sich Hufschläge. Sie drehte den Kopf zur Seite, sah ihren rothaarigen Onkel auf sich zureiten, begleitet von David of Edinburgh, einem braunhaarigen Mann mit Haselnußaugen, und dessen Halbbruder Duncan, der ihm glich, aber dunkleres Haar und hellere Augen besaß.

Davids Hände waren auf den Rücken gebunden, Duncan führte das Pferd des Gefangenen am Zügel. Sicher hätte David für sie gekämpft, wäre es ihm möglich gewesen. Aber nun sollte auch er bestraft werden, weil er mit Bret Frieden geschlossen hatte.

Vor einiger Zeit wäre sie beinahe Davids Frau geworden. Und sie hatte Duncan abgewiesen. Jetzt glitzerten seine Augen. Zweifellos konnte er es kaum erwarten, sie verbrennen zu sehen.

»Meine Nichte, ich bedaure es zutiefst, diesen Tag zu erleben«, erklärte Robert, der einen kraftvollen Hengst ritt. Im Flüsterton fügte er hinzu: »O Gott, könnte ich's doch verhindern...«

Vielleicht meinte er das ernst, denn früher hatten sie sich sehr nahegestanden. Welch eine Ironie! Erbittert hätte sie sich gegen die Ehe mit einem normannischen Lord gewehrt, wäre sie nicht genötigt worden, Bret zu heiraten, um die Freiheit ihres Onkels zu erlangen und ihn vor der drohenden Hinrichtung zu bewahren. Seltsame Erinnerungen... Sie hatte den Bruder ihres Vaters geliebt und war bereit gewesen, alles für ihn zu tun, sogar mit einem Normannen vor den Traualtar zu treten.

Mit ihrer Hilfe hatte Robert die Far Isle regieren wollen. Doch sie war dagegen gewesen. Nun dachte er, es bliebe ihm nichts anderes übrig, als sie zu töten. Und er würde nicht zögern. Nur zu gut wußte sie, was er getan hatte, um die Freiheit der Grenzländer zu sichern.

Sie hielt seinem Blick stand, bemühte sich, mit ruhiger Stimme zu sprechen. »Nachdem du fest entschlossen bist, mich mit dem Tod zu bestrafen, sollten wir's hinter uns bringen, Onkel.«

»Wenn du schwörst, unsere Partei zu ergreifen, deinem Normannen eine Falle zu stellen, die Tore des Schlosses von der Far Isle zu öffnen ...«

Nun gelang es ihr sogar zu lächeln. »Ich wurde wegen Verrats verurteilt. Und nun willst du mich zurückschikken, mit dem Auftrag, meinen Ehemann zu verraten? Vor Gott habe ich versprochen, meinem Volk niemals Schaden zuzufügen, und Bret oft genug hintergangen, mit deiner Unterstützung. Das werde ich nie wieder tun.«

Verzweifelt drückte David die Knie in die Flanken seines Pferdes und lenkte es näher zu ihr. »Schwöre es!« flüsterte er. »Um dich zu retten, mußt du ihm alles sagen, was er hören will. Bret würde es verstehen. Großer Gott, er wäre so unglücklich, wenn du stirbst!«

»Nein, David«, erwiderte sie leise. »Ich kann ein Leben nicht mit einem anderen erkaufen. Und sie würden ihn töten.«

Duncan folgte seinem Halbbruder. »Hüte deine Zunge, David! Wieso trittst du für die Frau ein, die *ihm* gehorcht? Wenn sie mit aller Macht für ihn brennen möchte — warum versuchst du, sie daran zu hindern?«

»Sei still, Duncan!« befahl Robert in scharfem Ton. »Allora, nenn mir irgendeinen Grund, der mich bewegen könnte, dich freizulassen — einen Grund, der meine Männer überzeugen würde. Wie du sehr wohl weißt, darf ich keine Schwäche zeigen.«

»An welchen Grund denkst du? Soll ich dir Bret ausliefern?«

»Aye, übergib mir diesen verdammten Normannen!«

»Einen sächsischen Normannen«, erinnerte sie ihn.
»Allora!«
»Überleg doch, Onkel Robert! Du und mein Vater habt mich mit diesem Mann verheiratet und euren Vorteil daraus gezogen. Und jetzt soll ich ihm eine Falle stellen?«
»Bei der Hochzeit warst du noch auf unserer Seite. Später hast du dich gegen uns gewandt.«
»Nein, ich wandte mich gegen niemanden. Du wurdest falsch informiert, und du hast mich zu Unrecht verurteilt. Aber wie auch immer, ich werde dir nicht helfen, Bret zu ermorden.«
»Allora, du bist besiegt. Du mußt sterben.«
»Niemals besiegt.« Als sie seine eigenen Worte aussprach, lächelte sie wieder. *Niemals besiegt.* Gezwungenermaßen hatten die schottischen Könige dem englischen Herrscher den Treueid geschworen, sich aber nie geschlagen gegeben und Zuflucht in ihrem Hochland gesucht, bei ihrem Stolz.
»Wenn du glaubst, er könnte dich retten ...«
»Das kann er nicht, denn er wurde in ein fernes Gebiet berufen, ehe ich dir so töricht ins Netz ging. Aber ich lasse mich nicht gegen ihn verwenden. Ich bin zum Tode verurteilt, die Stunde meiner Hinrichtung ist gekommen. Machen wir ein Ende.«
Robert neigte sich zu ihr und flüsterte resignierend: »Vorher lasse ich dich erwürgen. Du wirst die Flammen nicht spüren, meine süße Nichte.« Nach kurzem Zögern fügte er hinzu: »Beim Himmel, ich habe dich geliebt.«
»Und ich dich, Onkel — früher. Doch dann sah ich in wachsendem Entsetzen, was du tatest, und es überrascht mich nicht, von deiner Hand zu sterben. Liebe und Familiensinn bedeuten mir mehr als dir. Und jetzt, da ich vor meinen Schöpfer treten werde, scheue ich mich nicht, dir ins Gesicht zu sagen, wie sehr ich dich verabscheue, deine Gier, deine Tücke.« Und dann senkte sie den Kopf. Es gab nichts mehr zu besprechen.

Sie biß die Zähne zusammen, schloß die Augen und lehnte sich an den Pfahl. Während Erinnerungen auf sie einstürmten, begann sie, am ganzen Körper zu zittern. Irgendwann hatte sie gehört, einem Ertrinkenden würden in seinen letzten kostbaren Augenblicken noch einmal alle Ereignisse seines Lebens durch den Sinn gehen. Und nun sah sie die Vergangenheit, die Leiden, die Freuden.

»Dann soll es geschehen!« Robert schwang seinen Hengst herum, galoppierte davon, und Duncan, der Davids Pferd am Zügel führte, folgte ihm.

Öffne die Augen nicht, ermahnte sich Allora, als eine Trommel zu dröhnen begann. Gleich ist es soweit. Lieber Gott, laß mich schnell und schmerzlos sterben. Vergib mir meine Sünden. Könnte ich Bret doch noch einmal sehen ... Plötzlich verstummten die Trommelschläge. Eine seltsame Stille lag über dem Berghang. Da schlug sie die Augen auf.

Träumte sie? War es eine süße Illusion? Über einem fernen Grat erschienen Reiter, wie Götter im goldenen Morgenlicht. Sonnenstrahlen spiegelten sich in Schwertern, verzierten Schilden und Kettenpanzern.

Und inmitten der langen Reihe ... Alloras Herz drohte stehenzubleiben. Stolz wie Thor, der alte Donnergott, saß er auf seinem weißen Schlachtroß Ajax, wütend und wild entschlossen, ein paar Schritte vor den anderen. Bret ... Ein quaderförmiger Helm, zu beiden Seiten mit Hirschhörnern geschmückt, verbarg sein Gesicht. Stünde sie vor ihm, könnte sie seine kobaltblauen Augen sehen. Eine weißgoldene Tunika bedeckte einen Teil der Rüstung, ein roter Mantel umwehte seine Schultern.

Er war hier! O Gott, er war hier! Sein Pferd bäumte sich ungeduldig auf.

»Zündet den Scheiterhaufen an!« schrie jemand. Roberts Stimme.

Beißender Rauch stieg ihr in die Nase. Offenbar hatten sie das Anmachholz in Brand gesteckt. Weil *er* gekommen war. Nein, unmöglich. So schnell konnte er nicht hierhergeritten sein. Sie sah ihn nur vor ihrem geistigen Auge, in diesen letzten Momenten, die ihr noch blieben. So wie damals, als der große, unbezwingbare Krieger in ihr Leben getreten war ...

TEIL I

Der Anfang

1

1086

»Sicher führt er Übles im Schilde!« rief Ioin Canadys, der die Far Isle beherrschte. »Dieser Mann schmiedet unentwegt irgendwelche Ränke.«

»Aye, Vater«, stimmte Allora zu. Aber ihre Aufmerksamkeit galt der Stadt.

Mit ihren fast siebzehn Jahren war sie nur selten verreist. Nichts hatte sie auf das rege Leben und Treiben von London vorbereitet. Unterhalb ihres Fensters boten Fischer ihren Fang feil, Straßenhändler ihre Waren, schmutzige kleine Kinder versuchten, Blumensträuße zu verkaufen. Und die würde man dringend brauchen, um sich vor dem allgegenwärtigen Gestank zu schützen.

Und die sonderbare Sprache! Das alte sächsische Englisch mischte sich mit dem normannischen Französisch. Offenbar wollten sich manche Leute möglichst schnell an die normannische Herrschaft gewöhnen, während andere nichts davon wissen mochten. Schrilles Geschrei drang zu Allora herauf, Hunde kläfften. Wann immer die Wachtposten des Königs vorbeieilten, erklangen schroffe Befehle.

Der Vater hatte Allora nur ungern nach London mitgenommen, aber es war ihr Herzenswunsch gewesen, die Stadt kennenzulernen, obwohl sie die normannischen Ungeheuer fürchtete. So viel hatte sie schon von ihnen gehört, und jetzt befand sie sich in ihrer Mitte.

Die Hände hinter dem Rücken verschränkt, wanderte Ioin im Zimmer umher. Das Haus lag in der Nähe einer königlichen Residenz, einer Festung, die William hatte bauen lassen, um die Londoner unter Kontrolle zu halten. Sie wurde White Tower genannt, ein imposantes Steingebäude mit großen Lagerhallen, das zudem zahlreiche Soldaten des Königs beherbergte. Auch der Eroberer selbst wohnte dort, wenn er sich mit seiner Familie in der Stadt aufhielt.

Der *verhaßte* König ... Aber Ioin hütete sich, diese Meinung zu äußern. Er war nach London gekommen, weil er eine Mission erfüllen wollte. Um dieses Ziel zu erreichen, würde er sogar mit dem Eroberer speisen und im normannischen Französisch parlieren, obwohl er diese Sprache verabscheute.

Nur in seinem eigenen Gebiet an der Grenze von Schottland, wo König Malcolm III. den Mitgliedern des einstigen englischen Herrscherhauses einen sicheren Hafen versprochen hatte, wagte Ioin freimütig zu sagen, was er von diesem Bastard hielt.

Seufzend beobachtete Allora ihren Vater. Dann wandte sie sich wieder zum Fenster. Natürlich teilte sie Ioins Gefühle. Sie war noch nicht geboren worden, als der Normanne die englische Krone errungen hatte. Aber sie kannte alle Geschichten, die man über ihn erzählte. Als sie durch Yorkshire geritten war, hatte sie gesehen, wie das Land unter den königlichen Repressalien litt. Sicher würde es viele Jahre dauern, bis es sich davon erholte. Was immer der Eroberer auch behauptete, ihr Herz hing an der alten Ordnung, und sie bedauerte die geknechteten, heimatlosen Menschen zutiefst.

Wenn William auch behauptete, die Far Isle und ein Großteil der Grenzregion, von Alloras Familie regiert, sei englisches Territorium — die Canadys' wußten es besser. Jahrhundertelang war die Far Isle selbst ein kleines Königreich gewesen, enger mit Schottland verbunden, das im Norden lag, als mit dem südlichen England. Nun war es Malcolm von Schottland, dem die benachbarten Lords die Lehnstreue hielten. Das mißfiel William. Doch da er eine Revolte nach der anderen niederschlagen mußte, hatte er bisher keine Zeit gefunden, seine Oberherrschaft auf der Far Isle und den nahen Ländereien zu etablieren.

Vielleicht hätten sie weiterhin in Frieden gelebt, wären Robert und andere ungestüme Lords nicht nach Süden geeilt, um einen kurzlebigen Aufstand in Northumberland zu unterstützen. Robert war in Gefangenschaft geraten. Und Ioin Canadys, das Familienoberhaupt, wollte nicht hinnehmen, daß sein jüngerer Bruder endlose Jahre im Kerker verbrachte oder wegen Hochverrats hingerichtet wurde. Deshalb hatte er Boten nach London geschickt, um herauszufinden, unter welchen Bedingungen man Robert freilassen würde.

William, ein kluger, listiger Mann, würde keine Gnade kennen. Das befürchtete Allora, da sie wußte, auf welche Weise er in einigen nördlichen Landesteilen Rache an Rebellen geübt hatte. Zusammen mit ihrem Vater war sie dem König in der Halle vor dem Audienzraum kurz begegnet. Sie war beeindruckt gewesen, obwohl sie es sich nicht gern eingestand. Nicht groß, aber kräftig und breitschultrig, hatte er sich in zahlreichen Schlachten behauptet. Sein verwittertes Gesicht zeigte die Spuren dieser Kämpfe. Und seine durchdringenden Augen schienen alles zu sehen, alles einzuschätzen, ehe er sich ein Urteil bildete. Sie spürte seinen Blick, während er mit Ioin sprach, ihm höflich für den Besuch in London dankte und versicherte, man würde zu einer Einigung gelangen. Dann küßte er ihre Hand und murmelte: »*Damoiselle.*« Seine dominante Persönlichkeit jagte ihr einen seltsamen Schauer über den Rücken.

Viele Gefolgsleute ihres Vaters hatten die Reise nach London gefürchtet und geglaubt, William würde auch ihn als Geisel nehmen. Doch sie waren nur mit zwanzig

Mann nach Süden geritten. Auf diese Weise konnte Ioin nicht in die Lage geraten, in der er kämpfen mußte, und bezweifelte, daß er im Kerker landen würde. Der Eroberer wäre ein Narr gewesen, hätte er den vernünftigsten Lord im Grenzgebiet verhaften lassen, zu dem alle anderen aufschauten. Malcolm liebte ihn, vertraute ihm rückhaltlos. Oft genug hatte Canadys als Vermittler zwischen den Königen fungiert. Wenn William ihn gefangennähme, würde er langjährige Revolten riskieren. Und wenn er mit Ioin über Roberts Freilassung verhandelte, mochte ihm das gewisse Vorteile einbringen.

Also durften sie sich einigermaßen sicher fühlen, wenn Ioin auch angstvoll überlegte, welche Bedingungen William stellen würde. Das ahnte Allora bereits. Sie hatte es in den Augen des Königs gelesen.

»Wahrscheinlich wird er einen hohen Preis für Roberts letzten Aufstand verlangen«, bemerkte ihr Vater.

Sie ging zu ihm, führte ihn zum Kaminfeuer, und sie nahmen Platz. Nach ihrer Ankunft hatten sie den Oberstock eines komfortablen Hauses bezogen, den William ihnen zur Verfügung stellte. Sie bewohnten zwei luxuriös ausgestattete Schlafzimmer, und dazwischen lag der Raum, in dem sie jetzt saßen.

»Mach dir keine Sorgen, Vater«, bat sie. »Der König braucht dich und deine Unterstützung. Dieses Quartier hat er uns angeboten, seine Diener betreuen uns, und Robert wird am Hof mit uns speisen. Obwohl er ein Gefangener ist, wird er wegen seiner edlen Herkunft nicht wie eine gewöhnliche Geisel behandelt. Alles wird sich zum Guten wenden.«

Geistesabwesend tätschelte er ihre Hand. »Schenk mir Wein ein, meine Tochter. Wenigstens der ist hier vom Feinsten. Der Bastard läßt sich die kostbarsten Tropfen aus Frankreich schicken.«

Gehorsam eilte Allora zum runden Tisch am Fenster. Während sie einen Becher füllte, hielt sie inne. Plötzlich war der Straßenlärm angeschwollen, und sie spähte neugierig hinab. Ein triumphierender Hornruf begrüßte die Ankunft einer Soldatentruppe. Ein paar hundert Pferdehufe schienen auf die Erde zu trommeln, begleitet von tausend Schritten.

Ihr Leben lang hatte sie Krieger gesehen. Ihr Vater beschäftigte hundert Leibwächter. Außerdem kannte sie die Gefolgsleute der benachbarten Lords. Aber eine so imposante Schar hatte sie noch nie zu Gesicht bekommen. Gefolgt von einem Mann, der ein blaugoldenes Banner schwenkte, ritt der Anführer auf einem silberweißen Hengst voraus.

Während sie ihn beobachtete, lief ein Frösteln über ihren Rücken. Ein Helm mit Hirschhörnern zu beiden Seiten verdeckte sein Gesicht. Allein schon der Anblick dieses Ritters mußte jeden Gegner einschüchtern. Unter einer blaugoldenen Tunika trug er einen Kettenpanzer und eine knappe Lederhose. Auch der Schild schimmerte in Blau und Gold. Am Sattel hing ein großes Schwert. Als er durch die schmale Straße trabte, jubelte die Menge, und er hob eine Hand, um sie zu grüßen.

Offensichtlich kehrten die Soldaten von einem Schlachtfeld zurück. Einige stützten verwundete Kameraden. Zahlreiche Tuniken waren dunkel von Blut. Als der Anführer näher kam, sah Allora, daß seine Kleidung schmutzig und zerrissen war. Und obwohl er aufrecht im Sattel saß, wirkte er müde. Plötzlich hob er den Kopf und schien ihren Blick zu erwidern. Das Blut stieg ihr in die Wangen, und sie trat rasch vom Fenster zurück.

Erst jetzt bemerkte sie, daß der Vater neben ihr stand und die Ankunft des Heeres beobachtete. »Da ist er, der große Earl of Wakefield«, murmelte Ioin.

Erstaunt schaute sie ihn an. Seine Stimme hatte bitter, aber nicht verächtlich geklungen. Vielleicht haßte er den Mann, aber er schien ihn auch zu bewundern. »Wer ist das?«

Als hätte er die Frage nicht gehört, fuhr er fort: »Also ist er aus der Normandie zurückgekehrt.«

»Mußte er dort gegen Aufständische kämpfen?«

»Wenn ein Mann so viele Gebiete zu beherrschen sucht wie William, wird man sich immer wieder gegen ihn erheben — und wenn er seine Territorien so aufteilt, wie er es beschlossen hat. Ein Sohn soll England erben, der andere die Normandie. Und der Bursche, der die Normandie regiert, macht seinem Vater schon jetzt das Leben schwer.« Traurig schüttelte er den Kopf und streichelte Alloras glänzendes Haar. »Da bin ich besser dran. Deine Mutter dachte, ich hätte einen Sohn vermißt. Aber ein Leben ohne meine Tochter könnte ich mir nicht vorstellen. Ebenso absurd erscheint mir der Gedanke, mein Bruder und meine anderen Verwandten würden nicht hinter mir stehen und ich müßte um alles kämpfen, was mir gehört.«

»O Vater, ich bete darum, daß du noch lange lebst.«

»Kein Mann lebt bis in alle Ewigkeit. Das weiß William. Deshalb bin ich glücklich, weil die Far Isle dein Erbe ist. Robert und die Familie werden meine Wünsche stets respektieren.«

Daran zweifelte sie nicht. Die hartgesottenen Lairds in den Grenzländern mochten wilde, gnadenlose Kämpfer sein, doch sie achteten ihre Gesetze und das Eigentum anderer. »Solche Anschauungen vertreten nicht alle Normannen«, fügte Ioin hinzu. Nachdenklich blickte er aus dem Fenster und betrachtete den blaugoldenen Ritter.

»Was ist das für ein Mann?«

»Man muß sich vor ihm hüten«, erwiderte er und nahm einen Schluck aus dem Weinbecher. »Nimm dich in acht, meine Tochter, und zügle dein Temperament, solltest du ihm jemals begegnen.«

Verwirrt runzelte sie die Stirn. »Das wird wohl kaum geschehen, Vater.«

»Oh, doch. Heute abend speisen wir mit dem König in

seiner Halle. Auch Robert soll erscheinen, denn William möchte uns beweisen, daß er ihn gut behandeln ließ — obwohl mein Bruder ein Verräter ist. Glaub mir, Allora, du wirst den normannischen Ritter an der Tafel sehen. Halt dich von ihm fern — und paß auf, was du sagst.«

Sie seufzte vorwurfsvoll. »Niemals würde ich deine Position am Hof gefährden, Vater. In all meinen Worten und in meinem Benehmen werde ich jene Diplomatie anwenden, die den Normannen soviel bedeutet.«

»Trotzdem — sei auf der Hut.« Noch während er sprach, wurde kraftvoll an die Haustür gehämmert, und er neigte sich aus dem Fenster. Ein Botenjunge schaute herauf. »Was gibt's, Bursche?« rief Ioin. »Was soll der Lärm? Du könntest sogar die Toten aufwecken!«

Grinsend faltete der etwa zwölfjährige Junge die Hände und verneigte sich. »Der König bittet Euch, in der Halle zu erscheinen, Mylord. Und auch die Lady, Eure Tochter. Kommt schnell, Mylord, denn der König möchte Euch an seiner Tafel sehen und hofft, Ihr würdet ihm diesen kleinen Gefallen erweisen.«

»Kleiner Gefallen, pah!« murmelte Ioin, so daß nur Allora ihn verstand.

»Seid Ihr bereit, Mylord?«

»In der Tat, mein Junge, falls du uns zur königlichen Tafel geleiten sollst, mußt du nicht lange warten.«

Allora warf ihrem Vater nur einen kurzen Blick zu, dann rannte sie in ihr hübsches kleines Schlafzimmer, wühlte in einer Truhe und zog den Schleier hervor, der zu ihrem Kleid paßte, einer Leinentunika in Gold und Bernsteingelb mit langen geschlitzten Ärmeln. Darunter funkelte ein perlenbesticktes Hemd. Der hauchdünne Schleier konnte den Glanz ihrer Haare kaum trüben. Dieses Geschenk hatte der Vater von einer Handelsreise in den Norden mitgebracht, wo die Wikinger-Jarls immer noch auf kalten, abgeschiedenen Inseln herrschten. Dorthin brachten ihre Landsleute Reichtümer aus aller Welt.

Mit einem schönen Reif aus verschlungenen Gold- und Silberbändern befestigte sie den Schleier auf ihrem Kopf. Sorgfältig glättete sie ihren Rock. An diesem Abend würde sie den Normannen beweisen, daß die Lairds in den Grenzländern und im schottischen Hochland keineswegs die Barbaren waren, wie man ihnen so oft nachsagte. Als sie in den Wohnraum zurückkehrte, fragte sie: »Sehe ich präsentabel aus, Vater?«

Es dauerte eine Weile, bis er antwortete. »Ich hätte dich lieber zu Hause lassen sollen.«

Bestürzt berührte sie ihren Schleier. »Stimmt was nicht?«

»Alles in bester Ordnung — das ist es ja«, entgegnete er leise und reichte ihr eine Hand. »Komm, meine Tochter, wir wollen uns in die Höhle des Löwen begeben.«

Sie lächelte und legte ihre Finger auf seinen Arm. »Sicher werden wir unser Ziel erreichen. Vergiß nicht, du bist ein mächtiger Mann, Vater. Und William braucht dich.«

Schweigend zuckte er die Achseln, was sie nicht gerade ermutigte. Während sie das Haus verließen, wuchs Alloras Unbehagen. Auf der Straße wartete ein Wagen mit einem Baldachin und gepolsterten Bänken. Ein Vorhang schützte die Insassen vor neugierigen Blicken. Sobald Ioin und seine Tochter eingestiegen waren, spornte der Fahrer das Gespann an.

Wieder einmal schaute sich Allora fasziniert um. Sie hatte gewußt, welch eine wunderbare Welt außerhalb ihrer Heimat lag. Schon seit langer Zeit war die Festung ihres Vaters ein beliebter Treffpunkt gebildeter Reisender aus vielen Ländern. In sonnigen Räumen schrieben und malten die Mönche exquisite Ausgaben des Evangeliums. Lautenspieler, Tänzer und Magier kamen zu Besuch, auch griechische Gelehrte, die der Tochter des Hauses Unterricht in antiker Geschichte gaben. Einmal war sie sogar in Tränen ausgebrochen, als sie erfahren hatte, daß der edle, brillante Sokrates wegen seines Hochverrats gegen den Staat vergiftet worden sei. Zumindest hatte man das behauptet. Und genau das warf man auch Robert vor, dem Gefangenen des Königs.

Bedrückt biß sie sich auf die Lippen. Dann zwang sie sich zur Ruhe. Nein, weder Robert noch ihrem Vater und ihr selbst würde ein Leid geschehen. Nun hielt William ihren Onkel schon eine ganze Weile fest, und bisher war ihm nichts Böses widerfahren. Wollte der Bastard ihn töten, hätte er das längst getan.

Sie fuhren in den Hof des White Tower, wo es genauso lebhaft zuging wie auf den Straßen. Geschäftige Leute eilten umher, und Allora beobachtete, wie einige Männer und Frauen in einer Ecke schäkerten. Als sie schrilles Gelächter hörte, errötete sie, denn sie wußte, was das bedeutete. Diese Frauen verkauften ihre Gunst, und sie nahmen in ihrem Bett Männer auf, mit denen sie nicht verheiratet waren.

Einmal hatte ihr Kusine Elizabeth erzählt, in der Ehe müsse eine Frau alles ertragen, was der Gemahl von ihr erwartete. Aber Kusine Bridget hatte Allora zugezwinkert und erklärt, das sei gewiß nicht unerträglich, ganz im Gegenteil. Und dann war sie lachend am Arm ihres jungen Verehrers Keenan davongelaufen.

Verstohlen musterte Allora die Frauen. In den Zeltlagern der Soldaten hatte sie schon oft Marketenderinnen gesehen. Aber diese Dirnen waren fast so elegant gekleidet wie vornehme Damen, und der Duft ihres schwülen Parfüms erfüllte die Luft.

Der Wagen hielt, und der Fahrer stellte einen Schemel bereit, so daß Ioin und seine Tochter aussteigen konnten. Dann mischten sie sich unter die Gäste, die an der königlichen Tafel speisen sollten. Mindestens fünfzig Menschen betraten den Tower und stiegen die Treppe hinauf.

Auch in der Halle herrschte ein reges Leben und Treiben. Hunde rannten umher, verschwitzte Diener in den königlichen Farben schleppten große Platten mit Früchten und gebratenem Fleisch herbei, während hübsche Mädchen Brot, Wein- und Metkrüge bereitstellten.

»Ioin, mein Bruder!« rief Robert. Er war jünger und etwas kleiner als Alloras Vater, aber kräftiger gebaut. Nachdem sich die beiden Männer erfreut umarmt hatten, drückte der Onkel seine Nichte an die Brust und küßte ihren Scheitel. »So lange habe ich dich nicht gesehen, mein Mädchen. Du bist ja eine richtige Dame geworden. Und David, diesen jungen Narren, habt ihr zu Hause gelassen? Sicher vergeht er vor lauter Sehnsucht und bangt um deine Gunst. Am königlichen Hof wird deine Schönheit zahlreiche Männer betören.«

Errötend senkte sie den Kopf. Natürlich wußte der Onkel, was sie für den jungen Mann empfand, der zu Hause auf sie wartete. David of Edinburgh beabsichtigte schon seit einiger Zeit, um ihre Hand anzuhalten, und ihr Vater würde diesen Bund gewiß segnen. Doch die Verlobung hatte verschoben werden müssen, wegen der Festnahme Roberts und der drohenden Exekution.

»Welch ein Unsinn!« tadelte sie ihn und legte eine Hand auf Roberts Arm. »David sorgt sich ganz sicher nicht, denn er kennt mein treues Herz.«

Mit funkelnden Augen sah sie ihn an. »*Du* bist es, du *alter* Narr, um den wir alle bangen.«

Robert brach in schallendes Gelächter aus, dann senkte er die Stimme. »Diesem elenden Bastardkönig werden wir Sand in die Augen streuen, was? England hat er erobert — das Land der freien Schotten wird ihm nie gehören!«

Um ihn nicht zu einem unbedachten Wort zu verleiten, verzichtete sie auf die Bemerkung, der König würde die Grenzländer bereits als englisches Eigentum betrachten. Der Onkel konnte immer noch am Galgen enden.

»Aye, Robert, aber du befindest dich nach wie vor in einer gefährlichen Lage«, warnte Ioin.

»Hier werde ich nicht bewacht. Nicht in dieser großen Halle. Übrigens, der König ist ein sehr großzügiger Gefängniswärter. Ich esse ebenso gut wie seine eigenen Leute und bin einigermaßen komfortabel untergebracht. Irgendwas will der Bastard — glücklicherweise nicht mein Leben. Nun müssen wir nur noch herausfinden, wonach er strebt.«

Plötzlich verstummten die Gespräche ringsum, alle Blicke wandten sich zum Eingang. Ein großer Mann mit langem, leicht gewelltem schwarzen Haar trat ein. Unter einer kurzen, mit Goldfäden bestickten blauen Tunika trug er ein blütenweißes Hemd und eine erdbraune Hose.

Als Allora sein Gesicht betrachtete, schlug ihr Herz aus unerklärlichen Gründen schneller. Was sie empfand, wußte sie nicht. Angst konnte es nicht sein, denn sie war von zahlreichen Leuten umgeben. Was mochte dieses seltsame Prickeln bedeuten? Die Züge des Neuankömmlings wirkten attraktiv und arrogant — eine gerade Nase, ein eigenwilliges Kinn, bronzebraune, hohe Wangenknochen, leuchtendblaue Augen unter schön geschwungenen Brauen.

Mit geschmeidigen Schritten ging er zum König, der zu Alloras Verwunderung aufstand und sich über die Tafel hinwegneigte, um ihn zu umarmen. »Willkommen zu Hause, mein großer Krieger!«

Mehrere Leute umringten den Mann in der blauen Tunika und begrüßten ihn begeistert. An den Farben seiner Kleidung erkannte Allora, wer er war — der Earl of Wakefield, der Ritter mit dem imposanten Helm, dessen Ankunft sie vorhin beobachtet hatte. Wakefield, vor dem ihr Vater sie gewarnt hatte ... Aber warum? Natürlich, der Earl zählte zur Gefolgschaft des Königs, und allein schon deshalb mußte man ihn fürchten. Sie hielt nach ihrem Vater und ihrem Onkel Ausschau, aber beide waren in der Menge untergetaucht.

Plötzlich stand ein normannischer Lord vor ihr, mit hohlen, glattrasierten Wangen und kurzgeschnittenem Haar. Er packte sie, schob sie in einen Alkoven, wo zweifellos schon viele romantische Abenteuer stattgefunden hatten, und drückte sie an die Wand.

»Sir, laßt mich los ...«, begann sie.

Aber er unterbrach sie und grinste lüstern.

»Ah, *Damoiselle*! Welch ein himmlisches Wesen erblicke ich nach der langen, beschwerlichen Reise! Stammt Ihr aus Walhall? Haben Euch die Götter herabgeschickt? Sagt mir doch, wer seid Ihr, schöne Lady?«

So höflich und schmeichelhaft seine Worte auch klangen — seine Augen und sein Tonfall drückten eindeutige Absichten aus. Allora seufzte ungeduldig. Dieser Mann war ihr auf Anhieb zuwider, und sein herausforderndes Lächeln mißfiel ihr ebenso wie seine äußere Erscheinung. Offenbar gehörte er zur Aristokratie, denn er trug eine kostbare, mit Pelz besetzte Tunika.

Ohne zu antworten, würde sie ihm nicht entrinnen. »Nein, Sir, ich komme nicht aus Walhall, und ich bin auch keine Göttin, sondern eine Teufelin aus dem barbarischen Norden. Wenn Ihr nun so freundlich wärt, mir den Weg freizugeben ...«

»Oh, wie könnte ich das, wenn ich mich unsterblich in Euch verliebt habe?« Nun versuchte der unverschämte Mensch sogar, sie zu küssen.

Allmächtiger, wenn ihr Vater oder der Onkel das sahen, könnte ein Kampf in der königlichen Halle ausbrechen. Deshalb durfte sie keinesfalls schreien, sonst würde sie allgemeine Aufmerksamkeit erregen. Und so hob sie ihr Knie, um es mit aller Kraft zwischen die Schenkel des Mannes zu rammen.

Bleich bis in die Lippen, stöhnte er laut auf, dann stieß er zwischen zusammengebissenen Zähnen hervor: »Lady, das werdet Ihr bereuen ...« Wie Eisenklammern umschlossen seine Finger ihre Arme. »Glaubt mir, Ihr ...«

Abrupt verstummte er, als er aus dem Alkoven gezerrt wurde. »D'Anlou!« keuchte er erschrocken.

»Was in Gottes Namen treibt Ihr hier, de Fries, größter Narr der Christenheit?«

Auch Allora wurde am Arm gepackt, nicht allzu sanft, und in die Halle gezogen. »Sir ...« Aber ihre Dankesworte bleiben unausgesprochen. Dieser Mann wollte keinen Dank, er gönnte ihr kaum einen Blick. Und er wußte sicher nicht, wer sie war.

Aber sie kannte ihn. Der Earl of Wakefield ... »Wenn Ihr nicht vorsichtiger seid, wird William Euch den Hals umdrehen, Mylord!« fuhr er ärgerlich fort. »Entschuldigt Euch bei der Lady!«

»Das ist keine Lady«, erwiderte de Fries erbost. »Soeben erklärte sie mir, sie sei eine Teufelin aus dem Norden, und das dürfte zutreffen.«

Erst jetzt schaute Wakefield sie an. »Aus dem Norden! Natürlich, die Tochter des alten Ioin, die Prinzessin von der Far Isle.« Diese Erkenntnis schien ihn zu belustigen.

»Entschuldigt Euch, de Fries!« wiederholte er, ohne Allora aus den Augen zu lassen.

»Eine Heidin muß man nicht um Verzeihung bitten«, bemerkte sie kühl.

»Bret, ich schwöre Euch, sie hat mir furchtbar weh getan!« klagte de Fries.

»Weh getan? Dieses zarte, schwache Geschöpf? Mann, habt Ihr Euren Stolz vergessen?« spottete Wakefield, und Allora musterte ihn erbost. Sie mochte zwar klein und zierlich sein, aber keineswegs schwach.

»Wartet nur, bis sie *Euch* weh tut, mein hochverehrter Lord Wakefield!« fauchte de Fries.

»Mir wird sie nichts zuleide tun.« Wakefields kobaltblaue Augen musterten Allora von Kopf bis Fuß. »Denn dazu werde ich ihr keine Gelegenheit geben. Ihretwegen soll in dieser Halle kein Blutvergießen stattfinden.«

»Allerdings nicht«, stimmte sie zu. »Aber es ist wahr,

ich bin tatsächlich eine Teufelin, und das werdet Ihr beide zu spüren bekommen, Mylords, wenn Ihr mich nicht gehen laßt!«

Ihre Kühnheit schien Wakefield zu verblüffen. »Vor Teufeln fürchte ich mich nicht, Mylady, schon gar nicht, wenn ich sie sehen kann — und wenn sie der Kinderstube eben erst entwachsen sind.«

Ah, er hatte gewußt, damit würde er ihre Würde verletzen.

So jung war sie nun auch wieder nicht. Viele Frauen in ihrem Alter hatten bereits geheiratet. Aber an diesem Hof, wo man eher reiferen Damen begegnet, galt sie vielleicht noch als Baby.

Ehe sie eine passende Antwort geben konnte, wandte er sich wieder an de Fries. »Die Prinzessin von der Far Isle ist ein Gast des Königs. Also werdet Ihr Euch gefälligst bei ihr entschuldigen.«

Wütend preßte de Fries die dünnen Lippen zusammen. Aber er verneigte sich. »Verzeiht mir, Lady!« zischte er, machte auf dem Absatz kehrt und eilte davon.

Allora schaute ihm nach, dann erwiderte sie Wakefields prüfenden Blick. »Wenn Ihr mich nun entschuldigen würdet, Mylord . . .«

»Das kann ich nicht, Mylady. Euer Vater machte sich große Sorgen, als Ihr plötzlich verschwunden wart, und er bat mich — ebenso wie der König — Euch zur Tafel zu geleiten. Ein Glück, daß ich rechtzeitig zur Stelle war!«

»Wie meint Ihr das?« fragte sie und legte den Kopf schief.

»Nun, es ist mir stets ein Vergnügen, eine junge *Damoiselle* aus höchster Not zu retten.«

»Oh, mein lieber Wakefield, bei Eurer Ankunft befand ich mich keineswegs in einer Notlage. Ich hatte das Problem bereits gelöst.«

»Aber Ihr wart in diesem dunklen Alkoven, von der Gästeschar entfernt«, entgegnete er und hob die ebenholzschwarzen Brauen. »Dachtet Ihr, Jan de Fries würde so leicht aufgeben?«

»Beinahe hätte ich ihn verstümmelt.«

»Er hat nur nach Luft geschnappt.«

»Hat er nicht selbst betont, er sei verletzt worden?«

»So?« Wakefield verschränkte die Arme vor der breiten Brust. »Hat er das gesagt?«

»O ja.«

»Nun, wie auch immer — die Gefahr ist gebannt, und der König erwartet Euch an seiner Tafel.«

»Dann muß der König warten.«

»Könige warten nicht, Mylady.«

»Nicht einmal jene, die ihre Krone gestohlen haben?«

»Nicht einmal jene, die ihre Krone *erobert* haben«, konterte er.

»Der Bastard«, hörte sie sich flüstern, und im nächsten Augenblick hätte sie sich am liebsten die Zunge abgebissen. Der Vater hatte sie ermahnt, ihr Temperament zu zügeln.

Aber Wakefield zuckte nur die Achseln, und sein Gesicht verriet nicht, was er dachte. »Der Bastard — und trotzdem der Eroberer.«

»Mich hat er nicht erobert.«

»Vielleicht tut er's noch.«

»Ich bin keine Engländerin.«

»Darüber läßt sich streiten.«

»Nicht mit mir!«

Seine stahlblauen Augen verengten sich. »*Damoiselle*, Ihr solltet lernen, Euch der Übermacht zu beugen. So rettet man sich am besten über stürmische Zeiten hinweg.« Er bot ihr den Arm. »Darf ich Euch jetzt zur Tafel führen?«

Hier, in der königlichen Halle, konnte er ihr nichts anhaben. Trotzdem zögerte sie, denn sie fürchtete sich vor dem, was sie fühlen würde, wenn sie ihn berührte. Hitze und Kraft, Feuer und Stahl ...

»Lady?« mahnte er.

Weil ihr nichts anderes übrigblieb, legte sie ihre Hand auf seinen Arm und bekämpfte ein Zittern. In der Tat, Feuer und Stahl. Als wollte das Schicksal sie warnen ...

2

»Sagt doch, Mylord, muß mein Vater Euch fürchten?« fragte Allora, während sie die Halle durchquerten.

Mehrere Herren bemühten sich um Wakefields Aufmerksamkeit, einige Damen versuchten, seinen Ärmel zu berühren. Auch das Mädchen an seiner Seite wurde neugierig angestarrt. Eine Frau in elegantem Violett wandte sich zu einem Mann, der eine senfgelbe Tunika trug, und flüsterte ihm etwas ins Ohr.

»Niemand muß mich fürchten, Mylady«, erwiderte der Earl, »solange ich nicht bedroht werde.«

»Und wer so kühn ist, Euch herauszufordern, muß sterben?« Nach einer kurzen Pause fügte Allora hinzu: »Nennt man Euch deshalb den großartigen, unbesiegbaren Earl of Wakefield?«

Als er wieder seine dunklen Brauen hob, schaute sie ihn fasziniert an, und ihr Atem stockte. Welch ein attraktiver Mann ... Ihre Worte schienen ihn erneut zu belustigen. Aber trotz seiner Erklärung, man müsse ihn nicht fürchten, schwang ein warnender Unterton in seiner Stimme mit. »Mylady, ich selbst finde mich weder großartig noch unbesiegbar. Und eins dürft Ihr mir glauben. Ich weiß ebenso wie William, daß nicht einmal der großartigste Mann unbesiegbar ist.«

»Erstaunlich. Dann hat der König alle Engländer zum Narren gehalten.«

»Nicht alle.«

Erst jetzt bemerkte sie die forschenden Blicke der anderen Gäste. Die Dame in Violett schien sich besonders für sie zu interessieren. Und eine schöne junge Frau in einer goldgelben Tunika, unter der sie ein besticktes weißes Hemd trug, beobachtete Allora unentwegt mit ihren braunen Mandelaugen. Ihr blauschwarzes Haar schimmerte im Kerzenschein.

»Euch konnte der Eroberer nicht zum Narren halten, Mylady? Ihr glaubt nicht, er wäre großartig — oder unbezwingbar?«

»Meine Loyalität gilt dem, der sie verdient.« Verwundert runzelte sie die Stirn. »Warum starren mich alle so an?«

»Weil Ihr die Prinzessin von der Far Isle seid«, antwortete Wakefield und lachte leise. »Die Leute dachten, Ihr wärt eine Barbarin — oder eine große, bärenstarke Kriegerin. Mit einem so schönen jungen Mädchen haben sie nicht gerechnet. Und jetzt überlegen sie, was der König von Euch will.«

»Vor mir?«

»Nun, Ihr seid seine Untertanin.«

»Ich sagte doch ...«

»Ja«, fiel er ihr ungeduldig ins Wort, »Ihr seid keine Engländerin und behauptet, Eure Heimat gehöre zu Schottland. Aber Ihr irrt Euch. Malcolm und William feilschen unablässig um die Grenze. Und allmählich gibt Malcolm nach. William sieht in Eurer Insel bereits sein Eigentum ...«

»Noch ein Ort, den er an sich reißt!«

»Hört jetzt gut zu, Mylady. Und glaubt mir, darüber weiß ich besser Bescheid als sonst jemand. Edward der Bekenner schwor William, er würde ihm England hinterlassen. Doch die Engländer hielten nicht soviel von einem ausländischen Thronfolger wie ihr Herrscher. Und Harold Godwin war jahrelang Englands treuer Diener gewesen. Auf seinem Totenbett vermachte Edward ihm das Königreich. Aber auf ein so kostbares Erbe wollte William nicht verzichten, schon gar nicht, nachdem Edward ihm die Krone zugesagt hatte, was Harold später — unter anderen Umständen, wie ich zugebe — auch noch bekräftigte. Für William war die Eroberung kein Überfall. Er nahm sich nur, und zwar unter dem päpstlichen Banner, was von Rechts wegen ihm gehörte.«

»Oh, ich kenne genau die geschichtlichen Zusammenhänge ...«

»Dann beherzigt, was Ihr wißt. Der König wird Euren Gehorsam fordern.«

»Besitzt er Euren? Oder sagt Ihr ihm ebenso freimütig wie mir, was Ihr denkt?«

»Ich diene ihm, so wie mein Vater ihm gedient hat. Und er legt großen Wert auf meine Meinung.«

»Ah, ich verstehe. Der König schätzt Euch so sehr, daß er es nicht wagt, Euch herumzukommandieren.«

»Hütet Eure Zunge, Mylady! Schon oft sind wegen milderer Worte Kriege ausgebrochen — und Menschen gestorben.«

»Den König wollte ich doch gar nicht kränken ...« Abrupt verstummte sie. Beinahe hätte sie den Mann an ihrer Seite beleidigt. Und so wechselte sie hastig das Thema. »Warum schaut mich diese Frau unverwandt an?«

»Welche Frau?«

»Die dunkelhaarige Lady, hinter uns.«

»Habt Ihr Augen im Hinterkopf?«

»Ich spüre ihren Blick.«

»Oh, Lady Lucinda.«

»Mandelaugen, eine helle Haut ...«

»In der Tat, sie ist sehr schön.«

»Und unhöflich.«

»Während Ihr ein Ausbund an liebenswürdiger Diplomatie seid.«

»Ich gehöre nicht zu Williams Diplomaten«, fauchte Allora.

»Gewiß, Ihr seid eher Schottin als Engländerin.«

»Alles, nur keine Normannin!«

»Das bleibt abzuwarten.« Ärgerlich starrte sie ihn an. Könnte sie ihm doch endlich entrinnen, seiner Macht, seiner seltsamen Ausstrahlung ... Ohne ihren Blick zu beachten, fuhr er fort: »Lady Lucinda möchte unbedingt heiraten. Und Eure Ankunft bereitet ihr Sorgen. Zweifellos fragt sie sich, was der König mit Euch vorhat.«

»Er wird gar nichts mit mir vorhaben.«

»Offenbar ist Lucinda anderer Meinung. Aber vielleicht beobachtet sie nicht Euch, sondern mich.«

»Warum?«

»Nun, sie könnte um meine Zuneigung bangen.«

»Oh, wie albern ...«, begann sie, dann unterbrach sie sich, weil sie schon wieder Gefahr lief, ihn zu beleidigen.

Doch das schien ihn eher zu amüsieren als zu erzürnen. »Ich bin eine ganze Menge wert.« Und das war keine Prahlerei, sondern die Tatsache. Nun merkte sie, daß die Frau sich wirklich nur für ihn interessierte, nicht für das Mädchen an seiner Seite. Dabei spielte sein Reichtum keine Rolle, sondern seine Anziehungskraft ...

Schluß mit diesen törichten Gedanken, ermahnte sich Allora. Dann fragte sie spöttisch: »Warum sollte sie sich um Eure Gefühle sorgen? Sie muß doch annehmen, daß Ihr in allen Belangen dem König gehorcht.«

»Ich treffe meine eigenen Entscheidungen, Mylady — nicht nur, was meine Emotionen betrifft. Wollen wir uns setzen? Der König und Euer Vater werden uns schon ungeduldig erwarten.«

Ehe sie antworten konnte, führte er sie zum Tisch. Sie hatte befürchtet, sie würde neben dem normannischen Ritter sitzen. Doch er rückte ihr einen Stuhl zwischen Ioin und ihrem Onkel zurecht. Auch das war kein angenehmer Platz, denn Bret d'Anlou saß zur Linken ihres Onkels, der König zur Rechten ihres Vaters. An diesem Abend war sie die einzige Frau an der Haupttafel. Mathilda, Williams Königin, war gestorben. Trotz all seiner Fehler hatte er sich als liebevoller Ehemann erwiesen. Nun schien er aufrichtig um seine Gemahlin zu trauern, denn er schenkte sein Herz keiner anderen.

Diskret neigte Allora sich vor, um den König zu mustern. Er trug einen eleganten Mantel mit Hermelinbesatz, an der Schulter von einer Rubinbrosche festgehalten. Sein Gesicht war glatt rasiert, das Haar kurz geschnitten. In seinem Blick lag tiefer Ernst, seine Stimme klang freundlich, sein Benehmen wirkte liebenswert. Kaum zu glauben, daß dieser Mann ein ganzes Volk bezwungen hatte ...

Langsam ließ sie ihren Blick durch die Halle schweifen. An den Tischen in der Nähe der königlichen Tafel saßen vornehme, kostbar gekleidete Gäste, attraktive Männer und schöne Frauen. Fröhlich unterhielten sie sich, immer wieder ertönte schallendes Gelächter. Etwas abseits hatten Leute von niedrigerem Rang Platz genommen, vor allem Geistliche. Eifrige Diener servierten immer neue Speisen und Getränke.

»Heute abend vermissen wir eine der schönsten älteren Damen unseres Reichs«, bemerkte William in seinem normannischen Französisch, der Hofsprache, und prostete Bret d'Anlou zu. »Ich habe einen Boten zu Fallon geschickt, um sie einzuladen. Wo ist Eure Mutter am Tag Eurer triumphalen Rückkehr, Bret?«

In diesen Worten schwang ein scharfer Unterton mit. Neugierig wartete Allora auf Brets Antwort. Würde er sich wortreich verteidigen oder stottern?

Doch er wirkte kein bißchen nervös, nippte an seinem Weinkelch und zuckte die breiten Schultern. »Sicher hat sie Euch für die Einladung gedankt, Euer Gnaden, und sich für ihre Abwesenheit entschuldigt. Ich kann nur vermuten, daß sie sich nach meinem Vater sehnt, der mit Robin und Philip in der Normandie geblieben ist. Nun hofft sie auf seine baldige Ankunft. Außerdem — Ihr kennt Mutter, Sire.«

Diese rätselhafte Bemerkung verblüffte Allora. Gewiß würde sich der Eroberer darüber ärgern, und sie hätte nur zu gern beoachtet, wie der arrogante Ritter dem berühmten Temperament des Königs zum Opfer fiel.

Als Bret d'Anlou ihren Blick erwiderte und die Brauen hob, errötete sie. Dann wandte er sich erneut an William. »Sire, soviel ich weiß, kennt Ihr Fallon schon länger als ich.«

Plötzlich grinste der König, und sie gewann den Eindruck, er habe versucht, seinen jüngeren Gefolgsmann aus der Reserve zu locken. Nun schien ihm die Antwort zu gefallen. Jedenfalls geriet er nicht in Wut. »Schade, daß sie heute abend nicht hier ist.«

»Ja, sehr schade«, stimmte d'Anlou zu.

Nun schenkte der König Allora ein sanftes Lächeln. »Amüsiert Ihr Euch, *Damoiselle*?«

»London ist wundervoll.«

»Mylady, ich meine diesen Abend. Damit Ihr Euch wohl fühlt, habe ich Euch einen Platz zwischen Eurem Vater und Eurem Onkel zugewiesen. Aber ich hoffe, Ihr werdet an diesem Hof Freunde finden.«

Mühsam brachte sie ein Lächeln zustande. »Ich suche keine Feinde.«

»Nur wenige Menschen suchen Feinde, aber sie scheinen uns trotzdem zu finden«, bemerkte er trocken. »Wie ich sehe, habt Ihr den Earl of Wakefield bereits kennengelernt?«

Während sie Brets Blick spürte, nickte sie. Das erzwungene Lächeln umspielte ihre Lippen immer noch. »In der Tat. Er war so freundlich, mich auf Euren Wunsch zur Tafel zu führen, Sire.«

»Ohne die Hilfe seines Vaters hätte ich England vielleicht nicht erobert. Und ohne Brets Beistand wäre mir die Krone in diesen letzten Jahren womöglich entrissen worden.«

»Gewiß leistet er Euch wertvolle Dienste«, antwortete sie, senkte den Kopf und versuchte, ihren Sarkasmus zu verbergen.

»Allerdings. Bedauerlicherweise ist er nur ein jüngerer Sohn. Sein Bruder wird den Titel des Königs erben.«

»Euer Gnaden, Ihr habt mir einen kostbaren Titel verliehen«, warf d'Anlou ein.

»Aye, einen Titel, und dazu habt Ihr auch ein Stück Land bekommen. Dezimiertes Land«, fügte William seufzend hinzu. »Es ist schwierig, ein Königreich aufzuteilen, das schon in zahlreiche kleine Gebiete zerfallen ist.«

»Welch ein Pech, daß Ihr so vielen Männern Dank schuldet, Sire«, meinte Allora leichthin.

Ihr Vater räusperte sich und drückte unter dem Tisch ihre Hand. Aber William lachte. Und Bret erklärte in entschiedenem Ton, als wollte er das Thema abschließen: »Der edle Titel, den ich nun trage, genügt mir vollauf, Euer Gnaden. Und mein Vermögen will ich aus eigener Kraft mehren.«

»Bravo!« rief William.

»Oh, wie ehrenwert!« spottete Allora und begegnete dem durchdringenden Blick stahlblauer Augen. Plötzlich erschauerte sie. Offenbar fand der Earl of Wakefield sie nicht mehr amüsant, sondern betrachtete sie eher als Ärgernis.

Nun wandte sich William zu ihrem Vater. »Ioin, Ihr habt kaum etwas gegessen. Glaubt mir, diese Speisen sind nicht vergiftet.«

Ioin faltete seine Hände auf dem Tisch. »Euer Gnaden, vor lauter Sorge ist mir der Appetit vergangen.«

»Warum sorgt Ihr Euch? Euer Bruder sitzt gesund und wohlbehalten neben Eurer Tochter. Vermutlich hat er seinen Aufenthalt im Tower sogar genossen. Vor allem seine Schachpartien mit den Wachtposten, nicht wahr, Robert?«

Grinsend zuckte Robert die Achseln.

»Und doch nahm er an einem Aufstand gegen mich teil — das dürfen wir nicht vergessen«, fuhr William fort und spießte mit einem kleinen Messer ein Stück Geflügelfleisch auf. »Über das alles dachte ich gründlich nach. Für jeden Herrscher ist das Grenzland ungemein wichtig. Meint Ihr nicht auch, Bret?«

Ebenso wie Allora schien auch d'Anlou zu erkennen, daß der König auf etwas ganz Bestimmtes hinauswollte.
»Natürlich, Sire. Aber Malcolm hat Euch die Lehenstreue geschworen ...«
»Trotzdem beherbergt er sächsische Flüchtlinge«, unterbrach ihn der König, »und er zettelt Revolten an.«
»Es ist keine Revolte, wenn ein Mann behalten will, was ihm gehört!« mischte Allora sich ein. »Und manche Leute vertreten die Ansicht, die Schlacht von Hastings hätte den Kampf nicht beendet.« Dieser Mann mußte doch einsehen, daß ein erobertes Volk kein glückliches Leben führen konnte.
Plötzlich bemerkte sie die tiefe Stille ringsum. Alle, die an Williams Tisch saßen, waren verstummt und starrten sie an — der Vater voller Entsetzen, der König sichtlich erzürnt, Robert belustigt und Bret d'Anlou ... Mit seltsamen, schimmernden Augen — als wollte er sie gewaltsam zum Schweigen bringen.
Das tat er nicht. Aber nun bereute sie ihre unbedachten Worte, weil sie die Angst ihres Vaters spürte.
Warum hatte sie ihr Temperamtent nicht gezähmt? Sie mußten Roberts Leben retten, und so freundlich der Eroberer den Verwandten seines Gefangenen auch begegnete — er hatte bewiesen, wie skrupellos er vorgehen konnte.
Auch diesmal wartete Allora vergeblich auf einen königlichen Wutausbruch. »Vertreten manche Leute diese Ansicht?« fragte er sanft. »Gewiß meint Ihr die Bewohner der Far Isle?«
»König William ...«, begann ihr Vater würdevoll.
»Nein, Ioin, ich spreche mit Eurer Tochter.«
Ihr Atem stockte, aber sie hielt Williams Blick stand.
»Malcolm ist der König von Schottland«, erinnerte sie ihn.
Er lächelte und biß in ein Stück Fleisch. »Und Schottland gehört zu dem Gebiet, das Edward dem Bekenner

den Treueeid geleistet hat. Deshalb ist es englisches Eigentum, Mylady.«

Sie fühlte, wie ihre Unterlippe zitterte. Zweifellos wollte er sie alle vereinnahmen — ihre Familie, ihre Landsleute. »Wenn Ihr uns in eine Falle gelockt habt ...«

»Niemals würde der König so etwas tun«, fiel d'Anlou ihr mit scharfer Stimme ins Wort.

William lachte und prostete ihm wieder zu. »Nein, Lady, Ihr seid in keinen Hinterhalt geraten. Ich habe Eurem Vater zugesichert, hier würden ihm keine Gefahren drohen, und er kann unbeschadet nach Hause reisen. Aber Eurem Onkel habe ich nichts versprochen.«

Krampfhaft schluckte sie. »Also verlangt Ihr von meinem Vater, seine Heimat zu opfern, um das Leben seines Bruders zu retten ...«

»Allora!« rief Ioin.

»Noch verlange ich gar nichts. Ich möchte nur vorschlagen, wie man ein schwieriges Problem lösen könnte.« Wieder warf der König einen eindringlichen Blick auf Bret. »Meine Verteidigungsbastionen an der Nordgrenze müssen gestärkt werden. Meint Ihr nicht auch, Bret? Da mein eigener Sohn in der Normandie für Unruhe sorgt, ist es um so wichtiger, daß ich mich gegen Malcolm behaupte — und gegen meine Untertanen im Norden.«

»Aye, die Verteidigungsbastionen an der Nordgrenze sollten befestigt werden«, stimmte Bret zu.

»Ah!« rief der König, als der unterhaltsame Teil des Abends begann. Jaulende Hunde wurden aus der Halle gejagt, und ein dressierter Bär tappte herein, gefolgt von seinem Wärter. Lebhafter Beifall belohnte die Possen des großen Tiers, das sich am Boden wälzte und auf den Hinterbeinen tanzte.

Aber Allora interessierte sich nicht für die Darbietung. Sie beobachtete den König. Als er ihren Blick spürte, lächelte er ihr zu, und sie starrte auf ihre Hände hinab.

Wieder erklang enthusiastischer Applaus. Der Bär balancierte auf einer langen Stange, die auf zwei Stühlen lag. Schließlich sprang er herunter, und sein Wärter verneigte sich. Dann führte er seinen gelehrigen Schützling hinaus.

»Ich brauche die Far Isle«, erklärte der König leise, und Ioin wollte aufspringen. »Bleibt sitzen!« befahl William. »Natürlich möchte ich Euch die Insel nicht entreißen, Laird Ioin. Bis zu Eurem Lebensende gehört sie Euch. Und sie ist das Erbe Eurer Tochter.«

Erschrocken hielt Allora den Atem an, und Robert stieß hervor: »Nichts darf dem Mädchen geschehen, nicht einmal um meines Lebens willen ...«

»Ich werde ihr nichts zuleide tun«, fiel William ihm ungeduldig ins Wort. »Aber mein Vorschlag hängt mit ihr zusammen.«

»Welcher Vorschlag?« flüsterte sie.

Lächelnd berührte er ihren Weinkelch mit seinem. »Die Far Isle ist Euer Eigentum, Ioin. Aber ich bin Euer Oberherr, und dies soll durch Euren Schwiegersohn bestätigt werden. Für Euch wäre es kein Verlust, für mich ein großer Gewinn. Und Robert Canadys könnte aus der Gefangenschaft entlassen werden.«

Allora starrte Bret d'Anlou an. Natürlich, er wußte, was der König mit ihr vorhatte. Aber darauf würden ihr Vater und ihr Onkel nicht eingehen. Und welches Schicksal erwartete Robert, wenn sie dem Plan des Eroberers nicht zustimmten?

»Wer ist der Mann?« hörte sie ihren Vater mit brüchiger Stimme fragen. »Niemals werde ich meine Tochter mit einem Narren vermählen ...«

»Gewiß nicht, Ioin«, entgegnete der König jovial. »Ich biete Euch meinen allerbesten Gefolgsmann an.«

Seinen allerbesten Gefolgsmann ... Nein, unmöglich! »Nein«, wisperte Allora.

»Und der wäre?« erkundigte sich Ioin.

»Bret d'Anlou, Earl of Wakefield«, antwortete der König.

Diesmal war es erstaunlicherweise Bret, der den Atem anhielt. Dann sprang er auf und starrte den König an, die Augen von unverhohlenem Zorn erfüllt. »Euer Gnaden, es überrascht mich, daß Ihr Eure Absichten nicht mit mir besprochen habt!«

Allora seufzte erleichtert. Wenn er gegen die Heirat protestierte, würde der König seinen Plan sicher aufgeben. Aber zu ihrer Bestürzung erhob sich ihr Vater. »Bret d'Anlou, wollt Ihr meine Tochter und mich beleidigen?«

Offenbar konnte sich Bret nur mühsam beherrschen. »Ich schwöre bei Gott, niemals würde ich Euch oder irgendein Mitglied Eurer Familie beleidigen, Laird Ioin. Ihr müßt mir verzeihen — der König hat mich überrumpelt. Eigentlich hatte ich angenommen, eine solche Situation würde die Gegenwart meiner Familie erfordern. Außerdem liegen meine Ländereien weit von der Far Isle entfernt. Deshalb könnte ich ihr nicht die Aufmerksamkeit widmen, die sie verdient.«

»Nun, wir alle sollten in Ruhe über den Vorschlag nachdenken«, meinte William großzügig. »Es eilt nicht.« Doch sein Tonfall warnte alle Beteiligten. Gewiß, sie sollten seinen Plan erwägen — und sich dafür entscheiden.

Zitternd stand Allora auf und mußte ihre ganze innere Kraft aufbieten, um nicht auszusprechen, was sie von Williams Tücke hielt — und von seinem allerbesten Gefolgsmann. Mit keinem Wort durfte sie das Leben ihres Onkels gefährden.

»Wenn Ihr mich entschuldigen würdet ...«, würgte sie hervor.

Auch der König erhob sich und ergriff ihre Hand. »Ihr wollt uns schon so früh verlassen?«

Mühsam zwang sie sich zu einem Lächeln. »Euer Gnaden, ich möchte mit meinen Gedanken allein sein.«

»Ah!«

»Ich begleite meine Tochter in unser Quartier ...«, begann Ioin, aber der König umfaßte seine Schulter.

»Später möchte ich mit Euch und Eurem Bruder reden, Laird Ioin — in einem anderen Raum, wo wir ungestört sind. Was immer die Zukunft bringen mag — der Earl of Wakefield wird Allora in Eure Räume geleiten und dafür sorgen, daß ihr nichts zustößt.«

»Sire ...« In steifer Haltung verbeugte sich d'Anlou vor dem König. »Mylady?« Zum zweitenmal an diesem Abend bot er Allora seinen Arm, und seine kobaltblauen Augen warnten sie vor einem Protest.

Als sie sich nicht rührte, packte er ihre Hand, und sie spürte die Hitze, die von seinem Körper ausging. Beinahe wäre sie zurückgezuckt.

»Laird Ioin, ich werde Eure Tochter wohlbehalten in Euer Quartier bringen«, versprach er. Während er Allora zur Tür zog, spürte sie die neugierigen Blicke, die ihr folgten. Nun erregte sie noch größeres Interesse als bei ihrer Ankunft.

3

Im Hof des White Tower befreite sie sich von Wakefields Griff und fröstelte in der kühlen Nachtluft.

So viele zornige Worte lagen ihr auf der Zunge. Aber sie bezwang ihre Wut und sagte so würdevoll wie möglich: »Guten Abend, Mylord d'Anlou.«

Als sie sich abwandte, um den Hof zu durchqueren, spürte sie eine starke Hand auf ihrer Schulter. Unsanft wurde sie herumgedreht. Sie starrte in kalte blaue Augen.

»Mylady, ich habe Eurem Vater versprochen, Euch in Euer Quartier zu geleiten.«

»Sicher legt Ihr keinen Wert auf meine Gesellschaft ...«

»Oh, doch«, unterbrach er sie sarkastisch. »Ich weiß, Ihr wollt mich unbedingt loswerden. Aber ich kann es kaum erwarten, weitere Beleidigungen aus Eurem Mund zu hören.«

»Das bezweifele ich.«

»Wie auch immer, ich bin es Eurem Vater schuldig, Euch zu begleiten.«

»Glaubt mir, ich werde auch ohne Euren Beistand wohlbehalten in meinem Zimmer ankommen. Und mein Vater braucht nichts davon zu erfahren.«

»Ich habe ihm mein Wort gegeben, und das möchte ich halten.«

»Aber ...«

»Seid nicht albern! In London wimmelt es von zwielichtigen Gestalten, die Euch überfallen könnten.«

»Ihr meint, man würde mich zu etwas zwingen, das ich nicht will?«

»Allerdings.«

»Nun, genau das beabsichtigt der König. Welche

schlimmere Gefahr sollte mir in den Londoner Straßen drohen?«

»Mylady ...« Plötzlich riß er sie an sich, und sie spürte seine Kraft, seinen verhaltenen Zorn. »Lieber würde ich eine alte Hexe heiraten als ein so süßes, schönes Geschöpf mit einer so scharfen Zunge. Seid versichert, der Plan des Königs mißfällt auch mir.«

»Aber *Ihr* könnt ihn vereiteln. Nachdem Ihr William so treue Dienste geleistet habt, wird er Eure Wünsche gewiß berücksichtigen.« Seine Finger umschlossen ihren Arm noch fester.

»Würdet Ihr mich loslassen, Mylord?«

»Ich bringe Euch in Euer Quartier.«

»Nein, ich ...«

Ungeduldig fluchte er und trug sie zum Tor, wo mehrere Wachtposten standen. »Jean-Luc!«

Während Allora erbost und erfolglos versuchte, sich aus ihrer würdelosen Position zu befreien, führte ein Junge d'Anlous großen Schimmel in den Hof.

»Auf diesem Biest reite ich nicht«, fauchte sie.

»Doch«, erwiderte Wakefield und setzte sie kurzerhand in den Sattel. Dann stieg er hinter ihr auf und lenkte den Hengst zur Straße hinaus.

»Fürchtet Ihr Euch vor Ajax?«

»Nicht einmal normannische Biester jagen mir Angst ein«, zischte sie.

Der Ritt dauerte nicht lange. Offenbar wußte d'Anlou, wo Allora wohnte. Hatte er das Haus bei seiner Ankunft bemerkt — und sie am Fenster stehen sehen? Aber vielleicht war der Gefolgsmann, der dem König so nahe stand, über Laird Ioins Quartier informiert worden. Vor dem Tor zügelte er den Schimmel, sprang auf den Boden und hob Allora aus dem Sattel.

»Nun, Ihr habt mich wohlbehalten hier abgeliefert«, bemerkte sie. »Wärt Ihr jetzt so freundlich, mich zu verlassen?«

»Ihr steht immer noch auf der Straße, Mylady.«

Wortlos eilte sie zum Eingang.

»Ajax, attend-moi!« befahl er seinem Pferd und folgte ihr. Dann begrüßte er den weißhaarigen Diener, der das Tor öffnete. »Guten Abend, Joseph.« Darüber wunderte sie sich nicht. Natürlich mußte er den Mann kennen, da der König sicher sehr oft Gäste in diesem schönen Haus unterbrachte.

»Mylord Bret, wie schön, daß Ihr wieder da seid!« rief Joseph erfreut. »Wie geht es Eurer Familie?«

»Danke, bestens.«

»Wenn Ihr mich nun entschuldigen wollt ...«, bat Allora.

»In der Küche steht ein Faß Bordeaux, Mylord«, verkündete Joseph fröhlich, »ein ausgezeichneter Wein. Ich werde Euch und Ihrer Ladyschaft sofort zwei Kelche kredenzen. Im Kamin des Wohnraums brennt bereits ein Feuer, zum Schutz vor der feuchten Nachtluft. Tretet doch ein!«

»Aber ich möchte nicht ...«

Ohne Alloras Protest zu beachten, umfaßte d'Anlou ihren Arm und führte sie die Treppe hinauf. Da sie wußte, daß der alte Joseph sie beobachtete, wehrte sie sich nicht. Aber im Wohnzimmer war sie weit genug von den Dienstboten entfernt, um ihrer Empörung Luft zu machen. »Mylord, ich möchte allein sein. Ich bin müde und sehr verärgert. Da ich Eure Sprache spreche, werdet Ihr mich doch verstehen, oder?«

»Ich habe Euch noch einiges zu sagen.«

»Vielleicht läuft da draußen irgendeine alte Hexe herum, die größeren Wert auf Eure Gesellschaft legen würde.«

Unsanft drückte er sie in einen Sessel vor dem Kaminfeuer. »Wenn Ihr nicht endlich den Mund haltet, heirate ich Euch nur um des Vergnügens willen, einen Knebel zwischen Eure Zähne zu stopfen.«

»Das würdet Ihr nicht wagen! Außerdem heirate ich Euch niemals. Mein Vater, mein Onkel und mein Volk werden es nicht zulassen.«

»Mylady ...« Abrupt verstummte er, als schwere Schritte die Stufen heraufpolterten, zog sein Schwert und rannte zur Tür.

»Verdammt!« erklang ein heiserer Fluch. »Zum Teufel mit diesem Mann!«

Entsetzt sprang Allora auf, denn sie erkannte die Stimme ihres Vaters, der nun ins Zimmer stürmte. Sofort merkte sie ihm an, daß er betrunken war. Nachdem sie mit d'Anlou den White Tower verlassen hatte, mußte der Bastardkönig Ioins Kelch mehrmals mit französischem Wein gefüllt haben. Nun glänzten die Augen des Lairds glasig, sein hochrotes Gesicht verzerrte sich.

»Vater!« warnte sie ihn. In d'Anlous Gegenwart durfte er den Eroberer nicht beschimpfen. Außerdem würde Joseph, ein Diener Williams, am Fuß der Treppe stehen und alles mit anhören.

Erst jetzt entdeckte er Wakefield, der immer noch sein Schwert in der Hand hielt. »Ihr!« Plötzlich lachte er. »O ja, William ist ein tückischer Schurke. Das ganze Land will er in seinen Besitz bringen, und er schreckt vor nichts zurück. Doch er wird sein Ziel nicht erreichen.«

»Ihr solltet ins Bett gehen, Ioin«, schlug d'Anlou mit ruhiger Stimme vor.

»Nein, ich gestatte es nicht!« brüllte Ioin, und Allora schrie auf, als er sein Schwert aus der Scheide riß und Bret d'Anlou angriff, den mächtigen Earl of Wakefield.

»Nein!« rief sie verzweifelt. D'Anlou war nüchtern, Herr seiner Sinne und gewiß ein besserer Kämpfer als ihr Vater. Womöglich würde er Ioin töten. »Nein!« Entschlossen trat sie vor, um sich zwischen die Männer zu werfen.

Doch das war überflüssig. D'Anlou trat zur Seite und hob sein Schwert nur, um ihrem Vater die Waffe aus der Hand zu schlagen, die klirrend auf dem Holzboden landete. Aus dem Gleichtgewicht geraten, prallte Ioin gegen eine Wand, stürzte und rieb sich stöhnend den Kopf.

»Vater!« Ehe Allora ihn erreichte, kniete d'Anlou bereits an seiner Seite und half ihm, sich aufzurichten.

Verwirrt blinzelte Ioin ihn an. »Das war dumm von mir, was?«

»Nun, ich fürchte, Ihr habt etwas zu tief in den Weinkelch geblickt«, erwiderte d'Anlou lächelnd.

»Aber es wäre ein interessanter Kampf gewesen ...«

»Jeder kennt Eure Stärke, Sir — auf dem Schlachtfeld und im Frieden.«

Seufzend schüttelte Ioin den Kopf. »*Euch* grolle ich nicht, d'Anlou, das wißt Ihr.«

»Aye.«

Verwundert schaute Allora von einem Mann zum anderen, und Ioin sagte leise: »Danke, daß Ihr mich nicht erstochen habt.«

Wortlos nickte d'Anlou, dann erhob er sich und half ihm auf die Beine. Ioin wankte schwerfällig zum Tisch, setzte sich und stützte seinen Kopf in die Hände.

In diesem Augenblick erschien Joseph mit einem Tablett, auf dem Kelche und eine Weinkaraffe standen. »Bordeaux, Mylord Wakefield«, verkündete er.

Aber d'Anlou schob ihn zur Tür zurück. »Heute abend nicht mehr.«

Sichtlich verblüfft entfernte sich der Diener.

»Man darf dem König niemals trauen«, bemerkte Ioin erbost.

»Eigentlich müßtet Ihr seine Handlungsweise verstehen, Mylord«, entgegnete d'Anlou und nahm ihm gegenüber Platz. »Malcolm hat ihm den Treueeid geschworen und dann Rebellen beherbergt. Glaubt mir, Sir, nach Williams aufrichtiger Überzeugung gehört England rechtmäßig ihm, er hat es nicht erobert, sondern geerbt. Und die Far Isle ist ein Teil von England ...«

»Wie schnell er die Geschichte vergißt!« fiel Ioin ihm ungeduldig ins Wort. »Vor knapp zweihundert Jahren gab es kein solches England. Alfred war König in Wessex. In den übrigen Gebieten herrschten andere eigenständige Könige. Athelstan eroberte 927 Northumbria, Eric Bloodaxe, der Däne, war König von York. 1013 wurde Sweyn Forkbeard als König anerkannt, und nur wenige Jahre später regierte Canute die nördlichen Sachsen, und Athelstan die südlichen.« Traurig schüttelte er den Kopf. »Nach dem Ende der Königreiche wurden die großen Grafschaften gegründet — Northumbria, Wessex, Mercia und East Anglia. Nur vier — und dann erscheint der Eroberer und vergibt neue Titel, einfach so ...«

»Sicher, Laird Ioin, mein Titel wurde erst vor kurzem ins Leben gerufen. Mein Land liegt in einer verwüsteten nördlichen Region. Wie wir alle wissen, gilt ein Adelstitel als Belohnung. Und William deutete bereits an, kein König könnte mehrere tausend Männer mit Reichtümern bezahlen.«

»Euren Lohn mache ich Euch nicht streitig, d'Anlou. Ich protestiere nur gegen Williams Auffassung von seiner Domäne. Für lange Zeit war die Far Isle selbst ein Königreich.«

»So wie Wessex und Mercia. Zu ihrem eigenen Wohl wurden sie vereint.«

»Aber Schottland bleibt ein Königreich.«

D'Anlou lächelte, und Allora spürte erstaunt die Sympathie zwischen den beiden Männern.

»Deshalb braucht William Eure Loyalität, Laird Ioin.«

»Von dieser Heirat, die der König erwähnt hat, wußtet Ihr nichts.« Es war keine Frage, sondern eine Feststellung.

»Gar nichts.«

»Das ist kein Problem«, warf Allora hastig ein, und sie blickten verwundert zu ihr auf, als hätten sie ihre Anwesenheit vergessen. »Da Wakefield mir erklärt hat, er würde seine eigenen Entscheidungen treffen, haben wir nichts zu befürchten.«

Keiner der beiden Männer gab ihr eine Antwort. Sie wechselten einen kurzen Blick, dann stand d'Anlou auf. »Gute Nacht, Laird Ioin — Mylady.« Höflich verneigte er sich und verließ das Zimmer.

Während seine Schritte auf der Treppe verhallten, wandte sich Allora zu ihrem Vater. »Keine Angst. Er hält nichts von Williams Plan, und deshalb ...«

»Allora!« unterbrach er sie und preßte ächzend die Hände an seine Schläfen.

»Dieser verdammte französische Wein bereitet mir viel größeren Kummer als die Tücke des Königs! Hätte ich doch Ale getrunken!«

»Warum haben wir drei nicht vereinbart, daß ich d'Anlou nicht heiraten werde? Dann könnten wir's dem König sagen.«

»Wärst du doch zu Haus geblieben! Dann hätte er meine Tochter vielleicht vergessen.«

»Aber worauf es jetzt ankommt ...«

»Es gibt keinen Ausweg. Wenn d'Anlou sich weigert, dich zu heiraten, wird William dich mit einem anderen seiner Gefolgsmänner vermählen — oder Robert hinrichten lassen.«

Kraftlos sank sie auf einen Stuhl und kämpfte mit den Tränen.

»Er ist ein guter Mann«, betonte Ioin.

»D'Anlou?« würgte sie hervor, und er nickte.

»Wäre er Malcolms Gefolgsmann ...«

»Aber er ist ein Normanne. Und wenn ich seine Frau werde, verlieren wir alles.«

»So ist es, meine Tochter.«

»Was sollen wir tun?«

»Wir werden einen Weg finden.«

»Haben wir denn eine Wahl? Er würde Robert töten.«

»Wer weiß? Schlafen wir erst einmal darüber. Dieser elende französische Wein ... Morgen kann ich sicher wieder etwas klarer denken.«

Als sie seine Verzweiflung spürte, lief sie um den Tisch herum und umarmte ihn. »Ja, du hast recht, Vater, schlafen wir darüber. Gewiß finden wir morgen eine Lösung.«

Sie half ihm auf die Beine und stützte ihn, als sie ihn in sein Zimmer führte. Dort sank er aufs Bett, und sie zog ihm die Stiefel aus. Dann breitete sie eine Decke über seinen Körper.

»Allora«, flüsterte er und berührte ihre Hand. »Seit deiner Geburt bist du mein kostbarstes Juwel. Irgend etwas wird mir schon einfallen ...«

»Schlaf jetzt!« Zärtlich küßte sie seine Stirn, und er schloß die Augen. Schweren Herzens ging sie in ihr eigenes Zimmer.

Silbernes Mondlicht erfüllte den Raum. Sie trat ans Fenster und blickte zur Straße hinab, wo ein Wachtposten des Königs auf und ab ging. Als sie sich vorbeugte, sah sie das schimmernde Wasser der Themse.

Wie glücklich war sie bei ihrer Ankunft in London gewesen. Und jetzt ...

Sie schloß die Augen, und in ihrer Fantasie erschien Bret d'Anlous Gesicht. Ein guter Mann, behauptete ihr Vater. Und ihre eigene Meinung? Ein arroganter Ritter, der ihre Naivität verspottete, der ihr seinen Willen aufgezwungen und ihren Arm umklammert hatte ...

Bei dieser Erinnerung erschauerte sie unwillkürlich. Sie hob die Lider, warf einen letzten Blick auf die nächtliche Stadt, dann kleidete sie sich aus und ging zu Bett. Bedrückt starrte sie zur Zimmerdecke hinauf. Doch sie hatte keinen Grund zur Sorge. Denn d'Anlou besaß die Macht, die Hochzeit abzulehnen.

Schließlich versank sie in einem unruhigen Schlaf und wurde von seltsamen Träumen heimgesucht. Sie stand inmitten dichter grauer Nebelwolken, und *er* ritt auf seinem großen Schimmel zu ihr ...

4

Wutentbrannt stürmte er ins Stadthaus seines Vaters. Zu seiner Verblüffung wartete Eleanor auf ihn. Zumindest hatte sie es versucht. Sie saß auf einem Stuhl in der Halle, den Kopf in den Armen vergraben, die auf dem blankpolierten Tisch lagen, und schlief.

Doch seine temperamentvolle Ankunft mußte sogar Tote wecken. »Bret!« Lächelnd stand sie auf, lief ihm entgegen und umarmte ihn. Ihre blauen Augen strahlten, langes schwarzes Haar fiel ihr auf den Rücken.

»Meine Kleine...« Liebevoll erwiderte sie die Umarmung, dann kehrte sie zum Tisch zurück, um einen Weinkelch zu füllen.

»Oh, ich habe dich so vermißt! Sechs Wochen können einem endlos erscheinen. Wie geht es Vater und meinen Brüdern? Mutter macht sich immer solche Sorgen, wenn du in den Kampf ziehst. Kein Wunder, nachdem sie schon so viele geliebte Menschen verloren hat! Was macht Robin? Ist Philips Wunde gut verheilt? Wir hatten solche Angst um ihn. Aber Vater schrieb uns, Philip würde bald genesen...«

Trotz seiner Kopfschmerzen lächelte er, folgte ihr und ergriff ihre Hand. Jetzt, da er ihren Wortschwall hörte, hatte er zum erstenmal an diesem Tag das Gefühl, er sei wirklich nach Hause gekommen. »Vater ist wohlauf, er ist immer noch stark wie eine Eiche. Robbie tritt in seine Fußstapfen. Aye, Philips Wunde müßte inzwischen verheilt sein, mit Hilfe einer schönen jungen Gräfin. Alle lassen dich herzlich grüßen, und vielleicht werden wir bald in die Heimat reisen. Da könnte es gewisse Probleme geben, weil William seinem ältesten Sohn Robert die Herrschaft über die Normandie anvertraut hat. England ist für William Rufus bestimmt. Aber der König kann Robert nicht nach Belieben schalten und walten lassen. Was dem Eroberer gehört, will er behalten. Deshalb bleibt Vater in der Normandie, um nach dem Rechten zu sehen. Allzulange dürfte es nicht mehr dauern, bis er hiersegeln wird. Der König beorderte mich nach London, weil er einen neuen Aufstand im Norden befürchtet, und ich kenne diese Gegend. Außerdem«, fuhr er fort und zwinkerte Eleanor zu, »besitze ich dort, auf verbrannter Erde, eine grandiose Grafschaft.«

Sie lachte leise. »Was immer dich hierherführt, wir freuen uns alle, dich wiederzusehen.«

Plötzlich runzelte sie die Stirn, denn sie spürte seine Sorge. »Stimmt was nicht?« fragte sie und reichte ihm den Weinkelch. »Natürlich wissen wir schon seit Stunden, daß du in London bist. Diese Neuigkeit verbreitete sich wie ein Lauffeuer in der ganzen Stadt. Warum kommst du erst jetzt nach Hause?«

Nachdenklich nippte er an seinem Wein und erinnerte sich, in welchen Zustand dieses Getränk den Laird aus dem nördlichen Grenzland versetzt hatte.

Wie er von seinem Vater wußte, wäre Williams Eroberungsfeldzug mißlungen, hätte er zu wenig Wein besessen. Englisches Ale und englisches Wasser hatten die Krieger geschwächt und ihnen heftige Magenbeschwerden bereitet. Beinahe wäre das Land wieder in den Besitz der Sachsen gelangt, hätte der französische Wein die Normannen nicht gerettet.

Und an diesem Abend hatte dieser gute Tropfen den Laird fast um den Verstand gebracht. Bret nahm noch einen Schluck, dann setzte er sich und legte die Füße auf den Tisch.

»Sprich doch endlich!« drängte Eleanor.

»Oh, der König — dieser elende König . . .«

Bestürzt starrte sie ihn an, und er seufzte. »Tut mir leid, ich wollte dich nicht aufregen. Ich kam erst jetzt nach

Hause, weil ich William Vaters Depeschen übergeben und ihn über die Situation in der Normandie informieren mußte. Und danach ...« Er stutzte. »Wo ist Mutter? Beim Abendessen hat der König nach ihr gefragt. Offensichtlich wurde sie heute in den White Tower eingeladen.«

»Sie ist mit Elysia und Gwyn zusammen, und sie werden wohl die ganze Nacht in der Kirche verbringen. Deshalb wollte sie die Einladung des Königs nicht annehmen. Natürlich hätte sie dich gern gesehen, sofort nach deiner Rückkehr, und gefragt, wie es Vater geht. Er fehlt ihr sehr.«

»Das weiß ich.« Brets Eltern waren überaus glücklich miteinander, obwohl seine Mutter Fallon aus Harolds inoffizieller, nach dänischem Recht geschlossener Ehe stammte.

William bezeichnete Harolds Kinder aus dieser Ehe als Bastarde, so wie er selbst ein Bastard war. Aber Fallon und ihr Mann, Alaric d'Anlou, wußten es besser. Wenn der Eroberer die Sitten des Volks, das er regierte, nicht verstehen wollte, konnte man nichts dagegen unternehmen. Nur in Anwesenheit ihres Gemahls ertrug Fallon die Gesellschaft des Königs. Wann immer Alaric sich nicht in London aufhielt, ging sie William aus dem Weg. Das verstand Bret nur zu gut. Ihre Mutter, ihre Brüder, Vettern und Freunde — alle hatten zu verschiedenen Zeiten rebelliert, und jedesmal, wenn ein Mitglied des Hauses Godwinson dem Herrscher Ärger bereitete, gab er Fallon die Schuld. Niemals hatte sie ihre Familie verraten, obwohl ihre Schwester bei der Ankunft des Eroberers sofort zu ihm geeilt war, um ihren Treueeid abzulegen. Auch ihren Schwiegervater hatte Fallon nie verraten. Bret liebte seine Eltern von ganzem Herzen und bewunderte sie.

Bis zu diesem Augenblick hatte er nicht überlegt, was geschehen würde, wenn die Mutter erfuhr, daß William ihrem zweitgeborenen Sohn eine Ehefrau aufzuzwingen versuchte. Zweifellos würde sie gegen den König kämpfen. »Großer Gott«, flüsterte er.

»Bret, du warst sechs Wochen weg, und jetzt sitzt du da und sagst Dinge, die keinen Sinn ergeben!« klagte Eleanor. »Du machst mir angst.«

»Tut mir leid, meine Kleine.«

»So klein bin ich nicht mehr«, seufzte sie.

Natürlich nicht, dachte er lächelnd. Seine Schwester war fünfzehn und entwickelte sich zu einer schönen Frau — die zweitjüngste nach der zweijährigen Gwyn, deren Ankunft die ganze Familie überrascht hatte. »Gut, ich will von vorn anfangen, Eleanor.«

»Ja, bitte.«

»Heute wurde ich von der ganzen Stadt freundlich begrüßt. Erstaunlich, wieviel sich in so kurzer Zeit geändert hat! Die Leute jubeln einem Gefolgsmann des Eroberers zu, und ich empfand ein gewisses Triumphgefühl, als ich auf Ajax durch die Straßen ritt. Nachdem ich im Tower gebadet und mich umgezogen hatte, hielt der König eine Besprechung mit mir ab. Dann begann das Abendessen.«

»Wir hörten, an der königlichen Tafel würden berüchtigte schottische Rebellen sitzen, und das erregte Mutters Neugier. Beinahe hätte sie ihren Haß gegen den König überwunden und die Einladung angenommen.« Eleanor rückte ihren Stuhl an Brets Seite und setzte sich. »Was sind das für Männer? Wilde Barbaren. Die Leute behaupten, wenn William seinen Gefangenen hängen läßt, würde dieser Robert Canadys den Henker verspotten und auf dem ganzen Weg zur Hölle lachen. Oh, und das Mädchen! Über die Tochter des Lairds erzählt man sich die wildesten Geschichten. Sie soll groß und stark sein, und man munkelt sogar, sie hätte sich einen Busen abgeschnitten wie die alten Kriegsgöttinnen. Angeblich ist sie sehr schön und temperamentvoll.«

Ist sie das, fragte sich Bret. Aye, schön wie ein goldblonder Engel. Und temperamentvoll? O ja ... »Jedenfalls hat sie zwei Brüste«, bemerkte er trocken.

Eleanors Augen leuchteten auf. »Also hast du sie gesehen — und die schottischen Lairds!«

»Englische Lords, nach Williams Meinung. Aye, Schwesterchen, ich sah sie alle.« Er schenkte sich noch etwas Wein ein und nippte an seinem Kelch.

»Und?«

»Ioin Canadys ist weder wild noch barbarisch. Zum erstenmal sah ich ihn vor einigen Jahren, als ich mit Vater nach Norden ritt, unter Williams Banner und unserem eigenen. Nein, Ioin ist gewiß kein Ungeheuer.«

»Und der Mann, der vielleicht am Galgen enden wird?«

»Auch Ioins Bruder ist kein Barbar, doch er hält nichts vom Frieden. Wenn der Laird stirbt, geht sein Besitz an seine Tochter Allora, und Robert wird das Amt des Familienoberhauptes übernehmen. Weil er überzeugt ist, seine Loyalität stünde dem schottischen König zu, wird er immer wieder gegen William kämpfen. Von Anfang an war Malcolm ein Dorn im Auge des Eroberers, dem er Treue schwor, ohne es ernst zu meinen.«

»Und Ioins Tochter?«

Ja, sie ist schön, dachte Bret und glaubte, ihr Gesicht vor sich zu sehen, die zierliche Nase, die sie viel zu hoch trug, die vollen, verführerischen Lippen, die smaragdgrünen Augen unter sanft geschwungenen honigblonden Brauen, die elfenbeinweiße seidige Haut ...

In der Tat, Ioin Canadys hatte eine zauberhafte Tochter. Und sie haßte alle Normannen. Für sie würde es keinen Unterschied machen, wenn sie erfuhr, daß in Brets Adern auch sächsisches Blut floß, von der königlichen Familie seiner Mutter geerbt. Nach ihrer Ansicht zählte nur eins — er diente William, ebenso wie sein Vater.

»Nun, wie ist die Tochter?« fragte Eleanor ungeduldig.

»Ein wunderschönes Mädchen — mit scharfer Zunge ...«

Nach einer kleinen Pause neigte sie sich zu ihm. »Nun weiß ich noch immer nicht, was dich bedrückt.«

»William möchte die Far Isle unter seine Kontrolle bringen. Deshalb soll Ioin Canadys seine Tochter mit einem loyalen normannischen Ritter verheiraten.«

»Mit wem?«

»Mit mir.«

Erschrocken sprang Eleanor auf. »Heilige Maria! Ich dachte, du hättest mit Lord DePont besprochen, daß du Lucinda heiraten wirst. Dann würde dir das Schloß außerhalb von Windsor gehören, die Ländereien, der Herrschaftssitz in Dover und ...«

»Statt dessen soll ich für den König eine stürmische, kalte Insel gewinnen, deren Bewohner mich verabscheuen werden.«

»Und Lucinda?«

Er trank noch etwas Wein, der sein Blut allmählich erwärmte. Lucinda, die süße exotische Schönheit, die ihn so heiß liebte ...

»So, wie ich den König kenne, hat er bereits einen anderen Bräutigam für sie ausgesucht«, stieß er zwischen zusammengebissenen Zähnen hervor. »Heute abend informierte er Canadys und mich über seine Pläne. Wahrscheinlich weiß die arme Lucinda noch gar nichts davon.«

Besänftigend legte Eleanor eine Hand auf seinen Arm. »Vielleicht kannst du den König umstimmen. Er braucht dich, und deshalb wird er auf dich hören.«

»Das bezweifle ich. Vater ist in der Normandie ...«

»Oh!« flüsterte sie bestürzt, als sie seine Gedanken erriet. »Und unsere Mutter — hier in London!«

»Wenn sie davon erfährt ...«

Aus Rücksicht auf Alarics Verpflichtung dem König gegenüber, pflegte Fallon ihre Gedanken für sich zu behalten. Aber sie war eine lebhafte, leidenschaftliche Frau, und sie haßte den Eroberer immer noch, der ihren Vater bekämpft und dessen Tod verursacht hatte. Wenn William nun das Glück ihres Sohnes bedrohte — würde sie sich gegen den König stellen? Wer sollte sie daran hindern, solange ihr Mann in der Normandie blieb?

»Also wirst du dieses Mädchen heiraten?« fragte Eleanor bedrückt.

»Aye!« Er stand auf, trat vor den Kamin und starrte ins Feuer. »Obwohl sie mich haßt. Aber wenn sie's noch ein einziges Mal wagt, meinen Zorn zu erregen, wird sie's bitter büßen.«

Er kam zum Tisch zurück und ergriff die irdene Karaffe. »Den Wein nehme ich in mein Schlafzimmer mit — um auf mein künftiges Eheglück zu trinken.«

»Morgen wirst du schreckliche Kopfschmerzen haben, Bret«, warnte Eleanor.

»Das nehme ich gern in Kauf, wenn ich heute nacht Schlaf finde.« Er beugte sich hinab und küßte Eleanors Stirn. »Vorerst darfst du niemandem verraten, was ich dir erzählt habe. Versprichst du mir das?«

»Natürlich.«

»Je später unsere Mutter davon erfährt, desto besser.«

Langsam stieg er die Treppe hinauf. In seinem Zimmer trat er ans Fenster und starrte ins Mondlicht. Dann goß er Wein in einen Becher und hob ihn hoch.

»Auf dich, meine verdammte schottische Prinzessin!« flüsterte er. Immerhin war sie jung und schön. Aber seine Feindin ...

Nachdem er die Karaffe geleert hatte, zog er seine Tunika und die Stiefel aus. Erschöpft sank er aufs Bett, und der ersehnte Schlaf ließ nicht lange auf sich warten.

5

Kurz nach dem ersten Hahnenschrei ging Allora ins Zimmer ihres Vaters, der tief und fest schlief. Zuviel Wein, dachte sie lächelnd und zog ihm die Decke bis ans Kinn.

Dann eilte sie nach unten und erklärte Joseph, sie würde einen Morgenspaziergang unternehmen und vielleicht ein paar Kleinigkeiten kaufen.

»Paßt gut auf den Laird auf!«

»Aye, Mylady. Aber Ihr solltet nicht allein ausgehen.«

»Allzuweit werde ich mich nicht vom Haus entfernen«, versprach sie und lief auf die Straße hinaus, ehe er noch einmal protestieren konnte.

Um diese frühe Stunde begegneten ihr nur wenige Leute, und es dauerte nicht lange, bis sie ihr Ziel erreichte.

Vor dem Tor des Towers teilte sie dem Wachtposten mit, sie sei Lady Allora und William habe sicher nichts einzuwenden, wenn sie ihren Onkel, Robert Canadys, besuchen würde. Aber ihr strahlendes Lächeln vermochte den Mann nicht zu überzeugen. Ein älterer Mann erschien, dessen faltiges, vernarbtes Gesicht von zahlreichen Kämpfen kündete. Auch er zögerte, und sie fürchtete bereits, er würde sie abweisen, als er plötzlich über ihre Schulter spähte und erleichtert seufzte.

»Mylord! Da ich den König um diese Zeit nicht stören darf, könntet Ihr mir vielleicht helfen, was das Anliegen dieser Lady von der Far Isle betrifft.«

Ein großer Schatten fiel auf die sonnenhelle Mauer, und Allora drehte sich um. Zu ihrer Bestürzung erkannte sie Bret d'Anlou, in einer eleganten blauen Tunika, das Schwert an der Hüfte. »Was gibt's?« fragte er den älteren Wachtposten.

»Nun, ich möchte es nicht verantworten, die Lady einzulassen.«

»Ich werde sie zu ihrem Onkel begleiten, dann habt Ihr nichts zu befürchten.« Bret umfaßte Alloras Ellbogen und führte sie durch den imposanten Eingang. Bedrückt überlegte sie, ob er ihr gestatten würde, allein mit Robert zu sprechen. Als er ihr Zittern spürte, lächelte er. »Habt Ihr Angst? Vor mir, Mylady?«

Entschieden schüttelte sie den Kopf. »Was Euch angeht, könnte mir nur vor der Ehe grauen, die der König uns aufzwingen will. Aber da Ihr mir versichert habt, Ihr würdet lieber eine alte Hexe heiraten, muß ich mich nicht sorgen.«

»Vielleicht habe ich mich anders besonnen.«

Alles Blut wich aus Alloras Wangen. »Ihr beliebt zu scherzen!«

»O nein, Lady.«

»Aber — warum?«

Er fluchte ungeduldig. »Warum heiratet man? Um Reichtümer zu gewinnen, in diesem Fall Eure kostbare, eiskalte, stürmische Insel. Nachdem ich in aller Ruhe über die Idee des Königs nachgedacht habe, erscheint sie mir sehr verlockend.«

»Ihr lügt! Diese Ehe wäre Euch in tiefster Seele zuwider, das weiß ich, und ich würde Euch die Hölle auf Erden bereiten.«

»Wenn wir heiraten, werde ich Euch zähmen.«

»Wie könnt Ihr es wagen ...«, begann sie, aber er fiel ihr ins Wort.

»Dort vorn kommt Euer Onkel. Wenn Ihr ungestört mit ihm reden wollt — dort drüben, neben dem Kaminfeuer, findet Ihr einen Alkoven.« Er verneigte sich, und sie eilte zu Robert, der an einen Tisch voller Speisen trat und einen Teller füllte. Auch andere Leute erschienen — Soldaten, Geistliche und Dienstboten.

»Onkel!«

»Allora!« Sichtlich erfreut, wandte er sich zu ihr. »Wie lieb von dir, einem armen Gefangenen das Frühstück zu versüßen!« In einer Hand den Teller, ergriff er mit der anderen ihren Arm und führte sie in den Alkoven, den Bret ihr gezeigt hatte. Stühle mit hohen Lehnen bildeten einen Halbkreis.

Als sie sich gesetzt hatten, schlenderte ein älterer Aristokrat in einer kurzen goldgelben Tunika heran und blieb stehen. »Oh, Ihr habt Besuch, Robert Canadys.« Höflich verbeugte er sich vor Allora. »Mylady ...«

»Das ist meine Nichte, Michael, und es beglückt mich, daß mir mein Fleisch und Blut Gesellschaft leistet. Da Ihr ein barmherziger Wärter seid, will ich Euch mit dem Stolz meines Volkes bekannt machen. Allora, darf ich dir Lord Michael Whitten vorstellen, den Count of Newby? Er wurde mit der unangenehmen Aufgabe betraut, mich zu bewachen. Aber er ist ein netter Mensch und beim König beliebt, also solltest du ihm ein freundliches Lächeln schenken.«

Belustigt lächelte sie den Count an, der sie neugierig musterte.

»Und jetzt hört zu gaffen auf, Mann!« mahnte Robert. »Allora möchte nur ihren armen Onkel besuchen und keinen anderen.«

»Mylady, es hat mich sehr gefreut, Euch kennenzulernen«, beteuerte Michael Whitten und zog ihre Hand an die Lippen.

Anmutig neigte sie den Kopf. »Das Vergnügen war ganz auf meiner Seite, Mylord.«

»Verschwindet, Michael!« drängte Robert. »Oder schlägt kein mitfühlendes Herz in dieser alten Kriegerbrust?«

»Doch, nur keine Ungeduld.« Der Count grinste gutmütig und entfernte sich.

»Endlich sind wir allein, meine liebe Nichte«, seufzte Robert und biß in einen gebratenen Rebhuhnschenkel. »Nun, was führt dich so früh am Morgen zu mir?«

»Was sollen wir tun?« flüsterte sie unglücklich. »William ist fest entschlossen, mich zu verheiraten . . .«

»Dann wird dir nichts anderes übrigbleiben.« Entsetzt starrte sie ihren Onkel an, mit dessen Hilfe sie gerechnet hatte. »Nur keine Angst, mein Mädchen!« fügte er beschwichtigend hinzu, als er ihren entsetzten Blick bemerkte. »Die ganze Nacht habe ich wach gelegen und nachgedacht. Und nun weiß ich, wie wir das Problem lösen werden. Wir gehen auf alle Forderungen des Königs ein . . .«

»Unmöglich!« protestierte sie.

»Sei still!« warnte er sie. »Glaub mir, es ist ganz einfach. Bret d'Anlous Familie besitzt ein Stadthaus, etwas weiter unten an der Themse. Das werden ihm seine Verwandten für eine ungestörte Hochzeitsnacht überlassen und sich in ihren Hauptwohnsitz Haselford begeben, der einen halben Tagesritt von London entfernt liegt. Hier in der Stadt habe ich viele Freunde, Allora. Viele Männer beugen sich nur notgedrungen dem Joch des Eroberers. Nach der Trauung folgst du d'Anlou in sein Stadthaus, und von dort fliehen wir nach Norden.«

Skeptisch runzelte sie die Stirn. »Wie sollen wir ihm entkommen, Onkel? Er trägt stets sein Schwert bei sich, und in London wimmelt es von seinen Leuten.«

»Wer uns in den Weg treten könnte, wird mit Drogen betäubt.«

»Leider hast du etwas Wichtiges vergessen. Wenn ich die Trauung über mich ergehen lasse, bin ich mit Bret d'Anlou verheiratet.«

»Wir retten dich, bevor die Ehe vollzogen wird, und wir streben eine Annullierung an, sobald wir uns außerhalb von Williams Reichweite befinden. Sicher wird uns der Papst keine Steine in den Weg legen.«

»Und wenn d'Anlou sich weigert, mich zu heiraten? Dazu war er gestern abend entschlossen. Heute morgen allerdings . . .«

»Ja, ich weiß, er hat sich's anders überlegt. Darüber spricht man im ganzen Tower. Schon am frühen Morgen suchte er den König auf und erklärte, er sei glücklich, eine so schöne junge Braut und reiche Erbin zu gewinnen.

Natürlich war William hocherfreut und bot ihm sogar einen kostbaren Goldschatz an.«

Beklommen beugte sie sich vor. »Warum ist er so schnell anderen Sinnes geworden?«

»Vielleicht macht er sich Sorgen«, meinte Robert. »Sein Vater hält sich in der Normandie auf und kann ihm nicht beistehen, seine Mutter ist Angelsächsin und deshalb in Williams Augen verdächtig. Also wird d'Anlou nichts tun, was den König erzürnen könnte. Natürlich wird der arme Michael bitter enttäuscht sein.«

»Warum, Onkel?«

»Ich glaube, er war die zweite Wahl des Königs, als er sich fragte, mit wem er dich verheiraten soll.«

»Aber — er ist doch viel zu alt.«

»Immerhin hat er seine letzte Braut überlebt, und die zählte erst zweiundzwanzig Lenze.« Nach einer kleinen Pause fügte Robert hinzu: »Nun, bist du mit meinem Plan einverstanden?«

»Vater wird protestieren.«

»Mit dem werde ich schon fertig. Jedenfalls mußt du der Hochzeit zustimmen.«

»Wird es kein Mißtrauen erregen, wenn ich meine Meinung so plötzlich ändere?«

»Sorg dich nicht, da fällt mir sicher was ein. Und vergiß nicht, ich habe Freunde in London. Wir bleiben in Verbindung, mein Mädchen. Vorerst mußt du Stillschweigen bewahren.«

Allora nickte. Bedrückt schaute sie in die Augen ihres Onkels, die fiebrig glänzten. Würde er sie alle ins Unglück stürzen? »Wenn wir es wagen, einen Mann wie den Grafen von Wakefield herauszufordern ...«

»Möchtest du mich lieber hängen sehen?« entgegnete er leise.

»Nein, gewiß nicht! Aber vielleicht ist es falsch, was wir vorhaben.«

»Der Zweck heiligt die Mittel. Es wäre grauenhaft, wenn William die Far Isle erobern und unsere Landsleute zu Vasallen erniedrigen würde.«

Das konnte sie nicht bestreiten. Sie stand auf. »Jetzt werde ich zu meinem Vater zurückgehen.«

Auch Robert erhob sich und stellte den Teller auf seinen Stuhl. »Ich halte dich auf dem laufenden«, versprach er und umarmte sie. »Danke für deinen Besuch in meinem düsteren Gefängnis, liebste Nichte. Sag deinem Vater nur, er muß dem König in allen Dingen zustimmen. Die Einzelheiten unserer Flucht werden wir später erörtern.«

Niemand hielt Allora auf, als sie die Treppe hinabsprang und aus dem Tower eilte. In Gedanken versunken, schlug sie die falsche Richtung ein und kam zu einer Steinmauer oberhalb eines schönen, sommerlichen Gartens. Entzückt blieb sie stehen und neigte sich vor. Dann stockte ihr Atem, und sie trat einen Schritt zurück. An einer der hohen alten Eichen lehnte d'Anlou.

»O Bret!« rief eine Frauenstimme, und Allora erkannte die dunkelhaarige Schönheit, die ihr am vergangenen Abend in der königlichen Halle aufgefallen war. Diese Frau hatte sie unentwegt angestarrt. Nun rannte sie zu d'Anlou, schlang die Arme um seinen Hals und preßte leidenschaftlich ihre Lippen auf seinen Mund. »Noch heute abend will man mich nach Wales schicken. Ich soll Lord d'Este heiraten!«

Seufzend strich er über ihr glänzendes schwarzes Haar. »Vielleicht kann ich es verhindern, Lucinda ...«

»Nein, bitte, unternimm nichts, Bret!« Wieder küßte sie ihn, und Allora staunte über die seltsamen Gefühle, die in ihr erwachten. Neid und Eifersucht ... »Der König glaubt immer noch, mein Vater wäre an der Revolte seines

Bruders in York beteiligt gewesen«, fuhr Lucinda fort. »Wenn Vater ins Gefängnis käme, wäre das sein sicherer Tod. Dafür ist er zu alt. Bret, ich flehe dich an! Du mußt schweigen. Sonst würde Williams Zorn deine und meine Familie treffen. Aber selbst wenn ich verheiratet bin — wir können uns immer noch sehen ...«

»Nein, meine Liebe, das wäre ehrlos.« Sanft schob er sie von sich. »Rolph d'Este ist ein guter Freund, ein anständiger Mann, den ich schon jahrelang kenne. Niemals würde ich ihn betrügen.«

Schluchzend legte sie den Kopf an seine Brust. »Aye, er ist ein guter Mann. Das leugne ich nicht. Aber — ich liebe dich ...«

Nun sprach Bret so leise auf sie ein, daß Allora nichs verstand. Nach dem letzten Kuß riß Lucinda sich los und rannte davon. Wütend schlug er mit einer Faust gegen den Eichenstamm. Dann schien er Alloras Blick zu spüren, denn er hob plötzlich den Kopf. Schnell trat sie zurück — doch es war zu spät, er hatte sie entdeckt, und sein Gesicht nahm einen kalten, abweisenden Ausdruck an.

Als sie die Flucht ergriff und an der Mauer entlanglief, kam sie nicht weit. Schon nach wenigen Schritten versperrte d'Anlou ihr den Weg.

»Würdet Ihr beiseite treten, Mylord?« bat sie, ohne ihn anzuschauen.

»Glaubt Ihr, ich lasse Euch einfach gehen? Nachdem Ihr ein privates Gespräch belauscht habt?«

»Das wollte ich nicht. Ich habe mich verirrt und ...«
»Tatsächlich?«

»Ach, zum Teufel mit Euch!« fauchte sie und wollte an ihm vorbeigehen, aber er umklammerte ihren Oberarm.

In seinen Augen schien ein Feuer zu lodern. »Mylady, der Gedanke, Euch heiraten zu müssen, erscheint mir immer unerträglicher.«

Erbost versuchte sie seine Hand abzuschütteln. Doch er

zog sie noch näher an sich heran, so daß sie seine kraftvolle, warme Brust spürte. »Gebt Ihr mir etwa die Schuld daran?« fragte sie entrüstet. »Es war die Idee Eures teuren Königs. Aber da Ihr mir versichert habt, Ihr würdet Eure Entscheidungen selber treffen, solltet Ihr diesem Unsinn ein Ende bereiten ...«

»So leicht ist das nicht. Warum protestiert Ihr nicht selber gegen unsere Heirat?« Als sie schwieg, lachte er leise. »Weil Ihr inzwischen den alten Michael kennengelernt habt und mich bevorzugt?«

»Keineswegs!« erwiderte sie ärgerlich. »Weil ich meinen Onkel retten muß!«

»Für seine üble Lage ist er selbst verantwortlich.«

»Wollt Ihr ihn etwa hängen sehen?« flüsterte sie entsetzt.

»Niemals würde ich einem Menschen den Tod wünschen. Aber eins muß ich Euch sagen, Mylady. Hätte Robert sich nicht an diesem Aufstand beteiligt, wäre Euer Vater auf der Far Isle geblieben, und William wüßte vielleicht gar nicht, daß der Laird ein Anhänger des schottischen Königs ist. Eines Tages wird Euer leichtsinniger Onkel den armen Ioin noch in den Tod treiben.«

Empört hob sie ihre freie Hand, um ihn zu schlagen, aber er packte auch ihren zweiten Arm. »Wenn Ihr mich so verabscheut, solltet Ihr gegen diese Heirat protestieren, Mylady.«

»Warum *ich*? Wieso unternehmt *Ihr* nichts dagegen, obwohl Ihr doch lieber eine alte Hexe heiraten würdet als mich?«

»Inzwischen habe ich mich anders besonnen.«

»Aber warum?«

»Aus vielen Gründen. Nicht zuletzt, weil diese Verbindung für beide Seiten Vorteile mit sich bringt.«

»Nicht für mein Volk ...«

»Doch, auch für Euer Volk. Wenn Eure Landsleute nicht vor William in die Knie gehen, werden sie's bitter bereuen.« Verzweifelt starrte Allora ihn an, und er fügte in sanfterem Ton hinzu: »Mylady, Ihr wißt, wo ich stehe — wo ich stehen muß. Die Entscheidung liegt bei Euch. Aber seid gewarnt — ich bin ein Mann, der sein Ehegelübde ernst nimmt. Und wenn Ihr mich heiratet, müßt Ihr alle Pflichten einer Gemahlin erfüllen.« Als er Tränen in ihren Augen schimmern sah, ließ er sie los. »Glaubt mir, uns beide könnte ein schlimmerer Schicksalsschlag treffen. Immerhin bekomme ich keine alte Hexe, sondern eine junge schöne Frau, und allzu abstoßend sehe ich auch nicht aus. Ich bin kein altersschwacher Krüppel ...«

»Also darf ich nicht hoffen, mich in absehbarer Zeit des Witwenstands zu erfreuen.«

»Allerdings nicht. Nur um Euch eins auszuwischen, werde ich sehr lange am Leben bleiben.«

»Ach, fahrt doch zur Hölle!« zischte sie und wollte wieder an ihm vorbeilaufen. Aber er legte seine Hände auf ihre Schultern, und als sie in seine ernsten Augen schaute, schlug ihr Herz schneller.

»Wie gesagt, die Entscheidung liegt bei Euch, Mylady. Aber wenn Ihr mich heiratet, werdet Ihr mir gehorchen, mich ehren — und mit mir schlafen.«

Unter seiner Berührung schien ihre Haut wie Feuer zu brennen.

»Und Ihr?« wisperte sie.

»Natürlich werde auch ich meine schöne junge Frau ehren und gut für sie sorgen.«

»Aber Ihr liebt Lucinda.«

»Ich hatte eigentlich die Absicht, sie zu heiraten«, gab er zu.

Unsicher senkte sie den Blick. Was Onkel Robert nicht ahnte — sie spielte mit dem Feuer, mit einer kleinen Flamme, die jederzeit emporlodern konnte.

»Heute morgen teilte ich dem König mit, ich würde auf seinen Vorschlag eingehen«, erklärte Bret, legte einen Finger unter ihr Kinn und zwang sie, ihn wieder anzuschauen. »Alles weitere liegt bei Euch.«

»Bitte, laßt mich vorbei!« flüsterte sie.

Da trat er zurück, verneigte sich, und Allora ergriff die Flucht.

6

»Sicher hat der König seine subtile Hand im Spiel«, bemerkte Fallon und schaute ihren Sohn prüfend an.

An diesem Spätnachmittag saßen sie in der Halle ihres Stadthauses. Der Sommer ging bereits in den Herbst über, und abends wurde es kühl. Im Kamin brannte ein helles Feuer. Kurz zuvor war Fallon mit ihren beiden Töchtern zurückgekehrt, hatte Bret liebevoll begrüßt und auf beide Wangen geküßt.

Er fand es wundervoll, wieder zu Hause zu sein, die kleine Gwyn in die Luft zu schwenken, ihr fröhliches Kinderlachen zu hören, die fast achtzehnjährige Elysia zu umarmen — eine faszinierende Schönheit mit den silbergrauen Augen des Vaters und dunkelrotem Haar, das sie von ihren Godwin-Verwandten mütterlicherseits geerbt hatte.

Nun waren Eleanor, Elysia und Gwyn nach oben gegangen, und Fallon beobachtete ihren Sohn mißtrauisch.

Noch ehe sie das Haus betreten hatte, war sie über Brets Heiratspläne informiert worden. Offenbar sprach man in London über nichts anderes. Und so wußte sie bereits, daß er die Tochter eines nordischen Lairds heiraten sollte. »Stimmt das Gerücht?« lautete ihre erste Frage, nachdem er ihr versichert hatte, sein Vater und seine Brüder seien wohlauf.

»Aye, Mutter«, hatte er bestätigt.

Nun saßen sie allein vor dem Kaminfeuer, und sie erkundigte sich: »Ich habe doch recht? War es Williams Idee?«

»Er wollte das Mädchen mit einem seiner Gefolgsmänner verheiraten.«

Bei diesen Worten zuckte Fallon zusammen. Sie zählte

nicht zu Williams Anhängerschaft, akzeptierte aber, daß er die Krone trug. Ihr Vater konnte nicht von den Toten auferstehen, ihr Mann und ihre Söhne mußten dem König dienen. Damit hatte sie sich abgefunden. »Und seine Wahl fiel auf dich?« Argwohn verdunkelte ihre blauen Augen. Mit ihren vierzig Jahren war Harolds Tochter noch immer eine schöne Frau, schlank und geschmeidig. Kein einziger grauer Faden durchzog das pechschwarze Haar. Nur ein paar zarte Fältchen um die Lider verrieten ihr Alter.

»Bret, ich will die ganze Wahrheit hören.«

Statt zu antworten, stand er auf, ging zu ihr und küßte ihre Stirn. »Wann immer Vater dich wiedersieht, muß er den Eindruck gewinnen, du hättest dich seit eurer ersten Begegnung überhaupt nicht verändert.«

»Bestenfalls, wenn er mich in einem dunklen Zimmer antrifft«, erwiderte sie trocken. »Aber da ich damals noch sehr jung war, hoffe ich doch sehr, daß ich mich ein bißchen verändert habe. Und nun sprich endlich! Mit deinem charmanten Kompliment kannst du mich nicht vom Thema ablenken.«

»Ganz einfach. William bot mir die Tochter des Lairds von der Far Isle und ihr Erbe an.«

»Aber er hat dir bereits den Titel eines Earls verliehen, so wie deinem Vater, den Robin beerben wird. Und weil Philip nicht leer ausgehen sollte, wurde er zum Grafen ernannt und erhielt Ländereien in der Normandie. Obwohl William deinem Großvater die Krone entriß und deine Verwandten jahrelang bekämpfte, war er erstaunlich großzügig zu uns, vor allem zu dir. Und wenn er meinen Vater auch nicht allzu gut kannte — ich glaube, er bewunderte ihn.«

»Weil Großvater sich tapfer zur Wehr setzte, bis er auf dem Schlachtfeld fiel.«

»Er wurde gnadenlos niedergemetzelt ... Aber wir wollen nicht schon wieder vom Thema abkommen. Wie gesagt, der König hat dir bereits große Ländereien übertragen ...«

»Die für mindestens eine Generation verwüstet bleiben werden, ganz gleich, wie hart die Leute arbeiten.«

»Ich wußte bislang gar nicht, daß du nach Reichtum strebst.«

»Nun, das Grenzland interessiert mich, Mutter.«

»Diese rauhe, kalte, windgepeitschte Gegend?«

»Vor einigen Jahren lernte ich die Far Isle kennen, und sie faszinierte mich. Die Festung wurde aus dem Gestein der Insel erbaut und ist fast uneinnehmbar. Damals war ich sehr erleichtert, weil wir nicht gezwungen wurden, sie zu belagern. Glücklicherweise erwies sich Ioin als vernünftiger, besonnener Mann, der bereitwillig mit Vater verhandelte. Gewiß, über der Insel wehen oft heftige Stürme, aber wenn das Wetter schön ist, leuchtet der Himmel strahlend blau, und das Meer scheint sich bis in die Unendlichkeit zu erstrecken.« Deutlich erinnerte er sich an das majestätische Schloß, das sich auf den Klippen erhob, und erkannte verblüfft, daß er es tatsächlich besitzen wollte.

»Und das Mädchen?« fragte seine Mutter und hob die feingeschwungenen Brauen.

»Sie ist jung und schön, honigblond, schlank und anmutig ...«

»Und wie ich höre, nimmt sie kein Blatt vor den Mund.«

Bret lächelte. »Von dir könnte man das auch sagen, Mutter.«

»Mag sein ... Aber ich dachte, du würdest dich demnächst mit Lucinda verloben.«

»Sie heiratet Rolph und wird mit ihm ein Schloß an der Waliser Grenze bewohnen.«

»Was für eine schlauer alter Fuchs dieser William doch ist ...« Seufzend lehnte sich Fallon in ihrem Sessel zurück. »Und Lucinda hat sicher zugestimmt, das arme

Mädchen. Sie macht sich Sorgen um ihren Vater, nachdem ihr Onkel an diesem Aufstand teilgenommen hat. Großer Gott, das macht die halbe Macht der Krone aus! In England ist jeder mit jedem verwandt, der sich irgendwann einmal gegen den König erhoben hat. Und deshalb kann er mit den Leuten machen, was er will.«

»Rolph ist mein Freund, ein guter, anständiger Mann.«

Forschend betrachtete sie sein Gesicht. »Die Schottin bedeutet dir nichts. Aber ich fürchte, du hast auch Lucinda nicht geliebt.«

»Nun, ich mochte sie. Allerdings muß ich dir recht geben. Es war keine Liebe.«

»Und diese Allora?«

»Ich will sie haben. Ebenso wie das Schloß.«

Verblüfft erkannte er, daß er die Wahrheit sagte. Ja, er begehrte die Schottin, wollte ihre rebellischen Reden mit heißen Küssen ersticken, ihr goldenes Haar auf seiner bronzebraunen Haut sehen.

»Aber du liebst sie nicht«, erwiderte Fallon.

»Ich kenne sie kaum. Und in der Ehe spielt die Liebe nur selten eine besondere Rolle.«

»Wie du weißt, habe ich deinen Vater stets geliebt. Bret, wenn der König dich zu dieser Hochzeit zwingt, bekämpfe ich ihn mit allen Mitteln ...«

»Das möchte ich nicht. Wenn ich es wollte, würde ich mich selbst gegen ihn stellen. Niemals könnte er mich veranlassen, etwas zu tun, das mir in tiefster Seele zuwider wäre — nicht einmal, wenn er die schlimmsten Drohungen ausstieße.«

Gewiß, er hatte der Heirat zugestimmt, um einen Konflikt zwischen William und Fallon zu vermeiden. Aber irgend etwas an Allora ... Wenn er sie nicht begehrte, würde er dem König trotzen und mit seiner Familie in der Normandie untertauchen.

»Ich kann es kaum erwarten, dieses goldblonde kleine Biest zu sehen.«

»Dann wirst du also auf meiner Hochzeit erscheinen, Mutter?«

Lächelnd erhob sie sich. »O ja. Niemand könnte mich davon abhalten. Wann werdet ihr heiraten?«

»Bald. William will Alloras Onkel erst freilassen, wenn die Trauung stattgefunden hat. Und da der König möglichst schnell in die Normandie zurückkehren möchte, wird er die Arrangements beschleunigen.«

»Was geschieht danach?«

»Robert Canadys darf den Tower verlassen.«

»Und du?«

»Eine Zeitlang bleibe ich hier. Dann folge ich William in die Normandie. Und das nächste Mal komme ich hoffentlich mit Vater und meinen Brüdern nach London.«

»Darum werde ich beten.« Fallon lächelte wieder. »Für die Hochzeitsnacht will ich dir dieses Haus überlassen. Sobald die Trauung vollzogen ist, kehre ich mit den Mädchen nach Haselford zurück.«

»Danke, Mutter, aber ich möchte meine junge Frau nicht hierherbringen, weil jeder vermutet, daß ich's tun werde. Und in meiner Hochzeitsnacht will ich nicht von einer übereifrigen, neugierigen Freundesschar belagert werden. Wenn du verlauten läßt, du würdest mit deinen Töchtern nach Haselford ziehen, werden die Feriengäste hierhereilen und zu spät herausfinden, daß ich meine Braut an einem anderen Ort umarme.«

Verständnisvoll nickte Fallon. In den vornehmsten Familien war ein öffentliches Hochzeitsbett ebenso üblich wie beim gemeinen Volk. Die Hochzeitsgäste versammelten sich, um das Brautpaar auszukleiden und ins Bett zu legen. »Keine Angst, bring deine Braut nach Haselford, wann immer es dir beliebt. Übrigens, ist sie mit der Heirat einverstanden?«

Bret zuckte die Achseln. »Wenn sie sich weigert, wird die Zeremonie nicht stattfinden.«

»Nun, William hat schon viele junge Erbinnen mit

Männern seiner Wahl verheiratet. Und auf dem Weg zum Altar schrien die Mädchen aus Leibeskräften.«

»Glaubst du, ich will in der Kirche auf meine Braut warten, während sie gewaltsam zu mir gezerrt wird?«

»Nein, mein Lieber, du würdest sie eigenhändig vor den Priester schleifen.«

»Mutter ...«

Mit einer knappen Geste brachte sie ihn zum Schweigen. »Bret, ich erinnere mich an Zeiten, als die Dinge anders waren. Lies doch, was die Chronisten schreiben! Sie erkären, nachdem die Normannen hier angekommen seien, habe sich die englische Bauweise und die Landwirtschaft verbessert. Mit Williams Hilfe entwickeln wir uns zu einem starken Volk. Doch die neue Herrschaft hat auch ihre Schattenseiten. Zu Lebzeiten meines Vaters und auch schon vorher hatten die Frauen ihre Rechte, ihren eigenen Besitz, und sie konnten ihre Ehemänner selbst wählen. Aye, vornehme Damen heirateten, um die Wünsche ihrer Väter zu erfüllen und den Reichtum ihrer Familien zu mehren. Und es gab viele Mittel und Wege, um ein Mädchen zu zwingen. Aber nichts ist so absolut wie Williams Feudalsystem. Inzwischen wurden zahlreiche hilflose Frauen mit normannischen Lords vermählt, ohne das Ehegelübde abzulegen. Wenn sie sich schreiend wehrten, schob man ihnen einfach einen Knebel in den Mund.«

»Nun, ich werde mein Gelübde sprechen, und Allora soll tun, was ihr beliebt.«

Fallon seufzte. »Wie jeder weiß, schlägt ihr Herz für Schottland. Und die Schotten sind anders als wir, hauptsächlich Wikinger ...«

»Godwins Frau war eine Wikingerin, England wurde von Wikingern beherrscht, und sie drangen auch in die Normandie ein.«

»Aye, aber die Schotten sind und bleiben anders. Die Römer sind nur bis hierher gekommen. Schottland haben sie nicht erreicht. Gegen die listigen Heerführer des Hochlands waren sie machtlos, und so endeten alle Invasionsversuche an der Grenze. Wir Engländer wurden erobert. Die Schotten nicht.«

»Trotzdem werde ich die Far Isle regieren.«

»Ah, jetzt spricht der Normanne aus dir, mein Sohn.«

»Sorgst du dich um mich? Oder um meine schottische Braut?«

»Um euch beide.«

»Ich werde ein guter Ehemann und Landesherr sein.«

»Und ein guter Vater. Ich kann es kaum erwarten, mein erstes Enkelkind im Arm zu halten.«

»Auch diese Pflicht will ich erfüllen.«

Fallon seufzte wieder. »Also bist du fest entschlossen?«

»Ja.«

»Dann wünsche ich dir alles Glück dieser Welt, mein lieber Sohn. Ich werde zu deiner Hochzeit nur zu gern kommen — vorausgesetzt, du hast eine Braut.«

»Daran scheinst du zu zweifeln, und das kränkt mich«, neckte er sie. »Glaubst du denn, ich würde einen so schrecklichen Ehemann abgeben, daß Allora sich mit aller Macht gegen diese Hochzeit sträuben wird?«

Zärtlich berührte sie seine Wange. »Seit Jahren zählst du zu den begehrenswertesten Junggesellen am Hof. Immerhin stehst du in der Gunst des Königs, du hast in vielen Schlachten deinen Mut bewiesen und bist reich und attraktiv.«

Bret lächelte und hob die Brauen, denn seine Mutter sah natürlich nur das Allerbeste in ihm.

»Aber du heiratest eine Erbin, die einem anderen Volk angehört. Und dieses Volk bestreitet, erobert worden zu sein. Vielleicht weiß Allora deine edlen Eigenschaften nicht so sehr zu schätzen wie ich.«

»Sie soll selbst entscheiden, was sie von mir hält.«

»Also gut, warten wir's ab. Jetzt will ich nach den Mädchen sehen. Ißt du heute abend mit uns?«

»Nein, der König wäre sehr ungehalten, wenn ich nicht an seiner Tafel erscheine. Möchtest du mich in den Tower begleiten?«

Fallon schüttelte den Kopf. »Natürlich würde ich deine Lady gern kennenlernen. Aber du hast beschlossen, sie zu heiraten, ohne nach meiner Meinung zu fragen, und so werde ich dir auch nicht verraten, ob sie mir gefällt. Demnächst muß ich William ohnehin aufsuchen, um deine Hochzeit mit ihm zu besprechen, und das genügt mir vollauf.« Sie schnitt eine Grimasse und verließ die Halle.

Gedankenverloren starrte er ins Kaminfeuer. Seine Mutter konnte sich offenbar nicht vorstellen, daß ein Mädchen ihren geliebten Sohn zurückweisen würde — ganz gleichgültig, ob ihr die Braut zusagte oder nicht. Plötzlich bedrückte ihn sein folgenschweres Vorhaben. Nach Ioins Tod müßte er eine Insel regieren, wo ihn die Vasallen und seine Ehefrau verabscheuen würden.

Es klopfte an der Haustür, und er ging, um sie zu öffnen. Jarrett of Haselford stand auf der Schwelle, einer seiner Gefolgsmänner, den er seit seiner Kindheit kannte und der ihm in den ersten Schlachten als Knappe gedient hatte. Nun gehörte der rothaarige Mann mit den ernsten braunen Augen zu Brets vertrauenswürdigsten Rittern. »Mylord, ich bin so froh, Euch hier anzutreffen ...«, begann er.

»Was ist geschehen? Tretet doch ein!«

»Jetzt nicht. Ich wollte Euch nur mitteilen, daß man am Hof wieder einmal über Euch klatscht.«

»Das kümmert mich nicht, Jarrett.«

»Aber diesmal sollte es Euch interessieren. Man munkelt, die schottische Erbin habe sich bereit erklärt, Euch zu heiraten.«

»Oh ...« Also zieht sie mich dem alten Michael vor, dachte Bret. Oder hat uns Ioin seinen Segen gegeben?

Aber warum wirkte der Gefolgsmann so unglücklich?

»Man behauptet, sie habe sich geweigert«, fuhr Jarrett fort, »bis sie von ihrem Vater verprügelt worden sei.«
»*Was?*«
Beklommen nickte Jarrett. »Das muß sie irgend jemandem erzählt haben.«
»Allem Anschein nach. Aber so, wie ich Ioin kenne, ist es eine Lüge.«
»Mylord, tut mir leid, daß ich herkommen mußte ...«
»Unsinn, Ihr habt richtig gehandelt.« Fluchend verließ Bret das Haus, warf die Tür hinter sich zu und eilte zum Stall, dicht gefolgt von seinem alten Freund.
»Da wäre noch etwas, Mylord ...« Als Bret stehenblieb und sich umdrehte, schluckte Jarrett mühsam. »Ioin und sein Bruder sitzen gerade mit William in der königlichen Halle. Angeblich kann Allora nicht erscheinen, weil sie sich zu elend fühlt.«
Wütend stürmte Bret in den Stall und befahl einem Knecht: »Bring mir Ajax, schnell, mein Junge!«
Der Bursche in der blaugoldenen d'Anlou-Tracht beeilte sich, den Schimmel zu satteln, und Bret schloß selbst den Gurt. Dann stieg er auf. Jarrett zeigte auf seinen Fuchs, den er an einem Eisenpfosten auf der Straße festgebunden hatte. »Mylord, ich begleite Euch.«
»Nein, mein Freund, dieses Problem muß ich allein lösen. Aber falls die Hochzeit stattfindet, bitte ich Euch und die anderen, mir den Rücken zu decken.«
In schnellem Trab ritt Bret durch die Londoner Straßen. Die Nacht brach herein. An den Karren der Händler, die langsam nach Hause geschoben wurden, brannten Fackeln. Überall patrouillierten Williams Wachtposten. Er traf auch einige seiner eigenen Leute, die ihren Sieg in der Normandie feierten und den Lohn des Königs genossen. Ehrerbietig grüßten sie ihn, und er winkte ihnen zu. Als dicht vor Ajax Hufen der Inhalt eines Nachttopfes herabgeschüttet wurde, bäumte sich der große Schimmel auf. Bret beschwichtigte ihn mit sanfter Stimme und ritt

weiter. Plötzlich rannten ihm mehrere schmutzige, blasse, knochendürre Kinder entgegen. Mit großen Augen starrten sie ihn an. »Wakefield!« schrien sie. »Der Earl of Wakefield!«

»Aus dem Weg, meine lieben Jungen und Mädchen!« befahl er und warf ihnen einige Münzen zu, die sie eifrig aufhoben.

Während er sein Schlachtroß wieder anspornte, verschlechterte sich seine Stimmung weiter. Die Kinder erinnerten ihn an den Enkel, den seine Mutter sich wünschte. Was würde sie denken, wenn sie erfuhr, seine Braut sei geprügelt worden, ehe sie der Heirat zugestimmt habe? Trotz der stürmischen Eroberung Englands durch die Normannen war es der Familie in all den Jahren gutgegangen. Eine Fallon, die sich erbost gegen den König stellte, konnte er nun wirklich nicht gebrauchen. Aber ehe er diese Gefahr bannte, mußte er sich um Allora kümmern.

Endlich erreichte er das Haus, in dem sie wohnte. Er schwang sich aus dem Sattel, befahl Ajax, vor der Tür zu warten, und eilte hinein. In der Halle kam ihm Joseph entgegen, sichtlich bestürzt.

»Wo ist sie?« fragte Bret ungeduldig.

Joseph schaute zur Treppe und räusperte sich unbehaglich. »Mylord, ich werde der Lady mitteilen, daß Ihr hier seid ...«

»Danke, das teile ich ihr selber mit«, fiel Bret ihm ins Wort und rannte die Stufen hinauf.

Im Wohnzimmer und im Schlafzimmer zur Rechten traf sie niemanden an. Als er die zweite Tür aufstieß, sah er Allora auf dem Bett sitzen. Sie trug ein dünnes weißes Nachthemd, unter dem sich ihre vollen Brüste abzeichneten, das goldblonde seidige Haar fiel ihr auf den Rücken und glänzte im Widerschein des Kaminfeuers. Trotz seines Zorns verspürte Bret ein wachsendes Verlangen, und es verblüffte ihn selbst, wie heiß er sie begehrte.

Doch daran durfte er jetzt nicht denken. Er mußte ihr in aller Deutlichkeit klarmachen, was er von ihrem Verhalten hielt. Spöttisch erwiderte er ihren wütenden Blick und verschränkte die Arme vor der Brust. »Mylady, Ihr seht nicht so aus, als wärt Ihr mißhandelt worden. Euer Vater hat Euch also geschlagen? Was immer er Euch antat, von mir habt Ihr noch Schlimmeres zu erwarten.«

»Was?« rief sie verwirrt.

»Versucht Ihr, mich zu demütigen oder eine Straßenschlacht in London zu entfesseln?«

»Ich weiß nicht, wovon Ihr redet.«

»Habt Ihr nicht behauptet, Ihr wärt verprügelt und auf diese Weise gezwungen worden, in unsere Heirat einzuwilligen?«

»Würdet Ihr bitte gehen, Mylord Wakefield?« Erbost ballte sie die Hände. »Ganz gleichgültig, was mich veranlaßt, den Wunsch des Königs zu erfüllen — noch sind wir nicht verheiratet, und Ihr besitzt keine Rechte in meinem Schlafzimmer.«

»Ich gehe nur, wenn Ihr mich begleitet.«

»Heute abend bleibe ich hier. William hat sein Ziel erreicht, und die Gesellschaft am Hof mißfällt mir.«

»Wollt Ihr Euch nicht in der Öffentlichkeit zeigen und dem Gerücht entgegentreten, Euer Vater habe Euch grün und blau geschlagen, um Eure Hochzeit mit einem Ungeheuer zu erzwingen?«

»Was die barbarischen, räuberischen Normannen denken, ist mir gleichgültig.«

»Aber mir nicht«, entgegnete Bret und durchquerte den Raum. »Ich werde Euch nicht gestatten, meiner Familie zu schaden.«

»Verlaßt sofort mein Zimmer!« Angstvoll rückte sie zur Wand, weil sie fürchtete, er würde zu ihr kommen.

Aber statt dessen ging er zur Truhe am Fußende des Bettes, öffnete sie, zerrte Hemden, Tuniken und Schleier heraus, die er achtlos am Boden verstreute.

»Seid Ihr verrückt?« schrie Allora. »Vergreift Euch nicht an meinen Sachen!« Als er ungerührt fortfuhr, passende Kleidungsstücke für diesen Abend zu suchen, sprang sie auf und trommelte mit beiden Fäusten gegen seine Schulter. »Verschwindet! Wenn Euch das Gerücht über meinen Vater, der mich angeblich geschlagen hat, so sehr beunruhigt — bedenkt doch, was ich erzählen werde, nachdem Ihr ohne meine Erlaubnis hier eingedrungen seid!«

Da wandte er sich zu ihr, packte ihre Arme und schüttelte sie. Ein verführerischer Duft stieg ihm in die Nase. Vermutlich hatte Allora soeben gebadet. Ein Teil ihrer goldenen Locken war noch feucht. Während er in ihre funkelnden smaragdgrünen Augen starrte, wurde er von neuem Verlangen erfaßt. Am liebsten hätte er ihr das Hemd vom Leib gerissen, ohne die Hochzeitsnacht abzuwarten. Doch er bezähmte seine Leidenschaft. Erst einmal mußten sie sich für Mann und Frau erklären lassen, vor Gott und der Welt. »Heute abend werdet Ihr am Hof erscheinen und beweisen, daß Ihr gesund und unverletzt seid, Mylady. Dieses Gewand mit den durchsichtigen Ärmeln eignet sich am besten. Natürlich wäre ein Rückendekolleté noch vorteilhafter, doch das ist zur Zeit leider nicht *en vogue*. Vielleicht sollte ich William vorschlagen, Euer Kleid am Rücken aufzureißen. Das würde alle Zweifel beseitigen.«

»Ich gehe nicht mit Euch!« würgte sie hervor. »Und wir, die Bewohner des Grenzlandes, werden Barbaren genannt! Aber ich kenne kein Volk, das grobschlächtiger und primitiver wäre als die Normannen. In einer solchen Gesellschaft will ich nicht speisen ...«

»Zieht Euch an.«

»Nein.«

»Dann werde ich Euch ankleiden.«

»Oh, dieser anmaßende Spießgeselle eines Bastards!« zischte Allora und versuchte erfolglos, sich zu befreien. »Das würdet Ihr nicht wagen!«

Wortlos ergriff er ihr Nachthemd und riß es entzwei. Ehe es hinabgleiten konnte, hielt sie es hastig fest.

In ihren Augen glühte wilder Haß. »Mein Vater wird Euch töten!«

»Wollt Ihr ihn wirklich veranlassen, mir mit einem Schwert gegenüberzutreten, Mylady?«

Endlich gab sie sich geschlagen. Aber sie war noch lange nicht besiegt. Das verriet ihr Blick nur zu deutlich, und er dachte wieder an die Erklärung seiner Mutter. Nein, die Schotten betrachteten sich gewiß nicht als erobertes Volk.

»Also gut, ich begleite Euch an den Hof, Wakefield. Verlaßt mein Zimmer, damit ich mich anziehen kann.«

Sofort ließ er sie los und trat zurück.

»»Hinaus!« befahl sie mit zitternder Stimme.

»Nein, ich bleibe hier. Sonst würdet Ihr womöglich aus dem Fenster klettern. Ich glaube, um mir zu trotzen, würdet Ihr vor nichts zurückschrecken. Und ich bin dieses lächerlichen Kampfes müde.«

Das Blut stieg ihr in die Wangen, was ihm nicht entging. Also hatte sie tatsächlich erwogen, aus dem Fenster zu flüchten. »Aber ...«, begann sie.

»Keine Angst, Mylady, ich warte dort drüben.«

Spöttisch verneigte er sich, ging zur Tür und kehrte ihr den Rücken.

»Mein Onkel wird Euch töten!« warnte sie entrüstet. »Vielleicht nicht heute, vielleicht nicht morgen ...«

»Wenn er mich bis nach unserer Hochzeit am Leben läßt, bin ich schon zufrieden.«

»Möget Ihr in der tiefsten Hölle schmoren!« zischte sie. Doch sie kleidete sich erstaunlich schnell an. »Wir können gehen!« verkündete sie.

Als er sich umdrehte, sah er sie in dem Kleid, das er gewählt hatte. Über einem Hemd mit weiten, durchscheinenden geschlitzten Ärmeln trug sie eine Tunika, am Saum und am Ausschnitt mit weißem Kaninchenfell besetzt. Ein Goldreif umgab ihren Kopf, und daran hing ein dünner Schleier. Wohlgefällig musterte Bret seine Braut. Sie sah schön und jungfräulich aus — und unversehrt. Nur darauf kam es an.

»Seid Ihr zufrieden?« fragte sie kühl.

Er nickte, öffnete die Tür und ließ sie vorangehen. In der Halle wartete sie nicht auf ihn, sondern öffnete die Haustür.

»Mylady!« rief Joseph besorgt.

»Soeben hat Lady Allora sich anders besonnen«, erklärte Bret, »und nun kann sie es gar nicht erwarten, an der königlichen Tafel zu speisen.«

Lächelnd folgte er ihr auf die Straße hinaus, wo sie sich bereits um ein paar Schritte entfernt hatte. »Kommt zurück, Mylady! Ihr dürft nicht allein gehen. Außerdem wartet Ajax auf mich.«

»Dann hole ich mein eigenes Pferd.«

»Und Ihr würdet überall hinreiten, nur nicht zum Tower, nicht wahr?«

»Ich ziehe es vor . . .«

»Das interessiert mich nicht.« Ohne ihren Protest zu beachten, hob er sie in den Sattel seines Schimmels und stieg hinter ihr auf.

Stocksteif saß sie vor ihm und hüllte sich in Schweigen.

Wenig später betraten sie die Halle des Königs, der bereits mit seinen Gästen an der Tafel Platz genommen hatte. Ein Stuhl an seiner Seite war leer. Während Bret seine Braut dorthin führte, zwang er sich zu einem höflichen Lächeln und nickte den Brüdern Canadys zu, die an Williams anderer Seite saßen.

Ioin runzelte besorgt die Stirn, und Bret verkündete: »Mylord, Eure Tochter hat beschlossen, doch mit uns zu essen. Nun soll sie hier bei Euch sitzen, neben dem König.«

Höflich rückte er ihr den Stuhl zurecht, ignorierte ihre wütende Miene und entfernte sich.

»Bret!« Eine leise Stimme rief seinen Namen, als er an der Tafel entlangging, und er entdeckte seine Schwester Elysia neben einem jungen Grafen aus dem Südwesten, der sofort aufsprang.

»Es wäre mir eine Ehre, Mylord Wakefield, wenn ich Euch meinen Platz überlassen dürfte.«

»Danke, Mylord, diese Einladung nehme ich gern an.«

Als Bret sich neben Elysia setzte, flüsterte sie ihm zu: »Sie gleicht einem Engel, einer Göttin. Und ich glaube, du wirst keine allzu schreckliche Ehe mit ihr führen.« Diese vorlaute Bemerkung trug ihr einen strafenden Blick ein, aber sie sprach unbeirrt weiter. »Inzwischen ist Lucinda nach Wales abgereist. Dort wird sie heiraten. O Bret, es tut mir so leid.«

»Das ist nicht nötig. Ich habe ...«

»Du hast unsere Familie vor einem gräßlichen Unheil bewahrt. Hoffentlich weiß deine blonde Göttin ihr Glück an deiner Seite zu schätzen — da doch ihre zweite Wahl ein greiser Witwer gewesen wäre.«

»Welch ein Unsinn! Michael ist kein Greis.«

»Nun, vielleicht war das nur eine leere Drohung des Königs. Allora ist viel zu schön für so einen alten Lord.«

»Um sein Königreich zu behalten, würde William uns mit Kröten verheiraten«, erwiderte er bitter, dann spürte er Alloras Blick. Als er ihn erwiderte, schaute sie schnell weg.

Eine Platte mit einer gebratenen Wildschweinkeule wurde vor ihn hingestellt, und er schnitt ein Stück Fleisch ab. Danach servierten die Dienstboten Aal und Geflügel. Doch er beachtete die Speisen kaum, sondern musterte nur seine Braut. William schien sich in bester Stimmung zu befinden und hänselte sie, wobei ihm natürlich bewußt war, daß sie ihm höflich begegnen mußte, solange ihr gefangener Onkel und ihr Vater an seiner anderen Seite saßen. Zu seiner eigenen Verwunderung erwachte Brets Mitgefühl.

»Nur gut, daß ihr beide abend hergekommen seid«, wisperte Elysia. »Vorhin hörte ich ein furchtbares Gerücht. Ihr Vater soll sie geschlagen haben.«

»Nicht einmal ein Haar wurde ihr gekrümmt.«

»Das sehe ich. Warum starrst du mich so an?«

Seufzend schüttelte er den Kopf. »Weil ich wünschte, du wärst nicht hier.«

»Bret! Ich ...«

»Glaub mir, ich wollte dich nicht kränken. William möchte uns alle als Schachfiguren benutzen. Du mußt dich von seinem Hof fernhalten und gut aufpassen.« Als sie verständnislos die Brauen hob, fügte er hinzu: »Bald wird ein Gefolgsmann an den König herantreten und deine Hand erbitten, zum Lohn für treue Dienste. Und dann ...«

Errötend senkte sie den Kopf. »O Gott! Und ich dachte, Mutter wäre verrückt, weil sie jene Nacht lieber auf ihren Knien in der Kirche verbrachte, als mit dem König zu speisen. Heute verbot sie mir nicht hierherzukommen, aber sie war keineswegs erfreut. O Bret! Nie hätte ich vermutet ...«

»Pst!« warnte er seine Schwester. »Sobald ich verheiratet bin, möchte Mutter mit euch Mädchen nach Haselford zurückkehren. Demnächst wird Vater nach Hause kommen, und dann seid ihr in Sicherheit, denn nicht einmal William würde einen Mann beleidigen, der ihm jahrelang gedient hat.«

»Aber für dich ist es zu spät?« fragte sie leise.

Wieder betrachtete er seine Braut, das goldene Haar, das unter dem Schleier schimmerte, das makellose Gesicht. Nein, er durfte sich nicht beklagen. Plötzlich beobachtete er, wie sie zusammenzuckte und aufspringen wollte. Irgend etwas, das der König gesagt hatte, ließ sie erbleichen. Doch er legte eine Hand auf ihren Arm und zwang sie, sitzen zu bleiben.

Bret war nahe daran, an ihre Seite zu eilen und sie zu

verteidigen, aber der König erhob sich, ergriff Alloras und Ioins Hände, und die beiden mußten ebenfalls aufstehen. »Meine Freunde, trinkt mit mir auf meinen mächtigen, weisen schottischen Freund, den ich als Verbündeten gewonnen habe! Morgen abend wird Laird Ioins Tochter, Lady Allora, unseren tapfersten Ritter heiraten, Bret d'Anlou, den Earl of Wakefield, um unsere Grenzen zu stärken und unsere Völker friedlich zu vereinen!«

Ohrenbetäubender Jubel erfüllte die Halle, Weinkelche klirrten, gestiefelte Füße trampelten auf den Boden. Brets Gefolgsleute eilten zu ihrem Herrn, beglückwünschten ihn, drückten ihm die Hand und schlugen ihm auf die Schultern. Als er den König herankommen sah, erhob er sich. »Heute müßt Ihr in der Kapelle des Tower Eure fromme Nachtwache halten, Wakefield«, befahl William.

»Wie können wir so schnell heiraten? Die Kirche ...«

»Unter gewissen Umständen drückt die Kirche gern ein Auge zu.« Der König legte einen Arm um Brets Schultern und senkte seine Stimme. »Sollen diese wilden Kerle einen neuen Aufstand planen, noch ehe Ihr verheiratet seid?«

Dieses Argument überzeugte Bret. Auch in London hatte Robert Canadys seine Anhänger, und man durfte ihm keine Zeit lassen, eine Revolte anzuzetteln. Vielleicht beabsichtigte er sogar, mit seiner Nichte aus der Stadt zu fliehen, ehe sie mit einem normannischen Lord vor den Altar treten konnte.

»Nun, sind wir uns einig?« fragte der König.

Bret schaute zu Allora hinüber, die zwischen ihrem Vater und ihrem Onkel stand, von Gratulanten umringt. Eine Frau, die er heiß begehrte, die ihm gehören würde, so erbittert sie ihn auch bekämpfen mochte ... »Also gut, morgen abend, Euer Gnaden«, antwortete er.

7

Die Hände ehrfürchtig gefaltet, kniete Allora vor dem Altar in der schönen Kapelle Edwards des Bekenners nieder. Sie war in der Gesellschaft normannischer Damen hierhergekommen, die ihr freundlich ins Gesicht lächelten und hinter ihrem Rücken sicher schlecht über sie reden würden. Nun warteten sie im Hintergrund der Kirche, damit sie ungestört ihre Zwiesprache mit Gott halten konnte. Vor der Hochzeitsmesse würde sie ihre Sünden beichten müssen.

Seit der König verkündet hatte, am nächsten Abend würde die Trauung stattfinden, hatte sie ihren Bräutigam nicht mehr gesehen. In jenem schrecklichen Moment war ihr Blick zu Bret hinübergewandert. Er neigte sich zu einer rothaarigen Frau — einer weiteren Schönheit, die ihn anschmachtete. Aus unerklärlichen Gründen hatte Allora helle Wut und quälende Eifersucht empfunden, wie damals bei seiner Begegnung mit Lucinda ...

Verzweifelt betete sie, aber sie flehte den Allmächtigen nicht an, er möge ihr helfen, eine gute Ehefrau zu werden oder ihrem normannischen Gemahl möglichst bald einen Erben zu schenken. Nur eine einzige Bitte flüsterte sie dem Herrn zu. »Befreie mich von all diesen Männern, von meinem Vater und meinem Onkel, von meinem Bräutigam und dem König!«

Zu ihrer Linken kniete jemand nieder, und als sie sich zu ihm wandte, erkannte sie Robert. Den Blick auf das Kruzifix gerichtet, faltete er die Hände.

»Was machst du hier?« fragte sie wütend. Er hatte versprochen, die gemeinsame Flucht vorzubereiten. Aber wie sollte er das an einem einzigen Tag schaffen? Und nicht nur das! Er mußte das grauenhafte Gerücht verbreitet haben, sie sei von Ioin geschlagen worden, um der Hochzeit zuzustimmen. Gewiß, sie liebte ihren Onkel, wollte ihn weder am Galgen hängen noch enthauptet sehen. Aber sein skrupelloses Streben nach Freiheit stieß sie in einen Abgrund, aus dem es kein Entrinnen gab. Und je besser sie ihren künftigen Gemahl kennenlernte, desto gefährlicher erschien er ihr. Am nächsten Abend würde sie vor Gott und den Menschen schwören, den Earl of Wakefield zu lieben, zu ehren, ihm stets zu gehorchen. Und wenn ihr danach die Flucht gelang? Das würde er ihr niemals verzeihen, obwohl diese Heirat wohl kaum seinen Wünschen entsprach. Nur um seine Familie zu schützen, beugte er sich dem Willen des Königs. Daran zweifelte sie nicht.

Als sie ihren Onkel lächeln sah, verengten sich ihr Augen. Natürlich, er hatte allen Grund zur Freude, nachdem sie bereit war, seine Freiheit auf ihre eigenen Kosten zu erkaufen. »Was machst du hier?« wiederholte sie.

»Meine liebe Nichte, ich bin zu dir gekommen, um zu beteuern, daß ich dich niemals in Stich lassen werde.«

»Ah!« fauchte sie. »Wußtest du, wie sehr es dem König eilt, mich zu vermählen?«

»Nein«, gab Robert seufzend zu. »Aber du hast nichts zu befürchten. Meine Freunde werden uns beistehen.«

»Können wir ihnen trauen?«

»O ja. Viele Engländer sind verbittert, weil ihr Regent mit fremder Zunge spricht, und sie werden ihn bis zu ihrem letzten Atemzug hassen. Schau das Kreuz an, Allora, nicht mich! Man soll uns nicht nachsagen, wir Schotten hätten keine Ehrfurcht vor unserem Herrn Jesus Christus.«

»Mach dir keine Sorgen, ich liebe und achte meinen Gott. Wärst du nicht mein Onkel, würde ich ihn bitten, dich zu strafen. O Robert, wie konntest du nur ein so schreckliches Gerücht ausstreuen?«

»Du sagtest doch, Wakefield müsse von deinem Sinneswandel überzeugt werden«, unterbrach er sie und zuckte die Achseln.

»Aber so etwas von Vater zu behaupten ...«

»Offensichtlich wissen alle, daß es nicht wahr ist.«

»Onkel, das alles mißfällt mir. Wer sind deine Freunde? Ich muß es wissen.«

»Psst!« warnte er sie und räusperte sich, dann blickte er wieder ehrfürchtig zum Kruzifix auf. »Count Geoffrey of Ballantyre, Lord Flynn of Eire, die alte Sara, die täglich meine Kammer saubermacht — es sind genug. Treue Freunde, die Pferde für uns bereithalten und unseren Fluchtweg ebnen werden. Jetzt kann ich nicht mehr lange hier in der Kirche bleiben und mit dir reden. Also hör gut zu, Mädchen. Morgen abend um sechs wirst du heiraten. Danach findet der Hochzeitsempfang statt. Dein Mann wird dich in das Stadthaus seiner Familie an der Themse bringen und dort noch eine Zeitlang mit seinen Gästen weiterfeiern. Das steht fest, denn der König hat erfahren, Lady Fallon, Countess of Haselford, würde sich mit ihren Töchtern auf den Landsitz ihres Gemahls zurückziehen, damit ihr Sohn in der Hochzeitsnacht frei über das Londoner Haus verfügen kann. Dort wird sich morgen nacht ein Mädchen einschleichen, das zu unserem Kreis gehört. Du findest eine blaue Phiole neben Wakefields Bett.«

»Eine Phiole? Großer Gott, Onkel, was hast du vor? Ich kann ihn doch nicht vergiften ...«

»Sorg dich nicht, er wird nur tief und fest schlafen. Und wenn er erwacht, bist du über alle Berge.«

Allora starrte den Gekreuzigten an und schlang ihre zitternden Finger eineinander. Vor der Hochzeit würde sie d'Anlou nicht wiedersehen. Diese Nacht verbrachte er mit seinen treuesten Gefolgsmännern und seinen persönlichen Dienern in der Kapelle des Tower. Danach würde er sich in einem Gästezimmer des Königs bis zur Zeremonie ausruhen. Für einen kurzen Moment schloß sie die Augen. Gewiß handelte sie richtig, wenn sie die Wünsche ihres Onkels erfüllte. Da Wakefield sie nur notgedrungen heiraten wollte, würde sie ihm diese Qual ersparen.

»Dein Vater ist nicht allzu glücklich über meinen Plan«, fuhr Robert fort. »Aber er sieht ein, daß wir etwas unternehmen müssen. Dein Glück liegt ihm sehr am Herzen.«

»Und dir deine Freiheit«, wisperte sie.

»Uns alle erwartet die Freiheit«, erwiderte er ärgerlich. »Hast du vergessen, woher wir stammen? Wir sind ein freies, unabhängiges Volk!«

Das hatte sie nicht vergessen. Doch sie fragte sich, welche Rolle es für die Menschen auf der Far Isle spielen mochte, wem ihr Laird die Lehenstreue hielt. Ihr Leben verlief stets in den gleichen Bahnen, tagaus, tagein. Wie es dem Feudalsystem entsprach, bestellten sie das Land und übergaben Ioin einen Teil ihrer Ernte. Dafür genossen sie seinen Schutz. Jeder hatte seinen Platz — die Schmiede und Böttcher, die Fischer und Schäfer, die Mägde im Schloß, die Stallburschen, die Leibwächter ... Und alle führten ein arbeitsreiches, aber friedliches Leben. Manche verließen ihre Insel niemals. Was in der Außenwelt geschah, kümmerte sie nicht. Wie auch immer, sie waren kein erobertes Volk, und sie genossen das Bewußtsein ihrer Freiheit. O ja, Robert hat recht, dachte Allora. Und sie würde tun, was sie tun mußte, um sich dem Diktat des englischen Königs zu entziehen.

»Laß mich nicht im Stich«, beschwor sie ihren Onkel, »sonst werden wir alle hängen.«

»Sei unbesorgt, auf mich kannst du dich verlassen.« Er ergriff ihre Hand und küßte sie. Dann bekreuzigte er sich und stand auf. Während er davonging, schaute sie ihm nach und beobachtete, wie er von königlichen Wachtposten erwartet wurde. Offensichtlich hatten sie ihn hierher eskortiert und würden ihn nun in sein Gefängnis zurückbringen. Bedrückt senkte sie den Kopf, versuchte wieder zu beten, doch es gelang ihr nicht.

Nach einer Weile kniete ihr Vater neben ihr nieder. Er sah aus, als wäre er über Nacht um Jahre gealtert. »Gott möge uns verzeihen und uns beistehen«, flüsterte er.

»Bitte, Vater, sei nicht verzweifelt!« flehte sie. »Ich weiß, Roberts Plan mißfällt dir, weil du Wakefield deine Zuneigung geschenkt hast. Aber du mußt bedenken — auch er wünscht sich seine Freiheit.«

»Hoffentlich hast du recht ...«

»Wir können Roberts Absicht immer noch vereiteln.«

»Dann würde ich meinen Bruder hängen sehen«, entgegnete Ioin bitter. »Und meine Tochter wäre mit einem Mann verheiratet, der uns alle unterjochen würde. Nein, wir müssen tun, was Robert beschlossen hat — und wenn es mich auch in tiefster Seele schmerzt, einen Mann wie Wakefield zu hintergehen. Nie hätte ich geglaubt, daß ich zu einer solchen Niedertracht fähig wäre.«

Allora erschauderte bei diesen Worten. Aber es gab nichts zu befürchten. Sie würde Wein mit ihrem Mann trinken — und die Flucht ergreifen, sobald er friedlich schlief. Eigentlich verdiente der arrogante Earl of Wakefield nichts Besseres, als nach der Hochzeitsnacht allein im Ehebett zu erwachen. Zumindest würde kein Blut fließen. Allora würde mit ihrem Vater und ihrem Onkel hinter den Felsen der Far Isle verschwinden. Dann würden sie einen geeigneten Kirchenmann finden, der den Papst bitten mußte, die Heirat zu annullieren. Ebenso wie seine unfreiwillige Frau würde Bret d'Anlou die Freiheit wiedergewinnen. Und falls es der König nicht riskieren wollte, die Festung auf der Far Isle zu belagern und den Verlust seines halben Heeres zu riskieren, wäre alles wieder beim alten. Nur nicht für Lucinda, denn sie würde bereits mit einem ungeliebten Mann verheiratet sein ...

»An unserer schrecklichen Lage ist William schuld!« erinnerte Allora ihren Vater.

»Ja«, bestätigte er unglücklich. »Gott wird doch auf unserer Seite stehen?«

»Auf der Seite des Rechts.«

»Jede Seite ist im Recht, wenn ein Christ gegen einen Christen kämpft.«

»Vater, wir haben keine Wahl«, flüsterte sie. Seufzend senkte er den Kopf, und sie drückte seine Hand. Doch sie wußte, daß sie ihn nicht trösten konnte. Oh, warum muß ich ihm nun auch noch Sorgen bereiten, obwohl er schon so viele Bürden zu tragen hat, fragte sie sich verzweifelt.

Nach einer Weile erhob er sich und ließ sie allein. Sie rührte sich nicht von der Stelle, ihre Knie schienen am Boden zu kleben. Und sie konnte noch immer nicht beten, weil ihr die Worte fehlten. Schließlich erschien ein scheues Mädchen namens Lady Anne und legte ihr eine Hand auf die Schulter. Es war spät geworden, und die Braut mußte sich ausruhen, ehe der große Tag anbrach. Schweren Herzens stand Allora auf. Würde sie jemals wieder Ruhe finden? Gewiß keinen inneren Frieden ...

Erst im Morgengrauen schlief sie ein, und wenige Stunden später wurde sie von einem Dienstmädchen geweckt, das atemlos erklärte, ein Bad und ein Frühstück würden die Lady erwarten. Die Familie des Bräutigams habe ihr ein Hochzeitskleid geschickt. Sobald die Braut angekleidet sei und alle Vorbereitungen getroffen habe, würde sich der Priester, ein gewisser Vater Damien, bereithalten, um ihre Beichte abzunehmen.

Erstaunt hob Allora die Brauen, als lautes Stimmengewirr aus dem Erdgeschoß heraufdrang. Das Mädchen teilte ihr mit, da die Lady keine Begleiterinnen nach London mitgebracht habe, würden ihr einige Hofdamen beim Baden helfen. Um dieser peinlichen Prozedur zuvorzukommen, sprang Allora aus dem Bett, riß sich das Nachthemd vom Leib und kletterte hastig in die Wanne. Das heiße Wasser verbrühte ihr beinahe die Haut. Sie befahl dem Mädchen, die Damen vorerst fernzuhalten. Zumindest wollte sie ein Hemd anziehen, ehe sie die Normanninen empfing.

Das gelang ihr nicht. Aber immerhin hatte sie sich gewaschen und in ein Badetuch gewickelt, ehe die Frauen hereinstürmten. Zu Alloras Erleichterung waren es nur zwei, eine ältere korpulente Lady, die freundlich lächelte, und eine schöne junge Frau mit rabenschwarzem Haar und mutwillig funkelnden blauen Augen. Die jüngere Hofdame verneigte sich und küßte die Wange der Braut. »Gott segne Eure Ehe, meine Liebe!« rief sie. Ohne sich selbst und ihre Begleiterin vorzustellen, drückte sie Allora auf die Truhe am Fußende des Betts und kämmte ihr das Haar.

Unterdessen erkundigte sich die ältere Dame nach der Far Isle, und Allora beschrieb ihre Heimat, so gut sie es vermochte. Trotz der sonderbaren Situation fühlte sie sich zu ihrer eigenen Verwunderung ruhig und entspannt.

Nachdem Alloras frisch gewaschene Locken entwirrt und halbwegs trocken waren, griff die schwarzhaarige Frau nach dem Brautkleid, das über einer Stuhllehne hing. »Kostbare Seide aus dem byzantinischen Reich! Gefällt sie Euch?«

Erst jetzt bemerkte Allora den leichten Akzent im normannischen Französisch der jungen Dame.

»Seid Ihr Engländerin?«

»O ja«, bestätigte die Frau lächelnd. »Nun sagt doch, gefällt Euch das Kleid?«

Vorsichtig strich Allora über den schönen Stoff. »Gewiß, es ist wundervoll.«

»Dann wollen wir Euch anziehen.«

Die beiden streiften der Braut ein Unterkleid mit hauchdünnen Ärmeln und die seidene Tunika über den Kopf. Geschickt befestigten sie den Goldreif in Alloras Haar, an dem ein zarter Schleier hing.

Schließlich traten sie zurück, um ihr Werk zu begutachten. Die prüfenden Blicke störten Allora nicht, denn sie spürte, daß die Damen ihr wohlgesinnt waren.

»Magda«, wandte sich die jüngere Frau an die ältere, »nun müßt Ihr hinuntergehen und den anderen sagen, Lady Allora sei bereit, Vater Damien aufzusuchen.«

»O ja, ich eile! Welch eine zauberhafte Braut unser Lord Bret erobert hat!« jubelte Magda und verließ das Zimmer.

»Sie hat recht«, meinte die jüngere Hofdame. »Bret hat mir bereits von Eurer Schönheit erzählt. Verzeiht meine Neugier, aber seid Ihr wirklich mit dieser Heirat einverstanden?«

Ohne mit der Wimper zu zucken, entgegnete Allora: »Mein Vater und der König haben mir dazu geraten.«

Die Lady brach in perlendes Gelächter aus. »Ich glaube, Ihr seid mehr oder wengier dazu genötigt worden, um Euren leichtfertigen Onkel zu retten. Aber solange Ihr nichts dagegen habt ...«

Wenn ich mich weigerte, vor den Traualtar zu treten — würde sie mir zur Flucht verhelfen? Diese Frage lag Allora auf der Zunge, aber sie mußte vorsichtig sein. Ihr Onkel hatte bereits alles in die Wege geleitet, um seinen Plan durchzuführen. »Soviel ich gehört habe, ist der Earl of Wakefield ein mächtiger Mann und entstammt einer einflußreichen Familie. Und er sieht sehr gut aus. Findet Ihr nicht auch, Mylady?«

»O ja.«

»Und warum sollte ich dann gegen die Heirat protestieren?«

Die Frau lächelte. »Nun, ich dachte, Ihr wollt keinen Normannen heiraten.«

Betont gleichmütig zuckte Allora die Achseln. »Im Grund sind alle Männer gleich. Jeder hat zwei Arme, zwei Beine und einen Kopf.«

»Aye«, stimmte die junge Dame fröhlich zu, »und in jedem Volk gibt es Schurken und gute Männer. Nach meiner Ansicht kann sich kein Mädchen einen besseren

Bräutigam wünschen als Bret d'Anlou. Er ist tapfer, stolz und entschlossen. Und was ihm gehört, wird er stets verteidigen — und behalten.«

Was sollten diese Worte bedeuten? Ein Schauer rann über Alloras Rücken. Diese schöne Frau war etwas älter als Bret. Vielleicht eine einstige Geliebte? Eine Witwe, die keinen Ehemann gesucht hatte, sondern einen Liebhaber?

Ärgerlich überlegte Allora, warum sie ständig eifersüchtig auf einen Mann war, vor dem sie ohnehin fliehen wollte. Aber irgend etwas bewegte ihr Herz, wann immer sie eine andere Frau in seiner Nähe sah — sei es Lucinda oder das schöne rothaarige Mädchen, das am Vorabend neben ihm gesessen hatte. Und jetzt grollte sie sogar dieser Dame, die so freundlich mit ihr sprach und ihr nur das Allerbeste zu wünschen schien.

»Offenbar kennt Ihr ihn sehr gut«, bemerkte Allora leise.

»Ja, natürlich«, erwiderte die Lady belustigt. »Ich bin seine Mutter, meine Liebe.«

Halb verlegen, halb erleichtert, errötete Allora. »Das — das hättet Ihr mir sagen sollen«, stammelte sie und fühlte sich plötzlich elend. O Gott, es wurde immer schlimmer. Sie mochte diese Frau, sogar sehr — die Frau, deren Sohn sie hintergehen würde ...

Bis jetzt hatte Allora geglaubt, sie würde Bret d'Anlou einen Gefallen erweisen, wenn sie ihm diese Ehe ersparte. Doch er schien die Heirat sehr ernst zu nehmen, nachdem er sich dazu entschlossen hatte.

»Tut mir leid«, antwortete Fallon sanft und musterte besorgt das bleiche Gesicht ihrer künftigen Schwiegertochter. »Aber ich wollte Euch so gern kennenlernen, ohne zu verraten, wer ich bin. Und ich konnte der Versuchung nicht widerstehen. Für mich war es sehr wichtig herauszufinden, ob Ihr meinen Sohn nur gezwungenermaßen heiratet.«

»Nachdem Ihr ihn offensichtlich liebt und stolz auf ihn seid«, begann Allora unbehaglich, »warum habt Ihr befürchtet ...«

Hastig fiel Fallon ihr ins Wort. »Nun, mein Mann und meine Söhne dienen dem normannischen König von England, und das mißfällt vielen Leuten.« Dann trat sie vor und ergriff Alloras Hände. »Wirklich, ich bin sehr froh, daß wir Zeit gefunden haben, um uns ein wenig zu unterhalten. Aber nun müßt Ihr gehen, meine Liebe, denn Vater Damien erwartet Euch. Ein sächsischer Priester wird Euch mit meinem Sohn vermählen, ein sehr guter Freund unserer Familie. Gott segne Euch, mein Kind, und seid herzlich in unserer Mitte willkommen.« Lächelnd drückte sie Alloras Hände, dann eilte sie aus dem Zimmer.

Wie erstarrt stand Allora da. Ihre Fingernägel gruben sich schmerzhaft in die Handflächen. In diesem Augenblick haßte sie ihren Onkel beinahe. Warum nur hatte er sich gegen die Normannen auflehnen müssen? Und nun zwang er sie zu einer so niederträchtigen Tat ...

Doch es fehlte ihr die Zeit, darüber nachzudenken. Entschlossen straffte sie die Schultern und ging nach unten.

Der restliche Tag schien hinter einem Nebelschleier zu verstreichen. Ihrem Vater zuliebe, der sie in den Tower begleitete, versuchte sie, einen heiteren, zuversichtlichen Eindruck zu erwecken. Während sie vor Vater Damien ihre Beichte ablegte, beruhigte sie sich, bis jetzt nichts verbrochen zu haben, also auch keine Sünde gestehen zu müssen. Doch als sie den Priester anschaute, hatte sie das Gefühl, seine Adleraugen würden in die Tiefen ihrer Seele schauen. Er erteilte ihr die Absolution, doch sie spürte seinen Argwohn.

Danach wurde sie in ein Zimmer im Tower geführt, wo sie auf die Zeremonie warten sollte. Langsam wanderte sie umher, und viel zu früh öffnete sich die Tür. Ihr Vater stand auf der Schwelle. Bei seinem Anblick stockte ihr

Atem. Alles würde sie tun, um die Sorgenfalten in seinem geliebten Gesicht zu glätten.

»Nun ist es an der Zeit«, sagte er leise.

Sie zwang sich zu einem Lächeln und küßte seine Wange. »Bald sind wir frei.«

»Fürchtest du dich nicht?«

Sie schüttelte den Kopf. »Uns kann niemand besiegen oder erobern«, erinnerte sie ihn. »Und ich fürchte mich vor gar nichts.«

Welch eine erbärmliche Lüge ... Schmerzhaft hämmerte ihr Herz gegen die Rippen. Noch nie in ihrem Leben hatte sie eine so schreckliche Angst empfunden.

8

Schweigend gingen Allora und ihr Vater durch die Flure des Tower. Wie immer säumten Wachtposten die Wände. Die Kapelle war voll besetzt.

Aber alle Leute schienen im Nichts zu verschwinden, als sie ihren Bräutigam vor dem Altar stehen sah. Neben ihm verblaßte sogar der König, sein Trauzeuge. Das ebenholzschwarze Haar war sorgfältig geschnitten worden, aber immer noch ziemlich lang, im Gegensatz zur normannischen Mode. In seiner festlichen Tunika, goldgelb und blau, wirkte er größer und stattlicher. Allora glaubte, eine Warnung in seinen Augen zu lesen. *Wenn ich ja sage, bin ich seine Frau — unwiderruflich* ... Beharrlich kreisten diese Worte hinter ihrer Stirn. Sie betrachtete seine kraftvollen, gefalteten Hände und stellte sich vor, sie würden ihren Hals umfassen.

Nein, sie durfte sich nicht trauen lassen. Falls die Flucht mißlang ... Beinahe hätte sie sich umgedreht, um aus der Kirche zu laufen. Aber wohin? Es gab keinen Ausweg.

Krampfhaft gruben sich ihre Finger in Ioins Arm. Vater Damien, der Priester mit dem beklemmenden, wissenden Blick, wartete ebenfalls vor dem Altar und fragte, wer Allora ihrem Bräutigam übergeben würde. Mit unsicherer Stimme antwortete ihr Vater, dies sei seine Pflicht.

Dann reichte ihr der Earl seine Hand, und die Berührung jagte einen heißen Schauer durch Alloras Körper. Unfähig, ihren künftigen Gemahl anzuschauen, kniete sie an seiner Seite nieder und hörte sein Ehegelübde. Der Priester forderte sie auf, nun ihrerseits die traditionellen Worte zu sprechen, die sie erst hervorwürgte, als Bret ihre Hand schmerzhaft drückte. Danach erwiderte sie seinen durchdringenden Blick und nahm nicht mehr wahr, was Vater Damien sagte. Aber ihr Bräutigam schien aufmerksam zu lauschen, denn er folgte einer Anweisung und steckte ihr einen Ring an den Finger, der viel zu eng saß. Sie zitterte. Dieses verdammte Ding würde sie nie wieder herunterziehen können ...

»Stimmt was nicht?« flüsterte Bret, den Kopf gesenkt, als wäre er im Gebet versunken.

»Der Ring ist zu eng.«

»Oh, das macht nichts. Ihr sollt ihn für immer tragen, Mylady.«

»Geht zum Teufel, Mylord!«

»Gewiß, ich liebe Euch auch, Mylady.«

»Und ich verabscheue Euch ...« Erschrocken verstummte sie und hoffte, die Hochzeitsgäste hätten diesen Wortwechsel nicht gehört, denn der Priester hielt plötzlich inne und musterte das Paar forschend.

»Mylord? Mylady? Gibt es irgendwelche Schwierigkeiten?«

»Nein, Vater«, erwiderte Bret. »Bitte, fahrt fort.«

Ihr Kopf schwirrte. Aber sie zwang sich zu lächeln, denn niemand durfte Verdacht schöpfen, alle mußten glauben, sie würde Wakefield bereitwillig heiraten ... Sie empfing die Kommunion, trank zuerst aus dem Becher und sah schweren Herzens, wie Bret dieselbe Stelle an die Lippen setzte, die ihre berührt hatten. Ihren Bräutigam und William zu hintergehen — das konnte sie noch einigermaßen mit ihrem Gewissen vereinbaren, aber den Allmächtigen, vor dessen Altar der heilige Bund dieser Ehe geschlossen wurde ...

Verwirrt blinzelte sie, als Bret ihren Ellbogen umfaßte und ihr half, sich zu erheben. Dann schenkte er ihr ein spöttisches Lächeln, zog sie an seine Brust, und ein leidenschaftlicher Kuß verschloß ihr den Mund, nahm ihr den Atem und fast die Besinnung. Sie wollte diesen Mann hassen, wollte das Feuer in ihren Adern und diese seltsame Schwäche nicht spüren, die Kraft seiner Arme, die noch mehr versprach — etwas Fremdes, Verlockendes ...

Ringsum erklang Jubelgeschrei, eine Laute wurde angestimmt, und Rupert, ein königlicher Musiker, rief fröhlich: »Oh, meine edlen Damen und Herren, welch ein Kuß!«

»In der Tat, ein verheißungsvoller Anfang!« meinte ein Gast.

»Ein echter Normannenkuß!« jauchzte Rupert. »Der Kuß eines Eroberers!«

Da versteifte sich Allora, die Flammen in ihrem Blut erloschen. Tränen brannten in ihren Augen, als Bret den Kopf hob. »*Mich* wirst du *nicht* erobern«, wisperte sie.

»Was du soeben hörtest, waren nicht *meine* Worte, Allora«, entgegnete er in einem sanften Ton, der sie überraschte.

»Aber sie könnten von dir stammen«, warf sie ihm vor.

»In der Ehe dürften Eroberung und Unterwerfung keine Rolle spielen.«

»Trotzdem wirst du nach dem Tod meines Vaters die Far Isle regieren.«

»Gewiß, ich werde über alles bestimmen, was mir gehört.«

»Nicht über mich.«

»Das bleibt abzuwarten.«

»Allerdings.« So kühn ihre Worte auch klangen, ihre Verzweiflung wuchs ebenso wie ihr Schuldgefühl. Doch die Angst überwog. Sie mußte fliehen, so bald wie möglich.

»Sprich nicht so laut!« warnte er sie. »Oder willst du unseren ersten Ehestreit in aller Öffentlichkeit austragen?«

Immer mehr Gäste eilten herbei, um das Brautpaar zu beglückwünschen. Plötzlich wurden Allora und Bret auseinandergerissen. Sie fühlte den Kuß ihres Onkels auf der Wange. Dann nahm der König sie in die Arme und strahlte vor Freude. Auch die schöne Fallon, Countess of Haselford, drückte sie an die Brust. »Ich habe meine Kinder stets innig geliebt. Und ich schließe auch meine neue Tochter ins Herz.«

Wie gern wäre Allora im Erdboden versunken ... Als der Vater sie an sich zog, spürte sie, wie er zitterte. Lug und Trug fielen ihm unendlich schwer. Um so stärker waren Roberts Arme, die sie jetzt wieder festhielten. Die lockende Freiheit, in unmittelbarer Reichweite, schien ihm neue Kraft und Zuversicht zu geben. Plante er bereits eine weitere Revolution? Dann gratulierten ihr die Gefolgsleute ihres Ehemanns — Etienne, Jarrett, Henry of Greenwald, Jacques, und wie sie alle hießen, lauter nette, liebenswürdige Männer. Auch Vater Damien wünschte ihr Glück, und wenig später sah sie ihn mit ihrem Mann flüstern. Wollte er Bret vor ihr warnen?

Dann stand der Bräutigam wieder neben ihr, eine gebieterische Hand auf ihrer Schulter. Sie unterzeichnete die erforderlichen Dokumente, sah seine schwungvolle Unterschrift neben ihrer eigenen. Auch ihr Vater und der König setzten ihren Namen unter die Papiere, ebenso Lady Fallon und der Priester.

»Nun sind wir alle zufrieden«, verkündete der König. »Wie oft ist es einem Herrscher schon vergönnt, soviel Stärke und Schönheit vereint zu sehen, Ioin? Diese Ehe wird ein Wunder vollbringen.« Formvollendet küßte er Alloras Hand und versicherte ihr, sie habe vielen Menschen dauerhaften Frieden geschenkt. Ein eisiger Wind schien sie zu streifen.

»Und jetzt beginnt das Fest!« rief der hochgewachsene, schlaksige Rupert, ein perfekter Zeremonienmeister. Alle folgten ihm in die Halle, wo das Hochzeitsmahl wartete.

Unterwegs traten immer wieder Ritter an die Braut heran und hauchten keusche Küsse auf ihre Wangen. Dann schrie sie erschrocken auf, denn sie landete in den Armen Jan de Fries', des Normannen, der an jenem ersten

Abend im dunklen Alkoven über sie hergefallen war. Und sein Kuß war keineswegs keusch. Sie glaubte zu ersticken und wehrte sich verzweifelt. Plötzlich wurde sie ihrem Angreifer entrissen, und Bret warnte ihn: »Seid auf der Hut, de Fries!« Er sprach mit leiser, ruhiger Stimme, die jedoch alle Anwesenden verstummen ließ.

»Welch ein Aufhebens!« verteidigte sich de Fries. »Ich wollte doch nur die Braut küssen.« Sein Gesicht war hektisch gerötet. Offenbar hatte er schon vor der Zeremonie einige Becher Wein geleert. Nun verneigte er sich höhnisch. »Der edle Preis gehört Euch, Mylord Bret, so wie immer!« erklärte er und hob einen Kelch. »Auf den Earl und seine Gemahlin! Gott segne das Paar!« Neuer Jubel erklang, und die Gäste begannen, sich wieder zu unterhalten. »Aber dieser Preis wird Euch vielleicht noch einigen Kummer bereiten, Mylord«, fügte de Fries hinzu. »Denn diese schottische Rose ist von zahlreichen spitzen Dornen umgeben. Eine trügerische Schönheit ...« Als er Allora anstarrte, fröstelte sie wieder.

»Noch ein Wort über meine Frau, und ich reiße Euch in Stücke!« herrschte Bret ihn an, und de Fries entfernte sich hastig.

»Beachtet ihn doch einfach nicht!« schlug eine sanfte Frauenstimme vor, und Allora wandte sich zu dem schönen rothaarigen Mädchen, das am vergangenen Abend mit Bret gesprochen hatte. Sicher war dieser Rat tröstlich gemeint, verfehlte aber seine Wirkung.

Wenig später saß sie neben ihrem Mann an der Tafel und nahm weitere Glückwünsche entgegen. Wein und Ale flossen in Strömen, köstliche Speisen wurden aufgetischt. Um ihre Nerven zu beruhigen, trank Allora einen großen Schluck Wein.

Bret drückte ihre Hand, und sie erwiderte seinen Blick. »Warum siehst du mich so an?«

»Nun, ich frage mich, wie ich deiner Herr werden soll.« Weil sie ihre Unsicherheit überspielen wollte, leerte sie den Kelch in einem Zug. »Mach dir deshalb keine Sorgen ...«

»Pst!« mahnte er und nahm ihr das Gefäß aus der Hand. »Vielleicht sollten wir noch einmal von vorn anfangen, Allora. Du gleichst tatsächlich einer schönen, verlockenden Rose voller Dornen. Aber ich werde diese Stacheln bezwingen.«

Eine Antwort blieb ihr erspart, denn jetzt trat jemand hinter ihren Mann, der sich erhob und ihr den Rücken kehrte. Schon wieder die rothaarige junge Frau ... Stürmisch schlang sie beide Arme um Brets Hals und küßte seine Wange. Dann riefen irgendwelche Freunde nach ihr, und sie ließ ihn los, versprach jedoch, sie würde bald zurückkommen. Als er sich wieder zu seiner Braut setzte, starrte sie ihn vernichtend an, was ihm ein belustigtes Lächeln entlockte.

»Eine schöne Frau«, bemerkte sie leichthin. »Wärst du wirklich so mächtig, wie du vorgibst, hättest du dich gegen den König behaupten und sie heiraten können.«

»Das bezweifle ich.«

»Wieso? Ist sie schon verheiratet?«

»Nein.« In seinen Augen erschien ein seltsames Glitzern.

»Aber — warum ...?«

»Sie ist meine Schwester.«

»Oh ...« Verlegen starrte sie auf ihren Teller.

»Wie viele deiner Verwandten tummeln sich denn sonst noch in dieser Halle?«

Die Arme vor der Brust verschränkt, lehnte er sich grinsend zurück. »Fallon erzählte mir, sie habe der Versuchung nicht widerstehen können, dich heute morgen aufzusuchen, ehe du ihr offiziell vorgestellt wurdest. Aber meine Schwester Elysia hat wohl kaum versucht, dich zu täuschen.«

»Und wie viele Geschwister hast du?«

»Nun, Vater ist mit seinem Erben Robin und meinem

Bruder Philip — zwei Jahre jünger als ich — in der Normandie geblieben. Das Mädchen, das jetzt auf uns zukommt und meiner Mutter gleicht, heißt Eleanor. Siehst du die Kleine da drüben, die neben meiner Mutter sitzt und gerade den Hund streichelt? Das ist meine zweijährige Schwester Gwyn, das eigentliche Familienoberhaupt.«

Allora fand keine Zeit, das hübsche Kind zu betrachten, denn nun umarmte die schwarzhaarige Eleanor ihren Bruder und die neue Schwägerin.

»Oh, jetzt muß ich Mutter recht geben, meine Liebe, du bist wirklich wunderschön. Aber was man sonst von dir erzählt, stimmt keineswegs. Stell dir vor, ich hörte, du hättest nur eine Brust ...«

»Eleanor!« mahnte Bret.

Aber sie fuhr unbeirrt fort. »Ich sehe doch, du hast alle beide. Zumindest gewinne ich diesen Eindruck ...«

»Eleanor!« fauchte Bret noch energischer.

Da verdrehte sie seufzend die Augen. »Jedenfalls bin ich froh, daß mein Bruder eine so vollkommene Schönheit geheiratet hat. Das verdient er. Findest du nicht auch, daß er einfach perfekt ist? Wie Adonis gebaut, ein besserer Feldherr als Alexander der Große ... Das sagt sogar mein Vater. Wirklich, ein Mann ohne Fehl und Tadel ...«

»Eleanor!« stöhnte Bret.

»Leider spielt er sich manchmal ein bißchen auf. Er kann furchtbar arrogant sein.«

Erbost beugte er sich zu Eleanors Ohr hinab, aber Allora hörte sein Flüstern. »Wenn du nicht sofort den Mund hältst, verheirate ich dich in Vaters Abwesenheit mit einem Grottenolm!«

Strahlend lächelte sie Allora an. »Nun, dann wünsche ich euch beiden alles Gute. Entschuldigt mich jetzt.« Sie warf ihrem Bruder einen herausfordernden Blick zu und schnitt eine Grimasse. Dann hielt sie es wohl für besser, schleunigst das Weite zu suchen.

Allora starrte ihr nach. Nur eine Brust? Was dachten diese Leute eigentlich von den Bewohnern des Grenzlands?

»Nimm's ihr nicht übel«, murmelte Bret. »Sie ist noch sehr jung und redet zuviel.«

Inzwischen war Alloras Kelch wieder gefüllt worden, und sie trank in durstigen Zügen.

Bret neigte sich zu ihr und ergriff ihre Hand. »Fürs erste hast du dir genug Wein genehmigt.«

Obwohl ihr seine Nähe den Atem nahm, hielt sie seinem Blick stand. »Ich lasse mir keine Vorschriften machen ...«

»Und ich möchte meine Hochzeitsnacht nicht mit einer Frau verbringen, die sich dauernd übergeben muß«, erwiderte er energisch. Mit etwas sanfterer Stimme fügte er hinzu: »Diese Stunden sollen uns beiden unvergeßlich bleiben.«

Großer Gott ... Plötzlich wurde ihr heiß. Vor ihren Augen schienen die normannischen Wandteppiche und die bunten Kleider der Hochzeitsgäste zu verschwimmen. Schrilles Gelächter gellte ihr in den Ohren, und sie glaubte, die Mauern der königlichen Halle würden immer näher heranrücken.

Nicht mehr lange, sagte sie sich.

»Meine liebe Allora, ich habe eine wundervolle Nacht für uns geplant«, erklärte Bret.

Eine Nacht, in der du tief und fest schlafen wirst, dachte sie. Eine Nacht, in der sie ihm entrinnen würde — und diesem seltsamen, wilden Rauschen ihres Blutes, den heftigen Herzschlägen, die er immer wieder zu beschleunigen wußte, einer beängstigenden Leidenschaft ...

Aufmerksam beobachtete er ihr Gesicht. Um Himmels willen, sie durfte sich nicht verraten. »Du hast also eine wundervolle Hochzeitsnacht geplant?« fragte sie in beiläufigem Ton.

»Allerdings. Nichts und niemand soll uns stören, und

ich will mich bemühen, dir über deinen Kummer hinwegzuhelfen. Glaub mir, ich hege keinen Groll gegen dich. Manchmal, wenn ich zwischen den Dornen hindurchspähe, bedaure ich, daß du wie eine Schachfigur benutzt wurdest.«
»Auch du bist nur eine Schachfigur in der Hand des Königs.«
»Aber ich habe beschlossen mitzuspielen, aus ganz bestimmten Gründen. Also, wollen wir unsere Ehe in friedlicher Eintracht beginnen?«
Unfähig zu antworten, sprang sie auf. Sie ertrug es nicht, noch länger neben ihm zu sitzen, und stammelte: »Mein Onkel — ich muß ihn sprechen. Entschuldige mich ... Er — er winkt mir ...«
»Gut, rede mit ihm. Aber wenn ich dich rufen lasse, komm sofort zu mir. Sonst müßten wir's beide bitter bereuen.«
Obwohl sie nicht die leiseste Ahnung hatte, was er meinte, nickte sie und eilte zum Kamin, wo sich Robert mit seinem alten Freund Lord Michael unterhielt.
Der Count küßte ihre Wange und gratulierte ihr, dann räusperte sich Robert. »Michael, erlaubt mir, unter vier Augen mit meiner Nichte zu sprechen.«
»Natürlich.« Michael verneigte sich lächelnd und ging davon.
Dramatisch prostete der Onkel ihr zu, als wollte er nichts weiter, als ihr Glück zu wünschen. »Die Phiole steht neben Wakefields Bett«, flüsterte er. »Hinter der Küche seines Hauses führt eine Tür zu einer schmalen Gasse hinaus. Dort erwarte ich dich mit den Pferden. Wir treffen deinen Vater außerhalb der Stadt ...«
»Warum kommt er nicht mit uns?«
»Weil er vor lauter Gewissensbissen eine Dummheit machen könnte. Würden wir beisammenbleiben, müßte ich um seine Sicherheit bangen, falls man uns aufzuhalten sucht. Sorg dich nicht! Wir werden ihn an der alten

römischen Nordstraße finden. Von dort müssen wir auf Umwegen durch den Wald reiten. Keine Bange, ich kenne die Gegend.« Er beugte sich noch näher zu ihr. »Wie ich herausgefunden habe, wird William demnächst in die Normandie aufbrechen, um eine Festung anzugreifen. Nachdem Wakefield und seine Gefolgsleute schon einige Erfahrungen in diesem Gebiet gesammelt haben, müssen sie den König sicher begleiten. Dann sind wir längst über alle Berge. Vergiß nicht! Die Phiole steht neben dem Bett, und ich warte mit den Pferden in der Gasse.« Lächelnd küßte er sie auf beide Wangen, als wollte er ihr noch einmal gratulieren. »Laß dir bloß nichts anmerken! Erklär ihm einfach, du müßtest noch etwas Wein trinken, ehe du deine ehelichen Pflichten erfüllen könntest.« Das Blut stieg ihr in die Wangen, und er fuhr eindringlich fort: »Paß nur auf, daß er nicht bemerkt, wie du den Inhalt der Phiole in seinen Kelch gießt!«

Dann wandte er sich rasch ab und ging zu einigen Lords, die auf der anderen Seite des Kamins standen.

Vergeblich schaute sie sich nach ihrem Vater um. Auch ihr Bräutigam, seine Mutter und seine Schwestern waren verschwunden. Immer lauter grölten und kreischten die Gäste, die Williams edlem Wein hemmungslos zusprachen. Alle lachten viel zu laut und warfen anzügliche Blicke in Alloras Richtung. Plötzlich wurde sie an der Schulter berührt, drehte sich um und erkannte einen Gefolgsmann ihres Gemahls — Etienne, den Bret ihr als einen seiner besten Freunde und tapfersten Gefährten in Kriegs- und Friedenszeiten vorgestellt hatte. »Mylady ...« Ehrerbietig küßte er die Hand.

»Countess Allora!« sagte ein anderer Mann zu ihrer Linken, und sie wandte sich zu Jarrett.

Warum hatten die beiden sie in die Mitte genommen? Nur mühsam verbarg sie ihre Bestürzung. Was mochte nun geschehen? Irgend etwas, das Roberts Plan vereiteln könnte?

»Euer Bräutigam hat ein Geschenk für Euch, Mylady«, erklärte Jarrett. »Wenn Ihr so freundlich wärt, uns in den Hof zu begleiten ...«

Unbehaglich runzelte sie die Stirn. Wo war Robert? Hatte er die Halle schon verlassen?

»Mylady ...« Höflich erinnerte Jarrett sie an seine Anwesenheit.

»Aber — das verstehe ich nicht«, stotterte sie. »Was diese Heirat betrifft, wurden alle Arrangements bereits getroffen. Und ich glaube, wenn ein Bräutigam seiner Braut sein persönliches Geschenk überreichen möchte, so müßte das traditionsgemäß am Morgen nach der Hochzeit geschehen.«

»Nun, Euer Gemahl möchte Euch das Geschenk schon heute abend übergeben, Mylady. Bitte, folgt uns in den Hof.«

»Erst muß ich mit meinem Vater sprechen ...«

»Später, Mylady. Glaubt mir, der Earl hat das Geschenk nur gewählt, um Euch Annehmlichkeiten zu bereiten. Beeilen wir uns!«

Mühsam zwang sie sich zu einem Lächeln. »Aye, meine Herren, zeigt mir dieses Wunder.« Da ihr nichts anderes übrigblieb, ließ sie sich aus der Halle führen und staunte über die unziemliche Hast der beiden Ritter. Im Hof warteten gesattelte Pferde. »Ich soll mit Euch reiten?« fragte sie verwirrt.

»Das ist der Wunsch Eures Gemahls.«

»Aber — er muß doch noch im Tower sein ...«

»Nein, er ist schon früher aufgebrochen und hat uns gebeten, Euch zu geleiten.«

»Vorher muß ich meinen Vater sehen!« protestierte sie.

»Lady, bitte, macht uns jetzt keine Schwierigkeiten! Der Earl hat uns beauftragt, Euch zur Flucht aus dem Tower zu verhelfen.«

Was? Wie erstarrt blieb sie stehen. Gehörten diese Männer zu den Freunden ihres Onkels? Nein, unmöglich! Sicher wollten sie ihr nur helfen, den betrunkenen Gästen zu entkommen.

»Nein, ich kann Euch nicht begleiten! Wohin wollt Ihr mich bringen? Ins Stadthaus meines Mannes?«

»Keineswegs, Mylady, dieser Eindruck wurde nur zum Schein erweckt. Niemand soll Euch folgen und Eure Hochzeitsnacht stören.«

»Wovon redet Ihr?« Vergeblich versuchte sie, Jarretts Hand abzuschütteln, die ihren Arm umfaßte. »Ich bleibe hier ...«

»Um Himmels willen, Lady, hört zu schreien auf! Seid versichert, wir werden Euch kein Leid zufügen.«

Die beiden Männer wechselten einen Blick, und Etienne bemerkte unglücklich: »O Gott, er sagte doch, wir sollen sie sofort zu ihm bringen.«

Und das meinten sie sicher ernst. Nichts würde Brets Gefolgsmänner daran hindern, ihren Auftrag zu erfüllen.

»Nein!« Mit aller Kraft riß Allora sich los. Sie wollte in den Tower zurückkehren, aber ehe sie einen einzigen Schritt tun konnte, wurde ihr ein schwerer Umhang über den Kopf geworfen.

»Sicher hat er nicht gemeint, daß wir sie auf diese Weise von hier wegholen sollen«, hörte sie Etienne stöhnen.

»Allerdings nicht!« bestätigte sie, doch der dicke Stoff des Mantels erstickte ihre Stimme. Verzweifelt wehrte sie sich, versuchte möglichst viel Lärm zu machen und die Aufmerksamkeit anderer Leute zu erregen. Vielleicht konnte sie ihren Onkel wenigstens warnen und ihn wissen lassen, sie würde den Ort nicht erreichen, wo die kostbare Phiole bereit stand ...

»Mylady!« Nun erklang Jarretts flehende Stimme. »Ich schwöre Euch, Ihr werdet uns danken, wenn wir Euch möglichst schnell von hier wegbringen.«

Wie gern hätte sie ihm zugerufen, viel lieber würde sie ihn erdolcht sehen ...

Ihr Widerstand nützte nichts. Fest in den Umhang gewickelt, wurde sie hochgehoben. Sie strampelte mit beiden Beinen, und Jarrett warnte sie atemlos: »Mylady, bitte, hört mit diesem Unsinn auf! Ihr werdet uns noch in den Tod treiben! Vertraut mir, dies geschieht nur zu Eurem Besten!«

Heiße Tränen brannten in ihren Augen, und sie stieß wilde Drohungen aus, die ungehört verhallten. Immer noch in den schweren Umhang gehüllt, wurde sie in einen Sattel gesetzt, ein Mann stieg hinter ihr auf, und sie galoppierten dem Verhängnis entgegen.

9

Nachdenklich stand Bret vor dem Kamin, starrte in die Flammen und nippte an seinem Wein.

In der Jagdhütte war alles für die Hochzeitsnacht vorbereitet. Frischgewaschene französische Leintücher und dicke Daunenkissen verhüllten das Bett. Am Fußende lag eine Decke aus schneeweißen Kaninchenfellen, die ein fröhliches Liebespaar wärmen sollte. Wenn es überhaupt Grund zur Freude gab ... In einer Holzwanne mit Messingbeschlägen dampfte heißes Wasser. Und auf dem Herd brodelte ein Kessel, falls das Bad noch einmal erhitzt werden mußte. Köstlicher Wein, Trauben und Orangen aus den Mittelmeerländern, Käse und Brot waren angerichtet. Nichts in diesem Schlafgemach konnte der Braut mißfallen — abgesehen von dem Ehemann, den ihr das Schicksal aufgezwungen hatte.

Die Stirn gerunzelt, beobachtete Bret, wie ein Scheit im bläulichen Zentrum des Feuers verbrannte. Allem Anschein nach hatte Allora die Heirat akzeptiert, wenn das Ehegelübde auch nur mühsam über ihre Lippen gekommen war. Und er bezweifelte nicht, daß sein Kuß nach der Trauung ihre Leidenschaft geweckt hatte. Allein schon die Erinnerung daran jagte das Blut schneller durch seine Adern.

Zunächst hatte er sie nicht heiraten, ihr Erbe nicht erringen und sich von dem feindseligen schottischen Volk fernhalten wollen. Aber er konnte sich den Wünschen des Königs nicht widersetzen. Das war ihm schon nach kurzer Zeit klargeworden. Und noch etwas — mit allen Sinnen begehrte er die Tochter des Lairds, deren smaragdgrüne Augen so viel verrieten, ein unbändiges Temperament, Verachtung, Heiterkeit, Mitleid, Angst ...

»Ja, ich will mich bemühen, eine gute Ehe mit ihr zu führen«, versprach er den tanzenden Flammen. »Ich werde mich in Geduld fassen und ihr nicht erlauben, meinen Zorn zu erregen ...«

Noch ehe eine starke Faust gegen die Tür hämmerte, ahnte er, wie schwer es ihm fallen würde, seinen guten Vorsätzen treu zu bleiben. Dieser Lärm muß sogar die Toten aus den Gräbern scheuchen, dachte er.

»Mylord!«

Als er Etiennes Stimme erkannte, stieß er die Tür auf, und seine beiden Gefolgsmänner schleppten ein Bündel in einem braunen Umhang herein, das sich verbissen wehrte.

Bret hob die Brauen. »Wie ich mich entsinne, habe ich Euch befohlen, die Lady zu *bitten*, Euch zu begleiten ...«

»Verzeiht uns, Mylord«, erwiderte Etienne seufzend, »aber ...« Hilflos verstummte er und setzte seinen Kampf mit dem tobenden Bündel fort, wobei er fast aus dem Gleichgewicht geriet.

Jarrett, der die näheren Umstände der Heirat besser kannte, nahm kein Blatt vor den Mund. »Mylord, Eure Lady weigerte sich, uns zu folgen. Vorher wollte sie unbedingt ihren Vater sehen, und eine Verzögerung hätte Euch sicher mißfallen. Man wäre auf unser Vorhaben aufmerksam geworden.«

»Also hat sie sich gesträubt?« fragte Bret leise.

»Jetzt ist sie ja hier«, entgegnete Etienne beschwichtigend.

»Gewiß, alles in bester Ordnung. Laßt sie los, meine Freunde, und geht.«

»Aye, Mylord.« Nur zu gern setzten sie das Bündel auf den Boden und rannten aus der Hütte.

Erbost versuchte Allora, den schweren Umhang abzuwerfen. Ein zerzauster blonder Lockenkopf kam zum Vorschein. »Wie konntest du es wagen, du gräßlicher normannischer Schuft!« fauchte sie.

»Allora ...«, begann er und erinnerte sich an seine Absicht, Geduld zu üben. »Ich bat meine Gefolgsleute, dich hierherzubringen und dir zu erklären, warum«, fügte er hinzu und wollte sie von dem Umhang befreien, dessen üppige Falten ihre Füße umschlangen.

»Nein, rühr mich nicht an!« kreischte sie.

Mühsam beherrschte er sich und zuckte die Achseln. Sollte sie doch sehen, wie sie ohne seine Hilfe zurechtkam ... Vielleicht hätte er ihr schon in der königlichen Halle erklären sollen, sie müßten sich unbemerkt davonstehlen, sonst würde die Hälfte der Hochzeitsgäste das Ehebett umdrängen. Vielleicht hätte sie es verstanden. Jetzt war sie wütend und keiner Vernunft zugänglich.

Das verhieß keine erfreuliche Hochzeitsnacht.

»Laß dir doch helfen, Allora.«

»Ich sagte doch, du sollst mich nicht anrühren!« Endlich gelang es ihr, den Umhang abzulegen und aufzustehen. Und sie scheute sich keineswegs, ihn ihrerseits anzufassen. »Bastard!« zischte sie und stürzte sich mit erhobenen Fäusten auf ihn und trommelte vehement auf seinen Brustkorb, bis er ihre Arme umklammern konnte.

»So, das reicht jetzt!« brüllte er.

»Laß mich los!« Als dieser Befehl nicht erhört wurde, stieß sie zwischen zusammengebissenen Zähnen hervor: »Bitte!«

Da er die Situation entschärfen wollte, erfüllte er ihren Wunsch, und sie floh zur Tür. Ärgerlich musterte er seine widerwillige Braut. Sie rang nach Luft. Unter dem schönen silberweißen Kleid hoben und senkten sich ihre vollen Brüste. Der Goldreif mit dem Schleier war ihr vom Kopf gefallen und lag nun auf dem zerknüllten Umhang. In ihren Augen schien ein smaragdgrünes Feuer zu brennen. Offenbar war sie so zornig, daß sie keine Worte fand, um ihrem Haß Luft zu machen. Und dann verschleierten Tränen ihren Blick, und sie zitterte am ganzen Körper. Wovor fürchtete sie sich? Vor ihrem Mann?

»Wie konntest du es wagen!« wiederholte sie tonlos.

»Kleine Närrin! Diese Flucht habe ich zu deinem Wohl geplant. Oder wolltest du vor zahlreichen neugierigen Zuschauern ins Ehebett steigen?«

Alles Blut wich aus ihren Wangen. Besänftigend fügte er hinzu: »Da ich deine Gefühle kenne, was die intimeren Aspekte unserer Hochzeit betreffen, beschloß ich, dir die lüsternen Blicke weinseliger Gäste zu ersparen. Sicher sind sie tief enttäuscht, weil sie nicht beobachten dürfen, wie wir die Ehe vollziehen.«

»Aber — wir sind nicht dort, wo wir sein sollten«, stammelte sie.

Verwundert überlegte er, welchen Unterschied es für Allora machte, wo sie die Hochzeitsnacht verbrachten. Sein Londoner Haus hatte gewiß keinen größeren Komfort zu bieten als die Jagdhütte auf dem Landsitz Haselford ... Und dann fiel es ihm wie Schuppen von den Augen. Nur aus einem einzigen Grund hatte sie der Heirat zugestimmt.

Weil sie von Anfang an entschlossen gewesen war, ihr Ehegelübde zu brechen.

Falls man geplant hatte, Allora aus dem Londoner Haus zu entführen, ergäbe ihre Weigerung, Etienne und Jarrett hierherzubegleiten, einen Sinn. Also deshalb hatte sie verlangt, ihren Vater zu sprechen, ehe sie von seinen beiden Männern überwältigt worden war.

Helle Wut stieg in ihm auf. Durch reinen Zufall war ein niederträchtiger Betrug vereitelt worden. *So wahr mir Gott helfe, ich werde sie zwingen, ihr Gelübde zu halten,* schwor er sich. *Nur gut, daß er seinen Leuten befohlen hatte, während dieser Nacht die Hütte zu bewachen ... Sonst würde er womöglich ein Messer im Rücken spüren, wenn er den Lohn für die erzwungene Heirat genoß.*

Die Hände geballt, bezähmte er seinen Zorn und ließ sich nicht anmerken, daß er die üblen Machenschaften durchschaut hatte. »Glaub mir, Allora, ich habe mein Bestes getan, um dir den Anfang unserer Ehe zu versüßen. Sieh doch, im Kamin brennt ein Feuer, duftende Blütenblätter bedecken die Binsenmatten, köstlicher Wein steht bereit ...«

»Ich will keinen Wein!« zischte sie.

»Doch, ganz sicher.« Bret ging zu einem dreibeinigen Tischchen, ergriff einen Krug und füllte einen Becher, den er lächelnd emporhob. »Vermutlich wirst du eine Stärkung brauchen.«

In diesen Worten lag keine Drohung, nur ein entschiedenes Versprechen.

Alloras Angst wuchs. Irgendwie hatte sie sich verraten. Das erkannte sie instinktiv. Oh, wie töricht war es gewesen, auf den Vorschlag ihres leichtsinnigen Onkels einzugehen ... Während er seine wiedergewonnene Freiheit genoß, mußte sie nun den Preis dafür bezahlen — allein und hilflos.

Natürlich, Bret wußte, daß sie beabsichtigt hatte, ihm zu entfliehen. Er kam nicht zu ihr, rührte sie nicht an. Aber seine kobaltblauen Augen schienen sie zu durchbohren, zu verdammen. Sie fürchtete seinen Zorn, seine Kraft, seine Leidenschaft, ihre eigenen Gefühle, die er zu erregen vermochte.

Wie hatte Robert jemals glauben können, es würde ihm gelingen, diesen Mann zu übertölpeln? Selbst wenn Bret sie jetzt verachtete — er würde sie nicht gehen lassen. Vielleicht würde sie später eine Gelegenheit zur Flucht finden. Und was nützte ihr diese Hoffnung? Nach dieser Nacht würde sie in all ihren Träumen mit ihm schlafen, seine Hände auf ihrer Haut spüren, seine Küsse. Für immer würde sie wissen, wie es war, in seinen Armen zu liegen — ihn zu begehren ...

Leise schrie sie auf und wandte sich ab.

»Allora!«

Als sie den gebieterischen Ruf hörte, drehte sie sich widerstrebend um. Der Klang seiner Stimme ließ sie frösteln.

»Heute nacht wirst du mich nicht verlassen«, warnte er sie.

Offenbar glaubt sie mir nicht, dachte er müde, während sie zur Tür eilte. Vermutet sie vielleicht, meine Gefolgsmänner hätten sich zurückgezogen?

Bevor sie fliehen konnte, klopfte es wieder, und die Tür schwang auf. »Sie kommen, Mylord«, meldete Etienne.

»Sie?« flüsterte Allora und blieb wie erstarrt stehen.

»Wie haben sie uns gefunden?« fragte Bret irritiert.

Sollte seine Hochzeitsnacht trotz aller Vorsichtsmaßnahmen doch noch von einer lärmenden, betrunkenen Schar gestört werden? Aber dies entsprach sowohl der normannischen als auch der englischen Sitte. Nach der Trauung diente das öffentliche Ehebett der Belustigung, die Braut konnte ihre Schönheit und Jungfräulichkeit beweisen, der Bräutigam seine Manneskraft.

Das hatte Bret sich selbst und Allora ersparen wollen. Andererseits, vielleicht verdiente sie diese Demütigung.

»Wahrscheinlich hörte jemand, wie sich Eure Gemahlin wehrte, als wir sie aus dem Tower holten, Mylord«, erklärte Etienne. »Und deshalb wurden wir verfolgt. Rupert, der königliche Lautenspieler, führt die Leute an, und William ist mit von der Partie. Da kommen sie, mindestens zwanzig.«

Fröhliches Geschrei durchbrach die Stille der Nacht. Erschrocken drehte sich Allora zu ihrem Mann um, und ein schmerzliches Bedauern erfüllt sein Herz. Sie schaute ihn an, als suchte sie Schutz, und den konnte er ihr nicht bieten.

»Macht Platz!« Rupert schob Etienne beiseite und stürmte herein, gefolgt von einigen Frauen, die sich um Allora drängten, ohne deren Protest zu beachten. Inzwischen wurde Bret von den Männern umringt.

»Auf das glorreiche Paar!« schrie Rupert und hob einen Kelch. »Möge diesen beiden eine lange, glückliche, fruchtbare Ehe beschieden sein!«

Jubelnd hoben die Gefolgsleute des Königs den Bräutigam hoch, legten ihn aufs Bett, befreiten ihn vom Waffengurt und den Stiefeln. Dann rissen sie ihm die Tunika, das Hemd und die Hose vom Leib, zerrten ihn hoch und stellten ihn wieder auf die Füße.

Zwischen lachenden, beschwipsten Hofdamen sah er seine splitternackte Braut. Die Augen unnatürlich groß, das Gesicht aschfahl, starrte sie ihn an. Die langen Haare fielen auf ihren Körper herab, verdeckten aber nichts von seiner Schönheit.

Beim Anblick ihrer makellosen Gestalt stockte Brets Atem. Sein Blick wanderte über lange, schlanke, wohlgeformte Beine, eine schmale Taille, einen flachen Bauch. Zwischen goldblonden Locken ragten die rosigen Knospen ihrer vollen Brüste hervor.

»Und jetzt, liebste Allora«, rief Lady Margaret Montague, eine der Frauen, »werdet Ihr einen unserer edelsten Lords betören! Seht Euren Bräutigam, in seiner ganzen männlichen Herrlichkeit! Zeigt ihm Euren Liebreiz, Eure Unschuld!«

Sie zählte zu Lucindas besten Freundinnen, und sie grollte Bret, weil die junge Frau wegen seiner Heirat gezwungen worden war, London zu verlassen und einen anderen zu heiraten. Das wußte Bret, und Margaret tat ihm leid. Aber nun war der Spaß weit genug gegangen. Er schob sich zwischen den Männern hindurch, hob den braunen Umhang vom Boden auf und legte ihn um Alloras Schultern. »Jetzt reicht's, meine teuren Freunde!«

»Aber Mylord!« erwiderte Rupert. »Ihr liegt noch nicht mit Eurer Lady im Bett!«

»Es reicht!« wiederholte Bret, und seine scharfe Stimme brachte das Gelächter zum Schweigen.

Bisher war der König im Hintergrund geblieben. Er hatte es seinen Höflingen überlassen, den Bräutigam zu entkleiden. Nun trat er vor und begegnete Brets herausfordernden Blick. Die Heirat hatte stattgefunden, die Ehe würde bald vollzogen werden. Daran zweifelte er nicht. »Aye, Lords und Ladies! Wir haben den beiden ihren glücklichen Weg geebnet, die Schönheit der Braut und die stolze Kraft des Bräutigams gesehen. Jetzt wollen wir sie nicht länger stören.« Als er hinausging, mußten die anderen ihm notgedrungen folgen. Ehe auch Rupert davoneilte, schlug er grinsend einen Purzelbaum.

Endlich fiel die Tür ins Schloß. Bret hob seine zitternde Frau hoch, sank in einen Sessel vor dem Kaminfeuer und hielt sie auf seinem Schoß fest. Dann griff er nach dem Kelch, den er bei der Ankunft des königlichen Gefolges auf den Tisch gestellt hatte, und setzte ihn an Alloras Lippen. In durstigen Zügen trank sie den Wein, den sie zuvor verschmäht hatte.

»Dies alles wollte ich dir ersparen«, seufzte Bret.

»Da es dir nicht gelungen ist, sei doch so barmherzig und erspare mir diese Nacht ...«

»Nein, Allora.« Vergeblich versuchte sie sich aus seinen Armen zu befreien und aufzustehen. »Ich bin dein Ehemann, dein Herr ...«

»... und Meister!« fiel sie ihm ironisch ins Wort.

»Wenn du es so betrachten willst ...« Er sah den Puls an ihrem Hals pochen.

Plötzlich wurde sein Mund trocken, als ihm bewußt wurde, was für eine Schönheit er umfing, welch einen kostbaren Schatz. Ehe sie sich wehren konnte, schlang er seine Finger in ihr Haar und küßte sie, schmeckte auf ihren Lippen den Wein, den sie getrunken hatte, und noch viel mehr — süßesten Honig, ein wildes Feuer. Obwohl er wußte, wie sehr er sie begehrt hatte, staunte er selbst über das unbändige Verlangen, das sein Blut erhitzte. Als seine Zunge ihren Mund erforschte, stöhnte sie leise und gab ihren Widerstand auf.

Seine Hand löste sich aus ihren goldblonden Locken, glitt unter den Umhang, liebkoste eine Brust und spürte die harte Knospe. Er hob den Kopf und schaute in ihre angstvollen grünen Augen. »Du wurdest nicht in die Hölle geschickt, Lady. Ich bin kein Dämon und nicht den Flammen der Verdammnis entsprungen.«

»Aber genauso erscheinst du mir«, entgegnete sie.

Als sie bestürzt zusammenzuckte, erkannte er, daß sie das Ausmaß seiner Erregung fühlte. Während der braune Umhang ihre Blößen bedeckte, war Bret immer noch nackt. Er stand auf, legte sich aufs Bett, dann goß er noch etwas Wein in den Kelch und bot ihn seiner Frau an.

»Das wird mir nicht helfen«, flüsterte sie.

»Vielleicht doch.«

Heftig schüttelte sie den Kopf. »Ich brauche — Zeit. Und ich werde mich wehren, bis die Hölle gefriert.«

»Trink erst einmal den Wein.«

Sie richtete sich auf, ergriff den Kelch und leerte ihn in einem Zug. Dann drückte sie ihn in Brets Hand. Während er sich abwandte, um das Gefäß auf den Tisch zu stellen, sprang sie, in den Umhang gewickelt, aus dem Bett und rannte zur Tür.

10

Schon nach wenigen Schritten holte er sie ein. Atemlos lag sie in seinen Armen. »Du weißt es doch — ich kann dich nicht gehen lassen«, flüsterte er.

»Dazu hätte es niemals kommen dürfen ...«

»Wir mußten heiraten, weil es notwendig war«, erwiderte er und trug sie zum Bett zurück. Ehe er sie hinlegte, entfernte er den Umhang. Sie erschauerte, und Bret bedeckte sie mit seinem Körper. Aber er bezweifelte, daß sie fror, denn das Kaminfeuer verbreitete angenehme Wärme. Stocksteif lag Allora unter ihm. Er küßte sie und spürte ihre heftigen Herzschläge. Nach einer Weile entspannte sie sich. Offenbar wirkte der starke Wein.

Bret richtete sich ein wenig auf und berührte ihre Wange. Da zitterte sie wieder und schloß die Augen. »Bringen wir's hinter uns. Bitte, sei behutsam — und tu es schnell!«

Verwirrt stützte er sich auf einen Ellbogen. »Warum fürchtest du dich so sehr? Ich habe keineswegs vor, deine Kehle zu durchschneiden.«

Sie öffnete die Augen wieder. »Oh — ich ...«

»Behutsam und schnell, das paßt nicht zusammen«, erklärte er belustigt. »Gewiß werde ich behutsam vorgehen, aber nicht schnell.«

Er sank wieder auf seine Frau hinab, und während er ihre Lippen küßte und ihre nackten Brüste spürte, wuchs seine Begierde. Vielleicht würde er sie doch viel schneller stillen, als er sich's vorgenommen hatte. Seine Hand strich über Alloras Hüfte und glitt zwischen ihre Beine.

»Nein!« hauchte sie.

»Doch!« Sein Mund streifte ihren Hals, wanderte zu einer ihrer Brüste hinab, und seine Zunge spielte verführerisch mit der rosigen Knospe. Stöhnend schlang sie ihre

Finger in sein Haar, machtlos gegen die erotischen Gefühle, die er entfachte. Und er wollte noch mehr von ihrer Sinnlichkeit spüren.

Vorsichtig schob er ihre Beine auseinander, aber sie versteifte sich wieder. So sehr seine Leidenschaft ihn auch drängte, er zügelte sie. Wann immer seine schottische Braut an ihre Hochzeitsnacht dachte, sollte sie sich eingestehen, daß sie bereitwillig und hingebungsvoll mit ihm geschlafen hatte. Seine Finger wanderten über ihren Bauch, gefolgt von seiner heißen Zunge, hinab zu dem goldblonden Dreieck, das ihre Unschuld hütete. Rastlos wand sie sich hin und her. Ein intimer Kuß entlockte ihr ein halb ersticktes Schluchzen, aber sie protestierte nicht. Bald spürte er, wie sich ihr Körper erhitzte, und seine Zungenspitze fand das Zentrum ihres erwachenden Verlangens.

Bret wollte Allora nicht nur erregen, sondern auch den Schmerz lindern, der sie erwartete. Jetzt konnte er seine eigene Lust nur noch mühsam zähmen, betört von Alloras süßem Duft und ihren aufreizenden Bewegungen.

Plötzlich bäumte sie sich auf, ihr Atem stockte, dann stieß sie einen leisen Schrei aus. Ein heißes Glücksgefühl erfaßte ihn, auf das er nicht vorbereitet gewesen war. O ja, wenn es ihm gelang, seiner Frau ein so intensives Entzücken zu schenken, durfte er auf eine glückliche Ehe hoffen.

Er richtete sich auf, betrachtete die geschlossenen Augen, das bleiche, von zerzausten, seidigen Locken umrahmte Gesicht. Nun zögerte er nicht länger. Seine Hüften versanken zwischen ihren Schenkeln, und er spürte verlockende feuchte Wärme. Ganz langsam bewegte er sich und verfluchte seine Ungeduld, die ihn drängte, die verzehrende Begierde endlich zu stillen. Seine Braut wehrte sich nicht, doch sie drehte den Kopf hin und her.

»Allora ...«

»Nein, sag nichts!« wisperte sie, öffnete die Augen und

kämpfte mit den Tränen. Weinte sie vor Schmerz — oder vor Zorn, weil er sie zum Gipfel der Lust emporgeführt hatte, noch ehe er ihr die Unschuld raubte? Rasch senkte sie ihre Lider und preßte die Lippen zusammen, offensichtlich fest entschlossen, nicht zu schreien.

Während er immer tiefer in sie eindrang, küßte er sie zärtlich. Und dann war die Vereinigung vollendet. Das Gesicht an seinen Hals gepreßt, lag Allora reglos unter ihm. Auch er hielt inne und bezwang sein wildes Verlangen, denn er wollte sie zu einem zweiten Höhepunkt verführen.

Unwillkürlich seufzte sie, grub die Finger in seine Schultern, hob ihm die Hüften entgegen. Nun konnte er sich nicht mehr beherrschen. In immer schnellerem Rhythmus strebte er seiner Erfüllung entgegen, heiße Wellen erschütterten seinen ganzen Körper.

Danach lag er stöhnend neben Allora, immer noch von dem überwältigenden Glücksgefühl erfaßt, das seine feindselige Braut ihm geschenkt hatte. Es dauerte eine Weile, bis er wieder klar zu denken vermochte.

»Oh!« klagte sie, kehrte ihm den Rücken und krümmte sich zusammen.

Warum tat sie so, als hätte er sie brutal vergewaltigt? Ärgerlich stützte er sich auf einen Ellbogen. »Verdammt, Lady, ich habe mich wirklich bemüht, dir diese Nacht zu erleichtern. Und wie du zugeben mußte, hast du's nicht allzu schlimm gefunden — ganz im Gegenteil.«

»Warum verspottest du mich?«

»Warum sollte ich dich verspotten, nachdem du mich mit deiner Schönheikt und Sinnlichkeit so beglückt hast?« Als er ihren Oberarm berührte, zuckte sie zusammen. »Hör auf, mich zu hassen, und gesteh, daß du's genossen hast!« Sie gab keine Antwort. Er drehte sie zu sich herum. »Schau mich an!« befahl er. Herausfordernd erwiderte sie seinen Blick. »Allora, vor der Hochzeit habe ich dir erklärt, wir würden eine richtige Ehe führen. Ich wünsche mir Söhne. Glaub mir, kein Mann bewährt sich auf so vielen Schlachtfeldern und erringt einen Adelstitel, ohne einen Erben zu ersehen. Was er erworben hat, muß eines Tages seinem eigenen Fleisch und Blut gehören.« Er sah, daß sie wieder zitterte, und neuer Zorn stieg in ihm auf. »Also gut, dann hasse mich eben!«

»Ich — ich hasse dich nicht«, flüsterte sie. »Ich war dir sogar dankbar, weil du so freudlich zu meinem Vater warst. Dafür habe ich dich bewundert. Aber — das mußt du verstehen. Du bist und bleibst ein Normanne.«

Genausogut hätte sie betonen können, er sei ein Aussätziger. »Und du wirst normannische Kinder gebären, Lady«, erwiderte er und streichelte ihre Wange. Als er sah, wie sie blaß wurde, sank er lachend ins Kissen und zog seine widerstrebende Braut an sich. »Davor mußt du dich nicht fürchten«, fuhr er fort. »Vor langer Zeit, noch ehe William dieses Land erobert hatte, redete meine Mutter den Kindern ihres Heimatdorfes ein, die Normannen hätten Hörner und Schwänze. Das hörten mein Vater und seine Gefolgsleute, und irgend jemand erzählte es dem König. Damit neckte er sie während meiner Kindheit immer wieder und fragte, wieso sie denn Söhne und Töchter ohne Hörner und Schwänze zur Welt gebracht habe.«

»Dann wußte deine Mutter schon vor der Eroberung, daß die Normannen dämonische Geschöpfe sind.«

Seufzend schüttelte er den Kopf. »Das ist nicht der Sinn dieser Geschichte.«

»Was dann?«

Bret strich über ihr wirres Haar. »Daß du wundervolle, schöne Kinder bekommen wirst.«

Sie richtete sich auf und starrte ihn an. »Nun, wenn du so sicher bist, eine einzige Umarmung würde dir ein Kind schenken ...«

»Eine einzige?« Er hob die Brauen, und sie erkannte ihren Fehler. Unbehaglich beobachtete sie, wie seine Erregung von neuem wuchs.

»Aber ...«

»Nun hast du mir mein ganzes Selbstvertrauen genommen. Sicher brauche ich sehr viele — Umarmungen, bis ich wieder an meine Fähigkeit glauben kann, ein Kind zu zeugen.«

»Nein, Bret ...«

»Keine Angst, diesmal wird's dir nicht mehr weh tun.«

Ihr Herz schlug wie rasend, als er sie küßte und ihre Brüste liebkoste. Beim zweiten Mal ließ er sich Zeit, schürte ganz langsam das Feuer der Leidenschaft. Zunächst lag Allora teilnahmslos neben ihm. Doch dann strich sie über sein Haar und seine Schultern, genoß die Küsse, die ihren ganzen Körper bedeckten. »Schau mich an!« befahl er leise, als er in sie eindrang, und sie gehorchte. Ihr Blick verschleierte sich, und in diesem Moment gewann er den Eindruck, sie würden tatsächlich zueinander gehören.

Und er hatte nicht zuviel versprochen. Diesmal spürte sie keinen Schmerz. Stöhnend schlang sie die Arme um seinen Hals, paßte sich harmonisch seinen Bewegungen an. Gemeinsam erreichten sie einen atemberaubenden Höhepunkt. Ehe er seiner Lust freien Lauf ließ, wartete er, bis er die heftigen Erschütterungen ihres Körpers fühlte.

Später lagen sie erschöpft nebeneinander. Nie hätte Bret geglaubt, seine feindliche Braut könnte ihn in so süße Ekstase versetzen. »Keine Schmerzen?« flüsterte er.

»Keine«, gab sie zu, und er nahm sie wieder in die Arme.

Nach einer kleinen Weile schliefen sie ein, und Bret erwachte erst, als Allora sich unruhig bewegte.

»Haben wir Wasser?« fragte sie. »Der Wein hat gut geschmeckt, aber ich bin nicht daran gewöhnt, und ich fürchte, mir könnte übel davon werden.«

»Möchtest du vielleicht gutes englisches Ale?«

»Nein, gutes schottisches Wasser.«

»Was immer du wünschst, meine Prinzessin«, antwortete er, und sie schenkte ihm ein zögerndes Lächeln. Er brachte ihr einen gefüllten Becher, dann holte er das Tablett mit Brot, Käse und Trauben. Heißhungrig schmausten sie, und sie erlaubte ihm sogar, ihr eine Weinbeere in den Mund zu stecken.

Brets Blick fiel auf die Holzwanne. Inzwischen war das Wasser kalt geworden, aber der Kessel auf dem Herd dampfte immer noch. Er goß heißes Wasser in die Wanne, stieg hinein und wandte sich zu Allora, die ihn beobachtete.

»Welche Gedanken verbirgst du hinter deinen Smaragdaugen? Hast du mich geheiratet, um auf eine Gelegenheit zu warten, mir die Kehle aufzuschlitzen?«

Soeben hatte sie einen Schluck Wasser genommen, und sie verschluckte sich beinahe. Entschieden schüttelte sie den Kopf. »Niemals würde ich jemanden ermorden.«

»Warum hast du mich geheiratet?«

»Nun, *du* hattest jedenfalls deine Gründe«, entgegnete sie kühl. »Wenn ich sie auch nicht verstehe ...«

»Komm zu mir ins Wasser, dann erkläre ich dir alles.«

»Nein, hier fühle ich mich sicherer.«

Verwirrt schrie sie auf, als er triefnaß aus der Wanne sprang, um sie vom Bett hochzuheben und sich mit ihr ins warme Bad zu setzen. Sie versuchte, von ihm wegzurücken, aber er drückte sie lächelnd an sich. »Entspann dich doch! Nichts kann dich von mir fernhalten.«

»Du sagtest, du würdest mir deine Gründe erklären. Wie ich einem Gerücht entnahm, hängen sie mit deiner Mutter zusammen. Aber ich kann mir nicht vorstellen, daß sie dir die Hochzeit befohlen hat. Andererseits ist sie eine Angelsächsin, und du dachtest vielleicht, du müßtest mich heiraten, um sie vor dem Zorn des Königs zu schützen. Aber da du sein Anhänger und tapferer Krieger bist«, fügte sie ein wenig bitter hinzu, »dürfte ihn die Herkunft deiner Mutter nicht stören.«

»Oh, meine süße Unschuld! Meine Mutter ist nicht nur eine Sächsin.«

Verwundert wandte sie sich zu ihm. »Was meinst du?« Offenbar hatte sie vergessen, daß sie nackt in der Wanne saß.

»Sie stammt aus dem Haus Godwin, und sie ist König Harold Godwins Tochter. Glaub mir, Lady, sie hatte mit den Normannen noch viel mehr Ärger als du.«

»Dann bist du Harold Godwinsons Enkel?« wisperte sie. »Warum hast du mir das nicht längst erzählt?«

Er zuckte die Achseln. »Ich dachte, du wüßtest es ...« Lächelnd erwiderte er ihren Blick. »Unsere Kinder werden halbe Schotten, Viertelsachsen und Viertelnormannen sein.«

Sie nickte geistesabwesend. »Wie konnte deine Mutter nur mit deinem Vater leben, mit William ...«

»Der König konnte mit Fug und Recht behaupten, Edward der Bekenner habe ihm die Krone vermacht. Und Mutter sah, wie ihr Vater dem Eroberer den Treueeid schwor, wenn auch gezwungenermaßen, da Harold und seine Tochter Williams Gefangene waren. Doch sie hat sich niemals wirklich unterworfen. Meinen Vater lernte sie schon vor der entscheidenden Schlacht kennen, und sie liebt ihn. Die beiden haben ihren eigenen Frieden geschlossen.«

»Also vertritt William die Ansicht, England sei sein rechtmäßiges Erbe. Und mit welchem Recht versucht er, auch Schottland an sich zu reißen?«

Seufzend schüttelte Bret den Kopf. »Darüber will ich heute nacht nicht streiten. Erklär mir lieber, warum dich die königliche sächsische Herkunft meiner Mutter dermaßen bestürzt.«

Statt zu antworten, erschauerte sie. »Ich friere!« Sofort stand er auf, hob sie aus der Wanne und hüllte sie in ein Tuch. Dann trocknete er sich mit einem anderen ab. »Mir ist immer noch kalt«, flüsterte sie.

»Sicher wird es mir gelingen, dich zu zähmen.« Er nahm sie in die Arme, und als er sie küßte, öffnete sie bereitwillig die Lippen. Später, viel später lag sie schlafend neben ihm, und er starrte zur Zimmerdecke hinauf. Wie raffiniert sie sich vor einer Antwort gedrückt hatte ... Nachdenklich betrachtete er ihr schönes Gesicht und fragte sich, was die Zukunft bringen mochte.

Es dauerte lange, bis auch er in tiefen Schlaf versank.

11

Als sie aus seltsamen Träumen erwachte, wußte sie zunächst nicht, wo sie war. Sie spürte etwas Warmes an ihrem Rücken und glattes Leinen unter ihrem Körper. Erst allmählich erkannte sie, daß sie in den Armen des Mannes lag, den sie geheiratet hatte.

Sie wagte sich nicht zu rühren, denn er hatte ein Bein um ihre Schenkel geschlungen. Von der hellen Haut ihrer Hüfte hoben sich seine gebräunten Finger ab.

Eigentlich dürfte sie nicht hier sein. Jetzt müßte sie nach Norden reiten, in die Freiheit. Statt dessen sah sie keinen Ausweg. Und was ihr noch schlimmer erschien — sie wußte nicht mehr, ob sie immer noch fliehen wollte.

Wäre die Hochzeitsnacht eine einzige Qual gewesen, würde es ihr nicht schwerfallen, Fluchtpläne zu schmieden. Aber Bret hatte sie so zärtlich, so verführerisch geliebt. Und jetzt fühlte sie sich in seinen Armen sicher und geborgen, so wie nie zuvor. Doch sie konnte nicht vergessen, wer sie war, was sie ihrem Vater und ihrem Volk schuldete — und Onkel Robert, den der König aus der Gefangenschaft entlassen hatte.

Nun bewegte sich Bret. Offenbar schlief er nicht mehr. Sie wandte sich zu ihm und begegnete seinem Blick. Was mochte er denken? Rasch senkte sie die Lider, um ihre eigenen Gedanken zu verbergen.

Ein fordernder Kuß verschloß ihr den Mund und gab ihr keine Chance, zu protestieren.

Ihre Hand wanderte über seinen muskulösen Oberkörper, sie schloß die Augen und genoß die Gefühle, die sie durchströmten. Sie überließ sich erneut der Leidenschaft, die sich zu fieberheißer Glut steigerte.

Später lag er neben ihr, auf einen Ellbogen gestützt,

und betrachtete forschend ihr Gesicht. »Könnte ich doch deine Gedanken lesen, Allora ...«

Das Blut stieg ihr in die Wangen. Und dann beschloß sie, die Wahrheit zu gestehen. »Ich wünschte, du wärst kein Normanne.«

»Hältst du mich immer noch für ein Ungeheuer — obwohl du mittlerweile weißt, woher meine Mutter stammt?«

»Nicht nur das führt mir vor Augen, daß ich mich in dir getäuscht habe.«

Lachend drückte er sie an sich. »Dann will ich auch zugeben, daß ich mit dir viel lieber verheiratet bin als mit einer alten Hexe.«

»Oh, mit solchen Schmeicheleien wirst du mir noch den Kopf verdrehen.«

»Sicher haben dir schon viele junge Verehrer geschmeichelt. Aber ich beabsichtige keineswegs, dich mit Komplimenten zu überhäufen, sonst wirst du zu eingebildet.«

»Fürchtest du mein Selbstvertrauen, Bret?« fragte sie lächelnd.

»O ja. Du sollst nicht glauben, du könntest mich so betören, daß ich alle Vorsicht fahrenlasse.«

»Meinst du, ich will dich zur Unachtsamkeit verleiten?« Obwohl sie möglichst beiläufig zu sprechen suchte, klang ihre Stimme atemlos.

»Allerdings.« Sanft strich er über ihr zerzaustes Haar. »Heute morgen finde ich meine Ehe sehr erfreulich. Doch das ändert nichts an deiner Überzeugung, du seist mit einem Feind verheiratet.«

Sie errötete wieder und wünschte, sie wäre nicht so leicht zu durchschauen.

»Stimmt es etwa nicht?« flüsterte er und streichelte ihre erhitzte Wange. »Aber für heute wollen wir Waffenstillstand schließen.«

»Für heute?«

»Morgen kehren wir ins Stadthaus meiner Familie zurück. Allzulange kann ich meinen Männern nicht gestatten, das Landleben zu genießen und mehr oder weniger dem Müßiggang zu frönen.«

Erschrocken sah sie sich um, und Bret fügte belustigt hinzu: »Hier drin sind sie nicht. Sie halten draußen Wache.«

»Warum?«

»Damit sich dein elender Onkel nicht mit einem halben Dutzend Schotten heranpirscht, um mich im Schlaf zu ermorden.«

»So etwas würde er niemals tun«, entgegnete Allora entrüstet.

»Dein Vater nicht. Dein Onkel schon.«

Beinahe hätte sie erklärt, unter gewissen Umständen dürfe er sich des Lairds nicht so sicher sein. Aber statt dessen fragte sie: »Was könnte Onkel Robert dir schon antun? Wir sind in der Nähe von London, im Schatten von Williams mächtigem Tower, von Normannen umringt.«

»Man darf deinen Onkel nicht unterschätzen«, erwiderte Bret, und sie fröstelte, obwohl er sie in den Armen hielt.

Plötzlich ließ er sie los, sprang aus dem Bett und rannte zur Tür. Allora kroch erschrocken unter die Decke.

Aber er öffnete die roh gezimmerte Tür nur einen Spaltbreit und sprach mit jemandem. Nervös beobachtete sie ihn, während er zurückkehrte und sich wieder zu ihr legte.

»Hast du eine Audienz für den Morgen danach einberufen, Bret?« Die frische Luft hatte seine Haut abgekühlt, und Allora erschauerte, als er sie an sich zog. »Oh, du bist ja eiskalt!«

»Aye, und ich muß mich wärmen.«

»Vielleicht solltest du Feuer machen.«

»Ja, natürlich.« Er küßte ihre Stirn, dann stieg er wieder aus dem Bett und kniete vor dem Kamin nieder. Wenig später loderten Flammen empor. Ihr Widerschein flackerte auf seinem kraftvollen nackten Körper. Leise klopfte es, und ehe er die Tür öffnete, wickelte er sich in den braunen Umhang, der Allora am Vorabend eingehüllt hatte. Jarrett reichte ihm ein zugedecktes Tablett, Bret bedankte sich, und die Tür fiel ins Schloß.

Als er das Tablett vor den Kamin stellte, wehte ein verlockender Duft zu Allora herüber. Er nahm die Pelzdecke vom Bett, setzte sich darauf und zog das Tuch vom Frühstückstablett. Nun erschien ihr das Aroma des gebratenen Fleischs noch köstlicher. In den letzten Tagen hatte sie kaum etwas gegessen, und jetzt verspürte sie einen wahren Heißhunger.

»Komm her!« Einladend klopfte Bret neben sich auf das Kaninchenfell. Mit einem kleinen scharfen Messer schnitt er ein Stück von der Rehkeule ab, leckte den Bratensaft vom Daumen und schaute seine Frau abwartend an.

»Ich dachte, am Morgen nach der Hochzeit müßte der Ehemann seiner Frau etwas schenken. Das ist doch üblich.«

»Genauso ist es üblich, daß die Frau ihrem Mann dient.« Er sprang auf, wickelte Allora in ein Laken und setzte sie vor den Kamin. Dann schob er ihr ein Stück Fleisch in den Mund, das sie genüßlich verspeiste. Lachend füllte er zwei Becher mit kühlen Wasser.

Nach dem Frühstück lehnte sie an seiner Brust, und er flüsterte ihr ins Ohr: »Ich habe ein Geschenk für dich.«

»Tatsächlich?«

»Ein Haus in Wakefield. Natürlich behalte ich die Oberherrschaft.«

»Ein Haus? Von mir hast du eine ganze Insel bekommen.«

»Vorerst gehört sie deinem Vater, wenn ich dich daran erinnern darf. Und ich hoffe, der gute Mann wird noch sehr lange leben. Nach seinem Tod werde ich die Far Isle selbstverständlich beanspruchen. Falls ich nicht vorher sterbe.«

Unwillkürlich erschauerte sie. Doch sie verdrängte ihr Unbehagen und hob ihren Becher, obwohl er nur Wasser enthielt. »Auf die Gesundheit meines Vaters!«
Lächelnd nickte er und prostete ihr zu. »Würdest du auch auf die Gesundheit des Königs trinken?«
»Nur wenn er mir ein Messer an die Kehle hielte.«
Ein Zeitlang schwieg er, und sie spürte die kräftigen Schläge seines Herzens. Dann bemerkte er: »Dein Malcolm unterscheidet sich keineswegs von anderen Königen.«
»Aber er unterstützte Edgar Atheling ...«
»Weil er mit Athelings Schwester verheiratet ist, die ihren eigenen Willen hat. Sicher würde er Edgar liebend gern auf dem englischen Thron sehen. Doch das wird nicht geschehen. Williams Macht bleibt ungebrochen, seine Söhne streiten schon jetzt um die großen Territorien, die er ihnen hinterlassen wird. Als er hierherkam, fand er Dörfer aus Holz und Stroh, und er baute große steinerne Schlösser. Vorläufig wird sich nichts ändern, Lady.«
»Nun sprichst du über all die Dinge, die mich beunruhigen. Ehe William die Krone eroberte, lebten die Menschen nicht in Angst und Schrecken. Sie erfüllten ihre Pflicht aus Liebe — und nicht, weil sie den Tod fürchten mußten. Nie zuvor wurden sie so unterjocht. Und du mußt auch versuchen, mein Volk zu verstehen. Die Familie bedeutet alles. Jetzt ist Vater unser Oberhaupt. Wenn er stirbt, wird Robert dieses Amt erben, nicht du, magst du auch in der Festung herrschen. Trotzdem ist alles anders geworden. Meine Leibwächter waren die Kinder von Schäfern und Bauern, die Männer konnten in den Krieg ziehen oder ihr eigenes Land bestellen. Nun stehen sie in Williams Diensten. Ich verstehe noch immer nicht, wie deine Mutter es ertragen konnte, sich den normannischen Sitten anzupassen ...« Bestürzt verstummte sie. Sie hatte Bret nicht beleidigen wollen, sondern nur zu erklären versucht, was er offenbar nicht wußte.

Aber er war nicht gekränkt und drückte sie lachend an sich. »Manchmal streiten meine Eltern immer noch über diese Dinge. Aber Mutter kannte William und meinen Vater schon lange vor der Eroberung. Alaric war mit seinem künftigen Schwiegervater befreundet, selbst wenn sie für verschiedene Interessen kämpften. Und ich glaube, es war vorteilhaft, daß beide Häuser durch eine Heirat verbunden wurden. William und seine Halbbrüder kümmerten sich um normannische Angelegenheiten, und abgesehen von den letzten paar Jahren blieb mein Vater hier in England und trat für Harold ein. Immerhin konnte er William veranlassen, englische Gesetze anzuerkennen.«

Skeptisch wandte Allora sich zu ihm, hob die Brauen, und er küßte ihre Schläfe. »Glaub mir, es stimmt. Sicher, William richtete großen Schaden an, als er sich an den Rebellen rächte. Das tat auch Malcolm, und er schuf südlich des River Tweed ein Niemandsland. Aber ...«

»Aye, der König hat viel Unheil heraufbeschworen«, unterbrach sie ihn leidenschaftlich. »Und wie ich höre, zählt er die vier nördlichen Counties Northumberland, Cumberland, Westmorland und Durham nicht einmal zu seinem grandiosen Reichsgrundbuch.«

»Jedenfalls ist dein wunderbarer, listenreicher Malcolm genauso verantwortlich für die Verwüstung weiter nördlicher Landstriche. Und da unsere Diskussion mit deiner Kritik an meinem Vater begann, möchte ich betonen, daß er viele Dörfer vor Plünderungen und Feuersbrünsten bewahrte.«

»Und deshalb hat deine Mutter ihre Ehe erduldet.«

»Nicht deshalb. Die beiden lieben sich und sind glücklich miteinander.«

Obwohl sie sein Gesicht nicht sah, spürte sie, daß er die Wahrheit sagte. Was mochte er von seiner eigenen Ehe halten?

»Oh, sie muß ihn angebetet haben, als er mit dem Heer

des Eroberers an der Küste ihres Vaters eintraf«, meinte sie trocken.

»Was diese Geschichte betrifft, gibt es mehrere Versionen. Er kam an Land, gewann die Schlacht, vergewaltigte meine Mutter und das war's. In einer anderen Geschichte warf sich meine Mutter vor ihm auf die Knie, flehte um Gnade und verzauberte ihn mit ihrem Liebreiz.«

»Und welche Geschichte stimmt?«

»Nun, meiner Mutter widerstrebt es, um Gnade zu bitten, und mein Vater läßt sich von keiner Frau betören. Vielleicht liegt die Wahrheit irgendwo dazwischen. Eins steht fest — die beiden haben sich immer geliebt. Nachdem Harold gestorben war und William den Thron bestiegen hatte, bemühte sich mein Vater unablässig, seine Frau vom König fernzuhalten. Niemals wird sie mit William Frieden schließen.

Möglicherweise hat Alaric sie damals entführt — und ihr Leben gerettet. Sie heiraten nicht sofort, erst kurz vor Robins Geburt.«

»Oh!«

»Nun verurteilst du meinen Vater schon wieder.«

»Tut mir leid. In deinen Adern fließt sein Normannenblut, und das kann ich nicht vergessen.«

Darauf ging er nicht ein. »Meine Eltern sind sehr glücklich.«

»Welch ein wundervolles Leben du führst!«

Allora rückte ein wenig von ihm ab und schaute in sein Gesicht. »Unter den Fittichen des Eroberers aufgewachsen, von beiden Eltern und beiden Völkern geliebt ... Die Sachsen sind dir dankbar, weil du dein Heer daran hinderst, sie vollends auszurauben. Und die Normannen hören manchmal auf dich und mäßigen sich, wenn sie durchs Land ziehen, um zu morden und arme Frauen zu vergewaltigen.«

»Die Schlacht von Hastings wurde ausgefochten, bevor wir auf die Welt kamen, Lady.« In seiner Stimme schwang ein warnender Unterton mit. »Und das Leben ist immer nur das, was wir draus machen. Du hast dich viel zu sehr von den Ansichten deines Onkels beeinflussen lassen.«

»Hätte ich mich etwa auf Williams Seite stellen sollen?«

»Du dürftest nicht Roberts Schlachten schlagen — schon gar nicht, wenn er in seinem Leichtsinn das Leben seines Bruders und seiner Nichte aufs Spiel setzt.«

Erbost sprang sie auf, und heiße Tränen stiegen ihr in die Augen. Warum hatte sie sich in seinen Armen sicher und geborgen gefühlt? Wie töricht ... Sie war und blieb seine Feindin.

»Wer gibt dir das Recht, so über meinen Onkel zu reden? Nur weil alle anderen kapitulieren ...«

»William mußte unentwegt Aufstände niederschlagen«, unterbrach er sie. »Die Walliser, die Dänen, die Northumberländer und die Yorker — alle haben gegen ihn rebelliert. Eins scheinst du nicht zu verstehen — England gehört William, weil er es erobert hat, und viele Menschen sehen in ihm den rechtmäßigen Herrscher. Auf Schottland erhebt er keinen Anspruch. Und die Lairds der Grenzländer, die ihn auf englischen Boden so verbissen bekämpfen, werden sich ins eigene Fleisch schneiden.«

»Die Far Isle ist Malcolm treu ergeben.«

»Und vorher hat sie sich einem heidnischen Wikinger unterworfen.«

Abrupt kehrte sie ihm den Rücken. Wie gern wäre sie geflohen ... Aber wohin? Wenn sie die Hütte verließ, würde sie seinen Männern in die Arme laufen. Verwirrt zuckte sie zusammen, als sie Brets Hand auf der Schulter spürte. Sie hatte seine Schritte nicht gehört. »Reiten wir aus?« schlug er vor.

»Und wenn ich die Flucht ergreife?«

»Dann müßtest du sehr schnell reiten.«

»Aber — ich habe nichts anzuziehen. Gestern wußte ich nicht, wohin man mich bringen würde. Das hast du mir leider nicht verraten, und so konnte ich keine Vorbereitungen treffen.«

Ohne ihre Ironie zu beachten, ging er in eine Ecke, wo eine Ledertruhe stand. »Um so gründlicher habe ich alles vorbereitet und nur eins übersehen — daß dir meine Pläne mißfallen würden.« Er öffnete die Truhe, und bald fand er, was er gesucht hatte. Wortlos nahm sie die Sachen entgegen, die er ihr brachte — eine Männerhose, ein warmes Hemd, eine Tunika und weiche Rehlederstiefel.

Nachdem sie sich angekleidet hatten, führte Bret seine Frau aus der Hütte. Erstaunt hob sie die Brauen, als sie ihr Pferd Briar neben Ajax stehen sah, an einem Baum festgebunden. Da man es hierhergebracht hatte, mußten ihr Vater und ihr Onkel wissen, wo sie sich aufhielt.

Außerdem würden es die fröhlichen Gäste, die während der Hochzeitsnacht in Brets Versteck eingedrungen waren, überall erzählt haben. Und Robert, so felsenfest überzeugt, die Flucht wäre ein Kinderspiel, hatte nicht versucht, sie zu retten ...

Aber er hätte sie nicht befreien können. Drei Gefolgsmänner Brets — Jarrett, Etienne und ein schlanker, sehniger Franzose namens Gaston — saßen auf der Lichtung um ein Lagerfeuer herum. Sicher würden noch weitere Leute in der Nähe Wache halten.

Als Allora und Bret aus der Hütte traten, standen die Männer auf, verneigten sich und erwarteten die Befehle ihres Herrn.

Er bedeutete ihnen, wieder Platz zu nehmen, dann hob er seine Frau auf ihr gesatteltes Pferd.

»Folgen sie uns nicht?« fragte sie.

»Sollten sie?« entgegnete er und stieg auf den Rücken seines Schimmels.

Statt zu antworten, ergriff sie die Zügel und ritt einen Waldweg entlang. Briar war eine wunderbare Stute, kräftig und schnell wie der Wind. Anmutig sprengte sie dahin. Konnte sie Ajax davonlaufen? Doch sie war dem großen Schlachtroß nicht gewachsen. Bald galoppierte es an ihrer Seite.

Unter einer großen Eiche machten sie Rast und liebten sich auf einem weichen Bett aus Herbstblättern. Ehe sie den Rückweg antraten, fragte Allora leise: »Und was jetzt?«

»Wir reiten nach Hause.«

»Zur Hütte?«

»Zu meinem Stadthaus. Morgen erwartet mich der König.«

Erst am späten Abend erreichten sie das Haus an der Themse. Bewundernd blickte sich Allora in der geräumigen Halle um, betrachtete die kostbaren Wandteppiche und den massiven steinernen Kamin.

Mehrere Hunde rannten ihnen entgegen, gefolgt von Dienstboten. Die Brüder Tim und Tad kümmerten sich um den Stall, Arthur führte den Haushalt, Griff war für den Gemüsegarten verantwortlich. Unter Arthurs Aufsicht arbeiteten Peg, Susan, Mariah, Pete und Jamie — freundliche junge Leute vom Land, eher sächsischer als normannischer Herkunft. Ehrerbietig verneigten sie sich vor ihrer neuen Herrin.

Auch Jarrett, Etienne und Gaston waren in die Halle gekommen. Bret beauftragte Arthur, seine Frau nach oben zu führen, dann setzte er sich mit seinen Gefährten an den großen Tisch in der Halle. Eine Kerze in der Hand, geleitete Arthur die neue Countess Wakefield in den Oberstock und öffnete die dritte Tür auf der linken Seite des Flurs.

Während er die Kerze auf einen Schemel neben dem Bett stellte, musterte Allora die Einrichtung des großen Schlafgemachs. In einer Ecke stand ein stählernes Gestell, an dem Brets Rüstung hing. Auf einem langen Wandtisch lagen Panzerhandschuhe und der Helm mit den Hirschhörnern, der sie so fasziniert hatte. Ein Vorhang trennte den Alkoven mit dem Bett ab, mehrere Truhen säumten die Wände.

Als Allora zum Bett ging, stockte ihr Atem. Auf einem Tischchen entdeckte sie eine Weinkaraffe, zwei vergoldete Kelche und dazwischen die Phiole, die Roberts Freundin bereitgestellt hatte. Hatte Arthur sie gesehen?

»Wünscht Ihr etwas, Mylady?« erkundigte er sich.

»Nein, danke.« Sie benötigte nichts, sie wollte nur allein sein.

Nach einer tiefen Verbeugung verließ er das Zimmer und schloß die Tür hinter sich. Einen Augenblick später hörte sie, wie ein Steinchen an die Hausmauer prallte, rannte zum Fenster und schaute hinaus. Offensichtlich lag der Raum an der Rückfront des Hauses, denn sie sah die schmale Gasse, die Robert erwähnt hatte. Und da stand er, seine Hände in die Hüften gestemmt.

»Tut mir leid, daß ich so spät komme, Mädchen!« rief er.

»Bist du wahnsinnig? Seine Gefolgsleute sind bei ihm. Wenn dich jemand sieht ...«

»Heute nacht mußt du die Phiole benutzen«, fiel er ihr ins Wort.

Ein eisiger Schauer überlief ihren Rücken. »Wo ist Vater?«

»Im Tower, bei William. Um Mitternacht kommt er hierher. Sieh zu, daß Wakefield den Wein trinkt. Um dem Eroberer zu entrinnen, müssen wir einen Vorsprung von mindestens vier Stunden herausholen.«

»Verdammt, was soll uns das jetzt noch nützen. Wären wir letzte Nacht geflohen, hätten wir um eine Annullierung meiner Ehe ansuchen können ...«

»Mein Gott, Allora, Prinzessin von der Far Isle, fürchtest du dich vor dem großen Normannen?«

»Das nicht, aber ...«

»Wirklich, ich bin dir sehr dankbar für das Opfer, das du mir gebracht hast. Aber du darfst nicht vergessen, wer du bist und zu wem du gehörst. Unser Volk läßt sich nicht von William, diesem Bastard, unterjochen ...«

»Robert ...«

»Glaub mir, die normannische Herrschaft würde uns alle zerstören. Denk doch an deine Pflichten! Um Mitternacht erwarte ich dich hier unten. Bald wirst du vergessen, was während der letzten Tage geschehen ist.«

Plötzlich hörte sie Schritte und drehte sich um. Bret betrat das Zimmer, nahm seinen Mantel von den Schultern und hängte ihn an einen Wandhaken. »Stimmt was nicht?« fragte er, als er ihre zitternden Hände sah.

»Mir ist nur kalt. Und ich würde gern etwas Wein trinken.« Sie eilte zu dem Tischchen, wo die Karaffe stand, und ergriff die Phiole. War es zu spät, um zu fliehen?«

Großer Gott, hatte sie überhaupt eine Wahl? Ihr Vater und der Onkel erwarteten sie. Und sie hatte geschworen, die Far Isle sollte niemals unter normannische Herrschaft geraten. Es gab keine andere Möglichkeit, sie mußte den Inhalt der Phiole in den Wein gießen. Wenn Bret schlief, würde sie wenigstens in Ruhe nachdenken können, unbeeinflußt von seinen Zärtlichkeiten.

Jetzt durfte sie nicht mehr zögern, sonst würde er sich fragen, was sie so lange machte. Hastig schüttete sie die Flüssigkeit aus der Phiole in einen Kelch. Dann steckte sie das leere Fläschchen in eine Tasche ihrer Tunika und füllte beide Kelche mit Wein.

Ihr Herz schlug wie rasend, als sie ihrem Mann das Gefäß mit dem Schlaftrunk reichte. Was sollte sie tun, wenn er den anderen Kelch verlangte? Doch das tat er nicht. Er nahm einen Schluck. Auch Allora nippte lächelnd an ihrem Wein.

Prüfend schaute er sie an, dann nahm er ihr den Kelch aus der Hand und stellte ihn zusammen mit seinem eigenen auf den langen Wandtisch. Wieder zu Allora gewandt, strich er über ihre Wange. »Meine Liebe, du frierst tatsächlich. Hast du am Fenster gestanden?«

»Ja ...« Angstvoll spähte sie über seine Schulter, um festzustellen, wo ihr Kelch stand, damit sie ihn später nicht mit seinem verwechselte. »Ich wollte hinausschauen.« Um seinem forschenden Blick zu entrinnen, holte sie ihren Kelch. Dann setzte sie sich auf eine Pelzdecke vor dem Kaminfeuer.

Bret nahm neben ihr Platz und trank einen Schluck. »Was hattest du vor, meine Liebe?«

»Ich weiß nicht, wovon du redest ...« Nervös nippte sie an ihrem Wein und stieß einen Schreckensschrei aus, als er ihr den Kelch aus der Hand riß und ihn mit der restlichen Flüssigkeit in die Flammen schleuderte. Sie sprang auf, wollte davonlaufen, doch er umklammerte ihr Handgelenk.

»Kleine Närrin! Soeben hast du das Gebräu getrunken, das für mich bestimmt war. Sag mir, womit du mich vergiften wolltest, damit wir ein Gegenmittel einnehmen können!«

Wie schnell die Droge wirkte ... Während sie ihren Mann anstarrte, begann sich das Zimmer zu drehen, und sie brach zusammen. Er fing sie auf, schüttelte sie, ringsum färbte sich die Welt schwarz.

»Antworte!« befahl er.

»Kein Gift«, flüsterte sie, »nur ein — Schlaftrunk ...« Mühsam hielt sie die Augen offen und begegnete seinem verächtlichen Blick. Dann versank sie in einen dunklen Abgrund.

»O Gott, hoffentlich hast du recht«, lauteten die letzten Worte, die sie hörte, ehe ihr die Sinne schwanden.

12

Die barmherzige Nacht dauerte nicht lange. In einem Alptraum wurde Allora von Feinden umringt, ihr Kopf und ihr Bauch schmerzten, als würden sie von spitzen Messern durchbohrt.

Und dann sah sie Robert auf einer Klippe stehen. »Verräterin!« rief er ihr zu. Als er verschwand, erschien ihr Vater, und sie wollte sich in seine Arme werfen und versichern, alles sei in Ordnung. Doch dazu war sie viel zu schwach.

Verwundert erkannte sie den Priester, der sie mit Bret getraut hatte. Er neigte sich zu ihr herab, berührte ihre Stirn und flüsterte: »Bald habt Ihr's überstanden.«

Natürlich, sie hatte den Allmächtigen hintergangen, ein falsches Ehegelübde abgelegt — und nun mußte sie sterben ...

»Unsinn, Ihr werdet nicht sterben, Mylady!« Er flößte ihr ein grünliches Getränk ein, das abscheulich schmeckte. Von stechenden Schmerzen gepeinigt, schrie sie auf.

»Großer Gott, Damien, Ihr werdet sie umbringen!«

Die Stimme ihres Mannes ... Aye, sie lag in seinen Armen, und er preßte ein feuchtes, kühles Tuch auf ihr Gesicht. Sie war nackt, nur ein Laken umhüllte ihren Körper. Doch in ihrem Traum spielte das keine Rolle.

Aber der Traum war so real geworden, denn sie sah Brets kobaltblaue Augen, die sie kalt und gnadenlos musterten.

»Soll ich sie kurieren?« hörte sie den Priester fragen, wie aus weiter Ferne, durch dichten Nebel.

»O ja, macht sie gesund, damit sie's spürt, wenn ich sie erwürge! Diese Närrin!« Neue Messer schienen sich in Alloras Körper zu bohren, und sie stöhnte gequält auf. »Um

Himmels willen, Damien, nachdem sie Euer Zeug getrunken hat, geht's ihr noch schlechter!« fauchte Bret.

»Übergebt sie mir, Mylord, und laßt mich mein Werk vollbringen.«

»Ich schwöre Euch, wenn sie stirbt ...«

»Nein, sie wird nicht sterben, und sie war nie in tödlicher Gefahr, weil sie nur einen Schluck von diesem Wein getrunken hat. Ihr ist einfach nur übel. Seid jetzt vernünftig, Mylord, und vertraut mir Eure Frau an.«

Stunden schienen zu verstreichen. Oder Tage? Der Traum hing in der Schwebe, bis der Priester ihr wieder das gräßliche grüne Getränk einflößte.

Verzweifelt wehrte sie sich, denn sie ahnte, daß sie sich übergeben würde. Doch darauf war Vater Damien vorbereitet.

Neben dem Bett stand eine Schüssel, und er half ihr, sich darüber zu beugen, hielt fürsorglich ihren Kopf fest, während sie erbrach. Danach wusch er ihr das Gesicht mit kaltem Wasser. Die Schmerzen und die Träume waren verflogen.

»Vater, glaubt mir — es war kein Gift«, wisperte sie, als sie sich auf dem Bett ausstreckte.

»Schlaft jetzt, Mylady.« Er deckte sie sorgsam zu, und sie schloß gehorsam die Augen. Bald kehrte die Finsternis zurück. Und diesmal war es eine wundervolle, traumlose Nacht ...

Langsam hob sie die Lider. Helles Licht erfüllte den Raum, und irgend etwas glitzerte. Verwirrt blinzelte Allora, dann merkte sie, daß sie Brets Rüstung anschaute. Ihre Kehle war staubtrocken, auf dem Laken lag ihre schneeweiße Hand, und ihr fehlte die Kraft, um sie zu heben.

Schmerzhaft stach ihr das Funkeln in die Augen, und nun erkannte sie ihren Irrtum. Sie sah nicht die Rüstung in der Ecke, sondern Bret, der seinen Kettenpanzer trug, einen purpurroten Mantel um die Schultern. Die Hände gefaltet, saß er vor dem Kamin. »Oh, du bist erwacht, Lady.«

Seine eiskalte Stimme ließ sie frösteln. Rasch senkte sie den Blick, um ihre Tränen zu verbergen, und legte einen Arm über die Lider. Aber Bret erhob sich, kam zu ihr und zog den Arm weg.

Erst jetzt wurde ihr bewußt, daß sie nicht allein mit ihrem Mann war. Der seltsame Priester stand hinter ihm. »Nun muß sie Wasser trinken, Mylord«, erklärte er, ging zu dem Tischchen, das neben dem Bett stand, und ergriff einen Krug. Dann reichte er Bret einen gefüllten Becher.

Vergeblich versuchte sie, sich aufzurichten und verfluchte ihre Schwäche. Bret mußte sie stützen, damit sie ihren Durst stillen konnte. Am liebsten hätte sie den Becher in einem Zug geleert.

Aber Vater Damien warnte sie: »Nicht so hastig, Mylady! Laßt Euch Zeit!« Bret vergönnte ihr nur ein paar Schlucke. Dann riß er ihren Kopf an den Haaren hoch, nicht gerade sanft, und sie sank erschöpft in die Kissen zurück.

Vater Damien strich ihr das feuchte Haar aus der Stirn. »Jetzt ist sie außer Gefahr, und ich kann Euch beide allein lassen.«

Allein mit ihrem Mann ... Davor graute ihr, und sie hätte den Priester gern zurückgehalten. Doch sie brachte nicht die Kraft dazu auf.

»Danke, Vater.«

Er nickte ihr zu, dann schloß er die Tür hinter sich.

»Nun?« begann Bret.

»Ich fühle mich schrecklich«, erwiderte sie, »mein Hals brennt, und ich kann kaum sprechen. Wenn du mir noch etwas Zeit geben würdest ...«

»Lady, du liegst schon seit zwei Tagen im Bett, und ich habe keine Zeit mehr. Der König braucht mich, und er ließ mir ausrichten, ich dürfe nur so lange bei dir bleiben, bis du genesen seist. Außerdem kannst du kein Mitgefühl von mir erwarten, nachdem das Gift für mich bestimmt war.«

»Ich habe kein Gift in den Wein getan ...«

»Doch. Deshalb bist du so krank gewesen.«

Kraftlos schüttelte sie den Kopf. »Aber ich schwöre dir, ich wollte dich nicht vergiften.«

»Warum versuchst du, es abzustreiten? Ich habe dich bei deinem Mordversuch beobachtet. Und später fand ich die leere Phiole in deiner Kleidung.«

»Glaub mir, du solltest nur schlafen.«

»Ja, und ich wäre für immer eingeschlafen, hätte ich den Kelch geleert.«

»Wenn du mir doch zuhören würdest ...«

»Nein, Lady, du wirst *mir* zuhören. Unter meinem eigenen Dach möchte ich nicht in ständiger Todesangst leben. Solltest du einen weiteren Mordanschlag unternehmen, werde ich dich in einem abgeschiedenen Turm gefangenhalten. Falls du keine Schuld an der Vergiftung trägst, ist dein Onkel dafür verantwortlich. Und wenn du das nicht einsiehst, bist du noch dümmer, als ich dachte.«

»Wie kannst du meinen Onkel eines solchen Verbrechens bezichtigen? Du haßt ihn, nur weil er sich weigert, dem Bastard zu dienen, und du verstehst nicht ...«

»Robert schätzt den Krieg nur um des Kampfes willen, und die größte Schwäche deines Vaters ist die Liebe zu seinem Bruder!« Ärgerlich ging er zum Kamin und lehnte sich an den Sims. »Nimm dich während meiner Abwesenheit in acht, Allora! Wäre ich gestorben, würde William dich zusammen mit deiner Sippe aufhängen lassen. Und um Rache zu üben, hätten mein Vater und meine Brüder die Far Isle-Festung dem Erdboden gleichgemacht. Übrigens, manche Höflinge wären gern bereit, eine Verräterin zu töten, um die Gunst des Königs zu erringen.«

»Aber ich schwöre dir ...«

»Erspar mir das!«

Verzweifelt kämpfte sie mit den Tränen. Noch immer konnte sie nicht glauben, daß Robert ihr Gift in die Hände gespielt hatte. Andererseits war er leichtsinnig und rücksichtslos in seiner Entschlossenheit. Da Bret ihn ohnehin schon verabscheute, wagte sie ihm nicht zu erklären, der Onkel habe ihr den Giftanschlag verheimlicht. »Niemals hätten wir heiraten dürfen«, flüsterte sie. »Und wir werden stets Feinde bleiben.«

Bret kam zu ihr und setzte sich aufs Bett. »Wie auch immer, wir sind verheiratet. Und wenn du ein friedliches Leben führen willst, schick deinen Onkel und deinen Vater nach Hause. Sobald du dich erholt hast, wirst du nach Haselford reisen und mich dort erwarten.«

»Aber . . .«

»Solltest du dich weigern, werde ich dich endgültig als meine Feindin betrachten. Versuch lieber nicht, dich meinen Wünschen zu widersetzen und womöglich zu fliehen. Um dich zu finden, würde ich alle Mauern niederreißen und die ganze Far Isle verwüsten.« Seine Lippen berührten Alloras Stirn, und der Kuß schien wie Feuer auf ihrer Haut zu brennen. »Vorhin hat sich dein besorgter Vater nach dir erkundigt und erfahren, du seist außer Gefahr und wirst demnächst nach Süden reisen. Dem König habe ich erzählt, du habest nach der Hochzeit etwas Schlechtes gegessen. Niemand außer uns beiden und Vater Damien kennt die Wahrheit — und der Person, die das Gift beschafft hat. Offensichtlich war auch irgend jemand in diesem Haus an der Tat beteiligt. Und sei versichert, ich werde ihn — oder sie finden.«

»Mein Vater . . .«

»Natürlich ist er jederzeit in Haselford willkommen. Ohne seinen Bruder. Aber hier darf Ioin dich nicht besuchen.« Bret stand auf und ergriff seinen Helm. Als er das Zimmer verließ, warf er keinen einzigen Blick zurück. Krachend fiel die Tür hinter ihm ins Schloß, und Allora konnte ihre Tränen nicht länger zurückhalten. Erfolglos versuchte sie, im Schlaf Vergessen zu finden, doch ihre Gedanken ließen ihr keine Ruhe.

Allzulange blieb sie nicht allein. Vater Damien gesellte sich zu ihr, setzte sich auf den Bettrand und nahm ein Stück Brot aus einem Ranzen. »Eßt das, Mylady, Ihr müßt Euch stärken.«

»Könnte ich vorher noch etwas Wasser trinken?«

»Natürlich.« Er reichte ihr einen gefüllten Becher, und sie löschte ihren Durst, ganz langsam und vorsichtig. Dann verspeiste sie das Stück Brot, und danach fühlte sie sich tatsächlich besser. »Danke, Vater.« Tränen glänzten wieder in ihren Augen. »Wirklich, ich wollte ihn nicht vergiften . . .«

»Das glaube ich Euch.«

»Aber er nicht . . .«

»Das dürft Ihr ihm wohl kaum verübeln.«

»Könnte er sich doch von William lossagen und sich meinem Volk anschließen . . .«

Vater Damien beugte sich vor und schaute ihr eindringlich in die Augen. »Vielleicht solltet Ihr bedenken, daß jemand von Eurem Volk Euer Leben aufs Spiel gesetzt hat, Mylady. Denn auch Ihr habt von dem Wein getrunken. Und Euer Feind — Bret d'Anlou — hielt Tag und Nacht an Eurem Krankenlager Wache und vergriff sich beinahe an mir, weil ich Euer Leiden nicht schnell genug beenden konnte.«

Hätte ich doch den Tod gefunden, dachte sie bitter. Für Bret wäre das sicher besser gewesen.

Der Priester stand auf und strich über ihr Haar. »Nun muß ich Euch ebenfalls verlassen, denn ich soll das Heer in die Normandie begleiten. Eure Sachen liegen in der Truhe am Fußende des Bettes. Und dort drüben auf dem Tisch findet Ihr einen Wasserkrug, falls Ihr Euch waschen möchtet. Aber ruht Euch erst einmal aus.«

Dankbar erwiderte sie sein Lächeln, dann war sie wieder mit ihren schmerzlichen Gedanken allein. Um ihnen zu entrinnen, stand sie auf, bezwang ihre Schwäche und wusch sich. Dann nahm sie ein langärmeliges Hemd aus der Truhe und schlüpfte hinein. Eine Zeitlang saß sie vor dem knisternden Kaminfeuer und dachte nach. Bret mißtraute ihr. Vielleicht würde er nie wieder zu ihr kommen und sie von ihrer Heimat fernhalten, um die Insel allein zu regieren, sobald Ioin gestorben war ...

Schließlich verwirrten sich ihre Gedanken. Erschöpft kehrte sie ins Bett zurück und schlief ein.

Als sie von starken Armen hochgehoben wurde, erwachte sie abrupt und starrte in Ioins kummervolle Augen. »Vater!«

»Still!« mahnte er und trug sie zum Fenster, dessen Vorhänge auseinandergezogen waren. »Spring hinab, meine Tochter, Robert wird dich auffangen und in einen warmen Umhang hüllen. Alles andere lassen wir hier.«

»Warte, Vater ...«

»Ich werde diesen jungen Narren — töten für alles, was er dir angetan hat!«

»Wie meinst du das?«

Ioin neigte sich aus dem Fenster. Instinktiv umklammerte sie seine Schultern. Tief unten stand Robert, die Arme ausgebreitet. »Laß ihn los, Mädchen!« rief er ungeduldig.

Ehe sie sich wehren konnte, stieß der Vater sie zum Fenster hinaus, und sie fiel hinab. Nur mühsam unterdrückte sie einen Schreckensschrei. Als sie in Roberts Armen landete, schwankte er nur für einen kurzen Augenblick, dann stand er wieder fest auf seinen starken Beinen.

»Zum Teufel mit dir, Onkel!« zischte sie.

Ungläubig starrte er sie an. »Verdamme mich, wenn es unbedingt sein muß, aber jetzt sei bitte friedlich. Wir sind gekommen, um dich zu retten, und wenn man uns entdeckt, werden wir alle am Galgen baumeln.« Er trug sie zu einem Pferd, das in der Gasse wartete, und setzte sie in den Sattel. Hinter ihr erklangen Hufschläge, und sie drehte sich angstvoll um. Da sah sie, daß Robert Hilfe von zu Hause geholt hatte.

David war da, ihr lieber David, ebenso dunkel gekleidet wie seine Gefährten. Nur sein helles Haar schimmerte im Mondlicht. Die braunen Augen voller Sorge, lenkte er seinen Hengst neben Alloras Pferd und umarmte sie. Sein Halbbruder Duncan und Sir Christian hatten ihn begleitet, der die Wachtposten auf der Far Isle befehligte. »Mylady ...« Höflich verneigte er sich.

»Beeil dich, Ioin!« befahl Robert und schaute zum Fenster hinauf.

Und dann hielten alle den Atem an, denn eine leise Frauenstimme rief Alloras Namen, und es klopfte an ihrer Tür.

»Ioin, um Himmels willen!« flüsterte Robert.

»Vater!« flehte Allora.

Ein gellender Schrei durchbrach die nächtliche Stille, und Ioin erschien am Fenster, eine Frau auf den Armen. In der schlanken, reglosen Gestalt erkannte Allora ihre Schwägerin Elysia. »Helft mir, schnell!« drängte Ioin, und David ritt unter das Fenster, um Elysia aufzufangen. Ioin sprang hinab, direkt in seinen Sattel, und herrschte seine Tochter an: »Reit los!«

Nachdem Robert ihrem Pferd einen kräftigen Schlag versetzt hatte, galoppierten sie alle durch die schmale Gasse. Der Mond stand hoch am Himmel, tiefe Stille erfüllte die dunkle Stadt. Hier und da glühte eine Laterne. Offenbar hatte Robert den richtigen Fluchtweg gewählt. Schon nach kurzer Zeit verließen sie London, und sie waren keinem einzigen königlichen Wachtposten begegnet. Im Schutz hoher Eichen hielten sie kurz inne, und Allora musterte ihre Schwägerin, die immer noch bewußtlos an Davids Brust lehnte. »Vater, was hast du mit ihr gemacht?«

»Ich mußte ihr den Schwertgriff auf den Kopf schlagen. Sorg dich nicht, bald wird sie zu sich kommen ...«

». . . und dir die Hölle heiß machen!«

»Leider hatte ich keine Wahl. Selbst wenn ich unbemerkt aus dem Fenster gesprungen wäre — sie hätte festgestellt, daß du verschwunden bist, und Alarm geschlagen.«

»Für solche Diskussionen haben wir jetzt keine Zeit«, mahnte Robert. »Wir müssen die Dunkelheit nutzen und möglichst weit nach Norden reiten.«

»Nur noch einen Augenblick!« Allora ritt zu David hinüber, der die leichenblasse Elysia im Arm hielt. »Wie geht es ihr?«

»Sie atmet, das schwöre ich, und ihr Herz schlägt regelmäßig. Bald wird sie erwachen. Wir sollten unseren Weg fortsetzen.«

Erleichtert nickte Allora. Nun wußte sie, daß Elysia nicht ernsthaft verletzt war, denn David würde sie niemals belügen.

Nun blieb ihnen nichts anderes übrig, als die junge Frau mitzunehmen. Sie konnten Elysia nicht zurückbringen, denn sie würde ihnen eine Normannentruppe nachschicken. Außerdem mußten sie sich so schnell wie möglich von der Stadt entfernen.

Schweren Herzens betrachtete Allora die schlaffe Gestalt in den Armen ihres Freundes. Brets Familie war ihr so freundlich begegnet, und Elysia hatte sein Zimmer sicher nur aufgesucht, um ihrer kranken Schwägerin beizustehen.

»Mir nach!« Ioin richtete sich in den Steigbügeln auf, schwang sein Schwert und galoppierte davon, dicht gefolgt von den anderen.

13

Allora wußte nicht, wie weit sie geritten waren. Sie hielten nicht mehr an und wechselten kein einziges Wort, bis die Sonne aufging.

Am Ufer eines schmalen Bachs zügelten sie die Pferde, etwas abseits von der alten Römerstraße, der sie gefolgt waren. Allora trank durstig von dem klaren Wasser. Immer noch bewußtlos, lag Elysia neben ihr im Gras, und sie horchte besorgt auf die Atemzüge ihrer Schwägerin. Als sie gleichmäßige Herzschläge vernahm, seufzte sie beruhigt.

»Was für ein schönes Mädchen!« bemerkte David und setzte sich zu ihr. »Sieht ihr *dein Mann* ähnlich?«

In seiner Stimme schwang tiefer Kummer mit, und Allora schaute ihn unglücklich an. Sie waren so gut wie verlobt gewesen. Nur zu gern hätte Ioin den jungen Lord, einen seiner treuen Lehensmänner, als Schwiegersohn willkommen geheißen.

Auch sie selbst mochte den herzensguten, sanftmütigen David, der all die erbitterten Kämpfe zu beklagen schien, aber immer wieder tapfer aufs Schlachtfeld ritt, ohne sich zu beschweren.

»Das alles war nicht *mein* Werk«, erinnerte sie ihn und spähte an ihm vorbei. Unter einer mächtigen, schattenspendenden Eiche saßen ihr Vater und Robert, in ein Gespräch mit Sir Christian und Duncan vertieft. »Womöglich hätte der König meinen Onkel mit dem Tod bestraft . . .«

»Ja, das weiß ich«, fiel er ihr ins Wort. »Und ich nehme dir nichts übel. Aber ich trauere um dein und mein Glück — um die erhoffte gemeinsame Zukunft.«

Von heftigen Gefühlen bewegt senkte sie den Kopf. Jahrelang hatte sie David zu lieben geglaubt. Gewiß, sie schätzte ihn immer noch. Aber sie konnte nicht vergessen, wie es gewesen war, in Brets Armen zu liegen.

»Oh, wie rührend!« Als sie den spöttischen Ruf hörte, zuckte sie verwirrt zusammen. Endlich war Elysia aus ihrer Ohnmacht erwacht und starrte sie vorwurfsvoll an.

»Elysia ...«, begann Allora, um zu erklären, wie sehr sie die Entführung bedaure, und zu versprechen, die Schwägerin bald wieder freizulassen.

Aber Elysia fiel ihr ins Wort und sprang erbost auf. »Großer Gott, wir alle haben dich herzlich aufgenommen. Und nun sitze ich hier fest, weil ich dachte, du wärst krank und würdest meine Hilfe brauchen. Dafür wird deine ganze Barbarenfamilie hängen!«

»Seid still, oder ich knebele Euch!« warnte David, doch Allora fühlte sich der Situation auch ohne seinen Schutz gewachsen.

»Leider waren wir gezwungen, dich mitzunehmen. Sobald wir weit genug nach Norden geritten sind, geben wir dich frei.«

»Oder auch nicht«, mischte sich Duncan ein, der plötzlich hinter ihr stand.

Verblüfft drehte sie sich um. »Wovon redest du?«

»Die Tochter des Earl of Haselford, die Schwester des grandiosen Earl of Wakefield! Welch eine wundervolle Geisel! Wenn sie in unserer Gewalt ist, wird das unsere Position stärken, falls wir Verhandlungen führen.«

»Nein, Duncan, sie hat nichts mit alldem zu tun.«

Nun kam auch Robert hinzu. »Und welche Rolle hast *du* in Williams Machenschaften gespielt, teure Nichte?«

»Oh, du solltest lieber schweigen, nachdem du mich so niederträchtig hintergangen hast ...«

»Nein, du irrst dich«, unterbrach er sie hastig, und da erkannte sie, daß ihr Vater nichts von der giftigen Substanz ahnte, die dem Schlaftrunk für Bret beigemischt worden war. Einem solchen Anschlag hätte er auch niemals zugestimmt. Aber ihr Onkel schreckte vor nichts zurück, um seine Ziele zu erreichen.

»Bastard!« zischte sie.

Sichtlich erschrocken, eilte Ioin zu ihr. »Allora! Für solche Streitigkeiten fehlt uns die Zeit. Wir müssen weiterreiten. Mylady ...«

Höflich verneigte er sich vor Elysia. »Es tut mir sehr leid, daß ich Euch Unannehmlichkeiten bereiten mußte — und daß Euer Bruder in die tückische Falle des Königs geriet, dem jedes Mittel recht ist, um unsere Insel an sich zu reißen. Brechen wir auf! Wenn wir zu Hause sind, werden wir alles besprechen.«

Während sie zu den Pferden gingen, fauchte Elysia: »Mit diesem Barbaren reite ich nicht mehr.«

Allora holte tief Luft und überlegte, ob sie ihr die eigene Stute anbieten und zu David aufs Pferd steigen sollte. Doch dann sah sie ihn den Kopf schütteln. Offenbar hatte er ihre Gedanken erraten.

»Ihr reitet mit mir, Lady Elysia«, entschied er, und sie mußte sich wohl oder übel fügen.

Wenig später galoppierten sie wieder durch den Wald. Am Nachmittag rasteten sie und teilten sich das Essen, das Alloras Retter in ihren Satteltaschen mitgenommen hatten. Auf den Wein verzichtete sie, da er böse Erinnerungen weckte. Aber ein klarer Bach spendete genug Trinkwasser. Der Käse und das Dörrfleisch schmeckten köstlich.

Nach der Mahlzeit erklärte sie ihrem Vater, sie müsse unter vier Augen mit ihm sprechen. Aber während sie am Ufer kniete, um sich Gesicht und Hände zu waschen, kam Robert zu ihr. »Für dich war der Wein nicht bestimmt, Mädchen.«

»Natürlich nicht!« herrschte sie ihn an und erhob sich. »Du wolltest meinen Mann vergiften. Hast du den Verstand verloren? Verfolgst du deine Interessen so skrupellos, daß es dir gleichgültig wäre, wenn William seine

Streitkräfte auf uns hetzen und uns alle töten lassen würde? Und du hast mich nicht einmal gewarnt. Wie leicht hätte ich zuviel von diesem Wein trinken und sterben können! Davor wurde ich nur bewahrt, weil Bret mir den Kelch rechtzeitig aus der Hand schlug.«

»Wage es nicht, mich zu verurteilen! Ich tat mein Bestes, um dich zu befreien.«

»Aber als ich dich in meiner Hochzeitsnacht brauchte, kamst du nicht zu mir. Du weißt gar nicht, was du mir angetan hast.«

»O Gott, wenn er brutal und grausam war ...«

»Du verstehst überhaupt nichts!«

»Eins verstehe ich sehr gut. Du bist zur Verräterin geworden und hast vergessen, wer du bist — wer *wir* sind.«

»Und du vergißt, daß mein Vater das Familienoberhaupt ist.«

»Erzähl mir bloß keine albernen Geschichten ...«

Abrupt verstummte er, als ein wilder Schrei erklang. Beide wandten sich zu den Bäumen und beobachteten, wie David die Gefangene festhielt, die sich mit Händen und Füßen wehrte. »Das werdet Ihr büßen!« kreischte sie.

Der sonst so höfliche Mann stieß sie unsanft auf die welken Blätter unter einer Eiche. Ärgerlich schaute er zu Allora hinüber. »Könnte irgend jemand diese Frau zum Schweigen bringen?«

»Fessle und knebele sie, wenn sie noch einmal zu fliehen versucht«, seufzte Ioin, der unter einem Baum saß und mit seinem Messer an einem kleinen Zweig herumschnitzte. Dann stand er auf. »Reiten wir weiter. Vielleicht hat man ihr Geschrei gehört.«

Während sie felsige Hügel überquerten, suchte Elysia immer wieder eine Gelegenheit zur Flucht. Auf einer Lichtung, wo ein kalter Wind unentwegt bunte Blätter umherwehte, konnte Allora endlich ungestört mit ihrem Vater sprechen. Doch sie brachte es nicht übers Herz, ihm zu verraten, daß sein Bruder Bret und sie selbst beinahe vergiftet habe. Statt dessen erklärte sie, ihr Mann sei niemals grausam gewesen, und es habe ihr eigentlich widerstrebt, vor ihm zu fliehen. Bedrückt hörte Ioin zu.

»Oh, meine Tochter, das wußte ich nicht. Als du krank warst, verbot er mir, dich zu besuchen, und ich machte mir große Sorgen. Deshalb ging ich auf Roberts Plan ein. Gewiß wäre es nicht verwerflich gewesen, dich vor der Hochzeitsnacht zu befreien. Danach bangte mir um dein Herz, um deine Seele.«

»Vater ...«

»Sobald wir zu Hause eintreffen, werde ich deinem Mann schreiben. Falls du die Ehe annullieren lassen möchtest, werde ich alles tun, um dir zu helfen. Und wenn nicht — solltest du zu ihm zurückkehren.«

Seufzend schlang sie die Arme um seinen Hals. »Ach, ich weiß nicht mehr, was ich empfinde.«

»Ich hielt Bret immer für einen guten, charakterfesten Mann. Leider gehört er zu Williams Gefolge.«

»Und er ist ein Normanne.«

»Solltest du an deiner Ehe festhalten, werden Robert und die halbe Familie gegen mich kämpfen. Nun, wir werden sehen. Im Schutz unserer starken Festung wollen wir Verhandlungen führen.«

Sie lächelte, und als sie weiterritten, verspürte sie ein seltsames Glücksgefühl — bis sie Elysias prüfenden Blick bemerkte. Da verfluchte sie das Pech, das ihre Befreier veranlaßt hatte, die Schwägerin auf der beschwerlichen Flucht mitzunehmen. Vorerst konnte sie der jungen Frau nichts sagen, was auf Verständnis stoßen würde.

Obwohl ihnen die Gefangene immer wieder Schwierigkeiten bereitete, kamen sie schnell voran. Inzwischen wiesen Alloras weißes Kleid und der dunkle Umhang zahlreiche Schmutzflecken und Risse auf. Da sie in London ohne Schuhe aufgebrochen war, hatte David aus einem Bauernhaus ein Paar entwendet und ein paar Münzen hinterlegt. Doch das grobe Schuhwerk scheuerte ihre Füße wund.

Am Stadtrand von York machten sie Rast, und Duncan ritt in die Stadt, um sich über etwaige Neuigkeiten zu informieren. Im Mondlicht kehrte er ins Lager zurück und erzählte, was er erfahren hatte. »Der Earl of Wakefield wurde in die Normandie geschickt. Erst dort hörte er, seine Frau sei aus London geflohen. Er ordnete an, man solle seiner Frau gestatten, mit ihrer Familie heimzureiten. Sobald wie möglich würde er sich um sie kümmern — und um die elenden Schotten.«

»Dann sind wir vorerst in Sicherheit ...«, begann Allora.

»Keineswegs!« erwiderte Duncan. »Angeblich ist William außer sich vor Zorn. Seine Ritter suchen nach uns, um ihm ein paar abgeschlagene Köpfe zu bringen und reichen Lohn zu erhalten.«

»Also müssen wir uns beeilen«, meinte Ioin.

»Jetzt sind wir nur mehr einen knappen Tagesritt von der Far Isle entfernt«, erinnerte ihn David.

»Und wir haben lange genug gerastet.«

Auf der Weiterreise in den Norden, wo so viele Feinde der Normannen lebten, konnten sie sich zeitraubende Umwege ersparen. Ehe am nächsten Abend die Sonne sank, hatten sie fünfzig Meilen zurückgelegt. Ein bleicher Mond stieg am Abendhimmel empor, als Allora mit ihrem Vater auf dem Gipfel eines Hügels stand. In der Ferne sahen sie die Far Isle, von den letzten rötlichen Sonnenstrahlen beleuchtet. »Bald sind wir zu Hause, meine Tochter!« rief Ioin entzückt.

Im selben Augenblick vernahmen sie Duncans Schrei. »Pferde, Laird Ioin! Viele Reiter mit Pfeilen und Bogen, Schwertern und Piken, in schwerer Rüstung! Fast haben sie uns erreicht!«

»Schnell, meine Tochter!« mahnte Ioin.

Sie rannten durch das hohe Gras zu den Pferden, stiegen auf und galoppierten den Hang hinab. Nun begann die Ebbe zur Flut überzuwechseln, und es würde nicht mehr lange dauern, bis das Meer den feuchten Sand bedeckte, der sie von der Far Isle trennte.

Hinter sich hörten sie die Hufschläge der Verfolger, ein Pfeil flog an Allora vorbei, und sie beugte sich tief über den Pferdehals. Diesen Angriff konnte Bret unmöglich befohlen haben. Vielleicht würde er Robert liebend gern an den Zehen aufhängen, aber niemals das Leben seiner Schwester gefährden — und ihr eigenes vielleicht auch nicht ...

Nein, wahrscheinlich wollte er sie eigenhändig erwürgen.

»Großer Gott!« rief ihr Vater plötzlich.

Als sie sich zu ihm wandte, sah sie ihn im Sattel erstarren. Aus seinem Rücken ragte ein Pfeilschaft. »Halt!« schrie sie entsetzt.

»Nein, reitet weiter!« befahl er und sank nach vorn.

Mittlerweile hatten sie die Sandfläche erreicht, und Allora drehte sich um, fast blind durch ihr Haar, das ihr der Wind ins Gesicht blies. Die Ritter folgten ihnen immer noch, etwa dreißig gutbewaffnete Männer, angeführt von Jan de Fries.

»Das Tor!« brüllte Robert, während sie über den nassen Sand zur Festung ritten. Sofort schwangen die Türflügel auf, und die Männer auf den Wällen schickten den Angreifern einen Pfeilhagel entgegen. Natürlich durften die Feinde nicht hoffen, die Mauern der Far Isle zu stürmen — oder die Flut zu überleben, die jeden Augenblick heranrauschen würde.

Die siebenköpfige Schar der Flüchtlinge sprengte in den Hof, und Robert rief: »Schließt das Tor!« Hastig gehorchten die Wachtposten. Sobald Allora ihre Stute gezügelt hatte, sprang sie aus dem Sattel und lief zum Pferd ihres Vaters. Aber Robert kam ihr zuvor und hob die reglose Gestalt vom Rücken des Hengstes herunter. Dann kniete er nieder und hielt seinen Bruder in den Armen.

»O Vater!« Auch Allora sank auf die Knie und legte

Ioins Kopf in ihren Schoß. Sie hatte bereits gesehen, daß die Pfeilwunde tödlich war. »Oh, mein Gott, Vater!« Verzweifelt küßte sie seine Wange und betete, er möge die Augen öffnen.

Ihr Wunsch erfüllte sich, und er schenkte ihr ein sanftes Lächeln. »Regiere weise, streng und barmherzig!« ermahnte er sie. »Ich liebe dich, meine Tochter ...« Nun schlossen sich seine Lider wieder.

»Nein!« rief sie. »Nein!« Als sie ein Ohr auf seine Brust legte, hörte sie keine Herzschläge. Mit zitternden Fingern berührte sie seine Lippen, spürte keinen Atem. »Nein! Nein!« Immer wieder schrie sie dieses Wort, drückte Ioin an sich, wiegte ihn hin und her. Heiße Tränen rollten über ihr Gesicht.

Inzwischen hatten sich die meisten Schloßbewohner um den toten Laird versammelt und starrten ihn schweigend an.

»Allora ...« Robert griff nach ihrem Arm und wollte ihr helfen, aufzustehen.

Aber in diesem Augenblick konnte sie seine Berührung nicht ertragen. Behutsam ließ sie ihren Vater zu Boden gleiten und sprang auf. »Laßt mich allein, alle! Sir Christian, teilt unserem guten Priester mit, Laird Ioin sei heute abend von uns gegangen und seine Seele müsse dem Allmächtigen empfohlen werden. Treue Männer, die meinen Vater liebten, sollen ihn in die Kapelle tragen. Aber ich werde ihn nicht begleiten — denn Gott möge mir verzeihen, dieser Aufgabe fühle ich mich nicht gewachsen.«

»Allora!« Als Robert auf sie zukam, wich sie zurück.

»Jetzt bist du das Oberhaupt der Canadys, Onkel. Aber ich bin die Herrin der Far Isle. Sir Christian«, wandte sie sich wieder an den Lieblingsritter ihres Vaters, »laßt Lady Elysia nach York bringen und sorgt für ihr sicheres Geleit.«

»Nein, Allora!« protestierte Duncan ärgerlich.

»Was ich soeben sagte, wird geschehen. Das wäre alles,

Sir Christian. Diese Nacht will ich allein mit meinem Vater in der Kapelle verbringen. Falls mich jemand zu sprechen wünscht, soll er erst zu mir kommen, wenn der Laird begraben ist.«

Durch einen Tränenschleier betrachtete sie die Männer, die ihren Blick erwiderten — David voller Verzweiflung, Duncan in rebellischem Zorn, Robert mit schmalen Augen, forschend und nachdenklich.

Nur Elysia saß immer noch auf dem Pferderücken. Zu ihrer Verwunderung las Allora tiefes Mitleid im Blick ihrer Schwägerin, und sie biß sich auf die Lippen, um eine neue Tränenflut zu bekämpfen.

Unerträgliche Stille lag über der Insel. Offenbar waren de Fries und die Bogenschützen, die ihren Vater getötet hatten, vor der Flut zurückgeschreckt. Die Männer des Lairds, Leibwächter, Soldaten, Schwertfechter, Gerber, Schmiede — alle standen entlang der Mauern und schauten in stummem Entsetzen auf ihren toten Herrn.

Plötzlich wurde das grausige Schweigen von einer schluchzenden Stimme durchbrochen. »O Mylord!« Weinend brach Mildred zusammen, eine der Köchinnen. Nun flossen auch die Tränen der anderen Dienerinnen.

Allora floh in die Halle, eilte zum Kamin, streckte ihre zitternden Hände dem Feuer entgegen. Da sah sie das Blut an ihren Fingern. Das Blut ihres Vaters.

Als sie leise Schritte hörte, drehte sie sich um. Elysia war ihr gefolgt. »Wenn du mir auch die Freiheit schenkst — mein Bruder wird euch vernichten.«

»Glaub mir, dies alles wollte ich nicht ...«

»Aber du hast den Stein ins Rollen gebracht.«

»O nein. Gegen mein Schicksal war ich machtlos. Hätte doch der großartige Earl of Wakefield die Hochzeit verhindert!«

»Er mußte seinem König gehorchen. Wärst du nicht geflohen, würde er diese Festung niemals angreifen. Er hat deinen Vater sehr bewundert ...«

»Und nun ist mein Vater von Normannenhand gestorben, Elysia. Nur das zählt heute abend. Jetzt gehe ich zu ihm. Ich rate dir, möglichst schnell abzureisen, bevor meine Leute dein normannisches Blut zu vergießen suchen.«

Eindringlich schaute sie ihre Schwägerin an, die vor der offenen Tür stand, das rote Haar wild zerzaust, die Tunika schmutzig und zerrissen. »Bitte, Elysia, du mußt die Festung verlassen! Ich wünsche dir alles Gute.«

»Und ich will für dich beten, Allora. Hoffentlich wirst du das Höllenfeuer überleben, in das du bald geraten wirst.« Anmutig wandte sie sich ab und eilte davon.

Allora durchquerte den Hof und betrat die Kapelle, wo ihr Vater auf dem Steinboden lag, sein Schwert in den gefalteten Händen. Schluchzend fiel sie auf die Knie.

Erst am nächsten Morgen, nach der langen, einsamen Nachtwache, versiegten ihre Tränen. Und sie glaubte, sie würde nie wieder weinen können.

14

Bret hatte kaum einen Fuß auf normannischen Boden gesetzt, als ihn auch schon Williams Nachricht erreichte, Allora sei mit ihrer Familie aus London verschwunden.

Hinter ihm donnerte die Brandung gegen die Küste, und er versuchte, ihr zu lauschen, sich auf die rauschenden Wellen zu konzentrieren, um seinen wilden Zorn zu bezähmen. Allmählich war er geneigt gewesen, ihr zu verzeihen und zu glauben, daß sie nichts von dem Giftanschlag gewußt hatte. Und jetzt diese verwegene Flucht!

Er starrte den Boten an und zwang sich zur Ruhe. »Wenn meine Frau ihren Vater zur Far Isle begleiten will, habe ich nichts dagegen. Ich vertraue Ioin Canadys immer noch. Sobald ich Williams Angelegenheiten in der Normandie geregelt habe, werde ich mit meinem Schwiegervater verhandeln.«

Auf dem Ritt nach Rouen plante er bereits seine Strategie im Kampf gegen die Far Isle. Die Festung war fast uneinnehmbar.

Inständig hoffte er, eine blutige Schlacht zu vermeiden, mit der er sich für alle Zeiten den Haß der Inselbewohner zuziehen würde. Ioin war ein vernünftiger, gerechter Mann. Sicher hatte ihn Robert zur Reise in den Norden verleitet — und Brets unkluger Entschluß, dem Laird sein Londoner Haus zu verbieten und ihm einen Besuch bei Allora zu verwehren. Wenn sie einander begegneten, würden sie vielleicht eine friedliche Lösung des Problems finden.

Spät abends erreichte Bret das Domizil seines Vaters in Rouen. Alaric und die Brüder hatten ihn bereits erwartet und hießen ihn herzlich willkommen. Natürlich bestürmten sie ihn mit Fragen nach seiner überstürzten Hochzeit und seiner Ehefrau, von deren Flucht sie schon erfahren hatten.

Aufmerksam hörte Alaric d'Anlou zu. »Also hast du deiner Mutter zuliebe in diese Heirat eingewilligt.«

»Ja, zunächst.« Bret saß vor dem Kaminfeuer, einen Weinkelch in der Hand, den er unbesorgt leeren konnte. »Allerdings hätte ich Allora nicht geheiratet, wäre ich nicht von gewissen Möglichkeiten fasziniert gewesen.«

Sein jüngerer Bruder Philip grinste.

»Vielleicht warst du zu beschäftigt, um auf die Klatschgeschichten zu achten, Vater. Meine neue Schwägerin zählt angeblich zu den schönsten Frauen in der christlichen Welt.«

Während Alaric die Brauen hob, warf Bret seinem Bruder einen vernichtenden Blick zu. »Ich sagte, die Möglichkeiten hätten mich fasziniert.«

»Und jetzt?« fragte Robin.

Seufzend zuckte Bret die Achseln. »Jetzt diene ich dem König in der Normandie, und Allora hat sich wahrscheinlich in ihrem Schloß verschanzt. Ihr alle habt diese starke Festung gesehen. Um sie zu erobern, brauchte ich ein großes Heer. Andererseits — du kennst Ioin Canadys, ihren Vater. Solange er am Leben bleibt, dürfen wir mit einer friedlichen Regelung rechnen. Deshalb erklärte ich Williams Boten, man solle die Rebellen nicht aufhalten. Sobald ich nach England zurückkehre, werde ich mich um meine Frau und ihre Verwandtschaft kümmern.«

»Ein weiser Entschluß«, stimmte sein Vater zu. »Hoffen wir, daß wir Williams Schwierigkeiten in der Normandie bald gemeistert haben. Er ärgert sich über Anjou, möchte Maine zurückgewinnen, und vor allem grollt er dem französischen König.«

Bedrückt schüttelte er den Kopf. »Seit meiner Kindheit kenne ich William. Ich habe sein Genie bewundert, seine Wutanfälle miterlebt, seine barmherzigen Taten. Aber jetzt fürchte ich ihn. Während sein ältester Sohn unentwegt rebelliert und Mathilde in ihrem Grab ruht, scheinen Williams militärische Fähigkeiten nachzulassen. Komm mit mir, Bret!«

Sie gingen zum Tisch, auf dem eine große Landkarte lag, und Alaric zeigte seinem Sohn die Stellen, wo sie die Ritter aus Flandern in Schach halten und deren Grenzstädte angreifen sollten. Immer wieder drangen flämische Krieger in die Normandie ein, um zu plündern, zu morden und Frauen zu vergewaltigen.

Ehe sie ihr Heer zusammentrommeln und ausrüsten konnten, wurde Bret ein Brief übergeben, vom König unterzeichnet. Die Schotten hatten Elysia entführt.

»Verdammt!« fluchte er. »Niemand auf dieser elenden Insel soll überleben!«

Die Neuigkeit erschütterte auch seinen Vater und die Brüder. Gemeinsam beschlossen sie, die Scharmützel an der Normandie-Grenze vorerst zu ignorieren, sofort nach Norden zu reisen und Elysia zu befreien. Sie zeichneten eine Karte von der Far Isle und überlegten, wie sie die Festung attackieren sollten.

»Vielleicht wird Ioin kapitulieren«, meinte Bret. »Sicher hat er Elysia nicht in böser Absicht entführt.«

»Ich glaube, er will ein Geschäft mit dir abschließen«, erwiderte seine Vater, und Robin nickte.

»Wenn er uns Elysia übergibt, bekommt er seine Tochter zurück.«

»Aber seine Tochter ist rechtmäßig mit mir verheiratet«, wandte Bret ein. »Was kann er schon gewinnen?«

»Vermutlich streben alle Lairds in den Grenzländern und die Familie Canadys eine Annullierung der Ehe an«, erklärte Alaric. »Mit Malcolm im Rücken und der starken Festung von der Far Isle konnten sie ihre Verteidigungsbastionen stets aufrechterhalten. Wenn sie einander auch bekämpfen, solange kein anderer Feind auftaucht — in Notfällen ziehen sie doch an einem Strang, teilen die Macht unter sich auf und legen großen Wert auf ihre Unabhängigkeit. Gewiß wird der Clan Canadys alles tun, um dir die Lady zu entreißen.«

»Wie um Himmels willen wollen sie eine Annullierung erwirken? Vielleicht ...«

Bret unterbrach sich und lachte bitter. »Zunächst gehörte das wohl zu ihrem Plan. Deshalb war meine Braut so verzweifelt, als sie in der Jagdhütte landete statt in Vaters Londoner Stadthaus. Doch sie konnte nicht fliehen, und so wurde die Ehe vollzogen.«

Alaric strich über sein glattrasiertes Kinn. »Unterschätze die Macht der Kirche nicht! Harold hat England nicht an den Eroberer verloren, weil er sich dessen Kampfkraft beugen mußte, sondern weil William auf den päpstlichen Segen pochen konnte. Diese Unterstützung war mächtiger als alle Waffen. Vermutlich wird Ioins Familie einen Boten nach Rom senden.«

»Dann müssen auch wir unsere Leute nach Rom schikken.«

»Darum wird sich Vater Damien kümmern«, versprach Alaric. Bret nickte und beugte sich wieder über die Landkarte. »Vater, wir brauchen ein Heer. Aber in meinem Zorn würde ich's sogar wagen, allein an das Tor der Festung zu klopfen ...«

»Und genau das erwarten diese tückischen Schotten«, fiel Robin ihm ins Wort.

»Aye, Bret!« stimmte Philip zu. »Die werden sich diebisch freuen, wenn du einfach drauflosstürmst.«

»Auch dein Tod würde Allora die Freiheit schenken«, warnte Alaric.

»Da Elysia in ihrer Gewalt ist, müssen wir uns mit den Kriegern begnügen, die uns zur Verfügung stehen«, entgegnete Bret. »Ginge es nicht um meine Schwester, würde ich warten und die Festung mit einem großen, erprobten Heer angreifen. Und ich schwöre euch, dann würde sie fallen!«

»Erwägen wir noch einmal die möglichen Taktiken«,

schlug Alaric vor und studierte die Karte, um Schwachstellen des Schlosses zu entdecken.

Während sie ihre Vorbereitungen trafen, um nach Hause zu segeln und den langen Ritt in den Norden anzutreten, kam Fallon in der Normandie an — ein Wunder, denn sie haßte das Land noch mehr als den König. Seit Mathildas Tod hatte sie keinen Fuß mehr auf diesen Grund und Boden gesetzt. Ihr Mann und ihre Söhne begrüßten sie überrascht und erfreut. Nachdem sie alle umarmt hatte, erzählte sie die letzten Neuigkeiten. »Ihr könnt eure Pflicht in der Normandie erfüllen und müßt den König nicht erzürnen. Denn Elysia wurde freigelassen und von den Schotten nach York gebracht. Malcolm läßt sich bei dir und William entschuldigen, Alaric. Sobald Elysia nach London zurückgekehrt ist, wird sie mir mit Eleanor und Gwyn hierherfolgen.«

Ungläubig runzelte Alaric die Stirn. »Sie haben meine Tochter entführt und zurückgeschickt — und nun glauben sie, damit wäre alles in Ordnung?«

»Vater, ich kann es kaum erwarten, die Far Isle zu erobern«, versicherte Bret. »Aber ich möchte den Kampf nicht verlieren. Wie du weißt, brauchen wir ein großes Heer, um die Insel einzunehmen. Darüber verfügen wir nicht, solange William verlangt, daß so viele Männer hierbleiben. Natürlich muß Elysias Entführung gesühnt werden. Das schwöre ich dir. Wenn Ioin selbst die Schuld daran trägt, wird er bestraft.« Ebenso wie meine süße Frau, fügte er in Gedanken hinzu. »Am besten schicken wir Damien so schnell wie möglich zum Papst, denn die Schotten werden eine Annullierung meiner Ehe anstreben.«

Ernsthaft nickte Fallon. »Gewiß, Damien muß sich beeilen. Aber Ioin kann sich dir weder unterwerfen noch Verhandlungen führen oder für irgend etwas büßen. Er ist tot.«

»Was?« flüsterte Bret verblüfft.

»Die Schotten wurden von Normannen verfolgt, und Elysia erzählte mir, sie selbst habe in Lebensgefahr geschwebt, als die Bogenschützen — darunter dein alter Freund Jan de Fries — ihnen fast bis zur Festung nachritten. Im Hof sah sie den Laird sterben. Ein Pfeil hatte sich in seinen Rücken gebohrt.«

»Großer Gott!« stöhnte Bret. »Zum Teufel mit diesem verrückten de Fries ...« Unentwegt suchte er, die Gunst des Königs zu gewinnen, und in diesem Bestreben schreckte er vor nichts zurück. Jetzt war Ioin tot, der vernünftigste Mann im Grenzgebiet. Und Robert übernahm das Amt des Familienoberhaupts. »Alles ist verloren! Nun wird ein Krieg ausbrechen. Auf Verhandlungen oder eine Kapitulation dürfen wir nicht mehr hoffen. Robert Canadys wird seine Leute skrupellos in den Tod treiben. Dieser verdammte de Fries! Möge er in der tiefsten Hölle schmoren!«

Beschwichtigend legte Fallon eine Hand auf seine Schulter. »Vorerst kannst du nichts weiter tun als abwarten. Sei froh, daß Elysia frei ist. Inzwischen ist de Fries nach London zurückgekehrt. Niemand wird einen Mann bestrafen, der ein paar Rebellen verfolgt hat. Was dich und de Fries entzweit, mußt du persönlich mit ihm ausmachen.«

Obwohl er ihr recht geben mußte, schlug er wütend mit der Faust auf den Tisch. Warten! Unterdessen würde ihn sein Zorn verzehren. Aber es blieb ihm nichts anderes übrig. »Aye, ich werde mich gedulden, bis ich mit einem großen Heer nach Norden reiten kann. Dann werde ich die Far Ilse erobern, und meine Frau soll ihre gerechte Strafe erhalten.«

Fallon seufzte leise. »Vielleicht solltest du Verständnis für Allora aufbringen.«

»Nach allem, was sie mir angetan hat? Unmöglich!«

Am Wochenende ritt er zur Angevin-Grenze, um mit seinen Männern ein Schloß zu belagern, das einer von Williams Feinden besetzt hielt. Das Klirren der Schwerter hätte ihn von seiner Wut ablenken müssen. Doch das geschah nicht. Jedes Scharmützel nährte seine Empörung. In seinen Träumen sah er Alloras smaragdgrüne Augen, glaubte ihre zarte weiße Haut zu spüren. Und tagsüber schürte er seinen Rachedurst.

Kurz vor Weihnachten stand Allora in der großen Halle ihrer Festung. Seit Tagen wehten heftige Stürme über die Insel hinweg. Aber während der Abend dämmerte, verebbte der Wind, ein goldener Mond stieg am Himmel empor. Schnee bedeckte den Hof.

Das erste Weihnachtsfest ohne meinen Vater, dachte sie und wünschte, sie könnte weinen. Sicher würden ihre Tränen den Schmerz lindern und ihr helfen, die seltsame Leere in ihrem Herzen zu überwinden. Es war falsch gewesen, aus London zu fliehen. Das hätte auch Ioin erkannt, wäre er über die ganze Wahrheit informiert worden. Aber dies spielte jetzt keine Rolle mehr. Er lag in seinem Grab, und sie mußte die Verantwortung für alles übernehmen, was sie zusammen mit Robert getan hatte. Und sie war auch für die Inselbewohner verantwortlich, obwohl ihr Onkel versuchte, die Macht an sich zu reißen.

»Mylady!« rief ihre Zofe Mary, ein hübsches, dunkelhaariges Mädchen. Als Allora sich umdrehte, sah sie Robert mit David und Duncan eintreten. Seit der Heimkehr drängte ihr Onkel sie immer wieder, einen Boten zum Papst zu schicken und eine Annullierung ihrer Ehe zu erwirken. Er wollte sie mit David verheiraten, den sie zwar nicht mehr liebte, aber sie schätzte seine Freundschaft. Unglücklicherweise ließ er sich zu oft von seinem tollkühnen Halbbruder Duncan beeinflussen.

»Auf dem Tisch findet ihr Wein und Ale.« Sie setzte sich ans Kopfende der Tafel, doch sie trank nichts. Mit leisen Schritten kam Craig, der Seneschall ihres Vaters, in die Halle und stellte sich an die Wand. Er zählte nicht zu den

Lairds, aber da er den Haushalt führte und für die Bedürfnisse der Ritter sorgte, fand Allora, daß er die Besprechung mit anhören müßte.

Auf diese Sitzung hatte Robert bestanden. Er nahm neben seiner Nichte Platz und ergriff ihre Hand, die sie ihm beinahe entzogen hätte. Wie konnte sie ihn immer noch lieben — und ihm gleichzeitig so erbittert zürnen?

»Es wäre gefährlich, noch länger zu warten, Allora«, warnte er. »Du mußt dem Papst einen Brief schreiben, dann wird er deine Ehe sofort annullieren.«

Eifrig stimmte Duncan zu, der ihr gegenübersaß. »Bei allen Heiligen, wir dürfen nicht mehr zögern. Angeblich ist dein normannischer Ehemann außer sich vor Zorn und schwört, er würde unsere Festung dem Erdboden gleichmachen und dich bis zu deinem Lebensende gefangenhalten. Natürlich möchte er Robert töten und uns alle genauso erniedrigen wie die sächsischen Aristokraten. Solange du mit ihm verheiratet bist, droht uns allen ein schreckliches Unheil.«

Schweigend hatte sie den beiden zugehört. Nun schaute sie David an, der stehen geblieben war. »Was hältst du davon?«

»Du mußt der Stimme deines Herzens folgen, Allora«, erwiderte er schlicht, und sie lächelte ihn an, dankbar für sein Verständnis.

Aber Robert schlug mit der Faust auf den Tisch. »Verstehst du das denn nicht, meine Nichte? Wenn d'Anlou hierherkommt, müssen wir gegen ihn kämpfen, mit Mann und Maus. Oder unser Untergang ist besiegelt.«

Sie stand auf, ging zum Kamin, wärmte ihre Hände über dem Feuer und wünschte, Brets Gesicht würde endlich vor ihrem geistigen Auge verblassen. Natürlich würde er nach Rache dürsten. Und ihr niemals verzeihen. So wie er die Situation beurteilte, hatte sie ihn zu vergiften versucht und seine Schwester entführt. »Gewiß, wenn er uns angreift, werden wir uns wehren. Aber vielleicht macht ihr euch überflüssige Sorgen. Seit unserer Heimkehr ist einige Zeit verstrichen, und Bret läßt immer noch auf sich warten.«

»Weil William einen Großteil seiner Krieger in die Normandie geschickt hat«, erklärte Duncan. »Dort bekämpft sein Heer die Dänen, denn er fürchtet, sie könnten England angreifen. Sogar Angelsachsen müssen in der Normandie seine Schlachten schlagen, weil er keinen einzigen Quadratzoll von seinem blutgetränkten Land hergeben will.«

»Wäre d'Anlou sofort hierhergekommen, hätten wir ihn möglicherweise schon geschlagen«, meinte Robert ärgerlich. »Es war ein Fehler, seine elende Schwester laufenzulassen. Um eine so wichtige Geisel zu befreien, wäre er in blindem Zorn losgestürmt, und wir hätten ihn mühelos besiegt.«

Vielleicht — aber nicht mühelos, dachte Allora. »Wenn er uns attackiert, werden wir gegen ihn kämpfen. Aber ich lasse meine Ehe nicht annullieren.«

»Was?« stieß Robert hervor.

»Es ist unmöglich, weil ich ein Kind erwarte, den Enkel meines Vaters. Um deinen Interessen zu dienen, werde ich mein Baby nicht als Bastard aufwachsen lassen.«

»Großer Gott!« fauchte Robert, sprang auf und umfaßte ihre Schultern. »Allora, dieses Kind ist sein Erbe und wird seinem Anspruch auf die Festung Nachdruck verleihen. Deshalb mußt du die Ehe annullieren lassen. David wird das Baby als sein eigenes ausgeben, die wahre Vaterschaft bleibt geheim ...«

»Nein!« rief Allora. »Du gehst zu weit, Onkel. Und jetzt bin ich müde. Wenn es nichts mehr zu besprechen gibt, möchte ich mich zurückziehen. Craig wird euch eine Mahlzeit servieren. Gute Nacht.«

»Wie konntest du nur mit ihm schlafen?« schrie Robert.

»Vielleicht darf ich dich daran erinnern, daß du mir versichert hast, ich könnte d'Anlou heiraten und ihm unberührt entrinnen«, erwiderte sie kühl. »Nun, das war ein Irrtum.«

»Allora...«

»Gute Nacht, Onkel!« Entschlossen wandte sie sich ab, und er versuchte nicht, sie zurückzuhalten. Sie hörte ihn stöhnend auf einen Stuhl sinken.

»Um Himmels willen, alles ist verloren!« klagte er. »Wie können wir jetzt noch siegen?«

Doch sie würdigte ihn keiner Antwort und stieg die Stufen hinauf. Auf dem Treppenabsatz sah sie, wie die beiden Lairds ihr nachschauten — David voller Sorge und Mitgefühl, Duncan in wildem Haß. Wahrscheinlich hätte er sie am liebsten erwürgt.

Wie gern hätte sie David erklärt, auf welche Weise sich die Dinge geändert hatten ... Doch sie war zu erschöpft. An diesem Tag hatte sie zu Gericht gesessen, um sich die Beschwerden der Inselbewohner und der Leute anzuhören, die auf dem Festland lebten. Was für schwierige Probleme ... Henry, der Müller, verlangte eine Entschädigung, weil seine Tochter in der Allerseelennacht mit Geoffrey, dem Sohn des Böttchers, durchgebrannt war. Da sie sich nicht davon abbringen ließ, ihren Liebsten zu heiraten, wollte der Vater zwei Schweine haben. Dem gab Allora statt und arrangierte die Hochzeit, dann schlichtete sie weitere Unstimmigkeiten.

Zum erstenmal saß sie allein zu Gericht — eine schmerzliche Erfahrung, denn sie mußte an die Zeiten denken, in denen sie neben ihrem Vater Platz genommen, seinen weisen Urteilssprüchen gelauscht und ihre eigene Meinung geäußert hatte.

Es war ein langer, anstrengender Tag gewesen. Als sie ihr Schlafgemach im zweiten Stock des Turm erreichte, sank sie kraftlos auf das breite Bett, in dem sie das Licht der Welt erblickt hatte. Im Kamin brannte ein Feuer, und sie spürte die Wärme der Flammen.

Nur wenige Tage hatte sie mit ihrem Mann verbracht,

und trotzdem erwartete sie nun sein Kind. Auf eine Versöhnung wagte sie nicht zu hoffen. Dagegen würde sich ihr Volk energisch wehren, und Bret wäre ohnehin nicht bereit, ihr zu vergeben. Wenn er ein Wiedersehen anstrebte, dann nur, um Rache zu üben.

Wie deutlich sie sich an sein Gesicht erinnerte, an seine Berührung — an seinen Zorn ... »O Gott!« betete sie. »Hilf mir, ihn zu vergessen, laß mich schlafen, ich flehe dich an!«

Aber der Allmächtige erhörte sie nicht, denn in dieser Nacht träumte sie von einem Ritter in schimmernder Rüstung, der auf einem weißen Schlachtroß zu ihr ritt, das Schwert hoch erhoben. In seinen Augen las sie kalte Verachtung. Verzweifelt rannte sie davon ...

Als Eleanor, Elysia und Gwyn in der Normandie eintrafen, jagte ein eisiger Wind dichte Schneeflocken vor sich her. Bret hatte im Vexin gekämpft, um das Land zurückzuerobern, das der Herrschaft seines Königs entrissen worden war. Aber sobald er von der Ankunft seiner Schwestern erfuhr, überließ er es seinen Kriegern, die rebellische Festung zu belagern, und ritt nach Rouen.

Bei Elysias Anblick atmete er erleichtert auf. Wohlbehalten war sie in den Schoß der Familie zurückgekehrt, schön wie eh und je mit ihren roten Locken und silbergrauen Augen. Sie umarmten sich, dann begrüßte er auch Eleanor und schwenkte Gwyn hoch in die Luft.

Ohne Umschweife bat er Elysia, ihr Abenteuer zu schildern.

»Das alles habe ich schon mit Vater besprochen«, erwiderte sie lächelnd und strich eine schwarze Strähne aus seiner Stirn.

»Dann mußt du's eben noch einmal erzählen. Ich will alles wissen, denn ich bin für deine Entführung verantwortlich. Und wenn sie dir auch nur ein einziges Haar gekrümmt haben, reiße ich sie in Stücke.«

»Aye, das habe ich ihnen schon angedroht, und sie sind furchtbar erschrocken.«

»Also, was ist geschehen?«

Seufzend gab sie sich geschlagen. »Du hast Mutter geschrieben, Allora sei krank, und wenn sie das Schlimmste überstanden habe, würdest du zur Normandie segeln. Natürlich tat deine Frau uns allen leid ...«

»Weil sie mich ertragen mußte? Vielen Dank, Elysia!«

»Bedenk doch, sie befand sich in einer fremden Umgebung, war ganz allein, und es ging ihr nicht gut. Aber als ich dein Zimmer betrat, traf ich sie nicht an — nur Laird Ioin, der sich überschwenglich entschuldigte und mir seinen Schwertgriff auf den Kopf schlug. Einige Stunden später kam ich zu mir, weit von London entfernt.«

»Und dann? Wie viele Schotten haben dich entführt?«

»Der Laird, sein Bruder Robert, zwei geharnischte Ritter, David of Edinburgh und sein Halbbruder Duncan — und Allora.«

»Und sie taten dir nichts an?«

»Nein, Bret. Dieser verdammte David hing wie eine Klette an mir, und ich konnte nicht fliehen. Aber er fügte mir kein Leid zu, obwohl ich seinen Zorn erregte.«

»Hast du gesehen, wie Ioin gestorben ist?«

Sie nickte. »Oh, es war so grauenvoll! Die tiefe Trauer deiner Frau griff mir ans Herz, trotz allem, was ich ihretwegen durchmachen mußte. Bret, ich weiß, du bist ihr sehr böse. Aber ihr allein verdanke ich meine Freilassung. Robert Canadys und Duncan wollten mich als Geisel festhalten.«

»Und jetzt willst du mich auffordern, Allora zu verzeihen, weil sie dich laufenließ?«

»Zumindest solltest du mit ihr verhandeln.«

»Nun, wir werden sehen. Was hast du mir sonst noch zu sagen?«

»Robert Canadys strebt eine Annullierung deiner Ehe an, denn er möchte sie mit David of Edinburgh verheiraten. Das entnahm ich einigen Gesprächen, als die Männer dachten, ich würde schlafen. Aber heute hat Vater eine Nachricht von Damien aus Rom erhalten. Der Papst hält die Ehe für gültig und unauflöslich. Und bis jetzt ist kein Bote von der Far Isle bei ihm eingetroffen.«

Bret nickte. »Sobald es die Situation in der Normandie erlaubt, reite ich nach Norden. Entweder übergibt Allora mir ihr Schloß, oder ich zerstöre es.«

»Bret ...«

»Glaub mir, ich habe schon so viele Festungen belagert, daß kein Mann diese Aufgabe besser erfüllen könnte.«

Es war inzwischen März, Bret kämpfte in der Bretagne. Verwundert sah er Vater Damien über das Schlachtfeld reiten.

»Es gibt Neuigkeiten, die ich Euch persönlich mitteilen möchte«, erklärte der Priester, nachdem sie sich die Hände geschüttelt hatten. »Wie Ihr bereits wißt, hat sich der Papst geweigert, Eure Ehe zu annullieren. Aber er wurde auch nie darum gebeten.«

»Und?«

»Eine Annullierung kommt ohnehin nicht in Frage«, fügte Damien belustigt hinzu.

»Was meint Ihr?«

»Alloras Zustand wurde geheimgehalten, solange es ging. Aber jetzt ist es offensichtlich — in wenigen Wochen wird sie Euer Kind gebären, Mylord, den Erben der Far Isle.«

15

Der Winter schien kein Ende zu nehmen. Eiskalte Stürme fegten über die Far Isle hinweg, Schneeflocken wirbelten umher und verschwanden im Meer. Nur wenige Neuigkeiten erreichten die Festung, weil das Wetter weite Reisen verhinderte. Innerhalb der Mauern saßen die Männer vor dem Feuer und schnitzten. Nachts bellten die Hunde oder heulten den Mond an. Und Allora wartete vergeblich auf Bret. Anfangs war sie sicher gewesen, er würde zu ihr kommen. Aber Robert hatte ihr erzählt, der Eroberer würde die Weihnachtszeit in der Normandie verbringen und seine Ritter seien dort ständig in Kämpfe verwickelt.

Ende Januar spürte sie zum erstenmal, wie sich das neue Leben in ihr regte. Und eines Tages beschloß sie, von Gefühlen überwältigt, ihrem Mann zu schreiben. Sie eilte in ihr Turmzimmer, setzte sich an den Tisch, rückte das Tintenfaß zurecht und ergriff einen Federkiel.

»*Bret d'Anlou, Earl of Wakefield, verzeih mir, was ich Dir antat, aber bitte, komm nicht hierher, um Rache zu üben. Sonst würden Dich meine Verwandten in eine Falle locken und töten. Sogar die einfachen Menschen, die hier leben und in der Festung oder auf dem Festland arbeiten, hassen Dich und alle Normannen, denn Robert hat sie veranlaßt, Dir die Schuld am Tod meines Vaters zu geben. Schon vor einiger Zeit hörte ich, Du würdest mich einsperren, falls Du mich nicht erdrosselst, die Insel in Deinen Besitz bringen und eine Scheidung anstreben. O Gott, ich habe solche Angst! Aber manchmal, wenn ich mich frage, ob ich einen Jungen oder ein Mädchen unter dem Herzen trage, ob ich ein blondes oder schwarzhaariges Kind gebären werde, wünschte ich, Du wärst hier . . .*«

Seufzend legte sie den Federkiel beiseite. Welch ein törichter Zeitvertreib ... Und er hatte ihr nicht geholfen, den Aufruhr in ihrer Seele zu besänftigen. Sie legte den Brief zusammen mit ihren Schreibutensilien in eine Truhe und blickte aus dem Fenster. Mit jedem Tag wuchs ihre Angst vor Bret. Er nahm an, sie hätten ihn vergiften wollen, und würde niemals glauben, sie wäre nur gezwungenermaßen aus London geflohen. Und er machte sie zweifellos für die Entführung seiner Schwester verantwortlich. Bald würde er die Far Isle aufsuchen. Inständig hoffte sie, er würde den Kampf überleben, denn irgendwie hatte er einen Weg in ihr Herz gefunden. Sie konnte die gemeinsamen Stunden nicht vergessen, obwohl sie sich immer wieder bemühte, die Gedanken daran zu verdrängen. Das fiel ihr noch schwerer, seit die Schwangerschaft ihren Bauch wölbte.

Robert beobachtete sie unablässig, und sie wußte, daß er sich wünschte, sie möge ihr Baby verlieren. Täglich fragte er nach ihrem Befinden und wirkte bitter enttäuscht, wenn sie versicherte, sie fühle sich großartig. »Du wirst uns alle ins Verderben stürzen«, klagte er.

Sein Haus und seine Grundstücke lagen auf dem Festland, ebenso wie die Wohnsitze Davids, Duncans, der anderen Grenzland-Lairds und ihrer Ritter. Aber sie hielten sich meistens in der Festung auf, wo die Clan-Versammlungen stattfanden. Alle Lairds hatten König Malcolm die Treue geschworen, und er übernahm einen Teil des normannischen Feudalsystems. Unter seiner Oberhoheit bildete jeder Lord mehrere Ritter aus und rüstete sie aus, so daß sie ihr Zuhause und das Volk der Bauern, Handwerker, Freien und Leibeigenen schützen konnten, das auf dem Grund und Boden des jeweiligen Lairds lebte. Die Ritter hofften, eines Tages zum Lohn für ihre Dienste ein eigenes Stück Land zu erhalten. Normalerweise wurden solche Angelegenheiten innerhalb der Festungsmauern entschieden. Und wenn Malcolm seine Lehnsmänner zu den Waffen rief, schickte er Boten ins Schloß der Canadys.

Endlich ging der Winter in den Frühling über. Allora beobachtete, wie der Schnee auf dem Festland schmolz, wie die Bauern ihre Felder bestellten. Nun arbeiteten die Schmiede wieder im Freien, vor ihren Hütten an der Hofmauer. Kinder spielten an der Küste, liefen barfuß durch den Sand, und die Männer hielten ihre Kampfübungen ab. Manchmal stand sie am Fenster und schaute zu, wie sie die schweren Schwerter schwangen und Sir Christians Anweisungen folgten.

Robert besuchte seine Nichte und warnte sie, nachdem der Winter ein Ende gefunden habe, seien die Straßen wieder passierbar. »Jetzt könnte Wakefield zu uns kommen. Die verwüsteten Länder, die William ihm geschenkt hat, liegen nicht weit von hier entfernt. Allora, ich weiß, du willst deine Ehe nicht annullieren lassen, deinem Kind zuliebe ...«

»Ioins Enkel«, erinnerte sie ihn.

»Aber wir müssen eine Scheidung erwirken. Sonst droht uns eine Katastrophe.«

»Du hast doch behauptet, Bret würde in der Normandie bleiben, William habe seine militärischen Fähigkeiten verloren, und es sei anzunehmen, daß er in seiner Heimat stirbt, auf irgendeinem Schlachtfeld. Trotzdem beschwöre ich eine Katastrophe herauf?«

»Vielleicht wird auch Wakefield fallen«, meinte Robert nachdenklich, und sie kehrte ihm den Rücken. Gewiß, Bret könnte getötet werden. Aber daran glaubte sie nicht. Er würde weiterleben, und sei es auch nur, um sich an ihr zu rächen.

Vor diesem Tag fürchtete sie sich, und gleichzeitig sehnte sie ein Wiedersehen herbei. Jede Nacht träumte sie von ihm, sah ihn durch ein Flammenmeer, rief seinen Namen und betete, er möge auf seinem Schimmel zu ihr reiten.

Der Frühling verzauberte das Grenzland. Auf den Hängen gegenüber der Insel blühten Blumen, kühl und angenehm wehte der Wind. Wenn Allora spazierenging, sah sie neugeborene Lämmer auf den Klippen. Rehe durchstreiften mit ihren Kitzen den Wald. Angesichts der schönen Welt fiel es ihr immer schwerer, mit ihrem einst geliebten Onkel zusammenzutreffen, und sie war froh, weil sie ihre Machtposition festigen konnte.

Tag für Tag hielt sie eine Besprechung mit Sir Christian ab. Gemeinsam überprüften sie die Befestigungsanlagen des Schlosses, beaufsichtigten die Maurer, die einige Schäden behoben, und planten Strategien für den Fall eines Angriffs. Bei Ebbe konnten jederzeit Feinde vom Festland zur Far Isle reiten und Belagerungsgerüste und Rammböcke heranschleppen. Aber wenn es den Verteidigern gelang, bis zum Einbruch der Dunkelheit die Stellung zu halten, würde die Flut alles Kriegsgerät hinwegspülen. Innerhalb der Mauern gab es genug Trinkbrunnen und Vorräte, so daß die Bewohner einer langen Belagerung zu trotzen vermochten.

Eifrig trafen sie ihre Vorbereitungen. Seife und Kerzen wurden hergestellt, große Fleischstücke geräuchert, verschiedene Gemüsesorten getrocknet und Beeren gepflückt. Im Lauf der Monate kam Sir Christian immer öfter zu Allora und wandte sich kaum noch an Robert. Und Timothy, der hochgewachsene Verwalter, erstattete *ihr* Bericht. Sogar Vater Jonathan fragte nur sie um Rat, wenn Probleme in seiner Kirchengemeinde auftauchten. Sie billigte Hochzeiten, schlichtete Streitigkeiten und nahm regelmäßig die Pacht ein. Gelegentlich beteiligte sie sich an den Kampfübungen der Ritter, doch darauf verzichtete sie in den letzten Wochen der Schwangerschaft, denn sie fürchtete, sonst würde sie ihrem Baby schaden. Es war eine angenehme, friedliche Zeit.

Seltsamerweise stand David ihr nun näher denn je. Obwohl er auf dem Festland wohnte, besuchte er sie sehr oft. Abends saßen sie vor dem Kaminfeuer und unterhielten sich. Hin und wieder las er ihr etwas vor, oder sie lauschten einem fahrenden Sänger. In Gesellschaft ihres treuen Freundes erholte sie sich von den ständigen Nörgeleien des Onkels, der sie drängte, sie müsse endlich etwas unternehmen, um ihr Volk zu retten.

Anfang Juni wetterte er wieder einmal gegen die Normannen. David blieb bei Allora, nachdem Robert und Duncan nach Hause geritten waren. Während er ihr ein Drama von Sophokles vorlas, stickte sie an einem Gobelin, der die Fenster in der Nordwand ihres Turmzimmers abdecken und die steinerne Festung so warm und gemütlich gestalten sollte wie Fallons Londoner Haus.

Als David verstummte, hob sie den Kopf und begegnete seinem Blick. »Nun, was gibt's?« fragte sie. »Denkst du vielleicht, ich würde meine Leute verraten, wenn ich Robert verbiete, um eine Annullierung meiner Ehe anzusuchen? Immerhin hast du viel zu verlieren, denn wenn du mich heiratest, würde mein Onkel dich zum Laird von der Far Isle ernennen.«

»Allora, ich besitze ein komfortables Haus und ertragreiche Ländereien. Ich verstehe, daß du wegen deines Babys die Ehe mit d'Anlou aufrechterhalten möchtest.«

»Also willst du mich nicht heiraten?«

»Würde dein Mann sterben oder sich von dir scheiden lassen, stünde ich als erster Bewerber vor deiner Tür«, erwiderte er und lächelte sanft. »Aber weil ich dich liebe, werde ich dich nicht bedrängen — zu einem Zeitpunkt, da du genug andere Sorgen hast.«

Sein Mitgefühl rührte sie zu Tränen. Schluchzend neigte sie sich zu ihm und sank in seine Arme. Er tröstete sie, dann ließ er sie plötzlich los, und beide sahen einen Schatten davonhuschen. »Zweifellos will man uns allein lassen, um unsere Romanze zu fördern«, bemerkte David trocken.

Sie nickte, fühlte sich aber unbehaglich. Vor dem Eingang zum Turm standen immer zwei Leibwächter. Die Hausdiener schliefen woanders. Und Lilith, Alloras Kusine zweiten Grades, hatte sich längst in ihr Zimmer im ersten Stock zurückgezogen. Vor kurzem hatte sie ihren Mann bei einem Überfall des schottischen Königs auf das sogenannte Niemandsland verloren. Nun wohnte sie in der Festung, um ihrer Verwandten bis zur Geburt des Babys zu helfen.

Auch die junge Zofe Mary war im ersten Stock untergebracht. Allora konnte sich nicht vorstellen, daß eine der beiden sie heimlich beobachtete und dann davonschlich.

Sicher hätte sie noch länger über diesen seltslamen Zwischenfalls nachgedacht, aber in diesem Augenblick spürte sie die ersten Wehen. Es war ein sonderbares Gefühl, das ihren Körper wie ein enger Gurt zu umspannen schien, und sie atmete tief.

»Fühlst du dich nicht wohl, Allora?« fragte David besorgt.

Sie lächelte. »Genau weiß ich's nicht, weil ich's nie zuvor erlebt habe. Aber ich glaube, es ist soweit. Keine Angst, es läßt sich ertragen.«

Wenig später bereute sie diese Worte. In immer kürzeren Abständen wurde sie von heftigen Wehen gepeinigt, und es kam ihr so vor, als würde ein grausamer, unsichtbarer Dämon ihren Bauch entzweireißen.

Mary und Lilith standen ihr bei, und Meghana, die Hebamme, war vom Festland geholt worden. Wegen der Flut mußte sie in einem Boot zur Insel fahren, doch sie traf erstaunlich schnell ein.

Zusammengekrümmt lag Allora auf ihrem Bett, fluchte wie ein Berserker und verwünschte Bret d'Anlou so leidenschaftlich, daß ihr Onkel entzückt gewesen wäre. Den Vorschlag der zahnlosen alten Maghana, auf und ab zu gehen, lehnte sie empört ab. Doch als die Hebamme erklärte, dies könnte die Geburt beschleunigen, gehorchte die werdende Mutter.

Trotzdem dauerten die Wehen stundenlang. Lilith und Mary taten ihr Bestes, um Allora zu beschwichtigen, und sie bemühte sich, weder zu schreien noch zu weinen. Schließlich traten keine Pausen mehr zwischen den Wehen ein.

Meghana half ihr aufs Bett. Fürsorglich strich sie ihr das schweißnasse Haar aus der Stirn und versicherte, nun müsse das Baby — ein gesundes, kräftiges Kind — jeden Augenblick das Licht der Welt erblicken. Fast wahnsinnig vor Schmerzen stöhnte Allora: »Das hat er absichtlich getan! Dieser selbstgefällige, arrogante Kerl! Alles mußte nach seinem Kopf gehen. Oh, zur Hölle mit ihm — und mit meinem Onkel, der mir diese Heirat zugemutet hat!«

»Still!« mahnte Lilith und ergriff ihre Hand. Krampfhaft umklammerte Allora die Finger ihrer Kusine.

»Jetzt müßt Ihr ganz fest pressen, Mylady!« bat Meghana, und Allora gehorchte. Da verebbte der Schmerz, und sie fühlte sich unendlich erleichtert, als das Baby aus ihrem Körper glitt. »Oh, mein Gott ...« Sie richtete sich auf, hörte ein ohrenbetäubendes Gebrüll und rief überglücklich: »Dem Himmel sei Dank! Es lebt!« Tränen strömten über ihre Wangen, während Meghana das schreiende Kind hochhielt.

»Ein Mädchen, Mylady!« Boshaft kicherte die Hebamme. »Welch eine bittere Enttäuschung für Euren normannischen Gemahl und Euren Onkel!«

In diesem Augenblick verschwendete Allora keinen Gedanken an den einen oder den anderen Mann. Sie wünschte sich nur, ihre Tochter im Arm zu halten. Aber die Hebamme befahl Mary, das Baby erst einmal zu säubern, und eine Ewigkeit schien zu verstreichen, bis sie es der jungen Mutter überreichte.

Hingerissen betrachtete Allora die rosigen Wangen, die großen blauen Augen, das dichte ebenholzschwarze Haar.

»Wirklich, eine Schönheit, Mylady«, meinte Meghana voller Stolz.

»Wird sie ihre blauen Augen und schwarzen Haare behalten, Meghana?« fragte Allora.

»Keine Ahnung, Lady. Die meisten Babies werden mit blauen Augen geboren, aber das ändert sich mit der Zeit. Helles Haar färbt sich dunkel, und dunkles wird manchmal hell. Doch das spielt keine Rolle. Eins steht jetzt schon fest — dieses hübsche Mädchen wird so manchem armen Burschen schlaflose Nächte bereiten.«

Lächelnd und erschöpft sank Allora ins Kissen zurück. Das Baby brüllte immer noch, und Meghana erklärte, es sei hungrig. Ein wenig ungeschickt unternahm die junge Mutter den ersten Versuch, das Kind zu stillen. Ein heißes Glücksgefühl durchströmte sie, während die winzigen Lippen an ihrer Brust saugten. Sobald die Kleine gesättigt war, schloß sie die Augen. Lilith hob sie hoch, und Allora schlief zufrieden ein.

In dieser Nacht träumte sie wieder von Bret. Er ritt aus Nebelschwaden hervor, die über einem Feld hingen. Angstvoll wollte sie fliehen. Aber diesmal hielt sie ihr Baby im Arm, das ihr bleischwer erschien, und sie mußte stehenbleiben. Ihr Mann schwang sich von seinem Streitroß, kam eilig auf sie zu, entriß ihr das Kind und hob sein Schwert ...

Schreiend und zitternd erwachte sie. Lilith rannte ins Zimmer. »Was quält dich denn, meine Liebe?«

Allora schaute zu ihrem Baby hinüber. Tief und fest schlief es in der Wiege, in der sie früher selbst gelegen hatte. »Jetzt ist alles wieder gut.«

»Ich bleibe bei dir«, erbot sich die Kusine.

Aber Allora schüttelte den Kopf, zwang sich zu einem Lächeln und schickte Lilith hinaus. Sobald sie allein war, ließ sie ihren Tränen freien Lauf. Trotz des furchterregenden Traums vermißte sie Bret. Wehmütig erinnerte sie sich an die leidenschaftliche Hochzeitsnacht, deren Ergebnis jetzt neben ihr schlummerte.

Plötzlich wußte sie, warum sie weinte — weil sie ihn

liebte. Es war unmöglich, einen Mann zu hassen oder zu lieben, nur wegen seiner Herkunft. Unabhängig von dem Blut, das in seinen Adern floß, hatte er ihr Herz betört. Und sie war seine Feindin. Sie *mußte* seine Feindin sein. Oder eine Verräterin. Entweder das eine oder das andere. Es gab keinen Mittelweg.

Spontan sprang sie aus dem Bett, ohne an die schmerzhaften Folgen der schwierigen Geburt zu denken, und schrie leise auf. Doch ihre Schwäche war unwichtig. Nur eins zählte — ihr Baby. Von inniger Liebe überwältigt, riß sie es in die Arme, obwohl es weinend protestierte. »Meine süße Kleine!« wisperte sie. »Alles werde ich tun, um dich zu beschützen. Und die Männer in unserem Leben sollen sich zum Teufel scheren!« Sie nahm ihr Kind ins Bett mit, strich über das seidige dunkle Haar, das im Mondlicht schimmerte. »Eines Tages wird die Far Isle dir gehören. Was die anderen sagen, interessiert mich nicht. Ich liebe dich, ich liebe dich so sehr!«

Genauso heiß und innig liebte sie den Vater ihrer Tochter, sehnte sich nach ihm — und fürchtete ihn.

»Mylord Bret d'Anlou!.« Der Schrei übertönte das Stimmengewirr der Krieger. Soeben hatten sie die Verteidigungsbastionen des Schlosses an der Maine-Grenze durchbrochen, die Linie, wo Comte de Marcus den englischen König so hartnäckig herausgefordert hatte. Nun endete eine weitere Belagerung mit einem Sieg. Triumphierend stürmten sie in den Burghof.

Vom Osthang sprengte eine Reitertruppe ins Tal hinab, die Brets blaugoldene Familienfarben trug. Er nahm seinen Helm ab, wischte sich den Schweiß vom Gesicht und erkannte Damien, den drei gutbewaffnete Ritter begleiteten. »Vater! Willkommen auf einem neuen Kampfschauplatz!«

»Und es war wieder eine siegreiche Schlacht.« Der Priester zügelte sein Pferd und beobachtete die Soldaten, die gackernde Hühner, blökende Schafe und meckernde Ziegen vor sich hertrieben.

»Nun, das war nicht schwierig.« Bret zuckte die Achseln. »Mit seinen schwachen Befestigungsanlagen konnte der Comte uns nicht lange standhalten, und es war von Anfang an ein törichter Versuch, William zu trotzen.«

»Die meisten Männer, die den König bekämpfen, sind Narren. Allerdings wäre es möglich ...«

»Was?« fragte Bret in scharfem Ton, dann winkte er ab. »Nein, antwortet mir später! Kommt mit in mein Zelt, dort kredenze ich Euch einen guten Wein, und Ihr könnt Euch von der Sonnenhitze erholen.«

»Aber ich wollte nicht stören.« Unbehaglich betrachtete Damien das wilde Getümmel. »Vielleicht solltet Ihr Eure Männer zur Mäßigung ermahnen.«

»Keiner wird morden, Frauen vergewaltigen oder mutwillig grausame Taten begehen. Wir wollen uns nicht an unseren Gegnern rächen, und die Männer nehmen sich nur, was sie mühelos in ihren Besitz bringen können. Nun kämpfen wir schon monatelang zusammen, und sie haben sich stets an meine Anweisungen gehalten. Auch diesmal werden sie's nicht zu weit treiben. Also, habt Ihr Lust auf einen Becher Wein?«

»Ja, für einen guten Tropfen wäre ich dankbar.«

Sie ritten zu Brets Zelt, das am Rand des Schlachtfeldes stand. Vor fast acht Wochen hatte er begonnen, das Schloß zu belagern. Eigentlich hätten seine Gegner länger Widerstand leisten müssen. Aber sie waren seinen strategischen Fähigkeiten nicht gewachsen.

Während er mit seinem Gast im schattigen Zelt saß, servierte ihnen Gillys, sein neuer Angevin-Knappe, zwei Becher Wein. Nur mühsam hatte Bret seine Neugier bezähmt. »Nun, Vater, was habt Ihr mir mitzuteilen?«

»Vor einer Woche brachte Lady Allora eine gesunde Tochter zur Welt. Wie ich soeben erfuhr, wurde sie am nächsten Tag auf den Namen Brianna Elise getauft —

ein bildschönes Kind, das sagen alle, die sie gesehen haben.«

Verwirrt lehnte sich Bret in seinem Sessel zurück. Eine schöne Tochter ... Würde er eine persönliche Nachricht von seiner Frau erhalten? Wahrscheinlich nicht. Und was bedeutete seine Vaterschaft? Hätte Allora einen Sohn geboren, müßte er befürchten, Robert Canadys würde dem Kind nach dem Leben trachten. Einem Mädchen drohte wohl keine Gefahr. Wie auch immer, Robert würde seine Nichte weiterhin zu einer Scheidung drängen. Wenn sie wieder heiratete und einen Sohn bekam, würde er Vorrang vor der Tochter eines normannischen Lords erhalten.

Bret atmete tief durch, dann erkundigte er sich: »Gibt's noch andere Neuigkeiten?«

Langsam nippte Damien an seinem Wein und schien zu zögern.

»Verdammt, Vater ...«

»In Gesellschaft eines Priesters solltet Ihr nicht fluchen, Mylord.«

»Dann bitte ich Euch in Gottes Namen, Euer Schweigen zu brechen.«

»Ihr müßt zum König gehen und ihn um die Erlaubnis bitten, mit einem Heer nach Norden zu reiten und die Festung Far Isle zu erobern — sobald wie möglich.«

»Warum diese Eile?«

»Nun, Lady Allora schließt sich ihren alten Freunden immer enger an. Und ein gewisser David of Edinburgh soll das Schloß übernehmen.«

Bret leerte seinen Becher, stand auf und zwang sich zur Ruhe. Geduldig hatte er dem König gedient und gewartet. Jetzt war ihm eine Tochter geboren worden, und es würde nicht lange dauern, bis seine Frau wieder bereit war, in die Arme eines Liebhabers zu sinken. Rasende Eifersucht erfaßte sein Herz, trotz des Grolls, den er in all den Monaten gegen sie gehegt hatte. Nein, sie durfte keinem anderen gehören. Er wollte sie wiedersehen. Selbst wenn seine Wut und sein Stolz ihm verboten, sie zu begehren — er würde niemandem erlauben, seinen Platz einzunehmen.

Wie immer hatte er William wertvolle Dienste geleistet. Nun würde er seinen Lohn einfordern.

»Damien, wenn Ihr noch etwas wißt ...«

»Nein, sonst habe ich nichts zu erzählen.« Auch der Priester erhob sich und schaute ihm ernsthaft in die Augen. »Mein guter junger Herr, wenn weitere Gefahren auf Euch zukämen, würde ich Euch warnen, das schwöre ich. Aber Ihr solltet sofort nach England reisen. Noch hat Euch die Lady nicht betrogen — noch nicht. Das weiß ich.«

»Wieso? Könnt Ihr durch Festungsmauern schauen?«

»Ich sehe in die Herzen der Menschen, und ich gab Euch niemals einen Grund, an meinen Erkenntnissen zu zweifeln.«

»Ja, das ist wahr, Vater Damien.«

Plötzlich lächelte der Geistliche. »Eins muß ich allerdings gestehen. Seit fast zwanzig Jahren leitet ein Vater Jonathan die Kirchengemeinde auf der Far Isle. Zuvor war er ein armer junger Mann, der Hilfe brauchte, um seine beruflichen Ziele zu erreichen. Darin unterstützte ich ihn, ebenso wie Euer Vater. Manchmal hat die Dankbarkeit einen langen Arm.«

»Sehr gut!« rief Bret zufrieden. Nun hatte er wenigstens einen Freund im feindlichen Lager. »Seid bedankt für die Neuigkeiten, die ihr mir so prompt überbracht habt. Ich eile zu William.«

»Und ich werde Euch begleiten — jetzt und auf dem Ritt nach Norden.«

»Gewiß, es ist an der Zeit. Ich werde mein rechtmäßiges Erbe antreten, das Laird Ioin mir vor Gott versprochen hat. Und wenn nötig, nehme ich diese Festung auseinander, Stein um Stein. O ja, meine Gräfin soll sich in achtnehmen!«

»Mylord ...«, begann Damien besorgt.
Aber Bret war schon aus dem Zelt gerannt und sprang auf sein Pferd.

Brianna war nun einen Monat alt und bereitete ihrer Mutter große Freude. Soeben hatte Allora sie in die Arme ihrer Zofe gelegt, die vor dem Kaminfeuer saß, als die Tür zur Halle aufflog.

Mit langen Schritten eilte ihr Onkel herein, dicht gefolgt von David, Duncan, Sir Christian und mehreren Rittern.

»Jetzt ist es soweit, Allora«, verkündete Robert. »Wir müssen uns auf eine Belagerung vorbereiten. Soeben erfuhren wir, Bret d'Anlou habe den König um ein Heer gebeten. Er will diese Festung dem Erdboden gleichmachen und uns alle niedermetzeln — auch dich!«

»Tatsächlich?« fragte sie in kühlem, ruhigem Ton, obwohl ihr beinahe das Herz stehenblieb. »Er möchte also hierherkommen und uns alle ermorden? Das glaube ich nicht ...«

»Wie kannst du an seiner Rachsucht zweifeln? Immerhin hast du ihn zu töten versucht.«

»Ich!«

»Nun, du hast das Gift in seinen Wein geschüttet ...«

»Und aus demselben Kelch getrunken!« erinnerte sie.

»Dafür müssen wir jetzt alle bezahlen.«

Haßerfüllt starrte sie ihn an. »Mein Vater hat schon bezahlt. Und weil der Vertrag gebrochen wurde, den er mit meinem Mann abgeschlossen hatte, droht uns eine Belagerung. Wenn wir kapitulieren, können wir ein Blutvergießen vermeiden ...«

»Nein, Allora!« fiel David ihr ins Wort. »Niemals werden sich unsere Männer der normannischen Herrschaft unterwerfen. Lieber kämpfen sie bis zum letzten Atemzug.«

»Und wie stellt Ihr Euch das vor? Wollt Ihr Wakefield besiegen?«

»In der Tat!« bestätigte Robert. »Bald wird der Spießgeselle dieses normannischen Bastards vor mir im Staub liegen!«

»Nun, Onkel, dann wünsche ich dir viel Erfolg.« Sie nahm ihre Tochter aus Marys Armen entgegen und stieg die Treppe hinauf.

»Allora!« schrie Robert. »Wirst du mit uns kämpfen — oder uns alle verraten?«

»Natürlich werde ich auf unserer Seite stehen.« Sie hielt inne, drehte sich um und musterte ihn verächtlich. »Und damit begehe ich vielleicht den allerschlimmsten Verrat an meinem Volk.« Verzweifelt floh sie in ihr Turmzimmer. Wenig später gesellten sich Lilith und Mary zu ihr.

»Mylady, wenn ich irgend etwas für Euch tun kann ...«, begann die Zofe.

»Aye!« seufzte Allora und übergab das Baby ihrer sanftmütigen Kusine. »Bring mir Ale, einen großen Krug, damit ich wenigstens noch eine Nacht in Frieden schlafen kann!«

Aber nicht einmal das Ale konnte sie beruhigen. Und in ihren Träumen wurde sie wieder von einem Ritter in schimmernder Rüstung verfolgt ...

William gab Bret Urlaub und stellte ihm eine große Ritterschar zur Verfügung, verlangte aber, zuvor müsse der Earl ihn beim Frontalangriff gegen den französischen König unterstützen.

Nachdem Truppen aus Nantes in die Normandie eingedrungen waren, forderte William als Wiedergutmachung, sein Feind solle ihm das ganze Gebiet namens Vexin français abtreten. Darauf ging König Philip nicht ein, und deshalb wurde er jetzt attackiert.

Rasch überquerten sie die Epte und stürmten erfolgreich eine französische Garnison. Offenbar hatte William seine Kriegskunst doch nicht verlernt. Auch Nantes wurde erobert und niedergebrannt. Entsetzt beobachtete Bret die sinnlose Zerstörungswut, dann schwenkte er seinen Hengst herum, nur noch bestrebt, von seiner Familie Abschied zu nehmen und heimzureisen. Aber während er durch rußgeschwärzte Straßen ritt, tauchte der König plötzlich vor ihm auf. Von einem Gebäude fiel ein brennender Balken herab und verfehlte William nur um Haaresbreite. Sein Pferd bäumte sich auf, er fiel vornüber, und sein Kopf prallte gegen den eisernen Sattelknauf.

»Großer Gott!« rief Bret und spornte Ajax an. »William!«

Auch sein Vater und seine Brüder galoppierten zum König. Alaric führte das Streitroß des verletzen Mannes, dem er so viele Jahre lang treu gedient hatte, am Zügel mit sich, und seine Söhne folgten ihm.

In der Priorei Saint Gervais wurde der König von zwei heilkundigen Mönchen untersucht, während seine Ritter angstvoll umherwanderten und auf die Diagnose warteten. Bald erklärten die Ärzte, es gebe keine Hoffnung. Auf seinem Totenbett ordnete William alle seine Angelegenheiten. Seine Söhne William Rufus und Henry und sein Bruder Robert, Count von Mortain, standen ihm bei. Doch der älteste Sohn Robert hielt sich beim französischen König auf. Trotzdem vergab der Sterbende seinem rebellischen Erben. Darum hatten ihn alle mächtigen Barone von der Normandie gebeten. Dieses Land war Robert versprochen worden, und er mußte es erhalten, obwohl William klagte, der Abtrünnige würde es nicht verdienen.

Einen Teil seines Vermögens vermachte er der Kirche. Trotz seines kriegerischen Lebens war er stets ein frommer Monarch gewesen. Die Männer, die er während seiner Regentschaft gefangengenommen hatte, sollten freigelassen werden — alle bis auf seinen Bruder Odo, mit dem er vor Jahren erbittert gestritten hatte. Aber Robert von Mortain und die anderen Barone, auch Brets Vater, setzten sich für Odo ein. Und letzten Endes gab William nach.

Plötzlich zweifelte er an seinem Recht, England zu vererben, das er mit Waffengewalt errungen hatte. Aber er schrieb Lanfranc nach London, er würde William Rufus Zepter, Schwert und Krone übergeben und beten, der Allmächtige möge seinem Sohn das Reich zum Geschenk machen. Dann befahl er William Rufus, sofort nach England aufzubrechen, und der Sohn gehorchte.

Nun trat Henry, der Drittgeborene, an das Totenbett und fragte, was er bekommen würde. William vermachte ihm fünftausend Pfund in Silber und empfahl ihm, sich in Geduld zu fassen und auf Gott zu vertrauen. Danach regelte er die kleinen Hinterlassenschaften. Bret stand an der Seite seines Vaters, als William die Hand seines alten Freundes erstaunlich kraftvoll umfaßte. »Der Himmel möge dich bewahren, Alaric! Weißt du noch, wie wir uns kennenlernten? Kämpfe, immer nur Kämpfe! Ein Leben lang!

Doch wir hatten uns gelobt, zu nehmen, was uns gehörte, und es zu bewahren. Und das taten wir, mein treuer Gefährte. Hiermit bestätige ich deinen Titel des Earl of Haselford. Du wirst dich seiner würdig erweisen, und ich hoffe, Robin wird dir in nichts nachstehen, wenn er sein Erbe antritt. Bret, Euch habe ich ein verwüstetes Land zugewiesen und einen Titel verliehen, wie ihn nur wenige bekamen. Auch diesen Titel bestätige ich. Schwört mir nun, meinem Sohn ebenso unermüdlich zu dienen wie mir.«

»Darauf gebe ich Euch mein Wort«, erwiderte Bret.

Heftige Schmerzen verzerrten Williams Gesicht. »Jetzt könnt Ihr nach England segeln. Nehmt alle königlichen Ritter mit, die Ihr benötigt, und erobert die Far Isle. Denn William Rufus braucht ein gutgesichertes Grenzgebiet.«

»Aye, William.«

»Gott mit Euch.«

Der Eroberer hatte bereits seine letzte Beichte abgelegt. Aber der Erzbischof von Rouen wartete im Hintergrund.

Nun bedeutete er den Männern, zurückzutreten und den König schlafen zu lassen.

Obwohl Bret ebenso wie William Rufus die Erlaubnis erhalten hatte, die Normandie zu verlassen, beschloß er, in diesen letzten Stunden bei William zu bleiben. Sicher würde es keine Rolle spielen, wenn er sich noch ein oder zwei Tage geduldete.

Der König schloß die Augen und ruhte sich aus. Abwechselnd hielten die Ritter an seinem Bett Wache, und wer abgelöst wurde, schlief in einem Nebenraum.

Am Donnerstag, dem 9. September im Jahr des Herrn 1087, erwachte William von England und der Normandie, Bastard und Eroberer, im Morgengrauen. »Ich höre Glocken«, flüsterte er. »Warum läuten sie?«

»Für unsere Heilige Jungfrau«, erklärte einer der Mönche.

William faltete die Hände. »Nun, dann will ich unsere heilige Maria bitten, mich ihrem lieben Sohn zu empfehlen, unserem Herrn Jesus Christus.« Tiefe Stille erfüllte den Raum, dann verkündete ein Priester: »König William ist tot.«

Schweigend bekreuzigten sich die Ritter und knieten nieder. Allen erschien es unfaßbar, daß ein so vitaler, energischer Mann nicht mehr lebte. Den Kopf gesenkt, dachte Bret an die Zeiten, in denen William seine grausamen Taten verübt hatte. Aber meistens war er nur skrupellos gewesen, um politische Ziele zu erreichen. Und vielen Feinden hatte er Gnade erwiesen.

Bret legte eine Hand auf die Schulter seines Vaters, denn er wußte, welch schmerzliche Trauer Alarics Herz bewegte. Was für ein Mensch William auch war, dachte er, erst die Geschichte wird ihn beurteilen. Der König ist tot, und ich bin frei ...

16

»Er ist tot! Mein Gott, er ist tot!« Aufgeregt stürmte David in die Halle, wo Allora gerade mit Timothy die Vorräte, den Vermögensstand und das Personal der Festung überprüft hatte.

Nun schwirrte ihr der Kopf, schmerzhaft pochte es in ihren Schläfen. Stundenlang waren sie die Listen der ausgebildeten Krieger durchgegangen, der Schafe, Rinder und Pferde, der Fässer mit Wein, Ale und eingesalzenen Fischen. Der warme Sommer versprach eine reiche Ernte im Herbst.

Als sie Davids Ruf hörte, stockte ihr Atem. »Wer — wer ist tot?« würgte sie hervor.

»König William!« Mit langen Schritten eilte er zu dem Tisch, wo mehrere Karaffen und Kelche standen, und schenkte sich Wein ein.

»Oh — William...«, hauchte Allora. Sie hatte befürchtet, er könnte Bret meinen.

»Während er eine französische Stadt niederbrannte, wurde er schwer verwundet.«

David setzte sich und nippte an seinem Wein. »Am nächsten Morgen starb er in einer Priorei.«

»Also ist William tot. Aber William Rufus erbt die Krone.«

»Ja, er brach mit Williams Brief an Lanfranc nach London auf, während sein Vater noch im Sterben lag. Nun wird er England beherrschen, sein Bruder Robert die Normandie. Und Henry, der Drittgeborene, erhielt eine schöne Stange Geld — und bekam den Rat seines Vaters, er solle geduldig warten.« David zuckte die Achseln. »Vielleicht ist das gar kein so schlechtes Erbe. Wenn gewisse Gerüchte stimmen, wird William Rufus niemals

Nachkommen zeugen und England letzten Endes seinem jüngeren Bruder hinterlassen.«

William war tot. Kaum zu glauben, dachte Allora und erinnerte sich an den vitalen Mann, der im Tower an ihrer Seite gesessen hatte. Aber jeder Mensch muß irgendwann sterben, sogar der kühne Eroberer. Asche zu Asche, Staub zu Staub. Aber vor dem Tod hatte er sein Ziel erreicht und die Welt, in der sie lebte, nachhaltig verändert.

»Weißt du, was das bedeutet?« fragte David leise.

»Was denn?«

»Bald wird dein Gemahl hier eintreffen, Allora.«

Vorerst suchte Bret die Far Isle nicht auf. Während Allora in wachsender Unruhe wartete, hörte sie weitere Neuigkeiten, doch sie betrafen alle den toten König.

Voller Schadenfreude berichtete ihr Onkel, was er über Williams Bestattung erfahren hatte. »Kannst du dir das vorstellen? Wie die Aasgeier drängten sich seine Ritter um ihn, bis er sein Leben aushauchte. Dann gerieten sie in Panik, rannten davon, um ihre eigenen Angelegenheiten zu ordnen, und ließen die Leiche zurück. Und so wurde der grandiose Eroberer von den Leuten bestohlen, die ihn zuletzt bedient hatten. Halbnackt lag er am Boden. Schließlich erbarmte sich jemand, kleidete den Toten an und brachte ihn nach Caen. Dort wurde er auf Befehl des Erzbischofs begraben.«

Trotz ihrer feindseligen Beziehung zu William konnte Allora sich nicht über das würdelose Ende eines so mächtigen Mannes freuen. »Und William Rufus hat inzwischen den Londoner Thron bestiegen?«

»O ja. Am 26. September wurde er in der Westminster Abbey gekrönt.«

»Was weißt du über Bret, Onkel?«

»Nicht genug«, gab er zu. »Nach dem Tod des Königs kehrte er nach Hause und legte vor William Rufus den

Treueeid ab. Mehr konnte ich vorerst nicht herausfinden, aber — London liegt nicht so weit von unserer Insel entfernt wie die Normandie.«

Und so warteten sie wieder.

Allzulange dauerte es nicht mehr.

An einem schönen Herbsttag gegen Ende Oktober, während die Sonne unterging, stand Allora auf den Zinnen ihres Turms, schaute zum Festland hinüber und sah einen Reiter heransprengen. Wenig später galoppierte David in den Hof und sprang vom Pferd, noch ehe es stillstand.

»Allora!«

»Hier bin ich!« rief sie, und er schaute zu ihr hinauf.

»Er kommt! Mit über zweihundert Rittern! Jetzt macht er Rast auf seinen Wakefield-Ländereien. Von dort wird er zu unserer Insel marschieeren und noch in dieser Woche eintreffen!«

Eine halbe Ewigkeit ist verstrichen, seit ich zum erstenmal den Wunsch verspürt habe, hierher zurückzukehren, dachte Bret, während er mit seinem Heer das hügelige Land vor der Far Isle durchquerte.

In der Morgenröte stieg er vom Pferd und sah die majestätische Festung aus dem Meer emporragen. Vor vielen Jahren hatte er sie schon einmal betrachtet, als der stolze Laird Ioin allein herausgeritten war, um mit Alaric d'Anlou zu verhandeln. Voller Ehrfurcht hatte Bret die Steilklippen bewundert, die das Südufer der Insel schützten.

Zerklüftete Felsen bildeten eine fantastische Barriere, eine nahezu uneinnehmbare Verteidigungsbastion. Nach normannischer Ansicht waren die Angelsachsen zu abergläubisch, um der altrömischen Sitte zu folgen und ihre Schlösser aus Steinen zu errichten. Nicht so auf dieser Insel. Hier bestanden die Mauern und sogar die Brustwehr aus Holz und solidem Gestein.

»Welch eine ungewöhnliche Festung!« Die sanfte Frauenstimme riß ihn aus seinen Gedanken.

Ärgerlich drehte er sich zu Elysia um. Mit einiger Mühe war es ihm gelungen, seinen Vater und seine Brüder daran zu hindern, ihn nach Norden zu begleiten. William Rufus war eben erst gekrönt worden, und da die Gefahr einer neuen Anarchie drohte, blieben sie besser in der Nähe des Königs. Außerdem war dies *sein* Kampf, *sein* Land — und *seine* Frau.

Aber nachdem Elysia ihm in London einen Abschiedskuß gegeben und gute Reise gewünscht hatte, fand sie eine geeignete Eskorte in Gestalt einiger Nonnen, die York ansteuerten. Die guten Frauen brachten sie nach Wakefield, wo Bret ihr wütend untersagte, mit ihm weiterzureiten. Auf keinen Fall durfte sie ins Kampfgetümmel geraten. Er sperrte sie sogar in ihrer Kammer in seinem ärmlichen Herrschaftshaus ein.

Doch sie umgarnte den Seneschall, bat ihn um einen Becher Wasser, und sobald er die Tür öffnete, entwischte sie dem armen Mann. Als sie inmitten des Heeres aufgetaucht war, entschied Bret, vielleicht sei es ratsam, wenn sie künftig in seiner Nähe blieb. Und seither ritt sie ständig hinter ihm.

»Allerdings«, stimmte er zu und musterte sie mit schmalen Augen. »Du warst schon einmal in diesem Schloß. Erzähl mir, wie es drinnen aussieht.«

»Leider weiß ich nicht allzuviel«, seufzte sie. »Das Tor führt in einen riesigen, von Türmen umgebenen Hof, wo viele Leute entlang der Mauern wohnen und arbeiten. Eins kann ich dir jedenfalls versichern — diese massiven Wälle und Torflügel lassen sich nicht so leicht durchbrechen oder niederbrennen.«

Bret nickte und blickte zur Far Isle hinüber. Allmählich wich das Meer zurück, eine weiße Sandfläche erschien zwischen dem Festland und den Inselklippen.

»Wie willst du das Schloß einnehmen?« fragte Elysia.

»Mit größter Vorsicht.« Er hob einen Zweig auf und zeichnete einen Lageplan ins Erdreich. »Schon viele Angreifer versuchten, Gerüste zu bauen, über die Wälle zu springen und das Tor von innen zu öffnen. Aber dafür braucht man Zeit, und in der Abenddämmerung strömt die Flut sehr schnell heran, die Wellen verschlingen die Gerüste. Deshalb benutze ich einen Rammbock ...«

»Trotzdem wird das Meer steigen«, warf Elysia ein.

»Aye, aber ich habe eine besondere Maschinerie anfertigen lassen. Mein Rammbock liegt mit den anderen notwendigen Gerätschaften auf Flößen. Und wenn meine Handwerker recht behalten, werden wir unseren Vorteil über Nacht nicht einbüßen. Wir warten einfach, bis ein neuer Tag beginnt. Dann greifen wir noch einmal vehement an.«

Elysias Silberaugen glänzten. »Hoffentlich hast du Erfolg.«

»Wäre es doch nur *mein* Wohl, das dir am Herzen liegt, teure Schwester. Aber ich weiß, daß du auf Rache sinnst.«

»Und du?«

»Auch ich will mich rächen. Vater Damien!« schrie er, um das Stimmengewirr der Krieger zu übertönen, die hinter ihm warteten. »Kommt her, laßt uns um göttlichen Beistand beten!«

Sofort eilte der Priester zu ihm. Die Fußsoldaten sanken auf die Knie, die Reiter stiegen ab, um diesem Beispiel zu folgen. Inbrünstig betete Vater Damien um einen gerechten Sieg.

Dann erteilte Bret seine Befehle. »Hier schlagen wir unser Lager auf. Noch heute morgen attackieren wir das Tor.«

Während lauter Jubel erklang, musterte der Feldherr sein Heer. Diese Männer waren ihm vertraut. Schon seit vielen Jahren kämpften sie an seiner Seite, Normannen und Sachsen oder Männer aus normannisch-sächsischen Geschlechtern, so wie er selbst. Und alle strebten nach Ruhm — und eigenem Land.

Dieses Land würde er gewinnen. Er schaute wieder zur Festung hinüber, und sein Herz schlug schneller. Wie lange hatte er seine Frau nicht gesehen? Saß sie jetzt hinter diesen Mauern und plante ihre Verteidigungstaktik? Bemannte sie die Brustwehr? Ließ sie heißes Öl, Pfeile und Piken herbeischaffen? Lauschte sie dem Kriegsruf ihres Onkels? Natürlich, dieser Bastard würde nun die Attacke abwarten, in der sicheren Überzeugung, niemand könnte die Far Isle einnehmen.

Aber Roberts Land liegt außerhalb der Festung, dachte Bret lächelnd. Seine Zeit geht zu Ende — und meine beginnt.

Allora sah Brets blaugoldene Banner im Wind flattern und biß sich in die zitternden Lippen. Zu ihrer Rechten stand der Onkel, zur Linken ihre Kusine Lilith.

»Soll er nur kommen und in sein Verderben rennen!« rief Robert und spähte siegesgewiß über die Zinnen hinweg.

»Seht doch!« David zeigte auf einen einzelnen Reiter hinab, der die Sandfläche überquerte.

Hundert Schritte vom Tor entfernt, zügelte der Bote seinen Hengst und schaute zur Brustwehr herauf. »Der Earl of Wakefield, Lord von der Far Isle, verlangt die Übergabe der Festung, seines rechtmäßigen Eigentums! Was darf ich ihm ausrichten?«

»Daß er im Höllenfeuer schmoren soll!« schrie Robert. Ehe Allora es verhindern konnte, schleuderte er eine Pike nach unten. Die Waffe verfehlte ihr Ziel, bohrte sich dicht neben dem Pferd in den Sand. Verängstigt bäumte sich das Tier auf, und der Ritter schwenkte es herum. »Aye, diese Botschaft werde ich meinem Herrn überbringen!« erwiderte er und galoppierte zum Festland zurück.

»Wie konntest du es wagen, einen Unterhändler anzugreifen, Onkel?« fauchte Allora. »Bedeutet dir unsere Ehre überhaupt nichts?«

»Jetzt führen wir Krieg«, verteidigte er sich ärgerlich. »Und deshalb treffe *ich* alle Entscheidungen. Damit hast du nichts zu tun.«

»Oh, doch! Ich bin die Herrin von Ioins Insel ...«

»Dein Vater ist tot.«

»Ja, aber in meinem Herzen lebt er weiter, und du wirst seine Ehre nicht beschmutzen.«

»Niemals unterwerfe ich mich einem normannischen Lord!«

»Allora, Robert — seht doch!« schrie David.

Statt einen gefährlichen Ritt über den Sand zu riskieren, verschanzten sich Brets Soldaten hinter einem riesigen Holzschild, den sie langsam vor sich herschoben. Dahinter schien sich irgendein monströser Mechanismus zu verbergen.

»Bogenschützen!« brüllte Robert. »Macht euch bereit!«

Während die Angreifer vorrückten, flogen ihnen die ersten Pfeile entgegen und blieben im Holzschild stecken.

»Schießt Feuerpfeile ab!« rief Allora. »Wir müssen diesen Schild verbrennen!«

Sir Christian gab den Befehl entlang der Brustwehr weiter, flammende Geschosse rasten durch die Luft, und der Schild fing tatsächlich Feuer.

Aber Brets Heer ließ sich nicht aufhalten. Unentwegt regneten Pfeile hinab. Robert ließ siedendes Öl aus großen Kesseln schütten und hoffte, die vorderste feindliche Reihe auszuschalten.

Plötzlich glitt ein Teil des riesigen Schilds zur Seite, Bogenschützen kamen zum Vorschein und erwiderten den Beschuß. In hoher Flugbahn sausten schlanke Pfeile heran, landeten im Burghof, auf der Brustwehr. Die ersten Verwundeten begannen zu schreien.

Noch mehr siedendes Öl wurde hinabgegossen. Auch in den Scharen der Angreifer erklangen Schmerzensschreie. David versuchte, Allora von der Brustwehr wegzuzerren.

»Nein, ich bleibe hier!« protestierte sie. »Ich werde nicht fliehen, während meine Männer dem Tod ins Auge blicken...«

»Allora, du darfst nicht sterben! Denk an Brianna — an deine Verantwortung für unser Land!«

Als er den Namen ihrer Tochter nannte, konnte er sie umstimmen. Sie ließ sich zum Eingang des Turms führen, eilte in ihr Zimmer und trat ans Fenster, um die Schlacht zu beobachten. Im Lauf des Nachmittags sehnte sie die Flut herbei und hoffte zugleich, das Wasser würde nicht steigen. So viele Männer ritten oder rannten auf der Sandfläche umher. Wo mochte Bret sein?

Plötzlich entdeckte sie ihn. Das Schwert hoch erhoben, saß er in schimmernder Rüstung auf seinem schneeweißen Hengst Ajax und führte seine Männer an. Sie schleiften irgend etwas über den Sand. Und die Sonne sank immer tiefer. Erstaunt verfolgte Allora die Ereignisse. Bret wußte doch, daß die Insel jeden Abend von Meereswellen umspült wurde.

Und dann sah sie, was das gewaltige Holzschild verborgen hatte — einen Rammbock. Dahinter folgten mehrere Gerüste, an denen die Männer die Mauern hochklettern würden, falls es ihnen nicht gelang, das Tor zu durchbrechen.

Sie werden alle ertrinken, dachte Allora und betrachtete in fasziniertem Grauen das massive Kriegsgerät, das immer näherrückte. Auch das Meer wogte heran. Die Pferde scheuten, die Soldaten schrien. Schließlich ließen sie ihre Maschinerie im Wasser zurück und flohen aufs Festland, während die Brandung gegen die Schloßmauern schlug.

Gespannt blieb Allora am Fenster stehen, um zu beobachten, wie die Belagerungswaffen untergingen. Doch das geschah nicht. Von den letzten rotgoldenen Sonnenstrahlen beleuchtet, lagen sie auf fest verankerten Flößen. Und am nächsten Morgen würden die Angreifer bereit sein, um das Tor aufzubrechen, Holz zu zertrümmern und Steinwälle zu erklimmen.

»Oh, mein Gott!« flüsterte Allora. Schmerzhaft hämmerte ihr Herz gegen die Rippen.

Es klopfte an der Tür, und der Onkel trat ein, sichtlich verblüfft angesichts der feindlichen Strategie. »Heute nacht rudern David, Duncan und ich mit unseren Männern zur bewaldeten Küste hinüber«, erklärte er. »Dort holen wir Verstärkung, und dann greifen wir Wakefield von hinten an.« Entschlossen eilte er zu Allora und packte ihre Schultern. »Ich weiß, du wirst mir widersprechen. Aber hör jetzt gut zu! Falls du aufgefordert wirst, die Festung den Normannen zu übergeben, gehst du zum Schein darauf ein. Irgend jemand soll den Feind eine Zeitlang hinhalten. Inzwischen schleichst du zum Südstrand. Dort erwarte ich dich.«

»Onkel ...«

»Gehorche mir, Allora! Sonst mußt du Wakefields Rache fürchten. Und diese Normannen sind blutrünstige Bestien. Wenn du glaubst, er würde dich nicht verabscheuen, bist du eine Närrin. Bedenk doch, der Mann könnte sich eine neue Frau nehmen, dich verstoßen und uns alles rauben! Deshalb rate ich dir zur Flucht. Komm zu mir! Solange du in Freiheit lebst, besteht noch Hoffnung. Jetzt gehe ich. Bete für uns, meine Nichte!«

Ohne ein weiteres Wort verließ er Alloras Zimmer.

Das Meer spiegelte die letzten Sonnenstrahlen wider, der Himmel verdunkelte sich. Nachdem Robert, David und Duncan mit ihren Rittern aus der Festung geeilt waren, blieben nur Alloras Leibwächter zurück. Auch die kriegstauglichen Handwerker und Bauern, die gelernt hatten, das Schwert zu schwingen, postierten sich an den steinernen Wällen.

Nun sollte eine lange Nacht beginnen. Unruhig bewegte sich Brianna in ihrer Wiege. Während Allora mit ihren Frauen, Sir Christian, Vater Jonathan und Timothy in der

Halle wartete, schrie und weinte das Baby immer wieder. Die Mutter trug es umher, bis sie sich vor Erschöpfung kaum noch auf den Beinen halten konnte. Schließlich riet ihr der Priester, sich hinzulegen und zu schlafen.

Obwohl sie bezweifelte, daß sie ein Auge zutun würde, ging sie mit ihrer Tochter in ihr Gemach. Als das Baby neben ihr im breiten Bett lag, schlief es endlich ein. Vorsichtig berührte sie seine zarte Wange, streichelte die ebenholzschwarzen Locken, schloß die Lider und erinnerte sich an Briannas Vater. Sie versuchte zu beten — für ihr eigenes Volk oder die Normannen? Das wußte sie nicht.

Wenn sie auch geglaubt hatte, sie würde keine Ruhe finden — irgendwann schlummerte sie ein. Von beängstigendem Nahkampf geweckt, sprang sie aus dem Bett, wusch sich und schlüpfte in Männerkleidung — eine Hose, ein Hemd, eine kurze Tunika. Dann ergriff sie das alte Schwert ihres Vaters. Ehe sie zur Brustwehr rannte, rief sie nach Lilith und bat sie, das Baby zu betreuen.

Auf den Zinnen angekommen, beobachtete sie, wie David seine Reiter und Fußsoldaten aus dem Wald führte. Entschlossen griffen sie Wakefields Heer an, das den Rammbock zur Festung beförderte.

Doch da tauchten andere Normannen hinter Davids Streitkräften auf, die zwischen zwei Fronten gerieten. Entsetzt hörte Allora das Klirren der Schwerter, das schrille Wiehern der Pferde, sie hielt sich beide Ohren zu und sank auf den Holzboden der Brustwehr. David, der gute David, der sie so geliebt hatte ...

Wenig später erschien Gavin, Sir Christians ältester Sohn, an ihrer Seite und half ihr auf die Beine. »Lady, der Kampf war schnell beendet, und unsere Leute wurden gefangengenommen.«

»Auch David?« wisperte sie atemlos.

»Ja, vermutlich.«

Sie nickte und zwang sich, wieder auf das Schlachtfeld hinabzuschauen. Unaufhaltsam rückte der Rammbock näher. Dahinter kämpften einige Ritter aus dem Grenzgebiet gegen die Angreifer auf verlorenem Posten. »Begleitet mich in meinen Turm, Gavin«, befahl Allora leise. »Ich werde die Bedingungen unserer Kapitulation unterschreiben, und Ihr müßt sie Wakefield überbringen.«

»Mylady ...«, begann er unglücklich.

»Eine andere Möglichkeit gibt es nicht. Ich werde meine Flucht arrangieren, bald ist alles überstanden.« Rasch wandte sie sich von den Zinnen ab, und er folgte ihr. Im Turm traf sie den Priester und blieb stehen. »Guter Vater Jonathan, Ihr kommt gerade recht. Holt Euren Vater, Gavin — und Mary und Lilith. Wir müssen uns beeilen. Jeden Augenblick könnte der Rammbock unser Tor durchbrechen, und ich möchte Wakefield die Festung übergeben, ehe wir dazu gezwungen werden.«

Nur widerstrebend gehorchte Gavin. Bald hatte Allora ihre Getreuen um sich geschart. Unter Tränen stimmten sie ihrem Plan zu. Sie überreichte Gavin den Brief an Wakefield, schickte ihn zum feindlichen Heer und ließ die Flagge des Waffenstillstands hissen.

Dann kehrte sie zur Brustwehr zurück. Die Männer, die neben ihr entlang der Zinnen und unten im Burghof standen, starrten sie schweigend an. Auch Mary und Lilith, die Brianna im Arm hielt, warteten an der Hofmauer.

Allora holte tief Luft. »Soeben ist Gavin aufs Schlachtfeld geritten, um den Normannen unsere Kapitulationsbedingungen zu überbringen ...«, rief sie mit klarer Stimme. Als lautes Protestgeschrei erklang, erhob sie eine Hand. »Dazu habe ich mich entschlossen, um ein grausiges Blutbad zu vermeiden. Nun müßt ihr zweierlei bedenken. Erstens — es war nicht Bret d'Anlou, der uns bis hierher verfolgt und meinen Vater getötet hat. Er hielt sich nicht einmal im Land auf, während wir der Macht des Königs entflohen. Und zweitens — ihr müßt berücksichtigen, daß mein Vater einen Vertrag mit d'Anlou unterschrieb. Nach Ioins Tod sollte Wakefield den Titel des

Lairds erben. Damit war mein Vater einverstanden. Also pocht der normannische Earl nur auf sein Recht. Und er wird sich nicht von der Stelle rühren, ehe er die Festung erobert hat. In meinem Brief ersuche ich ihn, die Insel weder zu plündern noch zu verwüsten. Außerdem müssen seine Krieger unsere Frauen in Ruhe lassen. Schwört ihm die Lehenstreue, und er wird euch gut behandeln. Das weiß ich.«

»Lady!« rief der Schmied Dale unglücklich. »Und Ihr selbst? Um unsere eigene Haut bangen wir nicht. Und bevor Euch dieser normannische Dämon was antut, kämpfen wir bis zum letzten Atemzug.«

Ein edles Angebot, dachte sie. Aber nicht alle würden dem Schmied zustimmen, wenn sie in einer bereits verlorenen Schlacht um das Leben ihrer Söhne und Töchter fürchten müßten. Dankbar lächelte sie ihrem treuen Verfechter zu. »Mein guter Freund! Ich bitte euch, vertrauensvoll in die Zukunft zu blicken. Um mich müßt ihr euch nicht sorgen, denn ich werde nicht mehr bei euch sein.«

»Aber wo . . .«, begann Dale.

»Bald wird mein Onkel mich in einem Boot wegbringen. An meiner Stelle wird Lilith den Earl of Wakefield erwarten. Inzwischen ergreife ich mit Brianna und Mary die Flucht. Sobald ich mit eurem neuen Herrn verhandeln kann, komme ich zurück. Das verspreche ich euch. Es muß zwischen meinem Onkel und meinem Ehemann Frieden geschlossen werden. Bitte, fürchtet euch nicht! Der Earl hegt keinen Groll gegen euch.« Nach kurzem Zögern fügte sie hinzu: »Ihr alle habt meinen Vater geliebt und bewundert und ihm stets gehorcht. Und da Ioin Canadys einen Vertrag mit d'Anlou geschlossen und ihn respektiert hat, müßt auch ihr den neuen Laird achten.«

Stumm schauten sie ihre Herrin an, wie eine Herde verwirrter Lämmer. Sie winkte ihnen zu, dann eilte sie die Treppe hinab. Unter Brets Herrschaft würde ihr Volk sicher sein. Sie selbst nicht.

An diesem Tag war ein bestimmter Ritter aus dem Grenzgebiet der gefährlichste Gegner des Normannenheers.

Brets Einheit hatte die Truppe, die seinen Rammbock zu vernichten plante, im Rücken angegriffen und mit dem Ritter gefochten. Ohrenbetäubend klirrten die Schwerter, und beide blieben in den Sätteln, bis das Pferd des Grenzland-Lairds im Sand strauchelte und stürzte.

Da sprang auch Bret von seinem Streitroß. Verbissen setzten sie den Kampf fort, tänzelten behende im Sand umher, und er staunte über die Widerstandskraft seines Feindes.

Nur weil er seine Fechtkunst in zahlreichen Schlachten an Williams Seite erprobt hatte, gelang es ihm endlich, dem Ritter die Waffe aus der Hand zu schlagen. Da sank der Mann auf die Knie, riß sich die Rüstung vom Leib und hielt Brets Blick mit unbeugsamen Stolz stand. »Wenn Ihr einen Gegner ehren wollt, der tapfer gekämpft hat, dann tötet mich, Mylord! Schnell!«

Verwundert bohrte Bret die Spitze seines Schwertes in den Sand und musterte den blonden jungen Mann mit den braunen Augen. »Ich pflege meine Feinde nicht auf dem Schlachtfeld hinzurichten. Und wenn Ihr auch einen gerechten Kampf verloren habt — Ihr seid am Leben. Steht auf! Wie ich sehe, haben wir noch andere Gefangene genommen. Folgt ihnen.« Er wandte sich ab, alle Nerven waren angespannt. Sollte der Mann sein Schwert aufheben und in den Rücken seines Bezwingers stoßen? Doch gehorsam schloß sich der Ritter den anderen Kriegsgefangenen an.

Bret pfiff nach Ajax und stieg auf. Dann bedeutete er Jarrett und Etienne, die Gefangenen ins Lager zu bringen. Dort angekommen, beobachtete er verblüfft, wie Elysia ihr Zelt verließ und zu dem blonden jungen Mann rannte. »Ihr!« kreischte sie wütend und trommelte mit beiden Fäusten gegen seine Brust.

Mühelos umklammerte er ihre Handgelenke und drehte sich zu Bret um, der seinen Schimmel gezügelt hatte und beide entgeistert anstarrte. »Bitte, Mylord, haltet sie mir vom Leib!« flehte der Ritter.

»Elysia ...«

»Das ist David of Edinburgh, der elende Schurke, der mich auf der schrecklichen Reise nach Norden gefangenhielt!«

David of Edingburgh ... Heißer Zorn stieg in Bret auf, aber irgend etwas an diesem Mann veranlaßte ihn, sich zu beherrschen.

»Sir, ich schlage Euch vor, meine Schwester loszulassen. Würdest du uns in mein Zelt folgen, Elysia? Ich möchte mit diesem Schotten reden.«

Nachdem David einen feindseligen Blick mit Elysia gewechselt hatte, gab er ihre Handgelenke frei.

»Elysia!« mahnte Bret leise, da er befürchtete, sie könnte sich erneut auf den schottischen Lord stürzen.

Herausfordernd hob sie das Kinn, dann verschwand sie in seinem Zelt, und er ließ David den Vortritt.

»Ihr seid also David of Edinburgh«, begann er und setzte sich hinter den Tisch, auf dem seine Schlachtpläne lagen. »Sicher wäre es besser gewesen, Ihr hättet Euch vorgestellt.«

»Mylord, ich wußte nicht, daß Ihr meinen Namen kennt.«

»O ja, ich weiß, wer Ihr seid. Und ich möchte gern noch mehr erfahren — über Euch und meine Frau!«

Ohne mit der Wimper zu zucken, erwiderte David: »Da gibt es nichts zu erzählen. Bevor Allora mit ihrem Vater nach London reiste, war ich mehr oder weniger mit ihr verlobt. Doch dann wurde sie Eure Frau. Das ist alles.«

»Nun, da habe ich etwas anderes gehört.«

»Dann seid Ihr eben falsch unterrichtet worden.«

»Ihr habt sie nicht angerührt?«

»Nein, Mylord.«

»Und meine Schwester?«

Während Elysia nach Luft schnappte, antwortete David: »Fragt sie doch selbst, Mylord. Glaubt mir, Laid Ioin wollte die Lady nicht entführen. Leider blieb ihm nichts anderes übrig. Zu meinem Bedauern mußte ich die Gefangene bewachen, aber ich nutzte diese Situation kein einziges Mal aus. Und ich mißhandelte sie auch nicht, obwohl sie mir allen Grund dazu gab.«

Nur zu gut konnte Bret sich vorstellen, wie seine temperamentvolle Schwester dem jungen Mann die Hölle heiß gemacht hatte. Wäre die Lage nicht so ernst gewesen, hätte er sich amüsiert. »Welch ein Ausbund an Tugend Ihr seid, Sir«, murmelte er.

»Nicht unbedingt, Mylord . . .« David zögerte, dann straffte er die Schultern. »Was Allora betrifft – nachdem sie schon genug gelitten hatte, wollte ich ihr das Leben nicht noch schwerer machen. Und ehrlich gesagt, mit Eurer Schwester war ich nie allein. Und ich fand unsere Flucht zu beschwerlich, um auf dumme Gedanken zu kommen.«

Da senkte Bret den Kopf. Wenn Elysia ihn grinsen sah, würde sie ihm vermutlich die Kehle durchschneiden.

»Wirklich, Mylord, Ihr solltet Eure Frau nicht verdächtigen«, fuhr David eindringlich fort. »Nichts konnte sie von ihrem Entschluß abbringen, ihre Ehe aufrechtzuerhalten. Es sind nur die Grenzland-Lairds, die Euch trotzen.«

Bret erhob sich und ging auf ihn zu.

»Offensichtlich seid Ihr ein Ehrenmann, David of Edinburgh. Aber ich glaube, niemand hat mich gegen den Willen meiner Frau bekämpft . . .«

Als Hufschläge erklangen, verstummte er und eilte aus dem Zelt, gefolgt von David und Elysia.

Etienne kam ihm mit einem Schriftstück in der Hand entgegen. In einigem Abstand wartete ein Reiter, der die Farben der Far Isle trug.

»Mylord, er hat Euch diesen Brief gebracht«, erklärte Etienne.

Wortlos nahm Bret das Pergament entgegen und rollte es auseinander. Das Schreiben — an Lord d'Anlou, Earl of Wakefield, gerichtet — kündigte die Unterwerfung der Far Isle an, sprach ihm das Recht auf die gesamten Ländereien zu und bat ihn, den Menschen Gnade zu erweisen, die nichts weiter verbrochen hatten, als der Familie Canadys treu zu dienen. Vom nächsten Morgen an könne er das Fort übernehmen, wann immer er das wünsche — wenn er bei seiner Ehre schwöre, die Bewohner zu schonen.

»Lady Allora von der Far Isle«, lautete die Unterschrift.

Eine Zeitlang starrte er das Pergament an, dann ging er zu dem jungen Boten. »Mit diesen Bedingungen bin ich einverstanden. Morgen früh reite ich in die Festung. Sagt meiner Lady, sie soll mich erwarten.«

Gavin eilte in die Halle, wo er Allora, seinen Vater, Timothy und den Priester antraf. Um den fragenden Blick seiner Herrin zu beantworten, erklärte er: »Er hat den Bedingungen zugestimmt.«

Besorgt runzelte Sir Christian die Stirn. »Aber wird er sich daran halten?«

»O ja«, versicherte Allora leise. »Noch bevor der Morgen graut, verlasse ich die Festung. Hoffentlich wird mich mein Onkel am vereinbarten Ort erwarten — so, wie er es versprochen hat. Jetzt möchte ich mit meiner Tochter allein bleiben, im Zimmer meines Vaters. Ich danke Euch allen für Eure Hilfe und wünsche Euch eine gute Nacht.«

»Allora!« rief Sir Christian. »Es muß einen anderen Weg geben ...«

»Nein, es gibt keinen. Gott mit Euch.«

17

Während die Sonne aufging, stand er neben Ajax und schaute zur Festung hinüber. Im Morgenlicht schimmerten die Mauern schneeweiß, auf der Sandfläche, von der Flut frisch gewaschen, lag ein rötlicher Glanz. Über den rosa Himmel zogen sich goldene Streifen. Wieder einmal dachte Bret, welch ein stolzer Besitz diese Insel war, mit dem Nordwall aus natürlichem Fels, dem ebenso geschützten Hafen im Westen, den fünf Türmen, die unbesiegbaren Wächtern glichen. Vielleicht wären sie uneinnehmbar gewesen — vielleicht auch nicht. Zu einer entscheidenden Schlacht war er nicht genötigt worden. Offenbar galt Alloras erste Sorge ihren Leuten. Ihre Kapitulation rettete tatsächlich viele Menschenleben. Und sie wußte, daß er einem Volk entstammte, das ganz England erobert hatte. Also mußte sie angesichts seines Rammbocks und der Gerüste befürchtet haben, es gäbe keine Hoffnung für ihr Reich.

War sie bereits von der Far Isle geflohen, vor seiner Rache?

Erneut bekämpfte er seine Bitterkeit, den Zorn, der ihn bei jedem Gedanken an seine Frau erfüllte. Er hoffte, er hätte das Schloß hinreichend umzingeln lassen, um ihre Flucht zu verhindern. Aber obwohl seine Krieger den Großteil der Grenzsoldaten in ihre Gewalt gebracht hatten, waren einige entkommen. Hatte auch Allora Mittel und Wege gefunden, um zu verschwinden?

Nun, das spielte keine Rolle. Er würde sie aufspüren. Notfalls wollte er jeden Grenz-Clan so lange bekämpfen, bis man ihm die Lady auslieferte. Dann würde er die Tochter, die er nie gesehen hatte, in seine Obhut nehmen und Allora in einen ihrer eigenen Türme sperren.

»Seid Ihr bereit, Mylord?« Jarrett ritt zu ihm, gefolgt von Etienne und Jacques.

Aufmerksam musterte Bret die disziplinierte Linie seiner Truppen und nickte. »Auf zur Festung!« rief er, aber plötzlich hielt er inne. »Wo ist meine Schwester?«

»Keine Angst, sie wird ebenso streng bewacht wie David of Edinburgh«, versicherte Jarrett grinsend. »Sie wird das Schloß erst betreten, wenn es in unserer Hand ist.«

»Gut, reiten wir los!« Bret schwang sich in den Sattel seines Streitrosses und setzte seinen Helm mit den Hirschhörnern auf. An der Seite seines Knappen, der das blaugoldene Banner hochhielt, sprengte er über den feuchten Sand zu Far Isle.

Allora hatte ihm ihre Kapitulation zugesagt. Trotzdem ließ er seinen Blick mißtrauisch über das Schloß schweifen. Versuchte sie ihn in eine Falle zu locken? Doch er sah nur einige Männer neben dem Tor stehen, die Schwerter in den Scheiden, die Piken zu Boden gerichtet, ein untrügliches Zeichen der Unterwerfung.

Nun schwang das große Tor auf, und Bret führte seine Leute in den Hof mit der Hand über dem Schwertgriff — für alle Fälle.

Entlang der Mauern reihten sich Holzhütten aneinander, wo die Handwerker normalerweise ihrer Arbeit nachgingen. An diesem Tag lag Grabesstille über der Festung. Wie Bret feststellte, hatten einige seiner gutgezielten, vom Katapult abgeschossenen Pfeile eine Holzwand beschädigt.

Niemand ließ sich im Hof blicken, und Bret hörte nur ein leises Wiehern. Offenbar konnte man durch einen der offenstehenden Schuppen den Stall erreichen, der in die dicke Mauer eingebaut war. Durch die Tür sah er Geschirr und Sättel an massiven Deckenbalken hängen.

Von wachsendem Unbehagen erfaßt, schaute er sich um. War Allora tatsächlich geflohen? Allem Anschein nach verweigerte sie ihm nicht nur die offizielle Kapitulation — sie hatte auch keinen Stellvertreter beauftragt, ihn zu empfangen. Aber dann öffnete sich die Tür des größten Turms, und eine kleine Gruppe eilte den Rittern entgegen, angeführt von einem korpulenten, sichtlich besorgten Priester. Vater Damiens alter Freund, dachte Bret.

Zwei Männer folgten dem Geistlichen, der eine hochgewachsen und schlank mit intelligentem Gesicht, der andere stattlich und breitschultrig, sehr würdevoll und mindestens fünfzig Jahre alt. Ehrerbietig verneigte sich der Priester. »Mylord, seid Ihr der Earl of Wakefield?«

»Und der Lord von der Far Isle«, ergänzte Bret trocken.

Der dicke kleine Mann zitterte, aber er verkündete tapfer: »Dann übergeben wir Euch hiermit die Festung. Ich bin Vater Jonathan, seit zwei Jahrzehnten der Priester dieser Gemeinde. Zu meiner Linken seht Ihr Timothy Tanner, den Schloßverwalter, zu meiner Rechten Sir Christian Canadys, einen entfernten Verwandten Eurer Gemahlin, den Hauptmann der Schloßwache.«

Auch Sir Christian verbeugte sich und hielt Bret den geschnitzten Griff seines Schwertes hin. »Mylord, wir strecken unsere Waffen, so wie es unsere Lady befohlen hat, und bitten Euch um Gnade.«

Eine Zeitlang saß Bret schweigend auf Ajax' Rücken und betrachtete das Schwert, aber er nahm es nicht entgegen. »Sorgt für die Bedürfnisse meiner Männer, Sir Christian. Fünfzig werden innerhalb dieser Mauern einquartiert, die anderen lassen sich auf dem Festland nieder. Kümmert Euch darum.«

»Aye, Mylord.«

Bret wandte sich wieder an den Priester. »Wo ist Allora?«

Mühsam rang Jonathan nach Luft. »Allora?« würgte er hervor.

»Eure Herrin, guter Vater. Wo steckt sie?«

»Nun, da einige Mitglieder ihres Clans kürzlich auf dem Schlachtfeld fielen, kniet sie in der Kapelle und betet für die Seelen der Verstorbenen. Sie darf nicht gestört werden ...«

»Trotzdem werde ich nicht zögern, sie zu stören.« Bret stieg vom Pferd und nahm den Helm ab. »Führt mich in die Halle, Vater. Und Ihr, Timothy Tanner ... Die Männer hinter mir sind meine treuesten Ritter — Jarrett, Etienne und Jacques. Begleitet sie in die Kapelle, damit sie Lady Allora zu mir bringen können.«

Unglücklich nickte der Mann.

»Geht voraus, Vater!« befahl Bret.

»Oh — aye, Mylord. Sicher wird Euch die Festung gefallen. Sogar im tiefsten Winter, wenn heftige Schneestürme über die Insel hinwegfegen, ist es in diesen Mauern warm und trocken.« Hastig wandte Jonathan sich ab, und Bret folgte ihm in die geräumige Halle.

Ein massiver Steinkamin, in dem ein helles Feuer flakkerte, nahm fast eine ganze Wand ein. Links führte eine Treppe zu einem schmalen Flur hinauf, wo Bret in dunklen Schatten die Umrisse mehrerer Türen ausmachte.

Über eine weitere Treppe erreichte man den zweiten Stock. Stühle mit hohen Lehnen und bestickten Sitzkissen umgaben eine lange, kunstvoll geschnitzte Tafel. Vor dem Herd standen vier größere Sessel und dreibeinige Tische, am Fenster ein Schreibtisch mit weiteren Stühlen.

Offensichtlich war das ein Arbeitsplatz, wo Landkarten studiert und bauliche Verbesserungen in der Festung geplant wurden — oder Kampfstrategien. Bret stellte sich vor, wie seine Frau hier gesessen haben mochte. Jetzt war die Tischplatte leer.

»Darf ich Euch Wein anbieten, Mylord?« Der Priester ging zu der langen Tafel, ergriff eine Karaffe und einen Kelch.

»Wein?« wiederholte Bret leise und lächelte. »Lieber nicht. Ich habe meinen eigenen mitgebracht.«

»Aber das ist ein köstlicher Tropfen«, betonte Jonathan gekränkt.

»Vorerst möchte ich nur vor dem Feuer sitzen und auf meine Lady warten, Vater. Vielleicht seid Ihr inzwischen so freundlich, ein paar Dienstboten zu rufen. Sie sollen meine Sachen ins Herrschaftsschlafzimmer bringen. Ich nehme an, es liegt in diesem Turm?«

»Gewiß, Mylord. Ein sehr schönes Gemach, fast so groß wie die Halle, direkt am Treppenabsatz im zweiten Stock. Die Fenster bieten einen Ausblick zum Festland und aufs Meer. Sicher werdet Ihr das Zimmer sehr komfortabel finden.«

»Daran zweifle ich nicht.«

»Meine Lady wohnt seit dem Tod ihres Vaters darin, mit dem kleinen Engel ...«

Bestürzt verstummte Jonathan. In seiner Begeisterung hatte er die Tochter des neuen Schloßherrn erwähnt, die dieser noch gar nicht kannte — infolge unglückseliger Umstände ...

»Und wo werden die Gefangenen festgehalten?« Bret legte seine Füße auf einen der dreibeinigen Tische und verschränkte zwanglos die Arme vor der Brust.

»Die — die Gefangenen, Mylord?« stammelte der Priester.

»Nun, die Leute, die man nicht entwischen lassen will.«

»Mylord, hier wird nur selten jemand eingesperrt. Auf diese Weise kämpfen die Clans nicht. Vielleicht nehmen unsere Krieger hin und wieder eine Geisel ...«

»Und wo werden die Geiseln gefangengehalten?«

Krampfhaft hüpfte Jonathans Adamsapfel auf und ab. »Im Nordturm, Mylord, an der Seite, die dem Meer zugewandt ist. Die Tür kann von außen verriegelt werden.«

Bret nickte. »Sehr gut. Und jetzt ...« Er unterbrach sich, denn in diesem Augenblick führten Etienne und Jacques eine verschleierte Frau in die Halle. Sofort sprang er auf, als er den Gesichtern seiner Ritter anmerkte, daß irgend etwas nicht stimmte.

»Ich fürchte, sie ist nicht Eure Gemahlin, Mylord«, erklärte Etienne.

Mühsam bezähmte er seinen Zorn, eilte zu der Frau und riß ihr den Schleier vom Gesicht. Sie war blond, hatte grüne Augen und sah Allora sogar ein bißchen ähnlich.

»Mylord ...« Unterwürfig knickste sie.

»Wo ist Allora?«

»Oh — ich bin ...«

»Lady, im Moment interessiert es mich nicht im mindesten, wer Ihr seid. Wo ist Allora?«

Bedrückt senkte sie den Blick und suchte vergeblich nach Worten.

»Jedenfalls seid Ihr nicht meine Gemahlin«, konstatierte er und stieß einen wilden Fluch hervor.

Dann befahl er Etienne und Jacques, die Frau loszulassen, und rannte in den Hof, wo seine Leute gerade Einzug hielten. Einige versorgten ihre Pferde, andere gingen mit Jarrett an der Mauer entlang, um sich mit der Anlage des Gebäudes vertraut zu machen.

»Sichert die Festung!« rief Bret seinen Kriegern zu. Vorher war der Hof menschenleer gewesen, jetzt wimmelte es von Leuten, die ihrem Tagewerk nachgingen. Schäfer führten ihre Herden zum Tor hinaus, um sie auf die Weiden des Festlands zu bringen.

In diesem Getümmel war es schwierig, alle Aktivitäten zu überwachen. Trotzdem bemerkte Bret eine Gestalt in einem weiten Umhang mit Kapuze. Sie lief um einen Schuppen herum, zum offenen Tor.

Schon nach wenigen Schritten hatte er sie eingeholt und packte ihre Schulter.

Blitzschnell fuhr sie herum, ein Schwert funkelte direkt vor seinen Augen. Auch er zog seine Waffe, und die vermummte Person wich zurück, parierte seine Fechthiebe flink und geschickt, bis er die Geduld verlor und ihr die Klinge aus der Hand schlug. Klirrend fiel der Stahl zu Boden.

Erst jetzt bemerkte Bret, daß sie von mehreren Leuten umringt wurden. Zwischen seinen eigenen Männer standen Vater Jonathan und der Hauptmann. Als er sein Schwert emporschwang, rief Sir Christian entsetzt: »Mylord, um Gottes willen ...«

»Seid unbesorgt, Sir Christian, ich werde sie nicht töten, obwohl es mir sehr schwer fällt, dieser Versuchung zu widerstehen.« Mit einem gezielten Streich zerschnitt er das verschlungene Band am Kinn der geheimnisvollen Gestalt, und der weite Umhang mit der Kapuze fiel hinab — und da stand sie, in Männerkleidung mit Stiefeln, offensichtlich für einen langen Ritt gerüstet. Schimmernde goldblonde Locken hingen über ihren Schultern. Das schnelle Pochen ihres Pulses verriet ihre Angst. Sie erschien ihm schöner denn je.

Offenbar hatte sie erst vor kurzem gebadet, denn ein zarter Duft von Rosenseife stieg in Brets Nase. Noch nie hatte er sie begehrenswerter gefunden. Oder vielleicht lag es nur an der langen Trennung und an qualvollen Erinnerungen in schlaflosen Nächten. Es kam ihm so vor, als wäre eine Ewigkeit verstrichen, seit er sie zuletzt berührt hatte, und es kostete ihn einige Mühe, seine heftigen Gefühle zu verbergen. »Das, meine Freunde«, verkündete er leichthin, »ist meine *richtige*, wunderschöne Gemahlin!« Plötzlich fiel sein Blick auf eine zweite Gestalt, die ebenfalls einen weiten Umhang trug, und ein Bündel im Arm hielt.

»Schließt sofort das Tor!« befahl er Gaston de Ville, einem seiner Ritter, und hob wieder das Schwert.

Die verhüllte Person wandte sich hastig ab, und da glitt die Kapuze von ihrem Kopf. Bret sah das sommersprossige Gesicht einer jungen Dienerin, die ihre Herrin unglücklich anstarrte. Inzwischen war das Tor ins Schloß gefallen. Mit langen Schritten eilte er zu der Dienstmagd. »Gib mir meine Tochter, Mädchen!«

Nach kurzem Zögern gehorchte sie, reichte ihm das

Baby, das in mehrere Decken gewickelt war, und sank auf die Knie. »Mylord, ich bitte Euch um Gnade ...«

»O nein, Mary ist unschuldig ...«

»Gewiß, deine Mary ist unschuldig«, stimmte er zu. »Sie hat nur ihrer Herrin gedient.« Und dann kehrte er Allora den Rücken, spürte das warme Leben in seinen Armen, den winzigen Körper, der sich temperamentvoll bewegte. Nun wollte er erst einmal allein mit seiner Tochter sein, sie genau betrachten, ihre Finger und Zehen zählen.

Sogar Allora konnte so lange warten. Entschlossen trug er das Baby zur Halle und befahl: »Etienne, bringt die Lady etwas später in mein Schlafgemach! Jetzt möchte ich nicht gestört werden.«

Aber ehe er den Eingang erreichte, trat ihm der Priester in den Weg. »Mylord, Ihr müßt das verstehen! Robert Canadys überredete Eure Lady zur Flucht, weil er es nicht ertrug, vor einem normannischen Lord zu kapitulieren. Und sie hielt es für ihre Pflicht, ihren entflohenen Kriegern zu folgen. Aber ihr Onkel kam nicht zum vereinbarten Treffpunkt. Glaubt mir doch, das alles war nicht ihre Schuld ...«

»Mein guter Vater«, fiel Bret ihm ins Wort, »darum kümmere ich mich später. Laßt mich erst einmal allein.« Mit langen Schritten durchquerte er die Halle, stieg die Treppen bis zum zweiten Stock hinauf und öffnete eine schwere Eichentür.

Das herrschaftliche Schlafgemach war so komfortabel, wie es der Priester versprochen hatte. Im steinernen Kamin züngelten orangerote Flammen und wärmten den großen Raum. Das Bett, mit Leintüchern und Pelzen bedeckt, nahm eine halbe Wand ein. Vor dem Fenster standen ein Schreibtisch und ein Stuhl mit hoher Lehne. Hinter einem Wandschirm entdeckte Bret einen hübsch geschnitzten Waschtisch.

Nachdem er sich kurz umgesehen hatte, sank er in einen Lehnstuhl vor dem Kamin und wickelte seine Tochter aus den Wolldecken. Ernsthaft erwiderte sie seinen prüfenden Blick. Aus den Ärmeln ihres weißen Leinenhemdchens lugten winzige Fäuste hervor, und sobald sie von der dicken Decke befreit worden war, strampelte sie lebhaft. Er strich behutsam über die ebenholzschwarzen Löckchen und bewunderte hingerissen die großen blauen Augen. Mit ihren sechs Monaten war die kleine Lady bereits eine Schönheit.

Bis jetzt hatte sie nicht geschrien, aber nun begannen die rosigen Lippen zu zittern. »Schon gut!« flüsterte er besänftigend, wiegte sie hin und her und hielt ihr einen Finger hin, den sie sofort umklammerte. »Für dich mag ich wie ein Fremder aussehen, aber ich bin dein Vater, und wir werden uns bald näher kennenlernen.« Als es an der Tür klopfte, rief er: »Herein!«

Etienne führte Allora ins Zimmer, und Bret nickte ihm zu. Nach einer höflichen Verbeugung ging der Ritter hinaus und schloß die Tür hinter sich.

Obwohl Allora versuchte, den Blick ihres Mannes stolz zu erwidern, starrte sie ihre Tochter an, die auf seinen Knien lag. Was in ihr vorging, war unschwer zu erraten. Vermutlich wäre sie am liebsten zu ihm gelaufen, um ihm das Baby zu entreißen und einen neuen Fluchtversuch zu wagen. Doch sie zwang sich, würdevoll stehenzubleiben, wenn es ihr auch nicht gelang, ihre Angst zu verbergen. Und sie hatte allen Grund, ihn zu fürchten.

»Was für eine schöne Tochter ich dir verdanke!« bemerkte er lächelnd. »Natürlich wäre es mir eine große Freude gewesen, dir nach der Geburt ein kostbares Geschenk zu überreichen. Aber ich wurde nicht informiert.«

Er beobachtete, wie sie ihre Fingernägel in die Handflächen grub, sich zur Ruhe zwang, und es drängte ihn, aufzuspringen, sie zu schütteln, anzuschreien, leidenschaftlich zu umarmen ... Nein, er würde ihr nicht verzeihen.

Mit gepreßter Stimme sprach sie: »Wir haben dir die Festung übergeben, du hast gewonnen. Was willst du sonst noch?«

Bret neigte sich wieder über seine Tochter. Offenbar hatte er sie in den Schlaf gewiegt. Die Augen waren ihr zugefallen, lange schwarze Wimpern warfen Schatten auf die rosigen Wangen. »Gewiß, du hast mir die Festung überantwortet, Lady.« Ein bitteres Lächeln umspielte seine Lippen. »Aber du wolltest mich hintergehen und die Flucht ergreifen — zweifellos, um deinen Onkel zu treffen, im Grenzgebiet Streitkräfte zusammenzutrommeln und mich anzugreifen.«

Als sie errötete, wußte er, daß er richtig geraten hatte. Plötzlich stand er auf und ging zum Bett. Sie stieß einen Schreckensschrei aus, wollte zu ihm laufen, doch da wandte er sich zu ihr, und sie blieb angstvoll stehen.

»Was — was machst du mit ihr?« stammelte sie.

»Nun, sie schläft, und ich möchte sie hinlegen. Sonst würde sie womöglich erwachen, während ich mich mit dir befasse.«

Schweigend beobachtete sie, wie er das Baby aufs Bett legte. Dabei nahm er sich viel Zeit. Er brauchte Allora nicht festzuhalten, denn ohne ihre Tochter würde sie das Zimmer nicht verlassen. Schließlich drehte er sich wieder zu ihr um. »Laß ein paar Sachen packen und in den Nordturm bringen. Dort wirst du von jetzt an wohnen, streng bewacht, hinter Schloß und Riegel.«

Erschrocken hielt sie den Atem an. »Du — willst mich gefangenhalten?«

»Aye, Lady. Vorhin hast du versucht davonzulaufen — erinnerst du dich? Nachdem du schon einmal mit meinem Kind unter dem Herzen geflohen bist. Eigentlich sollte ich dich windelweich prügeln. Wenn du das bedenkst, dürftest du die Gefangenschaft nicht allzu schlimm finden.«

Beklommen wich sie seinem Blick aus. »Du beurteilst mich zu hart! Wie du von Anfang an wußtest, stand das

Leben meines Onkels auf dem Spiel, und ich hatte keine Wahl.«

»Als du heute flüchten wolltest, war Roberts Leben nicht bedroht.«

»Ich habe kapituliert«, flüsterte sie mit halb erstickter Stimme, »und ich war mir sicher, du würdest meine Leute gut behandeln. Und so dachte ich ...«

»... daß du mir meine Tochter stehlen und verschwinden könntest, um meinen Tod oder eine Scheidung herbeizuführen und mit deinem schottischen Liebhaber ein neues Leben zu beginnen!« Er sah sie erblassen, unterdrückte einen Fluch und war von neuer Eifersucht erfaßt. Hatte David of Edingburgh gelogen?

»Da irrst du dich«, erwiderte Allora leise. »Sobald ich meine Schwangerschaft bemerkte, erklärte ich Robert, ich würde meine Ehe nicht annullieren lassen. Und ...« Verlegen unterbrach sie sich.

»Sprich weiter!« fauchte er.

»Offensichtlich hat man dir Lügengeschichten erzählt. David of Edinburgh ist nicht mein Liebhaber.«

»*Jetzt* vielleicht noch nicht.«

»Wie meinst du das?«

Statt zu antworten, wanderte er zum Kamin. »Laß deine Sachen packen und beeil dich. Bald werde ich einen meiner Männer rufen und beauftragen, dich in den Nordturm zu bringen.« Als er sich wieder zu ihr wandte, glaubte er Tränen in ihren Augen zu sehen.

»Ein Großteil meines Eigentums liegt in der Truhe am Fußende des Betts. Wenn du sie in den Nordturm schikken könntest ... Die kleinere Truhe enthält Briannas Kleider und ein paar Decken. Jetzt werde ich gehen. Wenn du mir erlaubst, meine Tochter mitzunehmen ...«

»Nein, sie bleibt hier«, fiel er ihr ärgerlich ins Wort.

»Aber ...«

»Neben dem Bett steht eine Wiege. Darin wird sie schlafen.«

»Bret! Ein so kleines Kind kannst du nicht betreuen. Sie ist erst sechs Monate alt.«

»Aye, und du hast sie mir sechs Monate lang vorenthalten. Sie bleibt hier.«

»O nein, du darfst sie nicht von ihrer Mutter trennen! Sie braucht mich ...«

»Sicher wird sich eine Amme finden.«

»Also gut — *ich* brauche Brianna. Um Himmels willen! Ohne sie kann ich nicht leben!«

»Das hättest du dir früher überlegen sollen, bevor du mich bekämpft hast. Oder bevor du so töricht warst, einen neuen Fluchtversuch zu wagen — mit *meinem* Kind!«

Als sie zum Bett laufen wollte, versperrte er ihr den Weg, und sie trat ans Fenster, das zum Meer hinausging.

»Bitte, Bret! Aye, vielleicht habe ich falsch gehandelt ... Aber tu mir das nicht an!«

Ihre flehende Stimme weckte sein Mitleid, doch er unterdrückte dieses Gefühl, betrachtete ihren geraden Rücken, die goldblonden langen Locken. Wie unsagbar schwer es ihm fiel, sie nicht zu berühren ... »Mylady, ich habe keine Wahl.«

Da drehte sie sich zu ihm um, und nun glänzten unverhohlene Tränen in ihren Augen. Zu seiner Verblüffung eilte sie zu ihm und sank auf die Knie. »Bitte! Ich flehe dich an! Alles würde ich tun ...«

Unsanft umklammerte er ihre Arme, zog sie auf die Beine. O Gott, ihr süßer Duft, ihr weiches Fleisch ... »Was würdest du tun?«

»Vor allen Leuten würde ich dich um Verzeihung bitten und dir den Treueeid schwören.«

»Sehr schön. Und was noch?«

»Alles!«

»Was immer ich wünsche?«

Erfolglos versuchte sie, seinem Blick standzuhalten, und nickte.

»*Was* würdest du tun, Allora?«

»An deiner Seite liegen ...«

»Auch Ajax hat an meiner Seite gelegen. Aber ich verlange mehr. Drück dich bitte etwas genauer aus!«

»Also gut, ich würde mit dir schlafen!« stieß sie zwischen zusammengebissenen Zähnen hervor. »Und ich wäre bereit, alle Künste anzuwenden, die mir deine erfahrenen Hände in der Hochzeitsnacht beibrachten ...«

Welch eine Verlockung ... Ein heißes Verlangen erfüllte ihn, und er fand es fast unerträglich, die Frau festzuhalten, von der er besessen war, ihrem Versprechen zu lauschen ... Langsam schüttelte er den Kopf. »Vor einiger Zeit hätte mir das genügt.« Abrupt ließ er sie los, kehrte zum Bett zurück und betrachtete sein schlafendes Kind. »Jetzt nicht mehr. In London bist du vor mir geflohen, hast mir dieses Tor verschlossen, und heute morgen wolltest du erneut davonlaufen.«

»Das verstehst du nicht! Ich mußte es tun ...«

»Aye, ebenso, wie du mich heiraten mußtest. Aber du hattest überhaupt keinen Grund, deinem närrischen Onkel zur Far Isle zu folgen und deinen Vater in den Tod zu treiben!«

Schluchzend preßte sie eine Hand auf ihren Mund, und es dauerte eine Weile, bis sie ihre Fassung wiedergewann. »Ihr verdammten Normannen habt meinen Vater getötet! Das ist doch so Sitte bei euch, nicht wahr? Wer sich nicht unterwirft, wird einfach niedergemetzelt!«

»Allora, ich habe Lord Ioin bewundert, und ich trage keine Schuld an seinem Tod. Damals war ich in der Normandie. Er mußte nur sterben, weil dein Onkel seine ureigensten Interessen verfolgte, ohne Rücksicht auf Verluste. Das weißt du doch, nicht wahr? Glaub mir, ich trauere aus tiefstem Herzen um deinen Vater.«

»Du hast doch gar kein Herz!« rief sie.

»Das wagst ausgerechnet du zu behaupten? Vor der Hochzeit habe ich dir versichert, wir würden eine *richtige*

Ehe führen. Und ich tat dir nie etwas zuleide. Aber du hast dein heiliges Gelübde gebrochen ...«

»Ach, du willst es einfach nicht verstehen ...«

»Zugegeben, du wurdest gezwungen, mich zu heiraten, um deinen Onkel zu retten. Und deshalb bedaure ich dich, denn du hast Roberts Leben mit dem Tod deines Vaters bezahlt. Doch das alles ändert nichts an der jetzigen Situation. Statt Ioins Vertrag mit mir zu respektieren, hast du beschlossen, mich zu bekämpfen.«

»Wie auch immer — du kannst mich nicht von meiner Tochter trennen!« Plötzlich rannte sie zu ihm, schlug mit beiden Fäusten auf ihn ein, und er umklammerte ihre Handgelenke.

Beim Anblick ihrer tränenfeuchten Augen geriet sein Entschluß fast ins Wanken. Könnte er doch alles vergessen, was zwischen ihnen stand, sein Gesicht in ihrem seidigen Haar vergraben, ihren süßen Duft einatmen, seinen Zorn in heißer Leidenschaft zu Asche verglühen lassen ... Nein, er durfte nicht schwach werden.

»Das kannst du nicht!« wisperte sie.

»Doch, ich kann!«

Verzweifelt versuchte sie sich loszureißen, aber er hob sie hoch und trug sie aus dem Zimmer.

18

Allora konnte nichts tun, um Bret von seinem Entschluß abzubringen, und dieser Gedanke erschreckte sie. Natürlich war sie auf seinen Zorn und seine Rachsucht vorbereitet gewesen. Aber sie hätte nie gedacht, daß er sie von Brianna trennen würde. Wollte er ihr das Kind für immer wegnehmen? Diese Möglichkeit las sie in seinem eiskalten Blick.

Mühelos trug er sie aus dem Zimmer, und da wurde ihr bewußt, in welch würdeloser Lage sie sich befand. »Heute hat ein stolzes Volk vor dir kapituliert. So, wie du mich jetzt behandelst, wirst du wohl kaum die verletzten Herzen meiner Leute gewinnen.«

»Auf diese Weise mache ich ihnen klar, daß ich keinen Ungehorsam dulde.«

»Warte doch!« flehte sie. »Laß mich runter, und ich gehe, wohin du willst! Sonst würde einer meiner Leibwächter versuchen, mich zu schützen, und deinen Zorn zu spüren bekommen.«

Sofort stellte er sie auf die Beine. Sie hatte keine Schritte hinter sich gehört, aber er blickte über ihre Schulter hinweg. »Etienne, seid doch so freundlich und geleitet die Lady in den Nordturm. Und versorgt sie mit allem, was sie braucht, denn sie wird ihr neues Quartier nicht verlassen.«

»Aye, Mylord. Mylady ...« Etienne verneigte sich ehrerbietig — aber etwas unbehaglich, wie Allora zu erkennen glaubte, und bot ihr den Arm. Sie biß sich in die Lippen, fest entschlossen, nicht zu weinen. Ihre Tränen würden Bret ohnehin nicht umstimmen, und sie mußte sich an ihren Stolz klammern, um diese Qual zu überstehen.

Nun wollte sie erst einmal in aller Ruhe nachdenken.

Wenigstens sollte sie im Nordturm eingesperrt werden, nicht außerhalb der Festung. Daraus konnte sie vielleicht einen Vorteil ziehen. »Etienne ...« Anmutig legte sie ihre Hand auf seinen Arm, stieg mit ihm die Treppe hinab und spürte Brets Blick im Rücken.

Während sie den Hof durchquerten, von neugierigen Blicken verfolgt, erkundigte sich Etienne: »Der Nordturm ist dort drüben, nicht wahr, Mylady? Ich kenne mich noch nicht so gut hier aus, und es gibt doch immerhin fünf Türme ...«

»Ja, das ist er«, bestätigte Allora, und sie traten ein.

Im Erdgeschoß lag ein gemütlicher Raum mit einem Kamin, einem Tisch und Stühlen. Hierher kamen die diensthabenden Wachtposten, um zu essen und sich in rauhen Winternächten zu wärmen — und um Geiseln zu hüten, falls welche im Turmzimmer festsaßen.

Allora hätte sich nie träumen lassen, daß man sie einmal in ihrem eigenen Haus gefangenhalten würde. Seit vielen Jahren kannte sie die Geschichte einer Wikingerin. Diese Frau hatte das Mißfallen ihres Ehemanns erregt, eines wilden Jarls, im Nordturm geschmachtet und sich eines Tages ins Meer gestürzt.

Wegen dieser Begebenheit verabscheute Allora den Nordturm, und sie war nur selten hineingegangen. Zögernd blieb sie im Erdgeschoß stehen. Etienne wartete höflich, bis sie sich zur Treppe wandte.

Im ersten Stock lagen die Schlafkammern der Wächter. Immer höher stieg sie hinauf, und schließlich erreichte sie einen Raum, der ihrem Schlafgemach glich. Aber er war kälter, nicht so hübsch und komfortabel. Immerhin gab es ein breites Bett, einen Tisch und Stühle vor dem Kamin, einen Waschtisch, einen Wandschirm. Hier würde es ihr an nichts mangeln. Trotzdem fühlte sie sich schon jetzt beengt, die Mauern schienen immer näherzurücken.

»Wenn Ihr noch etwas braucht, Mylady ...«, begann Etienne.

»Nein, danke.«

Nach kurzem Zaudern verließ er das Zimmer, schloß die Tür und schob den Riegel vor. Zitternd sank Allora aufs Bett. Was würde geschehen, wenn Brianna erwachte, wenn sie vor Hunger schrie? Bret hatte behauptet, sicher eine Amme zu finden.

Als Allora ein schmerzhaftes Ziehen in ihren Brüsten spürte, kämpfte sie mit den Tränen. Sie stand auf, wanderte umher, dachte an die Vergangenheit, verfluchte ihren skrupellosen Onkel.

Niemals hätte sie ihm erlauben dürfen, sich gegen die Normannen aufzulehnen. Was hatten sie dadurch gewonnen? Robert, stets ein listenreicher Krieger, war im Wald verschwunden, sobald die Feinde seine Streitkräfte besiegt hatten. Und sie, Allora, war in der Festung zurückgeblieben — eine Gefangene.

Von Verzweiflung überwältigt, warf sie sich schluchzend aufs Bett. Dann hob sie verwirrt den Kopf, als es an der Tür klopfte. »Allora!« rief eine sanfte Stimme, und der Riegel wurde zurückgeschoben. »Darf ich eintreten?«

Sie gab keine Antwort, wischte ihre Tränen von den Wangen und stand auf. Unbehaglich wartete sie am Fußende des Betts. Die Tür schwang auf, und sie hörte Etienne mahnen! »Nur ganz kurz, Lady Elysia! Euer Bruder hat nicht gesagt, daß sie Besuch empfangen darf.«

»Keine Angst, er wird Euch nicht zur Verantwortung ziehen. Dafür werde ich schon sorgen.«

Verblüfft starrte Allora die rothaarige Schönheit an, die sie am Todestag ihres Vaters zuletzt gesehen hatte. »Elysia! O ja, du hattest recht. Dein großartiger Bruder ist hierhergekommen, um Rache zu üben. Und jetzt möchtest du dich vermutlich an meinem Elend weiden.«

Elysia hob die Brauen. »Nach dieser Begrüßung sollte ich eigentlich sofort wieder gehen.«

»Nun, warum bist du gekommen?«

»Weil ich dich bedaure.«

»Ich brauche dein Mitleid nicht.«

»Sei nicht so kratzbürstig! Ich versuche dir zu helfen.«

»Wie denn? Willst du mich aus dem Gefängnis schmuggeln?«

»Niemals! So dumm bin ich nicht. Ich würde es nicht wagen, meinen Bruder zu erzürnen.«

»Und was hast du vor?«

»An meiner Entführung trägst du keine Schuld, und deinem Vater blieb nichts anderes übrig, als mich mitzunehmen. Das weiß ich. Und ich verdanke dir meine Freiheit. Es war so schrecklich, den Laird sterben zu sehen, und ich litt mit dir . . .«

»Danke für deine Anteilnahme. Aber da du dich weigerst, meine Flucht zu ermöglichen, kannst du nichts für mich tun.«

»Denk doch mal nach, Allora. Bist du wirklich so wild entschlossen, meinem Bruder zu entwischen?«

»Habe ich denn eine andere Möglichkeit? Er wird mir nie verzeihen.«

»Darum hast du ihn auch gar nicht gebeten — und statt dessen einen Fluchtversuch unternommen. Glaub mir, Allora, er konnte es kaum erwarten, die Far Isle zu erreichen. Diesem Tag fieberte er monatelang entgegen — und nicht nur, um einen Haufen Steine zu beanspruchen. Schick Etienne zu ihm, laß ihm ausrichten, du müßtest noch einmal mit ihm reden.«

»Es wäre sinnlos. Sicher will er nichts mehr von mir wissen.«

Elysia lächelte. »Und du nimmst deine Niederlage widerstandslos hin?« Eine Zeitlang wartete sie vergeblich auf eine Antwort, dann erklärte sie: »Jetzt muß ich gehen. Er grollt mir ohnehin schon, weil ich ihn in den Norden begleitet habe. Bitte, Allora, beherzige meinen Rat.«

Hastig verließ sie das Zimmer, und Allora hörte, wie der Riegel vorgeschoben wurde. Leichtfüßige Schritte entfernten sich auf den Stufen.

Sie ging wieder hin und her, von einer Wand zur anderen. Plötzlich blieb sie wie erstarrt stehen. Was hatte sie alles getan, nur aus Pflichtbewußtsein ... Um ihren Onkel zu retten, hatte sie geheiratet und ihren Mann und sich selbst — wenn auch unwissentlich — beinahe vergiftet. Dann war sie nach Norden geritten, hatte gehorsam den Wunsch ihres Vaters erfüllt und Elysias Entführung hingenommen. Sonst wären ihre Verwandten und sie selbst in tödliche Gefahr geraten.

Und schließlich hatte sie dem rebellischen Geist ihres Onkels gehorcht, statt Bret als rechtmäßigen neuen Herrn von der Far Isle anzuerkennen. Erbost ballte sie die Hände. »Nie wieder!« flüsterte sie. Verdammt wollte sie sein, wenn sie sich noch einmal von anderen Leuten beeinflussen ließ. Von Robert schon gar nicht! Ihr Volk war besiegt. Nun mußte sie sich in ihr Schicksal fügen. Sie lief zur Tür und hämmerte dagegen. »Etienne! Etienne!«

Sofort wurde der Riegel zurückgeschoben, und der Normanne trat ein. »Stimmt etwas nicht, Mylady?«

»Alles in Ordnung.« Entschlossen bezwang sie den Aufruhr ihrer Gefühle. »Bitte, holt einen anderen Wächter und geht zu meinem Mann. Sagt ihm, ich würde gern mit ihm sprechen.«

»Aye, Mylady, ich will es ihm ausrichten.«

Eine Ewigkeit schien zu verstreichen, während Allora auf dem Bett saß und wartete. Mutlos blickte sie vor sich hin. Da sie ihre kleine Tochter nicht stillen konnte, schmerzten ihre Brüste immer heftiger. Durch ein schmales Fenster fiel der rötliche Schein des Sonnenuntergangs herein, abendliche Schatten krochen ins Zimmer.

Endlich hörte sie Schritte, die Tür flog auf. »Etienne?« wisperte Allora.

»Nein, ich bin's«, erwiderte Bret. »Du wolltest mich sprechen?«

Im Halbdunkel sah sie nur die Umrisse seiner großen, breitschultrigen Gestalt. »Bitte — hör mich an ...«, flehte sie, schlang ihre zitternden Finger ineinander und bemühte sich, nicht zu stottern. »Ich habe vieles falsch gemacht. Aber nicht alles, was du mir übelnimmst, war mein Werk. Sicher, in der Hochzeitsnacht wollte ich fliehen. Doch danach ... Mein Vater und mein Onkel holten mich, und ich fürchtete, der König könnte sie hinrichten lassen, wenn ich mich weigerte, sie zu begleiten. Ohne mich wären sie nicht aufgebrochen. Also ritt ich mit ihnen. Und ich schwöre dir bei Briannas Leben — von dem Gift wußte ich nichts. Wann immer du mich berührtest, vermochte ich keinen klaren Gedanken zu fassen. Und deshalb wollte ich dich in tiefen Schlaf versetzen ...«

Reglos stand er vor ihr. »Sprich weiter!«

»Jetzt ist mein Kampf beendet«, erklärte sie mit müder Stimme. »Ich bin bereit, den Treueeid vor dir abzulegen, einem normannischen König zu dienen — und einem normannischen Ehemann.« Nur undeutlich sah sie, wie er sich zur Tür wandte. Ein Schluchzen stieg in ihrer Kehle auf, und sie preßte eine Hand auf den Mund, um es zu unterdrücken. »Bret ...«

Ohne sich umzudrehen, blieb er stehen. »Etienne wird dich zu unserer Tochter bringen. Wenn ich die Festung für die Nacht gesichert habe, komme ich zu dir.«

Dann verließ er das Zimmer, und sie blinzelte in das Licht einer flackernden Kerze, als Etienne erschien. »Mylady, seid Ihr bereit?«

»Aye!« rief sie. »Aye!«

Eifrig sprang sie auf.

Er führte sie aus dem Nordturm, durch den Hof, in die große Halle, wo ihr normannisches Stimmengewirr entgegendrang. Einige der Männer, die sich hier versammelt hatten, kannte sie, Jacques, Jarrett, Sir Christian. Als sie eintrat, verstummten sie und verneigten sich. Sie nickte ihnen nur kurz zu und lief die Treppe hinauf, voller Angst, jemand könnte sie zurückhalten.

In ihrem Schlafzimmer angekommen, entdeckte sie

mehrere Truhen, die offenbar Bret gehörten. Auf einer dieser Kisten lag seine Rüstung. Während sie sich umschaute, hörte sie Brianna schreien, und dann eilte ihre Kusine herein, das Baby im Arm.

»O Allora!« Tränen rollten über Liliths dicke Backen. »Ich habe mich so um dich gesorgt! Aber Lady Elysia versicherte mir, es würde dir gutgehen. Als unsere Kleine erwachte, brüllte sie unaufhörlich. Der Earl ließ eine Amme aus seinem Soldatenlager kommen. Doch von der wollte Brianna nichts trinken. Sie hörte nicht auf zu schreien. Glücklicherweise konnten Mary und ich ihr ein bißchen Ziegenmilch einflößen. Seltsam — sie verstummte nur, wenn der Earl sie in den Arm nahm, dieser Bär von einem Mann! Aber er konnte nicht bleiben, und als ich sie an mich drückte, weinte sie wieder. Übrigens, er erklärte mir, wenn ich nicht bereit sei, ihm zu dienen, dürfe ich zu meinen Verwandten aufs Festland gehen. Natürlich werde ich Brianna niemals verlassen. Großer Gott, was für ein schrecklicher Tag das war! Ich verschleierte mich, so gut ich es vermochte. Trotzdem erkannte der Earl sofort, daß ich nicht seine Frau bin. Hätte ich ihn doch hinhalten können, bis zu geflohen wärst ...«

Das alles interessierte Allora nicht. Überglücklich nahm sie ihr Baby entgegen, setzte sich vor den Kamin und stillte es. Bald ließen die Schmerzen in ihrer Brust nach, doch das nahm sie kaum mehr wahr, denn jetzt zählte nur eins — endlich wieder mit ihrer Tochter vereint zu sein. »Danke, Lilith!« sagte sie leise. Aber ihre Kusine hatte den Raum bereits wieder verlassen.

Nachdem das Baby gesättigt war, schlief es ein, und Allora legte es in die Wiege. Es klopfte an der Tür, und Mary trug ein Tablett mit einer Mahlzeit und Wein herein. Wortlos umarmte sie ihre Herrin und verschwand wieder.

Allora wollte sie zurückrufen, doch sie brachte kein Wort über die Lippen. Bret kam und schloß die Tür hinter sich. Er ging zum Tisch, wo die Zofe das Tablett abgestellt hatte, füllte zwei Kelche und wandte sich zu seiner Frau. »Trink mit mir!« Als sie sich nicht von der Stelle rührte, fügte er ungeduldig hinzu: »Dieser Wein stammt aus meinem eigenen Vorrat. Also ist er nicht vergiftet.«

»Das habe ich auch nicht vermutet.« Unsicher ergriff sie den Kelch und nippte daran.

»Schläft das Baby?« Sie nickte, und während er seinen Wein trank, musterte er sie von Kopf bis Fuß. »Warum so schweigsam? Vorhin warst du sehr beredt. Deshalb bemühte ich mich, meine Geschäfte so schnell wie möglich zu erledigen, um noch mehr von deinen wundervollen Beteuerungen zu hören. Habe ich dich richtig verstanden? Du willst ein friedliches Leben in diesem Haus führen — und alles tun, um dieses Ziel zu erreichen?«

Sein spöttischer Ton zerrte an ihren Nerven. »Was willst du?«

»Nun, du hast mir *alles* angeboten — und genau das verlange ich.«

»Wie meinst du das?«

»Zieh erst einmal diese Männerkleidung aus, die mein Auge beleidigt.«

Wütend biß sie die Zähne zusammen. Natürlich — sie würde alles tun, wenn sie nur bei ihrem Kind bleiben durfte. Doch sie hätte nicht erwartet, daß Bret sie so erniedrigen würde. Sie zerrte die kurze Tunika über ihren Kopf, dann hielt sie inne.

»Mach doch weiter!« befahl er.

Als sie das Hemd abgestreift hatte, erschauerte sie unter dem Blick ihres Mannes — und vor Kälte.

«Warum zauderst du, Allora? Runter mit der Hose und diesen plumpen Stiefeln!« Notgedrungen gehorchte sie, und er lächelte zufrieden. »Sehr gut. Und jetzt bring mir deine Sachen.«

Splitternackt, nur von ihrem goldblonden Haar bedeckt, starrte sie ihn an. »Oh, du bist ein Bastard ...«

»Vorsicht, Lady! Ich soll dir doch verzeihen, oder?«

Da verstummte sie, aber ihre grünen Augen schienen Funken zu sprühen und ihn zu durchbohren. Sie hob das Kleiderbündel auf und trug es zu Bret hinüber.

»Danke.« Erst schleuderte er die Tunika ins Kaminfeuer, dann Hemd und Hose, schließlich die Stiefel.

Unwillkürlich schrie Allora auf, als die Flammen hell emporloderten. Sie rannte zum Bett, ergriff eine Decke und legte sie um ihre Schultern.

Sofort kam er zu ihr. »Gib mir das!«

Jetzt konnte sie ihre Tränen kaum noch zurückhalten. »Wenn du das getan hast, um mich zu demütigen, ist es dir bereits gelungen. Also mußt du nicht ...«

»Ich habe es getan, weil du keine Männerkleidung tragen sollst. Und ich verlange diese Decke, weil ich endlich sehen möchte, wie du mich zu erfreuen gedenkst.«

»Großer Gott, Bret ...«

Ungeduldig riß er ihr die Decke vom Leib.

»Tut mir leid«, flüsterte sie, »ich kann nicht ...«

Plötzlich nahm er sie in die Arme und sank mit ihr aufs Bett. In seinen Augen glühte ein loderndes Feuer, an ihrer Bust spürte sie den wilden Schlag seines Herzens. »Lady, ich will nicht länger warten.«

Als er seine Lippen auf ihre preßte, wehrte sie sich nicht lange. Bald siegte ihre Sehnsucht, die sie monatelang gepeinigt hatte.

Bereitwillig öffnete sie den Mund und erwiderte den Kuß voller Hingabe. Seine Zunge glitt über ihren Hals, liebkkoste ihre Brüste und spielte mit den rosigen Knospen. Von süßer Qual erfaßt, stöhnte sie und schlang ihre Finger in Brets schwarzes Haar.

Während er sie begierig und aufreizend küßte, streichelte er die Innenseiten ihrer Schenkel und schob sie auseinander. Ihr Atem stockte, das Prickeln schwoll zu verzehrender Lust und schmerzhafter Leidenschaft an. Bret richtete sich auf und zog hastig seine Tunika und das Hemd aus, ehe er wieder auf Allora herabsank. Seine

Lippen glitten über ihre Brüste, über den Bauch und erreichten die goldblonden Löckchen, das Zentrum ihres Verlangens. Die intimen Zärtlichkeiten entlocken ihr einen leisen Schrei.

Hemmungslos bäumte sie sich auf, und übermächtige Gefühle durchströmten ihre Adern. So viel Zeit war vergangen, seit sie diese Flammen der Ekstase zuletzt genossen hatte ...

Erstaunt hörte sie ihre eigene flehende Flüsterstimme. Und sie wußte nicht einmal, worum sie bat. Aber Bret schien es zu verstehen, denn er erhob sich zwischen ihren Schenkeln, zerrte am Band seiner Hose und öffnete sie.

Dann neigte er sich zu Allora, küßte sie zärtlich, und endlich spürte sie, wie er entschlossen und pulsierend in sie eindrang. In drängendem Rhythmus bewegte er sich wie ein gnadenloser Sturmwind, und Allora fürchtete zunächst, dieser wilden Kraft nicht gewachsen zu sein. Doch sie verschmolz mit ihm und hatte das Gefühl, die Zeit bliebe stehen.

Und trotzdem kam das Ende viel zu schnell. Von unsichtbaren Schwingen getragen, raste sie zu einem goldenen Gipfel empor und fiel wieder hinab, während Bret sein eigenes Verlangen stillte — getrieben von einem Hunger, den die lange Trennung Tag für Tag gesteigert hatte.

Erschöpft lagen sie nebeneinander. »Und ich dachte, die Erinnerung hätte mich betrogen. Aber es war noch viel süßer, als ich zu hoffen wagte. Jetzt will ich dir etwas gestehen, Lady. Deine Entschuldigung war überflüssig, du hättest sowieso nicht allzulange in deinem Gefängnis geschmachtet.«

So lange hatte sie von diesem zärtlichen Blick geträumt — und geglaubt, sie würde ihm nie wieder begegnen. Seufzend schmiegte sie ihre Wange an Brets muskulöse Brust.

»Aber ein Problem bleibt bestehen«, fuhr er fort.

»Und das wäre?« wisperte sie.

»Wie kann ich dir jemals trauen?«

Sie hob den Kopf und kniete sich neben ihren Mann. »Ich sagte doch, ich würde dir Treue schwören.«

»Aye, und dein Vater hat einen Vertrag mit mir geschlossen ...«

»... den er ernst nahm. Aber da du ihm in London nicht erlaubtest, mich zu besuchen, hatte er Angst um mich. Deshalb brachte er mich hierher. Er wollte mit dir verhandeln, doch dann ...«

Unwillkürlich hatte sie Brets Schultern gestreichelt, ihren Blick über seinen Körper zu seiner geöffneten Hose wandern lassen. Als sie sah, wie seine Erregung von neuem wuchs, verstummte sie und schaute schnell weg. Warum erwachte dieses heiße Verlangen schon wieder in ihrem Blut, nach so kurzer Zeit?

Er lachte leise, stand auf und schlüpfte aus seiner Hose. Sobald er sich zu ihr wandte, umarmte sie ihn, streichelte seinen Rücken, seine Hüften und berührte unsicher das Zeichen seiner Begierde. Dann neigte sie sich hinab und liebkoste ihn mit der Zunge und zarten Fingerspitzen.

»O Gott!« stöhnte er, warf sie ungeduldig aufs Bett, und sie vereinten sich in heißem Entzücken. Es dauerte nicht lange, bis Sterne zu explodieren und gleißende Splitter herabzuregnen schienen ...

Atemlos lag Allora in den Armen ihres Mannes, und er streichelte sie sanft, während der Gefühlssturm langsam verebbte.

Seine Zärtlichkeit lullte sie ein. In der letzten Nacht hatte sie vor lauter Angst vor diesem Tag keine Ruhe gefunden. Ein neuer Morgen würde anbrechen, mit neuen Schwierigkeiten. Aber jetzt war sie glücklich und zufrieden, sehnte sich nur noch nach einem tiefen, traumlosen Schlummer.

Beinahe war sie eingeschlafen, als sie Brets Stimme

hörte, wie aus weiter Ferne. »Das Problem ist noch immer nicht gelöst, Lady. Wie kann ich dir trauen?«

»Von jetzt an werde ich nicht mehr gegen dich kämpfen ...«

»Und warum sollte ich dir glauben?«

Viel zu müde, um nachzudenken, sagte sie einfach die Wahrheit. »Weil ich dich liebe ...«, hauchte sie, und ohne zu wissen, was sie gestanden hatte, ließ sie sich endgültig vom angenehmen Dunkel des Vergessens einhüllen.

Ah, sie schläft, dachte Bret. Und er selbst? Wie konnte er ein Auge zutun, nachdem er diese süßen Worte vernommen hatte?

19

Als sie erwachte, lag sie allein im Bett. Durch die Fensterschlitze strömten Sonnenstrahlen herein, und darin tanzten Staubkörnchen. Allora schloß wieder die Augen, wickelte ihren nackten Körper enger in die Decken und dachte an die letzte Nacht.

Eigentlich müßte sie den Verlust ihrer Freiheit und die Niederlage ihres Volks bedauern. Doch sie verspürte einen sonderbaren inneren Frieden und war glücklich über Brets Ankunft.

Sie freute sich, daß der Vertrag zwischen ihrem Ehemann und Ioin Canadys nun endlich eingehalten wurde. Lächelnd wandte sie sich zur Wiege und betrachtete ihre schlafende Tochter. Dann stand sie auf, wusch sich, schlüpfte in ein Hemd und eine lange Tunika. Inzwischen war Brianna erwacht und schrie vor Hunger. Allora stillte das Baby und beobachtete liebevoll, wie es an ihrer Brust saugte. »Herein!« rief sie, als es wenig später an der Tür klopfte.

Angstvoll kam Mary ins Zimmer. »Geht es Euch gut, Mylady?« Ohne eine Antwort abzuwarten, sprudelte sie hervor: »Als der Normanne mir das Kind abgenommen hatte, versteckte ich mich. O Mylady, ich habe Euch enttäuscht! Tut mir leid . . .«

»Unsinn, du hast mich nicht enttäuscht, Mary. Hättest du dich mit Brianna davongemacht, wäre sie jetzt nicht bei mir. Ab jetzt wird eben alles — anders. Ist dir heute nacht irgend jemand zu nahe getreten?«

»Nein, Mylady, es war erstaunlich ruhig. Der Earl sprach mit den Leibwächtern und Rittern und betonte, er würde ihnen nicht verübeln, daß sie ihre Heimat zu verteidigen suchten. Wer ihm, dem neuen Laird, den Treueeid schwöre, müsse nichts befürchten. Dann sagte Sir Christian, dies sei nur recht und billig, da Laird Ioin Euren Ehevertrag unterzeichnet und Bret d'Anlou zu seinem Erben ernannt habe. Und da knieten alle Männer nieder und schworen Eurem Lord die Treue, Mylady. Als die Sonne aufging, widmeten sich alle wieder ihren Aufgaben. Die Handwerker begannen zu arbeiten, und unsere Wachtposten wurden den normannischen Rittern zugeteilt.«

»Dann ist ja alles in Ordnung. Und was macht meine Kusine Lilith?«

»Sie frühstückt gerade in der Halle. Heute morgen bat sie den Earl, er möge ihr das Täuschungsmanöver vergeben. Ohne Zögern verzieh er ihr, drohte ihr aber, sie hinauszuwerfen, sollte sie noch einmal versuchen, ihn zu hintergehen. Euer Gemahl ist wirklich ein besonderer Mensch, Mylady. Nachdem er uns vernichtend geschlagen hat, zeigt er sich nach seinem Sieg verständnisvoll und barmherzig. Er spricht mit klarer, durchdringender Stimme, und man glaubt ihm jedes Wort. Einem solchen Herrn fällt es nicht schwer, das Vertrauen aller Männer zu gewinnen.«

»Wie steht's mit den Frauen?«

Mary errötete. »Nun ja, Mylady, er brauchte mich nur anzuschauen, und schon gelobte ich ihm meine Treue.«

»Oh, das freut mich«, seufzte Allora. »Ich bin es müde, in ständiger Angst zu leben. Und wir alle sollten dankbar für Bret d'Anlous Güte sein. Darauf durften wir nicht hoffen. Auch mein Onkel wird die neue Situation akzeptieren müssen.«

»Dazu wird er sich wohl niemals durchringen.«

»Nun, dann bleibt ihm nichts anderes übrig, als die Far Isle künftig zu meiden.«

Geistesabwesend hatte Allora den Rücken des Babys getätschelt, das sie an ihre Schulter drückte. Plötzlich rülpste es laut, und beide Frauen lachten.

Allora legte Brianna in die Arme der Zofe. »Paß auf sie auf, Mary! Ich will mal sehen, wie heute morgen der Wind weht.«

»Sehr angenehm und mild, Mylady, Ihr werdet staunen!« prophezeite Mary.

Lächelnd nickte Allora ihr zu, verließ das Zimmer und rannte die Stufen hinab. Erst in der Halle, wo sich mehrere normannische Ritter versammelt hatten, verlangsamte sie ihre Schritte. Etienne wärmte seine Hände am Kaminfeuer, Jarrett saß am Tisch, in ein ernsthaftes Gespräch mit Elysia vertieft, und Gaston spielte Schach — mit Sir Christian. Am Ende der Tafel hatte Lilith Platz genommen. Genüßlich verspeiste sie frischgebackenes, köstlich duftendes Brot.

»Mylady!«

Als Allora die Halle betrat, sprang Jarrett sofort auf, und Elysia lächelte ihr zu.

»Bleibt doch sitzen, Sir!« bat Allora und stellte sich neben Etienne vor den Kamin, da auch sie das Bedürnis empfand, sich zu wärmen.

Obwohl sie spürte, daß sie alle Blicke auf sich zog, und in Verlegenheit geriet, fragte sie möglichst beiläufig: »Wo ist Bret?«

»Er besichtigt gerade die Festung, Mylady«, antwortete Etienne.

»Oh, dann werde ich sehen, ob ich ihm helfen kann.« Sie erwartete, irgend jemand würde sie zurückhalten und erklären, sie dürfe den Hautturm nicht verlassen.

Aber sie konnte ungehindert in den Hof gehen, wo der Hammer des Schmieds klirrte. Der Böttcher saß neben seinem Schuppen auf einem Schemel und arbeitete an einem Faß — so wie immer, seit Allora denken konnte.

An der Brustwehr standen die Männer in dichtgeschlossenen Reihen und größerer Zahl als vor Brets Angriff. Doch das war verständlich, denn er hatte viele Krieger mitgebracht. Und er durfte nicht erwarten, auf der Far

Isle ein friedliches Leben zu führen, solange Robert durch den Wald streifte.

Allora eilte zum Stall, denn sie nahm an, Bret würde ausreiten. Als sie den halbdunklen Raum betrat, entdeckte sie Briar, an einem Pfosten festgebunden. Bei ihrer Flucht hatte sie die Stute in London zurückgelassen. Erfreut lief sie zu ihr und streichelte sie. »Wie schön, dich wiederzusehen, mein Liebling! Du hast mir so gefehlt. Oh, ich kann es kaum erwarten, wieder auf dem Rücken meines braven Pferdes zu sitzen.«

»Das ist mein Pferd.« Schnell drehte sie sich um. Bret kam herein, ging zu Briar und tätschelte ihren seidigen Hals. »Damals hast du sie nicht mitgenommen, und jetzt gehört sie mir.«

Meinte er das ernst, oder wollte er sie nur necken?

»Auch dich habe ich damals nicht mitgenommen, und du bist immer noch mein Mann. Deshalb darf ich das Pferd wohl auch als mein Eigentum betrachten.«

»Hm ...« Im dunklen Stall wirkten seine Augen tintenschwarz. »Vielleicht — wenn du dich gut benimmst.«

»Letzte Nacht benahm ich mich doch sehr gut«, erwiderte sie und spürte das Blut in die Wangen steigen.

Sein Lächeln nahm ihr fast den Atem. »Sogar ausgezeichnet, Lady. Also gehört das Pferd vorerst dir, ebenso wie dein Gemahl. Lassen wir Briar satteln, dann reiten wir aus.« Er rief nach einem Stallburschen, der sofort herbeirannte und Allora schuldbewußt anschaute, als wollte er sie um Verzeihung bitten, weil er Bret gehorchte. Aber sie nickte ihm zu, und er strahlte.

Schnell und umsichtig erfüllte er seine Aufgabe, und Bret half ihr in den Sattel. Dann führte er Ajax in den Hof und stieg auf. »Zeig mir die Insel, Lady!«

Während sie an den Schuppen und Hütten vorbeiritten, zeigte sie ihm die Türme und erklärte, welche Aussicht sie boten und woraus die einzelnen Verteidigungsbastionen bestanden. Vor dem Nordturm zügelte sie plötzlich ihr Pferd. »Hier halten wir unsere Gefangenen fest. Doch das weißt du bereits.« Er nickte und schaute nach oben. »Meistens steht das Turmzimmer leer«, fügte sie herausfordernd hinzu.

»Jetzt nicht«, entgegnete er und runzelte die Stirn.

»Aber — ich habe es doch gestern abend verlassen.«

»Mittlerweile ist es wieder besetzt.«

»Und wer ...«

»Das geht dich nichts an. Halte dich von diesem Turm fern, verstanden?«

Obwohl sie von seiner eisigen Stimme gewarnt wurde, konnte sie ihre Neugier nicht bezähmen. »Solltest du Robert festhalten ...«

»Nein, deinen elenden Onkel halte ich nicht fest. Um es noch einmal zu betonen — ich verbiete dir, den Nordturm zu betreten!« Dann schwenkte er Ajax herum und durchquerte den Hof.

Er befahl den Wachtposten, das Tor zu öffnen, sprengte auf die Sandfläche hinaus, und Allora folgte ihm zögernd. Doch er galoppierte so schnell dahin, daß sie ihn nicht einzuholen vermochte.

Als sie das Festland erreichte, hörte sie eine Schafherde blöken und winkte der Tochter des Hirten lächelnd zu. Aber Bret ließ sich nirgends blicken. Und so ritt sie nach Süden über bewaldete Klippen, zu einem weißen Sandstrand hinab. Dort stieg sie ab, wanderte am Meer entlang und spähte immer wieder besorgt zwischen die Bäume. Um ihre eigene Sicherheit bangte sie nicht, aber ihrem Mann könnte etwas zustoßen. Robert kannte diese Wälder von Kindesbeinen an, ebenso wie seine listenreichen Krieger.

Plötzlich wurde sie gepackt und in den Sand geworfen. Schreiend wollte sie sich wehren, hörte ein tiefes Gelächter und sah Bret rittlings auf ihren Hüften sitzen.

»Habe ich dich erschreckt, Liebe? Tut mir leid.«

»Aye! Du hast mich erschreckt, Normanne!«

»Nur damit du weißt, daß jeder Fluchtversuch sinnlos ist.«

»Wieso glaubst du, ich hätte fliehen wollen?«

»Oh, das glaube ich gar nicht. Weil Brianna im Fort ist. Außerdem bist du sicher klug genug, um nichts zu riskieren. Meine Männer behalten dich stets im Auge.«

»Mylord, du bist viel zu selbstbewußt!« stieß sie zwischen zusammengebissenen Zähnen hervor. »Diese Wälder ...«

»Es gibt noch einen Grund, warum ich deiner sicher bin«, unterbrach er sie. »Letzte Nacht vernahm ich ein faszinierendes Geständnis. Du liebst mich, nicht wahr? Oder habe ich mich verhört?«

Hatte sie es tatsächlich ausgesprochen? Sie erinnerte sich nicht. Vielleicht waren ihr diese Worte in der süßen Trägheit nach der stürmischen Leidenschaft über die Lippen gekommen. »Letzte Nacht hätte ich wahrscheinlich alles gesagt ...«

»Ah! Also wurdest du zu diesem Geständnis gezwungen. Habe ich dich etwa gefoltert?«

»Es gibt viele Foltermethoden«, erwiderte sie kühl, und er lachte wieder.

»An deiner Stelle würde ich mich nicht so unbefangen amüsieren! Hier befindest du dich außerhalb der Festungsmauern, weit entfernt von deinen Männern. Mein Onkel kennt diese Wälder ...«

»Das ist ja großartig!« Er glitt von ihr herunter und streckte sich im Sand aus. »Willst du mich vor deinem Onkel warnen?«

Erbost sprang sie auf. »Laß dich doch schnappen! Schlag alle Vorsicht in den Wind! Diese Männer gehorchen ihren eigenen Gesetzen. Deshalb werden sie dich nicht in Malcolms Obhut geben. Die Clans verurteilen und bestrafen ihre Gefangenen nach eigenem Gutdünken. Und wenn sie provoziert werden, verhängen sie die Todesstrafe. Oft genug sind ihre Feinde auf dem Scheiterhaufen gestorben. Und so, wie du meinen Onkel provoziert hast ...«

Vergeblich wartete sie auf eine zornige Antwort. Bret zupfte an den Grasbüscheln, die im Sand wuchsen, pflückte einen Halm und kaute daran. Unbefangen blickte er zu ihr auf.

»Warum starrst du mich so an?« fauchte sie. »In Zukunft werde ich dich nicht mehr vor etwaigen Gefahren warnen, wenn du mich nur auslachst.«

Endlich stand er auf, warf den Grashalm weg und ergriff ihre Hände.

»Meine Liebe, ich bin dir sehr dankbar für die Warnung. Aber ich finde es merkwürdig, wie selbstverständlich dir die Gerichtsbarkeit deiner Clans erscheint. Du hast Williams Herrschaft verabscheut, obwohl er nur selten grausam war. Nur ein einziges Mal ließ er einen Mann namens Waltheof hinrichten. Ihm blieb nichts anderes übrig, weil dieser Mann unentwegt gegen ihn rebellierte.«

»Auch Robert richtet niemanden leichtfertig hin. Und er hat noch nie ein Stück Land verwüstet.«

»Nun, immerhin wollte er mich vergiften.«

Verlegen senkte sie den Blick. »Ich glaube, er wußte nicht, wie stark das Gift war ...«

»Allora, eins kann man ihm gewiß nicht nachsagen — daß er dumm ist. Aber nun sollten wir dieses Thema fallenlassen.« Er wandte sich ab und ging zu seinem Hengst, ohne sich darum zu kümmern, ob sie ihm folgen würde oder nicht. Wütend über seine Arroganz, überlegte sie, ob sie sich in den Sand setzen und den warmen Sonnenschein genießen sollte. Aber Brianna brauchte sie. Außerdem hatte sie im Halbschlaf die Wahrheit ausgesprochen, wenn auch unbewußt — sie liebte ihn. Und sie wollte in Frieden mit ihm leben.

Doch sie hatte ihm Unrecht getan. Er saß im Sattel und wartete auf sie. Nachdem sie ihre Stute bestiegen hatte, ritten sie zur Festung zurück. Er übergab sein Streitroß einem Stallknecht, dann eilte er in die Halle. Allora blieb zögernd im Hof stehen und schaute zum Nordturm hinauf.

Wen hielt er dort gefangen? Sicher nicht ihren Onkel. Bret würde sie nicht belügen. Vermutlich hatte er einen anderen Mann verhaftet, der im Clan Canadys eine führende Position einnahm. Plötzlich wußte sie es.

David ... Bei dieser Erkenntnis wurde ihr fast schwindelig. Doch sie faßte sich sofort wieder und rannte in die Halle, um ihren Mann zur Rede zu stellen.

Da sie im Erdgeschoß niemanden antraf, stürmte sie die Stufen hinauf und ins Schlafgemach. Bret lehnte an der Wand und betrachtete Brianna, die in ihrer Wiege schlief.

»Laß ihn sofort frei!« rief Allora, und im nächsten Moment hätte sie sich am liebsten die Zunge abgebissen. Das war kein guter Anfang gewesen.

»Mylady, du hast mir nichts zu befehlen«, erwiderte er. »Und wen soll ich nach deiner Meinung freilassen?«

Entschlossen straffte sie die Schultern und hielt seinem Blick stand. »David von Edinburgh.«

Ohne mit der Wimper zu zucken, erwiderte er: »Wen immer ich auf dem Schlachtfeld festgenommen habe — er hat mich bekämpft, und so sehe ich keinen Grund, ihm die Freiheit zu schenken.«

In wachsender Sorge um ihren Freund schüttelte sie den Kopf. »Das verstehst du nicht. David ist überall beliebt, die Leute bewundern ihn ...«

»Tatsächlich?«

»Jetzt, nach Vaters Tod, zählt er zu den wenigen, die dem Gebot der Vernunft gehorchen. Er könnte die anderen dazu veranlassen, nicht mehr gegen dich zu kämpfen.«

»Entweder sie erkennen mich als rechtmäßigen Laird an, oder sie werden vernichtend geschlagen, wenn sie versuchen, das Gegenteil zu beweisen.«

»Du mußt ihn freilassen ...«

»Sag mir nicht, was ich zu tun habe, Allora!«

»Oh, du verdammter Normanne!« Nun konnte sie sich nicht mehr beherrschen. »Laß ihn endlich frei!«

»Und wenn ich mich weigere? Wirst du dann davonlaufen? Oder wirst du alles daran setzen, um mich zu ermorden? Was drohst du mir an, Lady?«

Tränen brannten in ihren Augen. »Solange du ihn gefangenhältst, werde ich nicht mehr mit dir schlafen. Sperr mich doch in einen anderen Turm ...«

»Lady, du wirst schlafen, wo ich es wünsche. Und wann immer ich dich begehre, werde ich dich umarmen. Deine eigenen Interessen spielen keine Rolle.«

»Oh, zum Teufel mit dir! Mach mit mir, was du willst! Aber David verdient es nicht ...«

»Natürlich nicht, er wird allseits geliebt und bewundert. Vielleicht foltere ich ihn, um herauszufinden, wieviel Liebe du ihm geschenkt hast.«

Entsetzt schnappte sie nach Luft. »Du glaubst doch nicht ...«

»Eins steht jedenfalls fest!« stieß er wütend hervor. »Nach allem, was du im Lauf der Zeit angestellt hast, lasse ich mir von dir keine Befehle erteilen ...« Abrupt verstummte er, denn aus der Wiege drang ein schriller Schrei, der den lautstarken Streit übertönte. »Kümmere dich um dein Kind, Allora! Und belästige mich nicht mehr mit dieser leidigen Sache.« Mit großen Schritten ging er zur Tür.

»Doch, ich werde dich weiter belästigen!« rief sie ihm verzweifelt nach. »Ich werde dich verfolgen und bekämpfen und zurückweisen — solange du David festhältst!«

»Dann mußt du den Preis für deinen Ungehorsam zahlen.«

»Wie sollte ich, wenn ich nicht mehr hier bin?« fragte sie herausfordernd.

»Diese Festung hat nur ein einziges Tor. Und meine

normannischen Ritter werden es streng bewachen. Bekämpfe mich, weise mich ab — tu, was du willst! Aber ich behalte dich hier — und sei es nur, um dir das Leben genauso schwer zu machen wie du mir.« Krachend fiel die Tür hinter ihm ins Schloß.

Um sich zu beruhigen, holte sie mehrmals tief Luft. Dann nahm sie ihre schreiende Tochter aus der Wiege und trug sie umher. Besänftigend sprach sie auf Brianna ein und wurde mit einem Lächeln belohnt.

Ihre Gedanken überschlugen sich. Nein, Bret würde David niemals foltern lassen. Und er glaubte auch nicht, daß der alte Freund ihr Liebhaber gewesen war.

Aber wie konnte sie sicher sein? Sie mußte unbedingt mit David sprechen und sich vergewissern, daß er gut behandelt wurde. Sonst würde sie keinen inneren Frieden finden.

Elysia saß in der Halle, nippte an einem Weinkelch und überlegte, warum sie keine Mühe gescheut hatte, um ihren Bruder hierherzubegleiten. Aus Rachsucht. Die war inzwischen gestillt worden. Seit Allora den Nordturm verlassen hatte, saß David da oben gefangen.

Vielleicht genügte ihr diese Rache nicht. Im Grunde hatte Bret dem schottischen Ritter nichts Böses angetan. Er schien seinen Rivalen sogar zu mögen.

Plötzlich rannte ihr Bruder die Treppe herab und warf seinen Mantel um die Schultern. Ohne Elysia wahrzunehmen, stürmte er in den Hof. Sie schaute nach oben und biß sich auf die Lippen. Offensichtlich hing der Haussegen schief.

Gab es neue Schwierigkeiten? Sie selbst hatte die Schwägerin längst ins Herz geschlossen, nicht nur, weil sie ihr die Freiheit verdankte, sondern weil sie glaubte, daß Allora ihren Mann wirklich liebte. Und das verdiente er auch. Er konnte zwar arrogant und unbeherrscht sein, aber er war charakterfest und herzensgut, ein Ritter ohne

Furcht und Tadel. Jedem, der ihm etwas zuleide tat, würde sie die Augen auskratzen.

So wie diesem Schotten. Ja, das mochte ihre innere Unrast erklären. Dieser elende Schotte hatte einfach zu wenig gebüßt.

Als eine alte Dienerin aus der Küche in die Halle kam, stand Elysia auf. Diese Frau arbeitete schon seit vielen Jahren für die Familie d'Anlou und gehörte dem Gefolge an, das Bret zur Far Isle begleitet hatte. Nun trug sie ein Tablett, über dem ein Leinentuch lag, zum Ausgang.

Spontan lief Elysia zu ihr. »Wohin gehst du, Jeannette? Erwartet dich irgendwo da draußen ein hungriger Wachtposten? Mmmm, das riecht ja wundervoll!«

»Diese Mahlzeit ist für den schottischen Gefangenen bestimmt, Lady Elysia. Wenn Ihr's gestattet, möchte ich das Tablett so schnell wie möglich im Nordturm abliefern. Für meine alten Knochen ist es viel zu schwer. Und dieser eisige Wind, der dauernd durch den Hof fegt ...«

»Ja, hier im Norden ist es ziemlich kalt«, stimmte Elysia zu, obwohl sie den Wind, die Far Isle und dieses ganze wilde, zerklüftete Land liebte. »Nun, meine Knochen sind noch etwas jünger. Gib mir das Tablett, ich bringe es hinüber.«

»Mylady! Da würde mir Lord Bret die Hölle heiß machen ...«

»Welcher vertrauenswürdige Dienstbote müßte meinen Bruder fürchten? Außerdem muß er nichts davon erfahren. Wir werden beide schweigen wie das Grab.«

»Wenn man Euch beobachtet ...«

»Leih mir deinen Umhang, dann wird mich niemand erkennen.«

»Also, Mylady. Vielen Dank. Natürlich hätte ich eine jüngere Magd in den Nordturm schicken können, aber ich glaube, Euer Bruder traut der einheimischen Dienerschaft noch nicht über den Weg. Und das mit Recht! Diese Leute muß man stets im Auge behalten.«

»In der Tat.« Elysia nahm der alten Frau den weiten Umhang mit der Kapuze ab und legte ihn um die Schultern. Dann ergriff sie hastig das Tablett, ehe Jeanette sich doch noch anders besinnen konnte. »Und kein Wort zu Bret!«

»Kein Sterbenswörtchen, das verspreche ich Euch.«

Den Kopf gesenkt, eilte Elysia durch den Hof. Vor der Tür des Nordturms blieb sie stehen und hob das Leinentuch. Eine gebratene Rehkeule, duftendes frisches Brot, ein Weinkelch. Armer David, welch eine qualvolle Gefangenschaft, dachte sie sarkastisch. Kurz entschlossen schüttete sie den Wein in einen Trog und füllte den Kelch mit Brunnenwasser. Als ein Jagdhund mit wedelndem Schwanz zu ihr trabte, warf sie ihm die Rehkeule zu. »Nun soll er sehen, wo er bleibt, was alter Junge? Hoffentlich verhungert er bald!«

Da bewegte der Hund seinen Schwanz noch heftiger, als wollte er ihr zustimmen. Elysia zog die Kapuze tiefer ins Gesicht und betrat den Turm.

Im Wachraum traf sie Etienne und Gaston an, die am Tisch saßen und würfelten. »Eine Mahlzeit für den Gefangenen!« verkündete sie, den Kapuzenrand an die Lippen gedrückt.

»Dann kommt mit mir, gute Frau«, erwiderte Etienne, der Brets Schwester nicht erkannte, lächelte freundlich und stand auf. »Gleich bin ich wieder da, Gaston! Beschwindle mich nicht!« Er drohte seinem Gefährten, der ihn angrinste, mit dem Finger, dann führte er Elysia die Treppe hinauf und schob den schweren Riegel des Turmzimmers zurück.

»Sir, ich würde gern auf das Tablett warten«, murmelte sie.

»Das geht schon in Ordnung, denn unser Gefangener ist ein Ehrenmann. Aber man kann nie wissen. Falls er Euch zu nahe tritt, braucht Ihr nur zu schreien, und wir retten Euch.«

Wortlos nickte sie. Ihr Herz schlug wie rasend. Wenn Bret sie hier oben erwischte ... Ihre Strafe wollte sie sich gar nicht erst vorstellen. Schlimmer noch, er könnte sie zum Vater schicken, und Alaric würde ihr Verhalten gewiß mißbilligen. Womöglich wäre sie, ehe sie sich's versah, mit einem grausamen Baron verheiratet ...

Doch nachdem sie bis hierher vorgedrungen war, wollte sie ihren Plan nicht aufgeben. Sie betrat das Zimmer, und Etienne schloß die Tür hinter ihr.

Aus den Augenwinkeln beobachtete sie David, der am Fensterschlitz stand. Eine sanfte Brise wehte herein und zerzauste sein weizenblondes Haar. »Stellt das Tablett auf die Truhe«, sagte er, ohne sich umzudrehen. Offenbar verspürte er keinen Hunger. Ihr Bruder fütterte seinen Gefangenen viel zu gut.

Gehorsam setzte sie das Tablett auf der Truhe ab.

»Ich warte.«

»Nein, besser nicht.«

»Aber ...«

Da wandte er sich endlich um. Vielleicht erkannte er ihre Stimme. Sie senkte rasch den Kopf. Doch das nützte ihr nichts. Er kam zu ihr, hob ihr Kinn hoch und starrte sie mit schmalen Augen an. »Ihr!«

Zu ihrer eigenen Verblüffung mußte sie nach Atem ringen. »Ich — ich habe Euch Brot und Wasser gebracht.«

Nachdem er ihr noch einen vernichtenden Blick zugeworfen hatte, ging er zum Tablett und zog das Tuch herab. Mißtrauisch ergriff er den Kelch und roch daran. »Ich nehme an, mein Braten hat irgendeinem Hund köstlich geschmeckt. Und was ist aus meinem Wein geworden?«

»Den habe ich in den Trog gegossen.«

»Jammerschade! Euer Bruder besitzt ein paar hervorragende Jahrgänge.«

»Die besten aus Frankreich.«

»Also wolltet Ihr mir meine Mahlzeit nicht gönnen.« Er

schlenderte wieder zu ihr, und die gestrafften Schultern wirkten bedrohlich.

Hastig wich sie zurück. »Kommt mir nicht zu nahe, oder ich schreie! Dann werden mir die Wächter meines Bruders sofort zu Hilfe eilen.«

»*Ich* sollte schreien — angesichts der Qualen, die Ihr mir zweifellos bereiten wollt.«

»Wie könnt Ihr es wagen ...«, drohte sie, doch sie verstummte, als ihr Rücken gegen die Wand stieß. Jetzt habe ich keinen Fluchtweg mehr, überlegte sie. David stand dicht vor ihr, groß und stark, mit einem mutwilligen Funkeln in den Augen.

»Ich schreie!« warnte sie.

»Ja, tut das, denn ich brauche dringend Hilfe.«

Später wußte sie nicht, wer sich zuerst bewegt hatte. Und wenn sie gekommen war, um ihn zu peinigen, weckte sie in ihrer eigenen Seele den gleichen Schmerz. Ihre Lippen berührten seinen Mund, und ringsum schien die Welt zu versinken. Durch ihre Adern strömte ein verbotenes Verlangen. Wie aus eigenem Antrieb schlangen sich ihre Arme um seinen Hals, der Umhang fiel zu Boden. David hob sie hoch, sank mit ihr aufs Bett, strich zärtlich über ihre Wange. »Dafür werde ich sterben«, flüsterte er.

»Oh ...« In plötzlicher Angst wehrte sie sich.

»Aber mein Leben ist kein zu hoher Preis für diese Wonne.«

»Nein! Nein! Dein Blut darf nicht an meinen Händen kleben!«

»Immerhin werde ich mich eines glücklichen Todes erfreuen«, entgegnete er und küßte sie wieder.

Elysia wollte protestieren und auf die schreckliche Gefahr hinweisen, in der sie schwebten, denn jeden Augenblick konnte Etienne heraufkommen ...

Nein, niemand würde sie stören. David sprang auf, rückte die Truhe vor die Tür, dann kehrte er zum Bett zurück, streifte die Tunika und das Hemd über seinen Kopf, und Elysia beobachtete ihn erwartungsvoll. Bald würde sie seinen muskulösen nackten Brustkorb berühren, die Hitze seines Körpers fühlen — wie verwerflich ... Ihre Eltern würden sie verdammen, der Bruder würde ihr alle Haare ausreißen.

Doch das kümmerte sie nicht. David streckte sich neben ihr aus und nahm sie zärtlich in die Arme.

»Großer Gott, und wenn du dafür büßen mußt ...«, wisperte sie.

»Nur eins könnte mich jetzt noch zurückhalten.«

»Und das wäre?«

»Dein Widerstand, Elysia. Möchtest du gehen?«

Plötzlich fehlten ihr die Worte, und so legte sie einfach die Arme um seinen Nacken und küßte ihn.

20

Als Brianna wieder schlief, nahm Allora einen schlichten grauen Umhang aus ihrer Truhe und legte ihn um ihre Schultern. Dann verhüllte sie ihren Kopf mit einem Schleier und rannte die Treppe hinab.

In der Halle ließ sich keine Menschenseele blicken. Allora eilte in die Küche. Dort stritt eine von Brets Köchinnen mit Jane, die schon jahrelang in der Festung arbeitete, über die richtige Methode, eine Wildschweinschulter zu braten.

Unbemerkt huschte Allora an den beiden vorbei, verließ die Küche durch die Hintertür und lief durch den Hof zum Nordturm, wo sie von niemandem aufgehalten wurde. Etienne und Gaston schöpften gerade Wasser aus dem Trog und waren in ein angeregtes Gespräch vertieft.

Da sie ihr den Rücken kehrten, sahen sie sie nicht in den Turm schleichen. Sie stieg die Stufen hinauf und wollte die Tür des Gefängnisses öffnen, doch erstaunlicherweise war der Riegel zurückgeschoben. Sie hielt inne, weil sie ein seltsames Stöhnen vernahm.

Entsetzt preßte sie eine Hand auf den Mund. Kein Wunder, daß die zwei Wächter ihre Pflicht vernachlässigten! Irgend jemand war bei David und folterte ihn.

»O Gott, mein lieber Freund, es tut mir so leid!« wisperte sie.

Als sie Schritte im Erdgeschoß hörte, spähte sie übers Treppengeländer hinab. Etienne war hereingekommen. Kurz entschlossen wandte sie sich wieder zum Gefängnis, um hineinzustürmen und den Folterqualen ein Ende zu bereiten. Aber die Tür ließ sich nicht aufstoßen, obwohl sie ihre Schulter mit aller Kraft dagegenstemmte. Plötzlich verstummte das Stöhnen.

»Soll ich mal nach dem Burschen sehen?« rief Etienne, und sie hörte, wie er sich der Treppe näherte. Tränen verschleierten ihren Blick. Im Augenblick konnte sie nichts für David tun. Doch sie würde auf jeden Fall versuchen, ihn zu retten.

Sie eilte die Treppe hinab, drückte sich in eine dunkle Nische und wartete, bis Etienne an ihr vorbeigegangen war. Dann floh sie in die Abendluft hinaus.

So schnell ihre Beine sie trugen, kehrte sie in den Hauptturm zurück. Glücklicherweise traf sie ihren Mann nicht in der Halle an. Nur Lilith und Sir Christian saßen am Tisch und unterhielten sich leise. Und in der Ecke hatte Vater Jonathan Platz genommen. Sein Kinn lag auf der Brust. Vielleicht schlief er, oder er dachte über das Leben nach.

Allora lief nach oben und betrat ihr Zimmer, wo Mary gerade Briannas frischgewaschene Hemdchen zusammenfaltete und in die kleine Truhe legte. Offenbar schlief das Baby immer noch.

»Mylady!« rief die Zofe, sichtlich erstaunt über die sonderbare Verkleidung ihrer Herrin.

»Mary, ich brauche deine Hilfe.« Sofort verschloß sich die Miene des Mädchens. »Glaub mir, ich verlange nichts Verbotenes von dir. Du sollst nur für Brianna sorgen, falls — falls mir etwas zustößt.«

»Falls Euch etwas zustößt!«

»Ich gehe zu meinem Onkel.«

»O nein, Mylady, das dürft Ihr nicht. Warum wollt Ihr's denn tun?«

Allora holte tief Atem. »Weil Bret den armen David als Geisel festhält. Und ich glaube, mein Freund wird sogar gefoltert. Wenn ich Robert aufsuche, kann er mich gegen den Gefangenen austauschen lassen.«

»Und wie wollt Ihr das Festland erreichen?«

»Ich springe von der südlichen Brustwehr ins Meer und schwimme hinüber.«

»Aber die Felsen! Ihr könntet in den Tod stürzen, und dann wäre Brianna eine Halbwaise ...«

»Reg dich nicht auf, ich weiß, wo ich runterspringen muß. Erinnerst du dich an die Geschichte von den Wikingern, die einander zu solchen Sprüngen herausforderten? David und ich machten's ihnen nach, als wir Kinder waren. Damals sah ich zum einzigen Mal, wie mein Vater in helle Wut geriet. Auch jetzt werde ich's schaffen, Mary. Es muß einfach gelingen. Vorerst darfst du's niemandem verraten. Aber sobald ich verschwunden bin, erzählst du Bret, was ich getan habe. Dann wird er veranlassen, daß David kein Leid mehr geschieht, damit er eine halbwegs unversehrte Geisel austauschen kann.«

»O Mylady, Ihr werdet erfrieren ...«

»Unsinn!« Allora küßte die Wange ihrer unglücklichen Zofe. Als sie sich zu Brianna wandte, stiegen ihr Tränen in die Augen. »Ich muß meinen Freund befreien, sonst wäre ich deiner Liebe unwürdig, meine Tochter.«

Friedlich schlief das Baby weiter. Allora legte ihren grauen Umhang ab, nahm ein dünnes Hemd, das sie in den Meereswellen nicht in die Tiefe ziehen würde, aus ihrer Truhe und zog sich um.

Während sie engumschlungen auf dem Bett lagen, erfüllt vom Wunder ihrer Liebe, stieß jemand krachend gegen die Tür.

Erschrocken sprang Elysia auf. »Zieh dich an, David, schnell!«

»Elysia ...«

»Du Narr!«

»Vor deinem Bruder werde ich nicht zu Kreuze kriechen.«

»Dann bist du wirklich ein Narr. Zieh dich endlich an und wage es bloß nicht, ihm irgend etwas zu sagen!«

»Ich werde sagen, was gesagt werden muß ...«

»Nein! Sonst behaupte ich, du seist der barbarische

Schotte, für den ich dich schon immer gehalten habe.« Nachdem sie sich angekleidet hatte, legte sie den schweren Umhang um ihre Schultern, den Tränen nahe. O Gott, worauf hatte sie sich eingelassen? »Ich hasse dich! Das wollte ich nicht. Ich werde alles leugnen, bis zu meinem letzten Atemzug!« Wütend rannte sie zur Tür und bemühte sich vergeblich, die schwere Truhe beiseite zu schieben.

Inzwischen hatte David sein Hemd und die Hose angezogen. Er ging zu Elysia, und ihre Blicke trafen sich, als er die Truhe zur Seite rückte. »Was für eine Lügnerin du bist! Ich glaube, eines Tages muß ich dich noch einmal entführen, um das zu beweisen.«

Sie öffnete die Tür und spähte angstvoll hinaus. Wer mochte versucht haben, ins Zimmer einzudringen? Niemand war zu sehen, und das beunruhigte sie noch mehr.

»Oh, du willst mich entführen, Laird vom Turmgefängnis? Das bist du, und du wirst es auch bleiben!« Sie lief hinaus und schloß leise die Tür hinter sich. Dann hielt sie bestürzt inne, weil sie Schritte auf der Treppe hörte. Etienne kam herauf. Rasch stülpte sie die Kapuze über ihren Kopf, eilte an ihm vorbei und murmelte einen Gruß.

Wenig später hörte sie ihn mit David sprechen. »Mein Herr wünscht Euch zu sehen, Sir. Würdet Ihr mir bitte folgen?«

Von kalter Panik erfaßt, verließ Elysia den Turm. Weiß Bret Bescheid, fragte sie sich. Wie albern! Was kann er schon wissen?

Im Schatten der Mauer wartete sie, bis David und Etienne den Hof durchquerten. Zu ihrer Verblüffung gingen sie nicht zum Hauptturm, sondern zur Kapelle. Sie folgte ihnen in einigem Abstand.

Als sie eingetreten waren, schaute sie durch den Türspalt hinein und sah Bret vor dem Altar stehen. Etienne führte den Gefangenen zu ihm und zog sich in den Hintergrund des kleinen Kirchenschiffes zurück.

»Glaubt mir, ich habe Euch nur ungern festgenommen, David«, begann Bret. »Meine Frau und ich sind nur selten derselben Meinung, aber in einem Punkt stimmen wir überein. Nach Ioins Tod seid Ihr vermutlich der einzige vernünftige Mann in dieser Gegend.«

»Zumindest habe ich niemals nur um des Krieges willen gekämpft, Mylord.«

Elysia atmete erleichtert auf, weil David ihren Bruder weder herausforderte noch katzbuckelte.

»Andererseits habt Ihr meine Schwester entführt«, betonte Bret.

»Nein, das war Ioins Werk. Ich wurde nur beauftragt, Lady Elysia zu bewachen.«

»Zweifellos eine anstrengende Aufgabe.«

Elysia runzelte empört die Stirn. Beinahe hätte sie sich mit erhobenen Fäusten auf ihren Bruder gestürzt. Aber ihr Verstand siegte, und sie blieb vor der Kirchentür stehen.

»Niemals hätte ich irgend jemandem erlaubt, ihr ein Leid anzutun«, fuhr David fort, und sie sah, wie Bret ernsthaft nickte.

»Das glaube ich Euch. Und ich vermute auch, daß Ihr der einzige Mann seid, der zwischen den Grenz-Lairds und mir Frieden stiften kann, ohne übermäßiges Blutvergießen. Deshalb ließ ich Euch hierher in die Kapelle bringen. Schwört mir, nie wieder die Waffen gegen mich zu erheben und mich als den Oberherrn anzuerkennen, den Ioin gewählt hat. Dann seid Ihr frei.«

David zögerte sehr lange, und Elysia hielt den Atem an, bis er niederkniete. »Bret d'Anlou, Earl of Wakefield, ich, David of Edinburgh, schwöre bei Gott, Euch als Oberherrn zu ehren und nie wieder zu bekämpfen.« Dann stand er auf und fügte seufzend hinzu: »Für die anderen Männer kann ich nicht sprechen. Robert Canadys würde auch gar nicht auf mich hören. Zeit seines Lebens hat er die Far Isle begehrt, und er wird nicht ruhen und rasten, ehe er sie bekommen hat.«

»Danke für Eure Ehrlichkeit. Nun könnt Ihr gehen, wohin Ihr wollt.«

»Noch etwas will ich Euch schwören. Meine Freundschaft mit Eurer Gattin Allora war immer völlig unschuldig.«

»Das bezweifle ich nicht.«

»Natürlich liebte ich sie. Wir kennen uns schon seit frühester Kindheit. Aber in dieser Hinsicht habt Ihr nichts von mir zu befürchten, Mylord.«

»Oh, ich habe mich nicht gefürchtet. Aber ich bin neugierig. Warum diese Beteuerung?« fragte Bret.

»Um die Wahrheit zu gestehen — ich liebe Eure Schwester. Und nach diesem Geständnis will ich gehen, so wie Ihr es gestattet habt.« David wandte sich zur Tür, und statt zu flüchten, blieb Elysia wie erstarrt stehen.

Doch das spielte keine Rolle, denn in diesem Augenblick eilte Mary, Alloras Zofe, an ihr vorbei, ohne sie zu bemerken. Aufgeregt betrat sie die Kapelle. »Mylord! Meine Lady ist verschwunden!«

Drückendes Schweigen erfüllte den Raum, dann schrie Bret: »Wie ist das möglich? Meine Leute bewachen das Tor!«

»O nein, Mylord! Auf diesem Weg hat sie die Festung nicht verlassen. Sie ist ins Meer gesprungen und will zum Festland schwimmen! Glaubt mir, ich tat mein Bestes, um sie daran zu hindern. Sie möchte David of Edinburgh retten, weil sie annimmt, er müßte Folterqualen ausstehen. Und sie hofft, ihr Onkel würde sie gegen Euren Gefangenen austauschen.«

»Sie sprang ins Meer?« Elysia beobachtete, wie ihr Bruder die Hände ballte. »Diese kleine Närrin!«

»Von der Brustwehr aus«, erklärte David, »in der Nähe des Südturms.«

»Woher wißt Ihr das?«

»Einmal haben wir's gemeinsam gewagt, als wir noch klein waren. Und dafür wurden wir verprügelt.«

»Großer Gott, wenn sie auf den Klippen aufschlägt ...«

»Nein, Mylord, sie wird frierend, aber wohlbehalten den Strand vor dem südlichen Wald erreichen.«

Bret stürmte aus der Kapelle und überquerte den Hof, dicht gefolgt von Etienne.

Atemlos rannte Elysia hinter ihm her. »Bret! Bret!«

Er gönnte ihr nur einen kurzen Blick. »Geh in den Hauptturm, Elysia! Sofort! Etienne, wenn sie nicht gehorcht, schlagt sie bewußtlos und schleift sie hinein!«

»Bret ...,«

»Du lieber Himmel, reicht eine Frau nicht aus, um einem Mann das Leben schwerzumachen? Geh, Elysia!« Er zog sie an sich und küßte sie geistesabwesend auf die Stirn. »Vor lauter Angst bin ich halb von Sinnen. Bitte, tu doch, was ich dir sage!«

Als sie Etiennes starke Hand auf ihrer Schulter spürte, blieb sie notgedrungen stehen. David rannte an ihr vorbei und schloß sich ihrem Bruder an. Großer Gott, was hatte Allora nur getan? Kalte Furcht krampfte Elysias Herz zusammen, und plötzlich stockte ihr Atem.

Es mußte die Schwägerin gewesen sein, die versucht hatte, die Tür des Turmzimmers zu öffnen ... Und Allora glaubte, David hätte Folterqualen erlitten.

Verzweifelt betete Elysia, ihre Schwägerin möge den tollkühnen Sprung ins Meer überleben.

Eine kalte Sternennacht wölbte sich über dem Meer, als Allora in die Finsternis hinabblickte. Nun durfte sie nicht mehr lange zögern. Bald würden sich die Wachtposten dem Südturm nähern. Ein heftiger Wind zerrte an ihrem dünnen Leinenhemd.

Mit erhobenen Armen holte sie tief Luft und sprang hinab. Zunächst war sie im eisigen Wasser wie gelähmt und konnte ihre Glieder nicht bewegen. Doch dann merkte sie, wie schnell sie hinuntersank, und zwang sich zu schwimmen.

Keuchend tauchte sie auf. Das lange Hemd behinderte sie, und sie zog es kurz entschlossen aus. Im Wald würde sie eine Hütte finden, vielleicht eine Decke, in die sie ihren frierenden, zitternden Körper wickeln konnte. So schnell sie es vermochte, schwamm sie in die Richtung des Festlandes. Endlich spürte sie Sand und Kies unter den Füßen.

Mit letzter Kraft taumelte Allora durch die Brandung. Wie ein nasser Mantel hing ihr Haar bis zu den Hüften hinab. Und dann blieb sie bestürzt stehen.

Er wartete am Strand, auf dem Rücken seines weißen Schlachtrosses, von Sternenlicht umflossen. In seinen Augen las sie kalten Zorn. Um Himmels willen, wie war er nur hierhergekommen? Längst hatte das Meer die Sandfläche zwischen der Far Isle und dem Festland überspült.

In wilder Panik wollte sie sich wieder ins Meer stürzen. Doch da sprengte Ajax in die Brandung, Brets starker Arm umfaßte Allora und zerrte sie quer über den Sattel.

Unsanft schlangen sich seine Finger in ihr Haar. »Ein Glück, daß du nicht erfroren bist, Lady! Nun kann ich dir die Haut bei lebendigem Leib abziehen.« Er ritt zum Strand zurück, stieg ab und hob seine Frau vom Pferd. Dann stellte er sie unsanft in den Sand. Wütend musterte er sie von Kopf bis Fuß. »Wolltest du nackt zu meinen Feinden überlaufen?«

»Hätte ich mein Hemd nicht ausgezogen, wäre ich ertrunken ...«

»Am liebsten würde ich dich selber ertränken, wenn ich nicht auf unsere Tochter Rücksicht nehmen müßte!«

»Ich mußte doch versuchen, David zu retten. Und ich wußte, du würdest ihn gegen mich austauschen. Da du ihn gefoltert hast ...«

»Ich habe ihn gefoltert? Gar nichts tat ich deinem kostbaren David an! Noch bevor ich von deinem verrückten Plan erfuhr, schenkte ich ihm die Freiheit. Für nichts und wieder nichts hast du dein Leben aufs Spiel gesetzt!«

»Glaub mir, mein Leben war nicht in Gefahr!« stieß sie zwischen klappernden Zähnen hervor. »Nie habe ich bezweifelt, daß ich's schaffen würde.«

Ungeduldig riß er seinen Mantel von den Schultern und wickelte Allora darin ein. »Jetzt werden wir in die Festung zurückkehren. Dort setzen wir unser Gespräch fort.«

Er packte ihren Oberarm und zerrte sie mit sich. Jetzt erkannte sie, wie er hierhergelangt war. Am Strand lag ein großes Floß. Jarrett stand bereit, ein Ruder in den Händen.

»Mylady ...« Höflich verbeugte er sich und zuckte nicht mit der Wimper, während Bret seine bebende, nur mit einem Umhang bekleidete Frau und Ajax an Bord brachte. Sie nickte dem Ritter bedrückt zu.

Sobald ihr Mann sie losgelassen hatte, sank sie erschöpft auf die Knie und beobachtete, wie Jarrett das Floß ins Wasser schob. Dann stieg er hinauf, und sein Herr ergriff ein zweites Ruder.

Schnell glitt das Floß über die Wellen, und bald hatten sie die Anlegestelle vor dem Festungstor erreicht. Lauter Jubel drang von den Zinnen herab, und Allora starrte verwirrt nach oben.

Zahlreiche Männer standen dort — Brets Gefolge und ihr eigenes. Offensichtlich freuten sie sich, weil ihr Laird seine Frau zurückgeholt hatte.

»In unseren normannischen und angelsächsischen Adern fließt immer noch Wikingerblut«, bemerkte er kühl. »Die Leute bewundern deine Kühnheit.«

Als sie an Land gegangen waren, schlug er auf Ajax' Kruppe, und der Hengst trabte über die Felsen davon, um sich trocknen zu lassen. Zwei Männer rannten aus dem Tor und halfen Jarrett, das Floß aus dem Wasser zu ziehen. Unterdessen führte Bret seine Frau durch den Hof, vorbei an jubelnden Dienstboten.

In der Halle angekommen, schaute er sie fragend an. »Tut's dir leid?«

»Ich bedaure nur, daß ich dir nicht entkommen bin. Meinen Fluchtversuch — keineswegs ...« Ihre Zähne klapperten immer noch. »In meiner Sorge um David mußte ich's einfach wagen.«

»Geh nach oben!« fauchte er.

Diesem Befehl folgte sie nur zu gern, wenn sie seinem Zorn auch nur kurzfristig entrinnen konnte.

In der Halle warteten einige Leute — Sir Christian, Vater Jonathan, Timothy, Lilith und einige Ritter. Während Allora die Treppe hinaufeilte, hörte sie, wie Bret ihnen versicherte, alles sei in Ordnung.

Fröstelnd betrat sie ihr Schlafgemach, wo Elysia ihr entgegeneilte. »Gott sei Dank! Du lebst!« rief sie überglücklich und umarmte ihre Schwägerin. »Ich hatte solche Angst um dich!«

»Das war überflüssig, denn ich wußte, was ich tat. Wo ist mein Baby?«

»In Marys Zimmer.«

»Und David ... Mein Mann behauptete, er habe ihn freigelassen, noch bevor ich ins Meer sprang. Ist das wahr?«

»O ja. Er fuhr mit Bret und Jarrett auf dem Floß zum Festland hinüber.«

Stöhnend preßte Allora ihre Hände an die kalten Wangen. »Und ich dachte, er würde grausam gefoltert! Als ich dieses schreckliche Stöhnen hörte ...«

»Das war kein schreckliches Stöhnen«, protestierte Elysia und wurde feuerrot.

»Oh ...« Verwirrt starrte Allora ihre Schwägerin an, dann ging ihr ein Licht auf. Ihre Knie gaben nach, und sie wäre zusammengebrochen, hätte Elysia sie nicht gestützt und zu einem Sessel geführt.

»Bitte, du darfst deinem Mann nichts verraten!«

Beinahe wäre Allora in hysterisches Gelächter ausgebrochen. So viel hatte sie gewagt, nur weil David und Elysia ...

»Bitte!« flehte Elysia und senkte die Wimpern. »David würde es nicht bestreiten, aber ich habe solche Angst. Heute abend legte er seinen Treueeid vor Bret ab. Überleg doch, was mein Bruder täte, wenn er es wüßte! Er würde sich verantwortlich fühlen, und mein Vater ...«

Beklommen verstummte sie.

»Schon gut, ich werde nichts ausplaudern.«

»Wie willst du dann begründen ...«

»Oh, Bret wird keine Erklärung von mir verlangen. Jetzt solltest du gehen. Er wird bald heraufkommen.«

Unglücklich küßte Elysia den feuchten Scheitel ihrer Schwägerin, dann eilte sie aus dem Zimmer.

Allora stand auf und trat vors Kaminfeuer, um sich zu wärmen. Im selben Augenblick flog die Tür auf, fiel krachend wieder ins Schloß, und Bret lehnte sich dagegen.

»Was sollte ich denn glauben?« begann sie sich zu verteidigen. »Während ich mit den Eroberern Frieden schloß, warst du so grausam, einen guten Mann gefangenzuhalten, der jahrelang für mich und die meinen gekämpft hatte. Also mußte ich versuchen, ihn zu retten. Glaub mir, ich schwamm nicht zum Festland, um dir zu entfliehen ...«

»Warum dachtest du, ich hätte ihn gefoltert?« unterbrach er sie.

Das Blut stieg ihr in die Wangen, und sie wich seinem Blick aus. Ntürlich durfte sie ihre Schwägerin nicht verraten. Das hatte sie ihr versprochen. »Nun, ich gewann diesen Eindruck.« Sie preßte die zitternden Lippen zusammen, dann flüsterte sie: »Wie willst du mich diesmal bestrafen? Sperrst du mich wieder in den Nordturm?«

»Erst einmal wirst du ein heißes Bad nehmen. Du darfst dich nicht erkälten. Wenn ich meine Wut an dir auslasse, mußt du gesund sein.«

»Und dann?« fragte sie angstvoll.

»Das bleibt abzuwarten«, erwiderte er, verließ das Zimmer und schloß die Tür.

21

Wohlig rekelte sich Allora in der Badewanne. Sie hatte ihren Körper geschrubbt und ihr Haar gewaschen. Und jetzt, da das Wasser abkühlte, stieg sie nur widerstrebend hinaus.

Wie absurd ... Als könnte ihr die kleine Holzwanne Schutz vor Brets Zorn bieten! In ein Badetuch gewickelt, saß sie vor dem Kamin und bürstete ihre feuchten Locken.

Die Tür schwang auf, wurde geschlossen, und Allora zuckte erschrocken zusammen. Sie drehte sich nicht um, sondern wartete.

Während sie hörte, wie Bret umherging und sich auskleidete, sagte er kein Wort.

Schließlich wandte sie den Kopf ein wenig zur Seite und beobachtete ihn aus den Augenwinkeln. Er stand nackt neben dem Bett, löschte mit Daumen und Zeigefinger die Kerze auf der Truhe. Dann kroch er unter die Decke. Nur das Kaminfeuer erhellte den Raum. Eine Ewigkeit schien zu verstreichen, und Allora fühlte sich seltsam allein.

»Komm zu mir!« befahl er plötzlich.

In ihrer Verwirrung gehorchte sie viel zu schnell, doch das wurde ihr erst später bewußt. Immer noch ins Badetuch gehüllt, schlüpfte sie unter die Decke.

Bret zog sie an sich und strich über ihren Körper. »Was ist das?«

»Ein Badetuch. So etwas gibt es auch in London.«

»Und was hat es im Bett zu suchen?«

»Mir war kalt ...«

»Ah, ich verstehe. Es macht dir nichts aus, von der Brustwehr ins eisige Meer zu springen, aber ...«

»Ich trug ein Hemd.«

»Als ich dich am Strand abfing, warst du splitterfasernackt.«

»Weil ich das Hemd ausziehen mußte. Sonst hätte es mich in die Tiefe gezogen.«

»Und dann stiegst du wie eine schöne Meerjungfrau aus dem Wasser, eine Augenweide für alle Männer ...«

»Außer dir hat mich keiner gesehen.«

»Aber du wolltest splitternackt vor deinen Onkel und seine Krieger treten. Welch eine glorreiche Wiedervereinigung wäre das gewesen!«

»Sicher hätte ich in einer Jagdhütte Wolldecken gefunden.«

»Worauf es *jetzt* ankommt, Lady — nimm das Badetuch weg!«

Entgeistert starrte sie ihn an. Als sie seinen Wunsch nicht schnell genug erfüllte, riß er ihr das Tuch vom Körper und warf es zu Boden. Sie lag auf dem Bauch, schnappte verwirrt nach Luft, und da berührte er sie wieder — diesmal viel sanfter. Behutsam strich er ihr das Haar aus dem Nacken. Dann wanderten seine Fingerspitzen über ihren Rücken, seine Zunge folgte den Spuren, die sie zogen. Er drehte Allora auf den Rücken und streichelte ihre Brüste so aufreizend, daß zwischen ihren Beinen ein wildes Feuer brannte. Oh, wie verzweifelt sie ihn begehrte ...

Offenbar wußte er, wonach sie sich sehnte. Er liebkoste ihre Schenkel, und sein intimer Kuß entlockte ihr einen halberstickten Schrei. Langsam und genüßlich saugte er an den Knospen ihrer Brüste. Als sie glaubte, sie würde es nicht länger ertragen, drang er endlich in sie ein, immer tiefer.

Das Gesicht an seine Schulter gepreßt, paßte sie sich harmonisch seinem Rhythmus an. Jetzt ging er nicht mehr sanft mit ihr um. In hemmungsloser Leidenschaft strebte er dem Höhepunkt der Lust entgegen. Pelze und

Laken fielen zu Boden. Trotz seiner unbeherrschten Kraft breitete sich ein süßes Entzücken in Alloras Körper aus. Ihre Finger gruben sich in seinen muskulösen Rücken. Wie aus weiter Ferne hörte sie ihr eigenes Stöhnen. Die Erfüllung jagte flammende Wellen durch ihre Adern. Wenig später spürte sie, wie auch ihn eine heftige Erschütterung erfaßte.

Als er sich neben ihr ausstreckte, erwartete sie, er würde sie wieder in die Arme nehmen.

Doch er rührte sie nicht an. Statt dessen musterte er sie forschend. »Keine süßen Worte heute nacht, meine Liebe?« fragte er spöttisch.

Bedrückt senkte sie die Lider. Im Rausch der Sinnenlust hatte sie die Trübung ihres Eheglücks verdrängt. »Was könnte ich sagen, das du für bare Münze nehmen würdest?«

»Und wie soll ich dir glauben, wenn du mir versicherst, du würdest unsere Ehe akzeptieren — und dann lieber ins kalte Meer springst, als bei mir zu bleiben?«

»Es ging um David ...«

»Um einen anderen Mann!« unterbrach er sie in scharfem Ton. »Das ist natürlich eine ausreichende Entschuldigung.«

»Aber ich ahnte doch nicht ...«

»Du hättest es wissen müssen. Inzwischen kennst du mich gut genug. Dachtest du denn wirklich, ich hätte deinen edlen blonden Freund gefoltert?«

Unglücklicherweise durfte sie ihm nicht erklären, sie habe jenes Stöhnen mißdeutet. Sonst würde sie ihre Schwägerin seinem Zorn ausliefern. »Warum sollte ich dir das nicht zutrauen? Immerhin hast du auch mich in den Nordturm gesperrt.«

»Nur weil ich mich provoziert fühlte — bis zum äußersten. Aber ich habe dich schon nach wenigen Stunden freigelassen. Und wie soll unsere Zukunft aussehen, Allora?«

Sie stieg aus dem Bett, hob ein Leintuch vom Boden auf und schlang es um ihren Körper. Dann ging sie zum Kamin, um das Feuer zu schüren.

Auch Bret stand auf, kniete neben ihr nieder und warf ein Scheit in die Flammen. »Keine Liebesworte, Lady? Kein Versprechen, du würdest mir nie wieder trotzen, weil du mich anbetest?«

»Es genügt doch, wenn du selbst von dir entzückt bist«, erwiderte sie, und er lächelte. »Außerdem wäre die Frage zu klären, was *du* für *mich* empfindest.«

»Wie ich dir bereits versichert habe, faszinierst du mich. Und ich begehre dich über alle Maßen.«

»Mehr als eine alte Hexe?«

»Zweifellos.«

»Das ist alles? Ich soll dir mein Herz zu Füßen legen, damit du drauf herumtrampeln kannst, und du erklärst mir nur, du würdest mich einer alten Hexe vorziehen?«

»Wenn ich dir meine Liebe gestehen und dir rückhaltlos trauen würde und dich nicht mehr bewachen ließe, müßte ich befürchten, daß du das Tor öffnest und alle meine Feinde einlädst. Genausogut könnte ich meinen Kopf auf den Richtblock legen.« Unwillig wandte sie sich ab, und er berührte ihre Wange. »Gehen wir wieder ins Bett?«

»Nein ... Wollen wir die Pelze vor dem Kamin ausbreiten, uns darauf setzen und die Flammen beobachten?«

»Einverstanden.« Bret holte einige Felldecken. Eine legte er um Alloras Schultern. Dann setzte er sich, und sie lehnte an seiner Brust. »Also, wie soll die Zukunft aussehen?«

»Du wirst mir verzeihen und vergessen ...«

Bedrückt verstummte sie, als sie spürte, wie sich seine Muskeln anspannten.

»Vergessen? Niemals!«

»Glaub mir, ich wollte dich nicht verletzen — nur am Anfang, weil du ein so unerträglich arroganter Bastard warst ...«

»... und du ein verwöhntes Balg.«
»Außerdem hast du Lady Lucinda geliebt.«
»Nein, aber ich wollte sie heiraten.«
»Ah! Und mich liebst du auch nicht.«
Eine Zeitlang schwieg er, dann küßte er ihren Hals, dicht unterhalb eines Ohrläppchens. »Ich bin hingerissen von dir, und du weckst immer wieder mein Verlangen. Genügt das nicht?«
»Nein, ganz und gar nicht.« Aber sie drehte sich in Brets Armen um und erwiderte seinen Kuß.
Wenig später lagen sie auf den Pelzen, liebten sich im goldenen Feuerschein, und danach schloß Allora die Augen, müde und zufrieden. Ja, ich liebe dich, dachte sie und hörte sein Flüstern.
»Wenn du wüßtest, wie verrückt ich nach dir bin, Lady ...«
Da lächelte sie. Obwohl er ihr nicht traute — sie vertraute ihm voll und ganz. Würde er doch an sie glauben! Dann könnte sie ihm ihr Herz und ihre Seele offenbaren.

Ereignislos verstrichen die nächsten Wochen. Zwei Monate nach seiner Ankunft hielt Bret zum erstenmal Gericht über die Leute, um ihre Streitigkeiten zu schlichten.
Auch Allora saß in der großen Halle und stickte an ihrem Wandteppich. Neben ihr stand die Wiege, in der Brianna schlief. Doch dann beschloß sie zu gehen. Da sie es gewohnt war, selbst zu urteilen, würde sie sich versucht fühlen, ihrem Mann Ratschläge zu erteilen. Als sie aufstand, hob er die Brauen. »Bleib hier, Lady!«
»Lieber nicht ...«
»Aber ich hab's dir befohlen, und ich kann mir nicht vorstellen, daß du ausgerechnet heute nicht deine eigene Meinung vertreten willst.«
Unbehaglich nahm sie wieder Platz und gelobte sich, den Mund zu halten. Es sei denn, er war ungerecht ...
Die Leute brachten ihre üblichen Beschwerden vor. Da

einige nur das Gälisch des Grenzlandes sprachen, fungierte Vater Jonathan als Dolmetscher.

Aufmerksam hörte Bret zu. Inzwischen hatte Allora ihm die Unterschiede zwischen der schottischen und der normannischen Gerichtsbarkeit erklärt, und nun konnte er seine neuen Kenntnisse anwenden.

Zwei Männer stritten wegen eines Lamms, und der eine behauptete, der andere habe es absichtlich mit seinem Karren überfahren. Als der Laird nach Einzelheiten fragte, erfuhr er, der Besitzer des Lamms sei so boshaft gewesen, den Kessel des anderen umzuwerfen, der gerade mühsam Seife gesiedet habe.

Nachdenklich strich Bret über sein Kinn, und es lag Allora auf der Zunge, die beiden zu ermahnen. Mit solchen Nichtigkeiten durfte man ihrem Mann nicht die Zeit stehlen.

»Ihr werdet Eurem Nachbarn helfen, neue Seife herzustellen«, entschied er. »Und Ihr kauft ein Lamm. Wenn Ihr weiterhin streitet, nehme ich Euch die Seife und das Lamm weg, und Ihr habt das Nachsehen. In Zukunft will ich mich nicht mit solchen Kleinigkeiten abgeben. Der nächste Fall ...«

Nun erklärte ein Mann, er könne seine Pacht nicht zahlen, da sein Land immer wieder von Meereswasser überflutet werde. Er habe seinen Nachbarn um ein kleines Grundstück gebeten, aber dieser würde nicht einsehen, warum er für das Pech eines anderen büßen solle.

Landkarten wurden vorgelegt, und Bret studierte sie ebenso wie Allora. Sicher brennt sie darauf, ihre Meinung zu äußern, dachte er. Sie hörte interessiert zu, aber jedesmal, wenn er sie anschaute, beugte sie sich rasch über ihre Nadel. Ihre Handarbeiten waren wunderschön. Schon oft hatte er diesen oder jenen Wandbehang bewundert und erfahren, das sei Ladys Alloras Werk, das sie nach ihrer Rückkehr aus London angefertigt hatte.

Doch er bezweifelte, daß diese Stickereien sie ausfüllten. Sie war es gewöhnt zu regieren. Vor seiner Ankunft hatte sie die Insel beherrscht, wenn auch unter Roberts Fuchtel. Und nun ärgerte sie sich vermutlich, weil er ihr die Macht entrissen hatte.

Trotzdem wollte er der alleinige Herr dieser Insel sein. Von den sächsischen Gesetzen, die dem schöneren Geschlecht so viele Befugnisse zugestanden hatte, hielt er nichts, denn die Frauen konnten gefährlich werden. Das wußte er sehr gut.

Aber während dieser Gerichtsverhandlung saß Allora auf seinen ausdrücklichen Wunsch neben ihm, denn es ging um einen schwierigen Fall, auf den Vater Jonathan ihn bereits zu Beginn der Woche hingewiesen hatte.

Nun trat der Priester vor, entrollte ein Pergament und erklärte: »Mylord, bei dieser Anklage handelt es sich um eine Vergewaltigung.«

Bestürzt legte Allora ihre Handarbeit beiseite und musterte die Gruppe, die Vater Jonathan aufgerufen hatte. Das dunkelhaarige Mädchen, das den Kopf senkte, war die Tochter eines Schäfers, eines hochgewachsenen Mannes mit dichter weißer Mähne, der nun zu sprechen begann: »Mylord, Sarah ist ein gutes, unschuldiges Kind. Ich bitte Euch um Gerechtigkeit, denn sie erwartet ein Baby, und deshalb kann sie keinen braven Burschen heiraten. Da meine Frau und ich schon acht Sprößlinge haben, schaffen wir's nicht, in diesem Winter noch eins durchzufüttern. Jetzt hoffen wir, daß der Missetäter zur Rechenschaft gezogen wird.«

Was für ein beredsamer Mann, dachte Bret, und beobachtete Allora. In früheren Zeiten war eine erwiesene Vergewaltigung mit Kastration bestraft worden.

»Und der Angeklagte?« fragte er, obwohl er ihn kannte. Der junge Bretone gehörte zu seinem Gefolge und war erst neulich zum Ritter geschlagen worden — ein hübscher Bursche, nicht viel älter als das Mädchen.

Wortlos trat er vor, und der würdevolle alte Schäfer fuhr

fort: »Man sagte mir, ich sei von Sinnen, wenn ich einen Eurer Männer beschuldige, Mylord. Aber man versicherte mir auch, daß Ihr gerecht seid. Deshalb habe ich mich an Euch gewandt, um Gerechtigkeit zu fordern.«

»Was habt Ihr mir zu sagen, Raoul?« fragte Bret.

»Sire, schon seit langer Zeit diene ich Euch — erst im Stall, dann kämpfte ich mit Euch in der Normandie und wurde in den Ritterstand erhoben. Ihr kennt mich ...«

»Und Ihr wißt, daß ich weder Vergewaltigungen noch Plünderungen dulde. In diesem Land wiegt ein solches Vergehen noch schwerer, denn hier bin ich der Herr, und Ihr zählt zu meinen Rittern. Seid Ihr der Vater des Babys?«

»Aye, Sire. Aber ich schwöre bei Gott, es war keine Vergewaltigung.«

»Meine Tochter wußte nichts von fleischlichen Gelüsten, Mylord!« warf der Schäfer ein. »Was werdet Ihr tun?«

Bret lehnte sich in seinem Sessel zurück. »Was ich tun werde?« Er neigte sich zu Allora. »Offensichtlich geht es in diesem Fall um Herzensdinge. Möchtest du nicht urteilen, meine Liebe?« Er wußte sehr wohl, was er dabei riskierte. Womöglich würde sie den Burschen entmannen lassen.

Verwundert hob sie die Brauen. »Du scherzt!« flüsterte sie.

»Keineswegs. Es würde mich wirklich interessieren, wie du ein solches Problem zu lösen gedenkst.«

Sie stand anmutig auf und ging zu dem Mädchen. »Hat er dir weh getan, Sarah?«

»Mylady!« rief der Schäfer ärgerlich. »Niemals würde sie einen Mann verführen!«

»Nun, hat er dir weh getan, Sarah?« wiederholte Allora. »War es eine Vergewaltigung?«

Das Mädchen schüttelte den Kopf, die Augen voller Tränen.

Jetzt wandte sich Allora an Raoul, hoch aufgerichtet wie ein schöner Racheengel. »Wenn es keine Vergewaltigung war, dann habt Ihr dieses unschuldige junge Mädchen zweifellos verführt.«

»O Mylady«, erwiderte er unglücklich, »ich wollte ihr keinen Schaden zufügen.«

»Trotzdem ist ein Unheil geschehen.«

»Ich flehe Euch an — verzeiht mir ...«, bat Raoul, dann versagte seine Stimme. Nur zu gut wußte er, welche Strafe ihm drohte.

»Ich habe Euch nichts zu verzeihen. Gewiß, das Mädchen ist nur eine Schäfertochter, und Ihr seid ein vornehmer Ritter. Aber wenn Ihr jemanden um Vergebung bitten wollt, dann wendet Euch an Sarah. Und falls sie einverstanden ist und ihr Vater keine Einwände erhebt, würde ich Euch empfehlen, sie zu heiraten.«

Verblüfft schnappten die jungen Leute nach Luft, und Bret lächelte zufrieden.

»Vielleicht solltet Ihr niederknien und um Sarahs Hand bitten, Sir«, schlug Allora dem jungen Ritter vor.

»Aye, Mylady! Aye!« rief er eifrig, fiel vor Sarah auf die Knie und machte ihr einen formvollendeten Heiratsantrag.

Der verdutzte Vater starrte Allora an. »Aber der Junge ist mit den Normannen gekommen, Mylady!«

»Allerdings. Und ich halte ihn für einen anständigen Mann, einen erprobten Krieger.«

Langsam nickte der Schäfer. »Also dann — aye. Jedes Kind braucht einen Vater, ganz gleichgültig, wo er herkommt.«

»Sir, diese Insel ist jetzt meine Heimat«, betonte Raoul.

Plötzlich sprang Elysia auf, die mit Vater Damien im Hintergrund der Halle gesessen hatte, und rannte die Treppe hinauf. Bret wollte ihr folgen, aber Allora hielt ihn zurück. »Laß nur, ich kümmere mich um sie. Du mußt die Gerichtsverhandlung beenden.«

Ohne eine Antwort abzuwarten, folgte sie ihrer Schwägerin, die ein Zimmer im zweiten Stock bewohnte.

Elysia hatte sich auf ihr Bett geworfen und schluchzte herzzerreißend.

»Um Himmels willen, was bedrückt dich denn?« fragte Allora, setzte sich zu ihr und streichelte die bebenden Schultern.

»Oh, ich habe solche Angst!« Elysia wandte sich zu ihr und starrte sie durch einen Tränenschleier an.

»Wovor?«

»Bitte, du darfst es meinem Bruder nicht erzählen!«

»Vielleicht könnte er dir helfen . . .«

»Nein, nein! Er darf nichts erfahren! Allora, das mußt du mir schwören!«

»Also, gut«, stimmte Allora seufzend zu. »Ich werde ihm nichts verraten. Und nun sag mir endlich, was dich quält!«

»Ich erwarte ein Kind«, wisperte Elysia.

»Oh — von David . . .« Offenbar hatte Allora richtig geraten, denn ihre Schwägerin schluchzte noch lauter. »Still! Wenn er dich hört, kommt er womöglich herauf und verlangt eine Erklärung. Sei unbesorgt, meine Liebe, David ist ein Ehrenmann und wird dich bestimmt heiraten . . .«

»Bret würde ihn sicher umbringen! Immerhin war David einer der Schotten, die mich entführt haben. Bitte, du mußt es meinem Bruder verschweigen!«

»Aber David sollte es erfahren. Vielleicht könntet ihr beide zu Bret gehen und . . .«

»Wie du weißt, ist David verschwunden, seit Bret ihn freigelassen hat. Er hat sich irgendwo auf dem Festland verkrochen, mit deinem elenden Onkel und seinem barbarischen Heer . . .«

»Elysia, bitte!«

»Oh, tut mir leid . . . Seit jenem Tag hat David nicht versucht, mich zu erreichen.«

»Ich kann ihn finden.«

»Wirklich?« In Elysias tränenfeuchten Augen leuchtete ein neuer Hoffnungsschimmer.

»Ganz gewiß. Die meisten Grenzland-Lairds verbringen den Winter in ihren Häusern.«

»Aber wie willst du die Festung verlassen, ohne daß Bret es merkt?«

»Weihnachten steht vor der Tür. Am Stephanitag feiern die Dienstboten, Bauern und Handwerker draußen auf der Sandfläche. Da herrscht ein ständiges Kommen und Gehen. Sicher kann ich an den Wachtposten vorbeischleichen.«

»O Allora, das würdest du für mich tun?« schluchzte Elysia.

»Hör zu weinen auf! Bald wird dein Bruder nach dir sehen. Sei ganz beruhigt, ich werde David finden. Das schwöre ich dir.« Nur mühsam verbarg Allora ihre Angst. Welch ein Wagnis würde sie eingehen ...

22

Zur Weihnachtszeit wunderte sie sich wieder einmal, weil die Inselbewohner ihren neuen Herrn so schnell ins Herz geschlossen hatten. Trotz eisiger Winterstürme und starker Schneefälle waren alle Leute in bester Stimmung.

Am Morgen vor dem Heiligen Abend ging Allora in die Kapelle, um Vater Jonathan zu suchen. Sie hatte ein Weihnachtsgeschenk für ihn angefertigt, einen Umhang aus warmer Wolle, den sie ihm allein übergeben wollte, ungestört von neugierigen Blicken.

Als sie die kleine Kirche betrat, sah sie den Priester vor dem Altar knien. Auf leisen Sohlen ging sie zu ihm und wartete, bis er sein Gebet beendete.

Doch er hörte ihre Schritte, stand auf und drehte sich um. Es war nicht Vater Jonathan, sondern der sächsische Priester, der dem Gefolge ihres Mannes angehörte.

Vater Damien. Dieser Mann hatte sie mit Bret verheiratet und vor der Vergiftung gerettet. Dafür war sie ihm dankbar, aber in seiner Nähe fühlte sie sich stets unbehaglich. Seine sonderbaren, unergründlichen Augen schienen sie ständig zu beobachten und alles zu sehen. Hochgewachsen und breitschultrig, hätte er sich vielleicht eher zum Ritter geeignet als zu einem Kirchenmann. In der Festung war er sehr beliebt. Die Leute baten ihn oft um Rat, und einige glaubten, er besäße magische Kräfte und könnte in die Zukunft blicken.

»Mylady, was kann ich für Euch tun?« fragte er sanft.

»Ich suche Vater Jonathan«, antwortete sie und hielt den Umhang hoch. »Das wollte ich ihm bringen, weil er sich so leicht erkältet.«

»Was für ein schönes Geschenk! Sicher wird er Eure Güte zu schätzen wissen.« Er hob seine silbergrauen

Brauen. »Aber ich dachte, Ihr wärt hierhergekommen, um die Beichte abzulegen.«

Wußte er, welche Geheimnisse sie in ihrer Seele barg? »Ihr scheint zu glauben, ich hätte etwas zu beichten, Vater.«

»Hin und wieder müssen alle Kinder Gottes ihre Sünden gestehen und ihr Gewissen erleichtern.«

»Wie definiert man eine Sünde?« entgegnete sie kühl. »Vermutlich sind wir beide verschiedener Meinung, was das betrifft.«

»Mylady, ich erinnere mich noch sehr gut an Eure Trauung. Damals habt Ihr vor Gott und den Menschen geschworen, Euren Mann zu lieben und zu ehren und ihm zu gehorchen.«

Sie schluckte mühsam. Nur noch ein einziges Mal wollte sie Brets Wünsche mißachten. Wenn alles gutging, würde er niemals erfahren, welchen Gefallen sie seiner Schwester erwies. Aber Damien wußte offenbar schon jetzt Bescheid.

»Und in welcher Weise breche ich mein Gelübde, Vater?«

»Nun, Mylady, Ihr müßt zugeben . . . Zunächst das Gift . . .«

»Davon wußte ich nichts!« protestierte Allora. »Ich dachte, Ihr hättet mir geglaubt.«

»Ja, ich glaubte Euch. Doch dann habt Ihr die Flucht ergriffen, Euren Gemahl bekämpft und seid ins Meer gesprungen . . .«

»Das alles geht nur Bret und mich etwas an«, würgte sie hervor. »Vielleicht solltet Ihr ihn mal nach *seinem* Gelübde fragen . . .« Sie verstummte und senkte die Augenlider. Welch eine alberne Verteidigungstaktik! Bret hatte nie ein Unrecht an ihr begangen und ihre Missetaten eher milde geahndet. Wie sie sich eingestehen mußte, war sie glücklich mit ihm, obwohl er trotz aller leidenschaftlicher Umarmungen ihr niemals gestand, sie zu lieben.

»Sorgt er nicht gut für Euch, Mylady?«

»Deshalb braucht Ihr Euch nicht den Kopf zu zerbrechen.«

»Ich möchte Euch keinen Kummer bereiten, und ich wünsche Euch Gottes Segen. Aber ich muß Euch warnen. Denkt an Euer Gelübde, Mylady! Es ist eine schwere Sünde, heilige Eide zu brechen. Solltet Ihr Euch trotzdem dazu entschließen, wird Euch der Allmächtige ebenso strafen wie Euer Gemahl.«

Sie wollte nichts mehr hören. »Vater Damien, ich hoffe, Ihr nehmt morgen an unserer Weihnachtsfeier teil, die nach dem Gottesdienst stattfinden wird.« Hastig wandte sie sich ab, legte Vater Jonathans Umhang über eine Kirchenbank und floh in den Hof.

An diesem Tag begegnete sie ihrem Mann nur selten. Er hielt mit seinen Rittern auf der Sandfläche Kampfübungen ab und brachte den Schotten normannische Taktiken bei, um sein eigenes Gefolge und die Grenzländer zu einem einheitlichen Heer zu verschmelzen. Sollte ein Krieg ausbrechen — würden sich die Einheimischen an den Treueeid halten, den sie Bret geschworen hatten, oder zu Robert Canadys überlaufen?

Diese Frage stellte sich Allora immer wieder, und sie ahnte, daß dieses Problem auch ihren Gemahl beschäftigte.

Inzwischen hatten die Normannen begonnen, auf dem Festland, gegenüber der Far Isle, eine zweite Festung zu errichten. Sobald sie fertiggestellt war, würde es den Gegnern noch schwererfallen, sich unbemerkt zu nähern. Aber Bret mußte die Wälder an der Küste immer noch als feindliches Gebiet betrachten. Gleich jenseits des ersten Hügels stand Roberts streng bewachtes Herrschaftshaus. Dahinter wohnte David, und seinem Halbbruder Duncan gehörten die angrenzenden Ländereien. Auch andere Lairds waren eng mit der Familie Canadys verbunden.

Würden sie jemals einen normannischen Oberherrn anerkennen?

Als das Meer den weißen Sand überspülte, kehrte Bret in die Halle zurück und übergab seine Rüstung einem Diener. Halb erfreut, halb wehmütig betrachtete Allora ihren Mann. Seine goldgelben Hemdsärmel schimmerten im Kerzenlicht, eine königsblaue Tunika mit Hermelinbesatz betonte seine stattliche Erscheinung. Könnte doch die letzte Barriere zwischen ihnen fallen! Wann würde er ihr endlich seine Liebe gestehen?

Er trat vor den Kamin, um sich die Hände zu wärmen. Dann schaute er seine Frau an, und sie ging lächelnd zu ihm.

»In dieser Gegend brennt die Kälte so stark wie ein Feuer, Lady«, seufzte er und küßte ihre Lippen.

»Aber du wirst in einer warmen Festung willkommen geheißen.«

»Auch von dir?«

»Wie kannst du daran zweifeln, ausgerechnet du mit deinem unerschütterlichen Selbstvertrauen? Außerdem habe ich dich schon oft genug freundlich begrüßt.«

Er lächelte. »Nun sollten wir uns an den Tisch setzen. Die anderen starren uns schon an, und vermutlich wollen sie mit uns den Heiligen Abend feiern, ehe der Hausherr seine Lady ins Schlafzimmer zerrt.«

Rasch drehte sie sich um. Tatsächlich — alle Haushaltsmitglieder standen erwartungsvoll hinter ihren Stühlen. Allora und Bret nahmen am Kopfende der Tafel Platz. An einer Seite saßen Sir Christian, Timothy, Vater Jonathan und Lilith, an der anderen Jarrett, Etienne, Jacques und Elysia. Vater Damien war nicht erschienen. Vielleicht würde er am Weihnachtstag in die Halle kommen.

Als das Essen serviert wurde, staunte Allora über die üppigen Speisen. »Oh, Wildschwein und Reh!«

»In letzter Zeit sind wir oft jagen gegangen, Mylady«, erklärte Jarrett.

»Auf dem Festland?«

»Falls Ihr um unsere Sicherheit besorgt seid — wir waren immer sehr vorsichtig.«

Sie schaute Bret an, der sie eindringlich musterte. »Glaubst du, in den Wäldern könnten uns Gefahren drohen, Allora?«

»Das weißt du doch. Selbst wenn du dieses Gebiet zu England zählst, deine Nachbarn sind immer noch Schotten.«

»Während der Wintermonate müßten sie sich in ihren Häusern verkriechen.«

»Gewiß.«

»Aber sie jagen auch im Winter«, warf Vater Jonathan ein. »Im ganzen Wald sind ihre Jagdhütten verteilt. Und obwohl ich's nur ungern sage ...« Unbehaglich verstummte er.

»Was, Vater?« fragte Bret.

Der Priester seufzte tief auf. »Nun, Mylord, die Leute kommen und gehen ... Zum Beipiel ist die Tochter unseres Müllers mit dem jungen Swen verheiratet, der einem Laird auf dem Festland als Reitknecht dient. Die junge Frau schickt ihrer Mutter regelmäßig Butter in die Festung, und dafür bekommt sie schöne Wolle. Neulich erzählte mir die Müllerin, diesmal würde der Winter die Bauern dort drüben besonders hart treffen. Da sie sich zum Kampf gegen Euch rüsten mußten, Mylord, wurden die Felder vernachlässigt. Die Ernte war spärlich, und jetzt hungern sie.«

Nachdenklich runzelte Bret die Stirn. »Sie sind meine Vasallen, auch wenn Robert Canadys das nicht wahrhaben will. Vater Jonathan, laßt den Leuten ausrichten, sie können sich jederzeit in der Festung satt essen. Und was die zahlreichen Jagdhütten betrifft — meine Männer und ich werden sie gern benutzen.«

»Lieber Bruder, du weißt doch, daß sich Allora große Sorgen macht, wenn ihr euch dort herumtreibt«, mahnte

Elysia. »Wenigstens am Weihnachtsabend solltest du ihre Nerven schonen.«

Allora erwartete, Bret würde seine Schwester scharf zurechtweisen. Aber statt dessen lachte er. »Also gut. Weil Weihnachten ist, will ich mich mäßigen.«

Nach dem Essen traten ein Lautenspieler und ein Harfinist auf. Eine Zeitlang lauschte Bret der stimmungsvollen Musik, dann wünschte er der Tafelrunde eine gute Nacht und stieg mit seiner Frau die Treppe hinauf. Sobald die Schlafzimmertür ins Schloß gefallen war, nahm er Allora in die Arme und sank mit ihr aufs breite Bett.

Ungeduldig streifte er ihre Tunika und das Hemd nach oben. Dann öffnete er sein Hosenband, und ihre beiden Körper verschmolzen.

Allora stöhnte leise und erwiderte die heiße Leidenschaft, die sie in Brets Augen las, mit gleicher Glut. Überwältigt von ihrer süßen Erfüllung, spürte sie kaum, wie auch er sein Verlangen stillte.

Später zogen sie sich aus, schlüpften unter die Decken und liebkosten einander, bis die Erregung von neuem wuchs. Bret hob Allora hoch, so daß sie über seinen Hüften kniete. Langsam sank sie hinab und nahm ihn in sich auf, während er ihre Brüste streichelte und küßte.

Von ihrer Lust getrieben, bewegten sie sich immer schneller. Ein wilder Rhythmus führte zu einem atemberaubenden Höhepunkt. Danach erinnerte Allora sich nicht, ob sie geschrien hatte. Nur eins wußte sie — auch diesmal hatte sie vergeblich auf ein Liebesgeständnis gewartet. Sie versuchte, sich einzureden, das sei nicht so wichtig. Trotzdem mußte sie mit den Tränen kämpfen.

Bret lag an ihrer Seite, und als er sich zu ihr wandte, erwiderte sie seinen Blick nur widerstrebend. »Man könnte meinen, du habest dich inzwischen mit deiner Ehe abgefunden«, bemerkte er. »Und dafür will ich dir danken.« Er hauchte einen Kuß auf ihre Lippen, sprang aus dem Bett und wühlte in seiner Truhe. Dann setzte er sich zu Allora und reichte ihr eine Brosche aus goldenem Filigran, in deren Mitte ein großer Smaragd funkelte. Offensichtlich war das Schmuckstück sehr alt und kostbar.

»Wie schön!« flüsterte sie. »Aber — warum gibst du mir das ...?«

»Ein Weihnachtsgeschenk, Lady. Wochenlang habe ich nachgedacht und mich gefragt, was man einer Prinzessin schenken könnte, die vielleicht schon alles besitzt, was sie sich wünscht — außer ihrer Freiheit. Die kann ich dir nicht geben, aber ich hoffe, du freust dich über dieses Juwel. Meine Mutter erbte es von Harold Godwinson und überließ es mir, weil ich es so oft bewundert hatte. Vor langer Zeit wurde es in einer angelsächsischen Goldschmiede angefertigt. Abgesehen von der Tatsache, daß es durch meine Hand gegangen ist, weist es keinerlei normannische Elemente auf. Das müßte dir doch gefallen. Und die Brosche paßt zu dir. Der Smaragd erinnert mich an deine zauberhaften Augen.«

Gerührt strich sie über das kunstvoll verschlungene goldene Filigran.

»Wundervoll!« flüsterte sie. Diesmal waren es Freudentränen, die in ihren Augen brannten. So viele Gedanken hatte er sich über das Geschenk gemacht ... Sie richtete sich auf und küßte ihn zärtlich. »Oh, ich danke dir von ganzem Herzen!« Dann stieg sie aus dem Bett, nahm eine Schmuckschatulle aus ihrer Truhe und legte die Brosche vorsichtig hinein. Sie zögerte ein wenig, ehe sie einen Umhang aus kobaltblauer Wolle hervorholte und auseinanderbreitete. Am Rücken war Brets Wappen in goldgelber Seide eingestickt.

Erstaunt hob er die Brauen. »Ist das dein Werk?«

»Sarahs Mutter nähte den Mantel, und ich bestickte ihn mit Liliths, Marys und Elysias Hilfe. Erst wollte ich ihn mit Hermelin besetzen, aber dann fand ich, dieser Fuchspelz würde besser zur Farbe des Wappens passen ...«

Verwirrt unterbrach sie sich, als er zu ihr rannte und sie

an seine Brust drückte. »Was für ein großartiges Geschenk! Ich danke dir.«

»Ich habe noch eins für dich«, erklärte sie lächelnd. »Aber heute abend kann ich's dir nicht geben. Es ist noch nicht — ganz fertig.«

»Was ist es?«

Entschieden schüttelte sie den Kopf.

»Allora ...«

»Nein, Mylord! Du kannst hierherkommen und die Far Isle erobern und uns alle beherrschen, aber du kriegst kein Wort aus mir heraus.«

»Nun, vielleicht entlocke ich dir später ein unbewußtes Flüstern, wenn du in meinen Armen liegst.«

Am nächsten Morgen schliefen sie sehr lange und mußten sich beeilen, um den Gottesdienst nicht zu versäumen. Traditionsgemäß hatte Allora mehrere arme Vasallen eingeladen und wusch ihnen in der Kapelle die Füße. Von diesem Brauch hatte sie Bret nichts erzählt, aber er schien ihn zu kennen, denn er half ihr bereitwillig. Die Bemerkungen, die er dabei machte, mochten nicht besonders fromm klingen, brachten die Leute aber zum Lachen.

Mit jedem Tag schien er neue Herzen zu gewinnen. Ob Robert das weiß, fragte sich Allora, während sie Bret beobachtete. Wann immer sie an ihren Onkel dachte, wurde sie von Schuldgefühlen geplagt. Sie war glücklich — er ganz sicher nicht. Verbittert lebte er außerhalb der Festung, die er als sein Eigentum betrachtete.

Um ihr Gewissen zu erleichtern, betete sie für ihn. Doch sie kam bald auf andere Gedanken und überlegte, ob sie tatsächlich ein zweites Weihnachtsgeschenk für Bret hatte. Noch war nicht genug Zeit verstrichen, aber sie glaubte, wieder ein Kind zu erwarten. Vielleicht konnte sie ihrem Gemahl diesmal einen Sohn schenken. Ein Erbe würde seine Position auf der Far Isle sicher stärken.

Nach dem Gottesdienst gingen sie in die große Halle, wo das Ale in Strömen floß und die Leute großzügig verköstigt wurden. Das Fest dauerte den ganzen Tag. Immer wieder jubelten die Leute ihrem neuen Laird und seiner Frau zu. Bret belohnte einige seiner Ritter und auch Sir Christians Männer, indem er ihnen Ländereien und Vieh schenkte.

Abends ging Allora allein in ihr Zimmer, denn Bret war seltsamerweise verschwunden. Zu ihrer Freude stand ein dampfendes Bad bereit. Schnell zog sie sich aus und stieg in die Wanne. Die Augen geschlossen, genoß sie die angenehme Wärme.

Als sie die Lider wieder hob, sah sie ihren Mann in einer geöffneten scharlachroten Robe am Kamin sitzen. Darunter trug er nichts. Lächelnd stand er auf, kniete neben ihr nieder und wusch sie. Sinnlich und aufreizend glitten seine Hände über ihren Körper. Dann hob er sie aus der Wanne, hüllte sie in ein Badetuch und trug sie zum Feuer, vor dem er einige Felldecken ausgebreitet hatte.

Voller Hingabe liebten sie sich. Später hielt er Allora zärtlich in seinen Armen, und sie beobachteten die tanzenden Flammen. Er küßte ihren Hals und erklärte, ihr Haar würde ihn an gesponnenes Gold erinnern, ihre Augen an die kostbarsten Smaragde.

Von Liebe sprach er nicht. Doch das spielte keine Rolle. Sie war glücklich — und sie fürchtete, irgend etwas würde ihr Glück bedrohen. Wenn diese Nacht doch nie zu Ende ginge, dachte sie.

Allmählich fielen ihr die Augen zu. Bret trug sie zum Bett und legte sich zu ihr. Im Halbschlaf hörte sie ihn flüstern: »Wenn du dir noch etwas zu Weihnachten wünschen könntest ... Was würdest du wählen?«

Sofort war sie hellwach und schmiegte sich lächelnd an ihn. »Daß diese Nacht niemals ein Ende haben möge — daß ich mich immer so sicher und geborgen fühlen werde wie jetzt ...«

»Sprich weiter!«

»Bis zu meinem Lebensende möchte ich von einem starken Ritter beschützt werden, der mich nicht unterdrückt, sondern auch meine Meinung gelten läßt. Und was würdest du dir wünschen?«

»Ehrlichkeit«, erwiderte er, und sie erschauerte, obwohl sie in seinen starken Armen lag.

Es dauerte lange, bis sie einschlief. Wenn sie David und Elysia auch liebte — sie verfluchte die beiden, die sie zwangen, ihren Mann zu hintergehen.

Am Stephanitag erwachte die Festung schon zu früher Stunde, heidnische Musik erklang. Als Allora und Bret am Schauplatz der Feier eintrafen, loderten die Flammen bereits hoch empor. Es war ein schöner Tag, an dem keine rauhen Winterstürme wehten. Über dem Feuer wurden Rehe, Lämmer und Wildschweine am Spieß gebraten. Die Leute lachten und tranken, tanzten ausgelassen und feierten ihre ehrwürdigen alten Götter genauso wie die Geburt des Christkinds.

»Heute mußt du mit jeder Frau tanzen, ob jung oder alt«, erklärte Allora ihrem Mann. »Das erwartet man von dir. Und keine Angst, ich werde dich nicht mit meiner Eifersucht quälen, sondern mit alten Rittern und jungen Stallburschen herumhüpfen. Und halte dich nicht zu lange mit einer Partnerin auf! Du mußt sehr viele beglücken.« Und während sie sprach, wurde sie von Sir Christians beschwipstem Sohn Gavin zum Tanz gebeten, der glücklicherweise noch nüchtern genug war, um sich vor seinem Herrn zu verneigen. »Dort drüben sehe ich ein Milchmädchen!« flüsterte sie Bret zu, bevor sie davongewirbelt wurde.

In diesem Augenblick wurde er von zwei vollbusigen Frauen bedrängt und beschloß, seine Pflicht erst einmal mit der etwas schlankeren zu erfüllen.

Unauffällig dirigierte Allora ihren Tanzpartner immer

weiter von Bret weg, dann flüsterte sie: »Gavin, Ihr müßt mir helfen. Sucht David und bittet ihn, so bald wie möglich zur südlichsten Jagdhütte zu kommen.«

»Mylady, wenn Ihr von mir verlangt, den neuen Laird zu verraten ...«, begann er unglücklich.

»O nein, das ist kein Verrat!« fiel sie ihm ins Wort. »Ich muß David nicht meinetwegen sehen, es geht um sein Wohl — und um das Glück einer anderen Person. Was auch immer geschehen mag, Ihr werdet niemanden hintergehen, und ich will Euren Namen auch nicht nennen. Geht jetzt, ich flehe Euch an! Ich warte eine Weile, dann schleiche ich zur Jagdhütte.«

Immer noch bedrückt, nickte er und eilte davon. Sie blieb neben dem Freudenfeuer stehen. Und zwischen flimmernden Hitzewellen begegnete sie dem Blick ihres Mannes, der mit Vater Damien sprach. Beide beobachteten sie, und sie winkte ihnen zu.

Als die zwei Männer von einigen Tanzpaaren verdeckt wurden, schlenderte sie scheinbar ziellos in die Richtung des Festlands. Erst in der Nähe des Strandes beschleunigte sie ihre Schritte. Sie schlüpfte zwischen die Bäume und folgte einem Weg, den sie seit ihrer Kindheit kannte. Nach einer halben Stunde hatte sie die Hütte erreicht, schob den eisernen Riegel zurück und trat ein.

David war noch nicht eingetroffen. Nervös ging sie auf und ab. Eisige Kälte erfüllte den kleinen Raum. In dem primitiven alten Herd hatte schon lange kein Feuer mehr gebrannt. Eine staubige Wolldecke war über das Strohbett gebreitet, und auf einem Tisch am einzigen Fenster stand eine Schüssel mit gefrorenem Wasser.

»David, bitte, komm endlich!« flüsterte Allora, sah ihre Atemwolken in der kalten Luft, und ihr Unbehagen wuchs.

Und dann hörte sie Hufschläge, Sattelleder knarrte, jemand eilte zur Hütte. Die Tür schwang auf, und Allora blinzelte, von der Sonne geblendet. »David?« fragte sie, denn sie sah nur die Umrisse einer hochgewachsenen Gestalt. Das Gesicht konnte sie nicht erkennen.

»Nein, Lady.«

»Duncan!« Erschrocken wich sie zurück. Obwohl er Davids Halbbruder war, hatte sie ihn nie gemocht. Sein Gesicht besaß harte Züge, die an Grausamkeit grenzten, und seine Augen wirkten tückisch.

Als er eintrat und die Tür hinter sich schloß, fühlte sie sich gefangen. Das schmale Fenster bot keinen Fluchtweg. »Wo ist David? Ich wollte ihn hier treffen.«

»Dann muß ich dich enttäuschen. Er kommt nicht.«

»Warum nicht?«

Lässig lehnte er sich an die Tür. »Weil ich ihm Gavins Nachricht nicht überbracht habe. Ich fing deinen Boten ab ...«

»Hast du ihm was angetan?« unterbrach sie ihn angstvoll.

Duncan winkte ungeduldig ab. »Unseren eigenen Leuten krümmen wir kein Haar, Lady. Nur wenn sie uns verraten. Bedauerlicherweise hat mein verrückter Bruder diesem Normannen den Treueeid geschworen. Deshalb gehört er nicht mehr zu uns. Ich trat an seine Stelle. Und nun verhelfe ich dir zur Flucht, Allora.«

»O nein, ich will nicht fliehen ...«

»Deine Botschaft kam uns sehr gelegen, denn Robert möchte seine Feinde heute abend auf der Sandfläche angreifen — wenn eure Krieger von der langen Weihnachtsfeier müde und betrunken sind. Erst einmal werden unsere eigenen Leute die Waffen strecken — und dann wieder erheben, um die Normannen zu bekämpfen.«

In wachsender Sorge schüttelte sie den Kopf. »Duncan, du verstehst es nicht. Ich habe keinen Fluchtversuch unternommen. Aber ich muß etwas mit David besprechen. Wie kannst du dir diese Anmaßung erlauben ...«

»Ich bin und bleibe ein Grenzland-Laird — während du dich zur Hure eines normannischen Bastards erniedrigt hast!«

Mit aller Kraft schlug sie ihm ins Gesicht. Ihre Gedanken überschlugen sich. An diesem Abend wollte ihr Onkel die Festung angreifen. Sie mußte Bret warnen ... Doch dann würde er Robert entgegenreiten und ihn vernichtend schlagen.

Wie auch immer, jetzt mußte sie Duncan entkommen. Auf seiner Wange zeichneten sich die roten Spuren ihrer Finger ab. Es dauerte eine Weile, bis er wieder zu sprechen begann.

»Einmal habe ich das hingenommen, Lady, und ich warne dich. Solltest du dich noch einmal gegen mich oder unsere Leute auflehnen, wirst du hart bestraft.«

Sie holte tief Atem. »Was für ein aufgeblasener elender Wicht du bist! Vor dir fürchte ich mich nicht, *Laird* Duncan. Und jetzt geh mir aus dem Weg ...«

Als sie sich an ihm vorbeidrängen wollte, legte er die Hände auf ihre Schultern. »Du kommst mit mir, Lady. Oder glaubst du, ich erlaube dir, in die Festung zurückzukehren und uns zu verraten?«

»Unsinn, ich werde niemanden verraten. Laß mich los!«

»Nein, hör mich an!« stieß er hervor. »Mein Bruder kann uns nichts mehr nützen. Da er diesen närrischen Eid geschworen hat, wird er weder gegen die Normannen noch gegen uns kämpfen. Und du hast Robert eine bittere Enttäuschung bereitet, weil du dich dem Earl widerstandslos unterwirfst. Diese Leute haben deinen Vater getötet! Wo bleibt dein Stolz, dein Anstand? Statt uns zu unterstützen, schläfst du mit einem Spießgesellen des Eroberers. Ich werde dich in Malcolms Land bringen, und dort wirst du festgehalten, bis der Kampf überstanden ist. Dann kehren wir zurück, du übernimmst wieder die Herrschaft auf der Far Isle, und ich werde dir mit Rat und Tat zur Seite stehen.«

In seinen glitzernden braunen Augen las sie, wie entschlossen er war. »Früher stand mir mein Bruder im Weg«, fuhr er lächelnd fort und strich über ihre Wange.

»Aber jetzt ist er zum Verräter geworden. Also kannst du ihn nicht heiraten. *Ich* werde mit dir die Far Isle regieren — und nachts dein Bett wärmen. Reite jetzt mit mir ...«

»Nein!« schrie sie und riß sich los. »Mit dir reite ich nirgendwohin, Duncan. Du mußt den Verstand verloren haben. Wie kannst du nur glauben, ich könnte jemals deine Frau werden? Ich bin verheiratet, ich habe ein Kind, und ich ...« Erschrocken verstummte sie, als ihr bewußt wurde, was sie beinahe ausgeplaudert hätte. Sie glaubte, sie wäre wieder schwanger geworden. Und das wußte noch nicht einmal ihr Ehemann. »O Duncan, ihr solltet endlich zur Vernunft kommen, du und Robert. Ihr treibt die Leute in einen törichten Kampf, in den sicheren Tod, und ihr werdet in diesem Winter eine schlimme Hungersnot heraufbeschwören. Damit will ich nichts zu tun haben. Laß mich doch endlich gehen!«

»Du wirst mich begleiten!«

Ehe er ihren Arm packen konnte, hob sie blitzschnell ein Knie und rammte es zwischen seine Beine. Stöhnend krümmte er sich zusammen, und da schlug sie ihm ihre verschränkten Hände in den Nacken. Während er vornüber fiel, stieß sie die Tür auf und stürmte hinaus.

»Allora!« Sein wütender Ruf folgte ihr. Bald würde er sie einholen. So schnell sie nur konnte, rannte sie durch den Wald.

Angstvoll warf sie einen Blick über die Schulter, und im nächsten Augenblick stieß sie mit einem weißen Pferd zusammen. Als sie den Kopf hob, begegnete sie dem eisigen Blick ihres Mannes.

»Sucht ihn!« befahl er, ohne Allora aus den Augen zu lassen, und mehrere Reiter sprengten zwischen den Bäumen hervor. »Immer wieder habe ich dich gewarnt, Lady.«

Sie öffnete die Lippen, um sich zu verteidigen. Aber was sollte sie sagen? Daß sie versucht hatte, David zu treffen, um ihm mitzuteilen, ihre Schwägerin erwarte ein

Kind von ihm? Würde das Brets Zorn besänftigen? Wohl kaum. Nichts würde ihr Vergehen in seinen Augen schmälern. Deshalb wäre es sinnlos gewesen, ihre Freundin zu verraten, um sich selbst zu retten.

»Bret, du irrst dich«, erwiderte sie leise. »Ich wollte dich nicht hintergehen.«

»Natürlich nicht, du begehst niemals ein Unrecht!« bemerkte er ironisch. Er neigte sich hinab, umschlang Alloras Taille und zog sie in seinen Sattel. »Heute hast du den Bogen überspannt, Lady, und dafür wirst du bezahlen.«

Auf dem Ritt zur Festung wehte ihnen ein kalter Wind entgegen. Doch er fühlte sich mild an, verglichen mit dem Frost, der Alloras Herz zu lähmen drohte.

23

Sie galoppierten über die Sandfläche, wo die Leute ihr Weihnachtsfest abhielten, durch das offene Schloßtor. Als Allora zum Himmel aufblickte, sah sie die Sonne im Zenit stehen. In wenigen Stunden würde das Meer steigen. Aber Robert kannte die Gezeiten, und er wußte genau, wann er angreifen mußte, um seinen Feind am empfindlichsten zu treffen. Selbst wenn es ihm mißlingen sollte, die Festung zu erobern, würde er Brets Streitkräfte erheblich schwächen.

Natürlich konnte sie ihren Mann warnen und seinem Zorn vielleicht entgehen. Doch dann würde sie zahlreiche Schotten, ihrem Onkel ebenso treu ergeben wie zuvor ihrem Vater, dem sicheren Tod weihen. Das durfte sie nicht auf ihr Gewissen laden.

Im Hof angekommen, stieg Bret ab und hob seine Frau aus dem Sattel. Hinter ihm, einige Schritte entfernt, zügelte Sir Christian sein Pferd. Jetzt sah Allora ihre Chance, das Schlimmste zu verhindern.

Ehe Bret sie zurückzuhalten vermochte, rannte sie zu dem alten Ritter und flüsterte auf gälisch: »Mein Onkel plant einen Angriff. Heute abend soll auf der Sandfläche eine Schlacht stattfinden. Meinem Gemahl dürft Ihr nichts verraten, denn seine Ritter würden zu viele gute Männer töten. Aber sorgt dafür, daß die Leute, die draußen feiern, rechtzeitig vor der Flut in die Festung zurückkehren. Sonst würden sie gnadenlos niedergemetzelt. Habt Ihr mich verstanden, Sir Christian?«

»Gewiß, Mylady«, antwortete er in derselben Sprache, schaute über ihren Kopf hinweg, und so wußte sie, noch bevor Brets Hand ihre Schulter umfaßte, daß er ihr gefolgt war.

»Sagt mir doch, Sir Christian«, bat er in freundlichem Ton, »wie strafte Laird Ioin die Leute, die ihm ständig zu entfliehen und ihn zu hintergehen suchten?«

»Mein guter Laird Bret ...«, begann der Hauptmann unglücklich.

»Wie ich hörte, sind die Schotten tapfere, tüchtige Krieger. Und sie neigen auch zur Rachsucht. Niemals würden sie einen Verräter in ihren eigenen Reihen dulden ... Aber ich will Eure treue Seele nicht mit einer solchen Frage belasten. Erwartet mich in der Halle, Sir. Sobald wie möglich komme ich zu Euch.« Bret führte seine Frau in den Hauptturm. »Geh nach oben, Allora!« befahl er, und sie gehorchte.

In ihrem Zimmer trat sie vor den Kamin und wärmte sich die Hände. Bret folgte ihr wenig später, hob sie hoch und schleuderte sie so kraftvoll aufs Bett, daß sie atemlos liegen blieb.

Dann trat er ans Fenster, die Hände hinter dem Rücken verschränkt. »Allem Anschein nach bist du fest entschlossen, mir zu trotzen, wann immer sich eine Gelegenheit dazu bietet.«

»Du verstehst das nicht«, erwiderte sie leise. »Als du mich im Wald fandest, floh ich vor Duncan. Und ich wollte nicht ihn treffen, sondern David.«

»Ah, und das soll mich wohl beruhigen?« fragte er und wandte sich zu ihr. »Offenbar weiß er mehr von Ehre und Loyalität als du, denn er hat beschlossen, dir aus dem Weg zu gehen.«

»Er wußte nicht, daß ich ihn erwartete.«

»Und an seiner Stelle kam Duncan zu dir.«

»Du verstehst nicht ...«

»Allerdings nicht. Vielleicht hättest du die Güte, mir zu erklären, was geschehen ist.«

»Ich — ich wollte mit David sprechen, in einer persönlichen Angelegenheit, die weder dich noch mich betrifft.«

»Welche Lügengeschichten wirst du mir jetzt wieder

auftischen?« In diesem Augenblick erschien er ihr wie ein unbarmherziger Fremder, mit eiskalten Augen.

»Ach, du willst dir ja gar nichts erklären lassen«, erwiderte sie, den Tränen nahe.

»Bei Gott, ich ertrage das alles nicht mehr! Immer wieder habe ich dir zugehört, zu begreifen versucht, was in dir vorgeht, und Milde walten lassen. Das war mein Fehler. Hättest du eine Zeitlang im Nordturm geschmachtet, wärst du vermutlich nicht zu der Überzeugung gelangt, mich immer wieder gefahrlos herauszufordern zu können.«

Zitternd stand sie vom Bett auf und straffte die Schultern. »Da du mir nicht erlaubst, mich zu verteidigen, solltest du jetzt dein Urteil fällen.«

Er musterte sie mit schmalen Augen. »Im Hof steht ein Pfahl. Daran lasse ich dich festbinden. Nur vierzig Peitschenhiebe — weil Weihnachten ist. Morgen reise ich ab. Du wartest in der Festung auf meine Rückkehr. Danach werde ich entscheiden, ob du in der Festung bleiben oder einige Zeit auf den Ländereien meines Vaters in der Normandie verbringen wirst.« Er sprach mit ruhiger Stimme, und sie erkannte, daß er ernst meinte, was er ihr androhte. Denn jedes einzelne Wort schien ihm tiefen Kummer zu bereiten.

Obwohl sie versuchte, Haltung zu bewahren und die Strafe würdevoll hinzunehmen, wurden ihre Knie weich. Vierzig Peitschenhiebe! Schon nach zwanzig hatte sie starke Männer wanken sehen. Und danach — die Verbannung ...

»Wirst du die Peitsche selbst schwingen?« flüsterte sie angstvoll.

»Nein. Womöglich könnte ich in meinem Zorn nach vierzig Schlägen nicht aufhören. Erst wenn ich die Festung verlassen habe, wirst du bestraft.«

Ihre Beine trugen sie nicht länger, und sie sank aufs Bett. Verwirrt zuckte sie zusammen, als Bret zu ihr kam und ihr Kinn hob. »Willst du nicht um Gnade bitten — oder deine Liebe zu mir beteuern?«

Oh, warum mußte er sie auch noch mit seinem Spott verletzen? »Nur eine Närrin könnte dich lieben!« fauchte sie.

»Jetzt bist du wenigstens ehrlich«, entgegnete er lächelnd. »Also liebst du mich nicht. Aber du begehrst mich, nicht wahr?«

»So wie du mich!«

»Da hast du recht.« Schmerzhaft preßte er seinen Mund auf ihren, dann hob er den Kopf, zerriß ihre Kleidung und warf sie rücklings aufs Bett. Ihren Schreckensschrei beachtete er nicht. Und seine Wut schien seiner eigenen Person ebenso zu gelten wie Allora. »Ah, ich bin verflucht, weil ich dich begehre, Lady«, stieß er bitter hervor, sank auf sie hinab und öffnete sein Hosenband. »Obwohl du mir immer wieder zu entkommen suchst, selbst wenn ich dich noch so fest an mich drücke ... Aber ich werde dich auch in Zukunft umarmen — so lange, bis ich deiner müde bin!«

Ohne mit süßen Liebkosungen ihre Leidenschaft zu wecken, drang er in sie ein, schnell und rücksichtslos. Unverwandt schaute er in ihre Augen, und sie las keine Nachgiebigkeit in seinem Blick. Sein Zorn verebbte nicht einmal, als er sich aufbäumte, befreit vom wilden Sturm seiner Begierde. Danach fand er kein sanftes Wort, keine zärtliche Geste. Er stand einfach auf und schloß seine Hose.

Während Allora ihren bebenden Körper in die zerfetzten Kleider hüllte, trat Bret vor den Kamin und kehrte ihr den Rücken.

Nein, so leicht gab sie sich nicht geschlagen. Sie sprang auf, schleuderte die Lumpen quer durchs Zimmer, dann wickelte sie sich in ein Laken. »Du kannst mich nicht auspeitschen lassen«, sagte sie tonlos.

Langsam drehte er sich um. Mit seinem höhnischen Lächeln glich er einem attraktiven Dämon. »Da irrst du dich, Lady. So sehr mich deine erotischen Reize auch faszinieren, sie können mich nicht umstimmen.«

»Du kannst mich nicht auspeitschen lassen, weil ...«

»Nun, warum nicht?«

Voller Stolz warf sie den Kopf in den Nacken. »Weil ich glaube, daß ich wieder schwanger bin. Sicher willst du das Leben deines Kindes — deines *normannischen* Kindes nicht gefährden.«

Wortlos starrte er sie mit seinen unergründlichen Augen an.

Dann wandte er sich ab, stürmte aus dem Schlafgemach und schlug die Tür hinter sich zu.

Sie lief ihm empört nach, aber im Flur kam ihr ein sichtlich verwirrter Etienne entgegen. Vor Verlegenheit wurde sie feuerrot, schlang das Laken noch fester um ihren Körper und floh ins Zimmer zurück. Schluchzend warf sie sich aufs Bett und verzweifelte am Schicksal, zu dem sie verdammt war.

Eine Stunde später zog sie sich an, öffnete die Tür und hoffte, Etienne wäre inzwischen verschwunden. Er ließ sich tatsächlich nicht blicken, aber im Flur stand ein anderer normannischer Ritter, den sie kaum kannte. In voller Rüstung, die Schwertspitze auf den Boden gestützt, stand er vor ihr. »Mylady, leider dürft Ihr das Zimmer nicht verlassen.« Er war schon etwas älter, um die Fünfzig. Zweifellos hatte er der Familie d'Anlou jahrelang treu gedient.

»Sir — sind die Leute von der Sandfläche zurückgekehrt?«

»Darum müßt Ihr Euch nicht sorgen, Mylady. Alles ist in Ordnung.«

Seufzend kehrte sie in ihr Zimmer zurück und schaute aus dem Fenster. In rotgoldener Farbenpracht ging die Sonne unter. Bald würde Robert die Normannen angreifen ... Plötzlich hörte sie einen Schrei, Schwerter klirrten, und sie rannte bestürzt in den Flur hinaus. »Was geschieht dort draußen? Ich dachte, die Leute wären wieder in der Festung ...«

»So ist es, Mylady«, bestätigte der Ritter. »Robert Canadys attackierte unsere bewaffneten Krieger, die sich wie betrunkene Vasallen gebärdet hatten.«

»Oh!« Also hatte Sir Christian sie verraten und Bret eingeweiht. »Großer Gott ...« Sie mußte einfach wissen, was sich außerhalb der Festung ereignete. So schnell, daß der Normanne sie nicht festhalten konnte, eilte sie an ihm vorbei, die Treppe hinab, in den Hof, zu den Stufen, die zur Brustwehr führten. Doch da umklammerte eine starke Hand ihren Arm, und sie begegnete Vater Damiens wissendem Blick. »Bitte, laßt mich gehen. Ich muß sehen ...«

»Gar nichts müßt Ihr sehen«, fiel er ihr ins Wort.

»Aber ...«

»Es gibt nichts zu sehen, Mylady«, erklärte er und zog sie von der Treppe weg.

Wieder hörte sie einen Schrei und klirrende Waffen. Am liebsten wäre sie auf die Knie gesunken und hätte sich die Ohren zugehalten. Dann erklang ein Befehl. »Öffnet das Tor!« Brets Stimme ...

Das Tor schwang auf, und er ritt mit seinen Kriegern herein. Offenbar hatten sie gesiegt, denn sie brachen in lauten Jubel aus.

Als sie Sir Christian hinter Bret hereinsprengen sah, befreite sie sich von Vater Damiens Griff und rannte zu dem alten Ritter. »O Gott, Sir, Ihr habt mich verraten! Ich bat Euch doch, Menschenleben zu retten — kein Blut zu vergießen!« Tränen rollten über ihre Wangen, und sie wischte sie rasch weg.

»Mylady, ich schwöre Euch, ich fand gar keine Gelegenheit, dem Earl irgend etwas zu erzählen«, beteuerte Sir Christian kummervoll und stieg vom Pferd. »Er wußte, was Euer Onkel plante, und er führte uns in den Kampf.«

In seinen ehrlichen Augen, die sie so gut kannte, las sie, daß er die Wahrheit sagte.

»Lady ...« Schmerzhaft gruben sich Brets Finger in ihre Schultern. »Es verblüfft mich, dich hier unten anzutreffen. Eigentlich dachte ich, du würdest dich ausruhen — und schonen, was mir gehört.«

Doch sie würdigte ihn keines Blickes, riß sich los und eilte in den Hauptturm zurück. In der Halle ignorierte sie Elysias Ruf. Sie floh in ihr Zimmer, schloß die Tür und lehnte sich an das harte Holz.

Wie viele Männer mochten gestorben sein?

Hinter ihrem Rücken bewegte sich die Tür, und sie stemmte sich mit aller Kraft dagegen.

»Geh zur Seite, Allora!«

Obwohl sie nicht gehorchte, stieß Bret die Tür mühelos auf, und sie lief zum Fenster. Mit leeren Augen starrte sie hinaus. »Falls du um deinen Onkel trauerst, das kannst du dir sparen. Weder Robert noch Duncan wurden gefangengenommen. Und dein lieber David nahm nicht an der Schlacht teil.«

»Ich trauere um das Blut tapferer Männer, das im Sand versickert ist. Und ich zürne dem elenden Schurken in diesen Mauern, der seine eigenen Leute verraten hat ...«

»Niemand hat sie verraten — niemand außer dir.«

Verwirrt drehte sie sich um. »Wovon redest du?«

Er nahm den Helm ab und legte ihn auf seine Truhe. Dann sank er müde in einen Sessel und löste einen der Lederriemen, die den Kettenpanzer an den Schultern zusammenhielten. »Komm her, hilf mir!«

»Nein!«

Er stand wieder auf, zerrte sie zum Bett und setzte sich. »Du sollst die Riemen öffnen.«

»Nein, erst muß ich wissen ...«

Unsanft zwang er sie in die Knie. »Oh, wie sanftmütig und fügsam du bist, teure Gemahlin! *Céad mile buiochas.*«

Hunterttausend Dank, auf gälisch ... In dieser Sprache hatte sie mit Sir Christian geredet. Bret mußte sie belauscht haben. Wie hätte sie ahnen sollen, daß er Gälisch verstand? »Oh, du Bastard!« wisperte sie. »Wie konntest du es wagen?«

»Warum nicht, Lady?« Eisern hielt er ihre Handgelenke fest. »Glaub mir, es bereitet mir keine Freude, Männer zu töten. Aber solange dein Onkel gegen mich kämpft, bleibt mir nichts anderes übrig.«

»Laß mich los!« würgte sie hervor. »Ich hasse dich ...«

»Weil ich deine Sprache beherrsche? Oder weil es meine Schuld ist, daß du dir jetzt wie eine Närrin vorkommst? Du hast mich oft genug zum Narren gehalten.«

»Laß mich los ...«

»Gleich«, unterbrach er sie ungeduldig. »Erst muß ich wissen, ob du mir die Wahrheit gesagt hast. Erwartest du tatsächlich ein Baby?«

Herausfordernd starrte sie ihn an. »Aye, das glaube ich. Eigentlich wollte ich dir es erst erzählen, wenn ich mir völlig sicher bin. Aber die ersten Wochen sind besonders gefährlich für ein neues Leben. Und so fühlte ich mich gezwungen, dich schon jetzt einzuweihen.«

Er ließ sie los, stand auf und ging an ihr vorbei. Entmutigt setzte sie sich auf ihre Fersen. Sie hatte die Männer getötet — genauso, als wäre sie an Brets Seite aufs Schlachtfeld geritten, um das Schwert zu schwingen.

Auch ohne ihre Hilfe gelang es ihm, sich aus seiner Rüstung zu befreien.

Er stand vor dem Kamin, zog sich den schweren Kettenpanzer über den Kopf und legte ihn über seine Truhe. Dann kehrte er zu Allora zurück und setzte sich wieder aufs Bett. »Aye, Lady, auf dem Schlachtfeld sind Männer gefallen. Hättest du's lieber gesehen, wenn ich gestorben wäre?«

»Oh, ich wünschte, niemand hätte den Tod gefunden.«

»Ich habe dich gefragt ...«

»Das mußt du doch wissen, wenn du verstanden hast, was ich zu Sir Christian sagte.«

»Aye«, bestätigte er leise. »Und wenn es dich auch maßlos ärgert, daß ich gälisch spreche — was ich unten im Hof gehört habe, stimmt mich etwas milder.«

»Auf deine Milde bin ich nicht angewiesen!« zischte sie.

»Wie ich betonen muß — es stimmt mich *etwas* milder. Aber du wirst keinesfalls ungestraft davonkommen.«

Verzweifelt preßte sie die Lippen zusammen und schluckte ihre Tränen hinunter. In diesem Augenblick klopfte es an der Tür, und er stand auf, um sie zu öffnen. Sie hörte, wie er irgend jemandem erklärte, am nächsten Morgen würde er abreisen. Dann trat jemand ein, und sie drehte sich um. Mary stellte ein Tablett, das mit einem Leinentuch zugedeckt war, auf die Truhe am Fußende des Bettes.

Mit einem eindringlichen Blick forderte Allora sie auf, ihr alle Neuigkeiten zu erzählen. Aber die Zofe schaute schnell weg. Offenbar wollte sie den Earl nicht erzürnen, und sie eilte hinaus.

Bret schloß die Tür hinter ihr. »Nach dem Kampf bin ich müde, deshalb möchte ich nicht in der Halle essen. Hier ist unser Essen.«

»Iß nur, ich bin nicht hungrig.«

»Und ich habe einen Bärenhunger.«

»Ja, wenn man Blut vergießt, bekommt man Appetit, nicht wahr?«

Er kam zu ihr und zog sie auf die Beine. »Seit ich deinen Onkel kenne, versucht er, mich zu töten. Und heute tat ich nichts weiter, als mich gegen ihn zu wehren. Wann wirst du endlich einsehen, wie unvernünftig und skrupellos er ist?«

»Vorhin sagtest du, er sei am Leben. Aber andere sind gestorben.«

»Weil Robert im Hintergrund blieb und seine Leute in den Tod schickte.«

»Er ist ein tapferer Mann und ein erfahrener Krieger!«
»Und ein schlauer Stratege, der sein Leben nicht aufs Spiel setzt, ehe er seines Sieges sicher ist.«
»Du haßt ihn ...«
»Mit gutem Grund!« Er zog sie zum Kaminfeuer und drückte sie in einen Sessel. Dann nahm er einen der gefüllten Teller vom Tablett und stellte ihn auf ihre Knie. Gegen ihren Willen fand sie den Bratenduft sehr verführerisch. »Du mußt dich stärken«, bemerkte Bret.
»Damit ich morgen die vierzig Peitschenhiebe besser verkrafte?«
»Auf diese Strafe verzichte ich, das weißt du.«
Allora ergriff ein kleines Messer und spießte ein Stück Fleisch auf. Doch dann merkte sie, daß sie trotz des verlockenden Aromas keinen Bissen hinunterkriegen würde. Sie stellte den Teller beiseite und stand auf. »Wie könnte ich essen?« seufzte sie und trat ans Fenster. »Womöglich sind heute einige meiner Verwandten gestorben.«
»Durch Roberts Schuld. Aber ich bin immer noch bereit, mit ihm Frieden zu schließen.«
»Zu deinen Bedingungen.«
»Nicht einmal Malcolm bestreitet, daß dieses Gebiet zu England gehört.« Wieder klopfte es an der Tür, und Bret rief: »Aye?«
Jarrett trat mit zwei normannischen Knappen ein. »Mylord, wir wollten Eure Sachen holen, damit sie morgen früh bereitliegen.«
»Aye, da drüben ...« Er zeigte auf eine große Ledertruhe, die an der Wand stand. »Und hier findet ihr meine Rüstung und den Helm.«
Ehe die Männer das Gepäck hinausbrachten, wandte sich Jarrett zu Allora und schenkte ihr ein ermutigendes Lächeln, das sie erwiderte. Er mochte sie, das spürte sie, und sie fand ihn sehr liebenswert.
Als sich die Tür hinter den Normannen schloß, fragte sie: »Wohin reitest du, Bret?«

»Nach York. Dort werden sich die Barone des Königs versammeln. Wahrscheinlich befürchtet William Rufus einen neuen Aufstand. Ein Teil meiner Krieger wird hierbleiben und die Festung zusammen mit deinen Leibwächtern schützen.«

»Damit ich sie nicht meinem Onkel übergebe?«

»Dazu wärst du gar nicht befugt, meine Liebe. Während meiner Abwesenheit wird Jarrett die Far Isle regieren.«

»Und in welchem Turm darf ich wohnen?«

»Das habe ich noch nicht entschieden«, erwiderte er leise.

Sie wollte antworten, doch da erklang ein schrilles Gebrüll, und Bret eilte aus dem Zimmer. Wenig später kehrte er mit einer hungrigen, wütenden Brianna zurück. Tränen verschleierten die großen blauen Augen.

Lächelnd nahm Allora das Baby in die Arme. Während sie am Feuer saß und ihre Tochter stillte, vergaß sie das Grauen dieses Tages. Bald, nachdem Brianna gesättigt war, schlief sie ein. Allora legte sie behutsam in die Wiege, dann streckte sie sich auf dem Bett aus und schloß die Augen.

Als sie vorsichtige Schritte hörte, hob sie die Lider und sah Bret vor seiner schlafenden Tochter stehen. Behutsam schaukelte er die Wiege, dann drehte er sich zu seiner Frau um. »So kannst du nicht schlafen. Zieh dich aus.«

»Stört dich meine Kleidung?« fauchte sie. »Du weißt doch sehr gut, wie man dieses Ärgernis entfernt.« Statt zu antworten, ging er zu ihr, zog sie auf die Beine und öffnete den goldenen Filigrangürtel, der ihre Hüften umspannte. Dann löste er die Bänder ihrer Tunika und des Hemds. »Das kann ich allein!« flüsterte sie und wich zurück.

»Wie du wünschst. Ich dachte nur, du hättest angedeutet, daß du meine Hilfe brauchst.«

»Eigentlich wollte ich an deine miserablen Manieren erinnern.« Da wandte er sich ab, zog sich aus und schlüpfte unter die Decke.

Auch Allora streifte ihre Kleider ab und legte sich ins Bett. Ein breiter Abgrund schien sie von Bret zu trennen, und er tat nichts, um ihn zu überbrücken. Wie gern hätte sie sich an den Mann geschmiegt, der ihr Volk bekämpfte, und sich von ihm trösten lassen ... Mit müden Augen beobachtete sie die tanzenden Flammen und entsann sich, wie wundervoll es gewesen war, mit Bret vor dem Kamin zu sitzen, nach dem Sturm der Leidenschaft ...

Plötzlich schien das Feuer nach ihr zu greifen, und sie stieß einen Schrei aus.

»Beruhige dich, Allora, du hast geträumt.«

Verwirrt öffnete sie die Augen. Bret lag dicht neben ihr, auf einen Ellbogen gestützt, und strich das zerzauste Haar aus ihrer Stirn. »Seltsam«, flüsterte sie, »es hat mir immer Freude bereitet, das Feuer zu beobachten. Aber auf einmal erschien es mir so böse, so bedrohlich ...«

»Hab keine Angst, es ist völlig harmlos — ein ganz gewöhnliches Kaminfeuer, das Trost und Wärme spendet.«

Seine Hand strich über ihre Hüfte. Dann spürte sie seinen verführerischen Kuß auf ihrer Schulter. Ihr Stolz gebot ihr zu protestieren. Aber ihr Herz weigerte sich.

Sanft und zärtlich liebte er sie, und als die Lust gestillt war, versank Allora wieder in eine Welt, in der sie sich sicher fühlte.

»Hoffentlich wird's ein Junge«, flüsterte sie.

»Warum? Ich habe meine Schwestern stets vergöttert.«

»Wünschst du dir keinen Sohn?«

»Meine Liebe, wir beide sind noch jung, und wir werden noch viele Kinder bekommen. Ob dieses Baby ein Junge oder ein Mädchen wird, kümmert mich nicht. Und wenn es Gottes Wille ist, begnüge ich mich auch mit einem Haus voller Töchter.«

»Aber dein Sohn könnte Roberts Position schwächen. Gegen deinen Erben wäre er machtlos.«

»Eines Tages wird Robert sich so oder so vor mir beugen.«

»Und womöglich müssen vorher noch viele Männer sterben ...«

»Schlaf jetzt, Allora.« Behutsam streichelte er ihr Haar, hielt sie in den Armen, und sie schlief zufrieden ein.

Als sie am Morgen erwachte, fröstelte sie. Sie lag allein im Bett.

24

Noch ehe der Morgen graute, brach Bret mit fünfzig Männern auf. Ein weiter Weg lag vor ihnen. Als die Sonne aufging, warf sie einen goldenen Glanz auf das schneebedeckte Land. Ausnahmsweise war es windstill.

Längst hatte sich Bret an die Stürme gewöhnt, die so oft über dieses Gebiet hinwegfegten. Er genoß es sogar, auf den Zinnen der Far Isle zu stehen, das Meer zu riechen, die feine Gischt im Gesicht zu spüren, sein Haar vom Wind zerzausen zu lassen.

Ja, er liebte diese Insel. Und er liebte seine Frau. Doch das gestand er nur sich selbst ein. Ihr hatte er nichts davon verraten. Wie schwer es ihm gefallen war, sie zu verlassen . . . Sie hatte friedlich geschlafen, ein Bild der Schönheit und Unschuld, das goldblonde Haar auf den Laken und Pelzdecken ausgebreitet. Ihre leicht geöffneten Lippen lächelten, die Wimpern warfen zarte Schatten auf ihre Wangen. Als er sie küßte, schien sich das Lächeln zu vertiefen. Aber sie erwachte nicht. Von heftigem Abschiedsschmerz gequält, war er in die Halle hinuntergegangen, wo Etienne ihn erwartet hatte.

Schon in der Hochzeitsnacht war er von Alloras Schönheit fasziniert gewesen. Damals hatte er seine ehelichen Rechte noch erkämpfen müssen. Aber schon bald war er ihrer bereitwilligen Hingabe sicher gewesen. Und seit der Nacht, in der sie ihm — wenn auch unbewußt — erklärt hatte, sie würde ihn lieben, erwiderte er ihre Gefühle rückhaltlos. Diese Worte hatte sie nie wiederholt. Nur ein einziges Mal waren sie ihr entschlüpft.

Aber sie liebte ihn. Daran zweifelte er nicht — obwohl sie ihm sooft getrotzt hatte. Sie war ins Meer gesprungen, um ihren Onkel aufzusuchen, und erst am Vortag erneut geflohen. Weil es irgend etwas gab, das sie mit ihrem Freund David besprechen wollte. Dabei erfuhr sie von Roberts Angriffsplänen, und sie warnte Sir Christian.

Hatte sie allen Ernstes geglaubt, Fallons und Alarics Sohn wäre aufgewachsen, ohne die Sprachen der Völker zu lernen, die in Englands Nähe lebten?

Dank seiner Gälisch-Kenntnisse hatte er sich auf Roberts Angriff vorbereiten und ihn vernichtend schlagen können. Nun saßen ein paar Dutzend Gefangene im neuen Schloß auf dem Festland, teilweise verletzt. Vater Damien hatte sie gewissenhaft verarztet und den Vasallen, die sie während seiner Reise nach York betreuten, genaue Anweisungen hinterlassen.

Bret bedauerte, daß ihm Robert Canadys entkommen war. Hätte er ihn festgenommen, könnte er einen endgültigen Sieg feiern.

Seiner Frau durfte er nicht trauen, so sehr er sie auch liebte. Immer wieder war er davor zurückgeschreckt, sie zu bestrafen. Und statt ihm zu danken, hatte sie sich heimlich mit diesem tückischen Duncan getroffen ...

Hätte er sie tatsächlich auspeitschen lassen, wenn sie nicht schwanger wäre? Das wußte er nicht, und es erleichterte ihn maßlos, daß ihm diese Entscheidung erspart worden war.

Auch die Berufung nach York und die Trennung von Allora kamen ihm sehr gelegen. Jetzt brauchte er erst einmal einen gewissen Abstand. Während seiner Abwesenheit würden Jarrett und Sir Christian gut für sie sorgen. Solange sie innerhalb der Festungsmauern blieb, konnte ihr nichts zustoßen.

Robert würde in absehbarer Zeit keinen weiteren Angriff wagen, da ihm die nötigen Streitkräfte fehlten. Nun würde er sich in seinem Haus zwischen den Hügeln verkriechen und eine neue Attacke planen, die vermutlich im Frühling stattfinden sollte. Bret würde rechtzeitig auf die Far Isle zurückkehren.

Noch ein Problem beschäftigte ihn. Bei William dem Eroberer hatte er sich bitter über Jan de Fries beschwert, der die Schuld an Ioins Tod trug. Der König hatte ihm Gerechtigkeit versprochen, doch dann war er gestorben. Auch bei William Wufus hatte Bret sich beklagt. Aber neulich war ein Bote seines Vaters auf die Far Isle gekommen, um ihm mitzuteilen, der neue König habe de Fries nur eine Geldstrafe auferlegt und sonst nichts unternommen. Der Mann lief frei herum, und viele seiner Gesinnungsgenossen verstanden nicht, warum Bret ihn zur Rechenschaft ziehen wollte. Immerhin war Ioin ein Rebell gewesen, der die Frau eines normannischen Lords entführt hatte.

Aber viele wußten auch, daß nach Ioins Tod nur mehr wenige Schotten den Regeln der Vernunft gehorchten. Plötzlich wünschte Bret, de Fries hätte gegen Robert kämpfen müssen. Dann verstünde er meinen Standpunkt, dachte er seufzend. Nun, in York werde ich ihn treffen ...

Er ritt allein an der Spitze des Trupps, denn die Männer spürten das Bedürfnis ihres Anführers, ungestört seinen Gedanken nachzuhängen.

Doch nun hörte er Hufschläge an seiner Seite. Er verlangsamte den Trab seines Schimmels, wandte sich zu dem Reiter und erkannte Damien.

»Was gibt's, Vater?«

»Wir müssen Rast machen.«

»Heute abend wollen wir Wakefield erreichen und morgen York. Wenn wir nicht bis zur Abenddämmerung weiterreiten ...«

»Und wenn wir nicht anhalten, wird uns etwas Schlimmeres widerfahren als eine kleine Verspätung.«

Bret runzelte die Stirn. »Was beunruhigt Euch, Vater? Werden wir verfolgt?«

»Das weiß ich nicht. Seit wir die Far Isle verlassen haben, fühle ich mich unbehaglich. Bald wird es dunkel.

Schlagen wir hier unser Nachtlager auf, und postiert ein paar Wachtposten. Glaubt mir, wir schweben in Gefahr. In solchen Dingen irre ich mich fast nie.«

Da Bret seinem Priester nicht widersprechen konnte, zügelte er Ajax, hob eine Hand und bedeutete seiner Truppe, anzuhalten. »Wir werden hier zwischen den Bäumen übernachten. Etienne, laßt das Lager bewachen.«

Dann schaute er zum wolkenlosen Himmel hinauf. Eine leichte Brise bewegte die Zweige, sonst regte sich nichts. Trotzdem war er nervös. Vater Damien hatte ihn mit seinem Unbehagen angesteckt.

Allora saß in der Halle und arbeitete an ihrem Wandteppich, obwohl sie lieber in den Hof gegangen wäre, um das schöne Wetter zu genießen. Durch die schmalen Fenster fiel goldenes Sonnenlicht herein, und sie beneidete Bret um den Ritt nach York. Wie schmerzlich sie ihn schon jetzt vermißte ...

Zu ihren Füßen kroch Brianna herum und spielte mit einem hölzernen Lämmchen, das Sir Christian geschnitzt hatte. Leise begann sie zu wimmern, und Allora legte die Stickerei beiseite, um ihre Tochter auf den Schoß zu nehmen.

Mary kam in die Halle. »Wie schnell unsere Kleine gewachsen ist! Soll ich sie zu Bett bringen, Mylady?«

»Aye, sie braucht ihr Mittagsschläfchen«, stimmte Allora lächelnd zu und übergab das Baby ihrer Zofe, die es nach oben trug.

Sehnsüchtig blickte Allora in den Sonnenschein, dann schaute sie zum Tisch hinüber, wo Jarrett und Sir Christian würfelten. Am liebsten wäre sie aufgesprungen und hinausgelaufen. Doch das wagte sie nicht. Wenn Bret zurückkehrte, würden die beiden ihn sicher über ihr Verhalten informieren. Und sie mußte bedenken, daß sie nur mit knapper Not einer Auspeitschung entronnen war.

Niemand hatte mit ihr über die Ereignisse des vergangenen Tages gesprochen. Und sie selbst erwähnte dieses Thema auch nicht. Jarrett begegnete ihr höflich wie eh und je, ebenso Sir Christian, aber mit ernster Miene.

Plötzlich schwang die Tür auf. Elysia trat ein, warf ihrer Schwägerin einen verstohlenen Blick zu, dann schlenderte sie zum Tisch und lächelte die Männer freundlich an. »Was für ein prachtvoller Tag!«

»Gewiß, Mylady«, bestätigte Jarrett.

»Wollen wir ausreiten, Allora? Nur auf der Sandfläche ...«

»Lady Elysia ...«, begann Jarrett in warnendem Ton.

»Wir können doch wenigstens innerhalb der Festungsmauern spazierengehen. Komm, Allora! Nutzen wir das herrliche Wetter aus!«

Angespannt wartete Allora, und als keiner der beiden Männer widersprach, stand sie auf und nickte ihrer Schwägerin zu. »Aye, das ist eine gute Idee.«

»Steigen wir zur Brustwehr hinauf und beobachten wir, wie die Bauarbeiten am neuen Fort vorangehen«, schlug Elysia vor, und sie gingen zur Tür. Sobald sie den Hof erreichten, griff sie nach Alloras Hand und versuchte, sie in die Richtung des Stalls zu ziehen.

»Schnell!«

»Was hast du vor?« Besorgt schaute Allora sich um. Wie üblich standen Wachtposten an den Mauern. Das Tor war geöffnet, wie in Friedenszeiten, konnte aber notfalls sofort geschlossen werden.

Vorerst konnte Robert die Festung nicht angreifen. Bei seiner letzten Attacke hatte er zu viele Männer verloren. Ein beträchtlicher Teil seines Heeres war auf dem Schlachtfeld gefallen, andere Krieger saßen im Schloß auf dem Festland gefangen. Bis er neue Streitkräfte zusammentrommelte, würde einige Zeit verstreichen.

»Beeil dich, Allora!« flehte Elysia.

»Erklär mir doch, was los ist!«

Elysia trat näher zu ihrer Schwägerin und wisperte:

»Vorhin wandte sich eine Tochter des Müllers an deine Zofe und bat sie, dir eine Nachricht zu überbringen. Aber weil die Männer in der Halle sitzen, konnte Mary nicht mit dir reden. Also kam sie zu mir. David läßt sich für Duncans Verhalten entschuldigen und dir ausrichten, er habe nicht gewußt, daß du ihn treffen wolltest. Heute will er dich sehen, am Rand des Südwalds.«

Nervös biß Allora in ihre Unterlippe.

»Oh, bitte, reiten wir!« drängte Elysia. »Bret ist längst über alle Berge. Und ich muß unbedingt mit David sprechen. Ich habe so schreckliche Dinge zu ihm gesagt ... Wenn ich ihm wirklich etwas bedeute, soll er sofort nach Brets Rückkehr zu ihm gehen — bevor mein Zustand sichtbar wird.«

Allora verschränkte die Arme vor der Brust. »Und wie kommen wir hier raus?«

»Das fragst du mich? Ausgerechnet die Frau, die von der Brustwehr ins eisige Meer gesprungen ist?«

»Aye, und sie wurde sofort wieder in die Festung zurückgeschleppt.«

»Wir reiten einfach zum Tor hinaus. Und wenn wir wieder da sind, wollen Sir Christian und Jarrett sicher nicht als die Narren dastehen, die uns entwischen ließen.«

»Gewiß, das hat was für sich«, meinte Allora lächelnd.

»Noch etwas mußt du bedenken. Wenn ich mit David verheiratet bin, wird Bret dich nicht mehr mit seiner Eifersucht verfolgen.«

»Auch das ist ein stichhaltiges Argument. Also gut, dann wollen wir's wagen.«

»Wunderbar!« Elysia begann zu laufen. Aber Allora hielt sie an der Hand fest und zwang sie, den Stall mit würdevollen, gemessenen Schritten aufzusuchen.

Sie erklärten den Stallburschen, welche Pferde gesattelt werden sollten. Während sie warteten, unterhielten sie sich beiläufig über den hellen Sonnenschein und den blauen Himmel. Ein Junge führte Briar zu Allora, und sie stieg gemächlich auf. Dann stand auch Elysias rötlichgrauer Wallach bereit, und sie schwang sich in den Sattel.

Als sie zum Tor ritten, pochte Alloras Herz schneller. Glücklicherweise hielt ein alter Leibwächter Wache, der schon ihrem Großvater gedient hatte, und sie winkte ihm fröhlich zu. Wie erwartet, trat er beiseite und warnte sie nur: »Nehmt Euch vor der Flut in acht, Myladies!«

»Aye, natürlich«, versprach Allora.

Sobald die beiden Frauen das Tor passiert hatten, spornten sie ihre Pferde an. Der frische Wind blies in Alloras Gesicht, zerrte an ihren Haaren, und sie genoß ein köstliches Gefühl der Freiheit. Am anderen Ende der Sandfläche sah sie das neue Schloß emporragen. Bevor sie das Festland erreichten, bogen sie nach Süden. Auf dem schneebedeckten Strand stiegen sie ab und fielen sich lachend in die Arme.

»Das war doch ein Kinderspiel!« jubelte Elysia, und Allora nickte. In kurzer Zeit hatten sie einen weiten Weg zurückgelegt und waren von niemandem aufgehalten worden. Offenbar hatte Bret keine allzu strengen Instruktionen hinterlassen, was die Bewachung seiner rebellischen Gemahlin betraf.

»Zu Beginn verlaufen alle meine Ausflüge reibungslos«, seufzte sie. »Aber dann ...«

»In Brets Abwesenheit haben wir nichts zu befürchten.« Elysia ging zum Waldrand und lehnte sich an einen Baumstamm. Etwas unsicher fügte sie hinzu: »Vielen Dank — für alles, was du meinetwegen erduldet hast.«

»Nicht nur deinetwegen.«

»Ich glaube, du liebst meinen Bruder aus ganzem Herzen. Sogar dieser sture Ochse müßte das merken. Aber eins darfst du nicht vergessen — du hast dich immer wieder gegen ihn aufgelehnt.«

»Ja, das stimmt ...«, erwiderte Allora, doch dann verstummte sie, denn sie entdeckte einen Reiter zwischen den Bäumen.

Auch Elysia hatte ihn gesehen. »David!« rief sie glücklich und hob einen Arm, um ihm zu winken.

»Vorsicht!« warnte Allora. »Das ist nicht David.«

»Aber er muß es sein ...«

»Nein, ich habe Duncan erkannt. Wahrscheinlich hat er uns noch nicht bemerkt. Reite zur Festung zurück, Elysia, schnell!«

»Du kommst doch mit mir?«

»Es ist besser, wenn du vorausreitest. Sonst schnappt er uns alle beide.«

»Allora, ohne dich will ich nicht ...«

»Vielleicht folgen ihm ein paar Männer«, fiel Allora ihrer Schwägerin ins Wort. »Wenn wir zusammen reiten, können sie uns mühelos festhalten. Und dann gibt es kein Entrinnen mehr.«

»Nachdem ich dich gezwungen habe, hierherzukommen, bleibe ich da. Mir wird er nichts tun ...«

»Oh, du kennst Duncan nicht. Außerdem finde ich mich in diesen Wäldern leichter zurecht als du. Um Himmels willen, Elysia, streite jetzt nicht mit mir! Gemeinsam können wir diesem Mann nicht entwischen, und ich werde versuchen, Zeit zu gewinnen. Reit endlich los! Bret würde mir nie verzeihen, wenn dir etwas zustieße. Und je schneller du verschwindest, desto größer sind meine Chancen.« Allora gab ihrer Schwägerin einen Stoß, und Elysia stolperte durch den glitzernden Schnee zu ihrem Wallach.

Dann wandte sich Allora zu dem Reiter und winkte ihm, um den Anschein zu erwecken, sie würde ihn für David halten. Erst als er so nahe herangekommen war, daß sie ihn unweigerlich erkennen mußte, rannte sie zu ihrem Pferd, stieg auf und galoppierte den Strand entlang.

Es war tatsächlich Duncan, der auf einem kraftvollen Hengst hinter ihr hersprengte. Bald schmolz ihr Vorsprung. Sie lenkte ihre Stute zwischen die Bäume, in der

Hoffnung, sich irgendwo verstecken zu können. Doch das war ein Fehler.

»Achtung!« schrie Duncan. Offenbar hatte sie richtig geraten. Er war nicht allein gekommen. Tief über den Pferdehals gebeugt, spornte sie Briar zu noch schnellerem Galopp an.

Plötzlich bäumte sich die Stute auf, und Allora brachte sie nur mühsam unter Kontrolle. Der weißhaarige Bruce of Willoughby, einer von Roberts treuesten Anhängern, versperrte ihr den Weg. Verzweifelt schwenkte sie ihr Pferd herum. Aber aus der anderen Richtung ritt Duncan heran. »Heute wirst du mich endlich begleiten, Lady.«

»Wo ist dein Bruder diesmal?« fragte sie bitter.

»Er kümmert sich um seine Felder und Herden wie ein armer Vasall«, erwiderte Duncan verächtlich. »Und wenn er uns deinetwegen Ärger macht, wird auch er die Strafe erleiden, die alle Verräter verdienen.«

»Wie kannst du es wagen ...«

»Dreißig tapfere Krieger wurden getötet oder gefangengenommen, Allora. Und ihr Blut klebt an deinen Händen.«

»Nein, an deinen!«

»Alle, die den Kampf überlebt haben, werden über dich zu Gericht sitzen.«

»Mein Onkel ...«

»Gewiß, ich bringe dich zu deinem Onkel«, versicherte Duncan und grinste selbstzufrieden. »Bei unserer letzten Begegnung wolltest du mich zum Narren stempeln, was, Prinzessin? Auch dafür wirst du büßen.«

»Wenn ich nicht sofort in die Festung zurückkehre, werden Brets Ritter nach mir suchen.«

»Aber sie kennen sich in diesen Wäldern nicht aus. Wir können ihnen mühelos entwischen. Und wir wollen die Abwesenheit deines elenden Normannen nutzen, um dich zu bestrafen.« Als er zu ihr ritt, versuchte sie, mit ihren Zügeln nach ihm zu schlagen. Doch sie kämpfte auf verlorenem Posten. Eisern umklammerte er ihr Handgelenk.

»Vorsicht, Duncan!« mahnte der alte Bruce. »Sie ist immer noch Laird Ioins Tochter, die Herrin von der Far Isle, und du wirst ihr nichts zuleide tun, ehe wir ein Urteil gefällt haben.«

Mit aller Kraft zerrte Duncan sie in seinen Sattel herüber und verfluchte ihren erbitterten Widerstand. »Du Wildkatze!« fauchte er und löste den Gürtel seiner Tunika, um ihr die Hände zu fesseln. »Nimm ihr Pferd mit, Bruce! Wenn es zur Festung läuft, würde es die Normannen zu früh alarmieren, und wir brauchen noch etwas Zeit.«

»Aye, ich kümmere mich um die Stute.«

In wildem Galopp preschten sie durch den Wald. Unter den Pferdehufen wirbelten weiße Schneewolken auf, und Allora fürchtete, aus dem Sattel zu fallen, da sie sich mit ihren gebundenen Händen nicht festhalten konnte. Notgedrungen lehnte sie sich an Duncans Brust, schloß die Augen und bereute ihren leichtsinnigen Entschluß, Elysias Wunsch zu erfüllen. Hätte sie ihr doch empfohlen, ins Meer zu springen ...

Duncan ritt immer weiter landeinwärts und trieb sein Pferd gnadenlos an, bis es erschöpft schnaubte und Schaum vor seinem Maul stand. Da drosselte er das Tempo. Allora kannte die Straße, der sie folgten. Nun näherten sie sich der alten, kreuzförmig angelegten Stadt Stone, wo schon seit langer Zeit niemand mehr wohnte. Hier pflegten sich die Lairds des Grenzgebiets zu versammeln, um wichtige Angelegenheiten zu erörtern.

In der Stadt angekommen, stieg Duncan ab und hob Allora von seinem Hengst herunter. Als sie das Glitzern in seinen Augen sah, fragte sie sich, wie lange er sie schon haßte. Ihr Onkel saß auf einem Steinblock, inmitten einiger Lairds, die ihre Rüstungen polierten oder Schwerter und Messer schärften.

Und alle starrten Allora an. Den Kopf hoch erhoben, ging sie zu Robert Canadys. »Was soll der Unsinn, Onkel? Seit wann schickst du deine Hunde los, um dein eigenes Fleisch und Blut festnehmen zu lassen?«

»Seit wann, liebe Nichte?« Drohend erhob er sich. »Seit du zur Verräterin geworden bist und deine Verwandten ermordest!«

»O nein, Onkel . . .«

»Duncan hat mir erzählt, du seist über unseren Plan informiert gewesen. Hättest du den normannischen Bastard nicht gewarnt, würde die Far Isle wieder uns gehören. Statt dessen wurden unsere braven Männer niedergemetzelt.«

»Glaub mir, ich tat mein Bestes, um ein Blutvergießen zu verhindern.«

»So? Erklär das doch Bryan Miller, dessen einziger Sohn schwer verwundet hinter normannischen Mauern liegt! Sag es dem alten Jamie Peterson, den wir vor einer Stunde begraben mußten!«

»So hört doch!« Sie wandte sich zu den anderen, die ihren Blick grimmig erwiderten. »Eins müßt ihr mir zugestehen — ich kämpfte mit euch, so lange ich konnte, als die Normannen uns angriffen. Und ich blieb in der Festung zurück, während ihr alle in den Wäldern verschwandet. Hatte ich eine andere Wahl als die Kapitulation?«

»Allora Canadys, Herrin von der Far Isle!« donnerte Robert. »Du wirst des Verrats an deiner Familie und deinem Volk angeklagt. Durch deine Schuld mußten zahlreiche Männer sterben, die trauernde Witwen und Waisen hinterließen. Deshalb stehst du nun vor Gericht.«

»Wäre sie doch gestern mit mir gekommen!« warf Duncan ein. »Dann müßten wir nicht über sie urteilen. Aber nein, sie lief zu ihrem Mann zurück, und ich konnte nur mit knapper Not meine Haut retten, als ich vor den Normannen in die Wälder floh. Und dann erzählte sie unseren Feinden brühwarm, was wir vorhatten!«

»Leugnest du, daß du dich gestern geweigert hast, Duncan zu begleiten, Allora?« fragte Robert.

»Nicht einmal fünf Schritte würde ich mit Duncan gehen!« fauchte sie.

»Kannst du vor Gott und beim Grab deines Vaters schwören, du hättest Wakefield nicht vor unserem Angriff gewarnt?«

»Vielleicht hat er durch mich davon erfahren ...«

»Da hört ihr's!« schrie Duncan. »Sie gesteht den Verrat!«

Entschlossen sprang Robert auf den Steinblock. »Nach unseren alten Gesetzen gibt es für Verräter nur eine einzige Strafe.«

»Also ist sie verurteilt!« jubelte Duncan. »Mit Fug und Recht!«

»Ja, sie muß den vollen Preis bezahlen!« verlangte einer der Verletzten, der auf einer Bahre lag. Aus dem Verband, der seinen Arm umschlang, quoll Blut. Es war der alte Andrew Canadys, ein entfernter Verwandter. Heller Zorn verzerrte sein Gesicht. Auch auf die anderen Männer übertrug sich Duncans und Roberts leidenschaftliche Rachsucht.

»Wenn wir sie laufenlassen, bringt sie uns alle um!« rief Duncan. »Oder der Normanne versklavt uns!«

Langsam ließ Allora ihren Blick über die Versammlung wandern. »Ihr irrt euch«, erklärte sie würdevoll. »Ebenso wie mein Vater, der sich stets für den Frieden einsetzte, versuche ich, blutige Schlachten zu vermeiden. Und meine Leute in der Festung gehorchen ihrem neuen Herrn, weil sie erkannt haben, daß er kein Ungeheuer ist und sie auch nicht versklaven will ...«

»Meine Nichte ...« Robert unterbrach sie hastig. Offenbar wollte er sie nicht weitersprechen lassen, weil er fürchtete, sie könnte einen Teil seiner Männer auf ihre Seite ziehen.

»Du bist des schlimmsten Verrats angeklagt worden — an deinen Verwandten und an deinem Volk. Und deine

Familie verurteilt dich. Die Lairds sind mit deiner Strafe einverstanden.«

Obwohl die Männer nickten, schien die Entscheidung nicht allen zu gefallen. Einige runzelten unsicher die Stirn.

»Als Oberhaupt der Familie Canadys und der Grenzland-Lairds verurteile ich dich zum Tod auf dem Scheiterhaufen, Allora«, fuhr Robert fort. »So wie es einer niederträchtigen Verräterin gebührt.«

Ungläubig starrte sie ihn an. »Oh, wie kannst du es wagen! Nur um dein Leben zu retten, habe ich diesen großartigen Normannen geheiratet, den ihr alle verabscheut. Deshalb mußte mein Vater sterben. Du hast versucht, Bret zu vergiften, bekämpfst ihn unentwegt ...«

»Aye! Unentwegt!« bestätigte er wütend. »Und ich werde nicht ruhen und rasten, ehe ich ihm die Festung wieder entrissen habe! Nur eins könnte dich retten, Allora Canadys. Liefere uns deinen Mann aus, sonst verbrennst du auf dem Scheiterhaufen!«

Wäre sie nicht gefesselt gewesen, hätte sie ihn geschlagen. »Der Allmächtige wird dich richten, Onkel«, entgegnete sie leise.

»Nun, du wirst ja bald mit Ihm sprechen.«

Lächelnd spukte sie ihm ins Gesicht und erwartete, er würde sie ohrfeigen. Doch das tat er nicht.

Während er seine Wange abwischte, erklang ein Ruf. »Da kommt ein Reiter!«

»Nur einer?« fragte Robert.

»Aye, es ist David!« erklärte der alte Andrew.

Wenig später zügelte David sein Pferd dicht vor dem Steinblock, auf dem Robert stand. »Um Himmels willen, was geht hier vor?«

»Das braucht dich nicht zu interessieren, David!« erwiderte Robert erbost.

»Oh, doch! Duncan, Andrew, Bruce! Was geschieht hier?«

Triumphierend trat Duncan vor und packte den Hengst seines Halbbruders am Zügel. »Allora hat uns verraten. Deshalb wurde sie verurteilt. Zum Tod.«

»Zum Tod!« wiederholte David entsetzt. Der Reihe nach musterte er die Männer und erkannte, daß sie es ernst meinten. »Mit welchem Recht verdammt ihr Allora? Sie ist die Herrin der Far Isle, Laird Ioins Erbin! Das gestatte ich nicht . . .«

»Die Entscheidung ist bereits gefallen«, unterbrach ihn Robert. »Und du wirst uns sicher nicht daran hindern, das Urteil zu vollstrecken.«

»Bei Gott, genau das werde ich tun . . .«, rief David.

»Nehmt ihn fest!« befahl Robert.

Erschrocken hielt Allora den Atem an, als David vom Pferd gezerrt wurde. Er wehrte sich tapfer, doch der Übermacht war er nicht gewachsen. Mit vereinten Kräften fesselten ihm die Männer die Hände auf den Rücken. Und schließlich stand er hilflos neben ihr. »Das könnt ihr nicht tun!« rief er. »Seid ihr wahnsinnig?«

»Hüte deine Zunge, sonst stirbst du mit ihr!« warnte ihn Robert.

»Willst du dein eigenes Fleisch und Blut ermorden?«

»Sei still, David!« flehte Allora. »Du verwirkst dein Leben . . .«

»Ganz recht!« stimmte Robert höhnisch zu, stieg vom Steinblock und trat vor seine Nichte. »Aus freien Stücken hast du dich auf die Seite des Feindes gestellt und das Blut deines Volkes vergossen. Morgen wirst du für deinen Verrat büßen.«

»Der Normanne wird sie retten!« behauptete David.

»Wohl kaum«, entgegnete Robert siegessicher. »Er reitet nach Süden. Aber sollte er vorzeitig zurückkehren, wird er gemeinsam mit seiner teuren Gemahlin verbrennen. Oder sie rettet sich, indem sie ihn hierherlockt . . .« Abwartend schaute er Allora an.

»Niemals!« fauchte sie.

»Nun, dann wirst du morgen auf dem Scheiterhaufen sterben. Diese Nacht verbringen wir in meinem Haus. Dort kannst du ein letztes Mal Wein und Brot genießen — und deine Sünden beichten, wenn du es wünschst.«

Er nahm ihren Arm, führte sie zu seinem Pferd, das am Rand der alten Stadt festgebunden stand, und hob sie in den Sattel. Dann stieg er hinter ihr auf. Während sie davonritten, folgten ihnen einige Männer. Andere verschwanden ringsum im Wald.

Bald erreichten sie Roberts Haus. Er sprang aus dem Sattel, hob seine Nichte vom Pferd herab und schaute sich suchend nach David um. Aber offensichtlich hatten ihn die Männer woanders hingebracht. »Geh hinein, Allora!« befahl ihr Onkel.

Das Haus war nicht so grandios wie die Festung der Far Isle, aber komfortabel eingerichtet, mit kunstvoll geschnitzten Möbeln in der Halle. Vor dem Kaminfeuer lag ein halbes Dutzend Jagdhunde. Kläffend sprangen sie auf, als ihr Herr eintrat.

»Jetzt kannst du dich in ein Schlafzimmer zurückziehen, Allora«, entschied er. »Für diese Nacht bist du mein Gast, aber auch meine Gefangene.«

»Auf deine Gastfreundschaft würde ich gern verzichten.«

»Was starrst du mich so an? Alles ist deine Schuld! Wärst du nicht von diesem Bastard besessen, könntest du dich vor dem Flammentod retten!« Wütend stieß er sie die Treppe hinauf, in ein dunkles Zimmer.

Als er die Tür hinter ihr zuwarf, blinzelte sie verwirrt in die Finsternis. »Wo ist der Priester, der mir die Beichte abnehmen soll?« rief sie. »Außerdem hast du mir Wein und Brot versprochen!«

Doch sie bekam keine Antwort und hörte nur, wie ein Riegel vorgeschoben wurde. Vorsichtig machte sie ein paar Schritte, bis ihr Fuß eine Matte am Boden berührte. Sie setzte sich, lehnte den Kopf an die Wand, konnte noch immer nicht fassen, was mit ihr geschah. Daß Duncan sie entführen und vergewaltigen und vielleicht vor lauter Haß versuchen würde, sie zu töten — damit hatte sie mehr oder weniger gerechnet. Aber ein so grausames Todesurteil aus dem Mund ihres eigenen Onkels zu hören ...

Tränen brannten in ihren Augen. Nein, es durfte nicht geschehen. Irgend jemand würde sie retten.

Und wer? Sir Christian und Jarrett konnten die Far Isle nicht im Stich lassen. Und selbst wenn die Normannen hierherkämen, die auf der Insel zurückgeblieben waren — auf diesem fremden Terrain könnten sie Roberts Krieger nicht besiegen.

Als die Tür aufschwang, fiel ein Lichtstrahl in Alloras Gesicht, und sie kniff die Augen zusammen. Robert trug ein Tablett mit frischem Brot, einem Becher Wein und einer brennenden Kerze herein, das er zu Alloras Füßen abstellte. Dann bückte er sich, um ihr die Hände loszubinden.

Ihr Atem stockte. Plötzlich war ihr ein neuer Gedanke gekommen. »Du kannst mich nicht hinrichten lassen.«

»Oh, doch. Du wurdest verurteilt.«

»Aber ich erwarte ein Kind. Willst du ein unschuldiges Geschöpf ermorden?«

»Unsinn, du bist gertenschlank! Du lügst, Allora!«

»Keineswegs.«

Unsanft packte er ihre Handgelenke und zog sie auf die Beine. »Falls du tatsächlich ein Kind unter dem Herzen trägst, dann ist es die Ausgeburt der Hölle und muß ebenso sterben wie seine Mutter. Für euch beide gibt es nur eine einzige Rettung: Liefere uns sofort deinen Mann aus!«

»Wie du weißt, ist er nach York geritten. Selbst wenn ich es wollte, könnte ich deine Bedingung nicht erfüllen.«

»Sicher gibt es Mittel und Wege ...«

»Noch ein Verrat, Onkel? O nein, nicht mehr! Trotz

allem, was ich — was *wir* ihm antaten, hat er Milde walten lassen. Ich kann ihn nicht noch einmal hintergehen!«

»Dein Vater wäre in Tränen aufgelöst, wenn er dich jetzt hören könnte. Wahrscheinlich dreht er sich im Grab um.«

»Allerdings! Wenn er wüßte, was du mit mir vorhast!«

»Sei doch vernünftig!«

»Ich werde Bret nicht verraten.«

»Offenbar bist du nur bereit, dein eigenes Volk zu hintergehen. Dann fahr doch zur Hölle! Wenn morgen früh der Hahn kräht, errichten wir den Scheiterhaufen, und ich werde dich in tiefer Trauer brennen sehen, bis der Tod dich endlich erlöst.«

Ohne eine Antwort abzuwarten, verließ er das Zimmer und verriegelte die Tür. Mit zitternden Händen ergriff Allora den Becher und nahm einen Schluck Wein.

Während sie in die Kerzenflamme starrte, erinnerte sie sich an den grausigen Alptraum, in dem sie von einem lodernden Höllenfeuer bedroht worden war. Verzweifelt schloß sie die Augen.

25

Noch bevor Elysia durch das Schloßtor galoppierte, rief sie nach Jarrett. In der Mitte des Hofes stieg sie vom Pferd, dann rannte sie zum Eingang des Hauptturms.

»Jarrett!«

Auch die Wachtposten an den Mauern und auf der Brustwehr hörten den Schrei. Einige kamen angelaufen, während Jarrett und Sir Christian aus der Halle stürmten.

»Was ...«, begann Jarrett.

»Wir wurden in eine Falle gelockt«, erklärte Elysia atemlos, »und Duncan nahm Allora gefangen. Oh, ich hätte bei ihr bleiben sollen. Aber sie zwang mich hierherzureiten. Bitte, Ihr müßt sie retten!«

»Wo ist sie Duncan begegnet?« fragte er verwirrt. Dann verzerrte sich sein Gesicht vor Zorn. »Lady Elysia! Ihr wart mit Lady Allora draußen vor dem Tor ...«

»Aye, dieser elende Duncan hat mich übertölpelt. Ich dachte, David hätte sie um eine Zusammenkunft auf dem Festland gebeten. Und da er Bret die Treue schwor, nahm ich an, es bestünde keine Gefahr. Aber wir wurden nicht von David erwartet. Das erkannte Allora sofort. Offenbar gelang es ihr nicht, in die Festung zu fliehen. Sonst müßte sie schon hier sein.«

»Bald wird es dunkel«, bemerkte Sir Christian, und Elysia schaute zum Himmel hinauf. Tatsächlich, der Abend begann zu dämmern, das Meer würde die Sandfläche überspülen.

»Ein Reiter!« rief ein Wachtposten von der Brustwehr herab. »Drüben auf dem Festland — er schwingt eine Friedensfahne!«

Jarrett rannte eine der Treppen hinauf, die zu den Zinnen führte, und nahm immer zwei Stufen auf einmal. Mittlerweile krochen die ersten Wellen über den Sand.

»Hört meine Botschaft!« schrie der Reiter. »Lady Allora wurde wegen ihres Verrats zum Tode verurteilt! Morgen früh wird sie sterben, um des Blutes willen, das an ihren Händen klebt!«

»Wartet!« brüllte Jarrett.

Aber der Mann hatte sein Pferd bereits herumgerissen und verschwand zwischen den Bäumen.

Wütend drehte Jarrett sich um und sah eine leichenblasse Elysia hinter sich stehen.

»Oh, wir müssen meine Schwägerin finden«, flüsterte sie.

»Wir würden nicht einmal in Lady Alloras Nähe kommen«, warnte Sir Christian, der ebenfalls zur Brustwehr heraufgestiegen war. »Falls wir mit dem Floß eine starke Streitmacht aufs Festland bringen wollten, müßten wir mehrmals hin und her fahren. Das würde bis zum Morgengrauen dauern. In der neuen Festung halten nur wenige Leute Wache. Und wenn wir sie dezimieren, werden die Verbliebenen von den Gefangenen niedergemetzelt.«

»Also können wir nichts tun?« fragte Elysia entsetzt. »Wollen wir diesem niederträchtigen Robert Canadys erlauben, seine Nichte hinzurichten?«

»Das haben wir nicht gesagt, Mylady!« fauchte Jarrett. »Aber wir müssen nachdenken.«

Elysia eilte in den Hof hinab. »Oh, ich weiß, was ich tun muß. Ich reite zu meinem Bruder.«

»Inzwischen ist er weit weg!« protestierte Jarrett.

»Und wenn er bis in die Hölle galoppiert ist — ich folge ihm!«

»Wartet, Lady Elysia!« flehte Sir Christian. »Ich befehlige Männer, die immer noch in einen von Roberts Stützpunkten eindringen können. Die werde ich hinüberschicken.«

»Wunderbar! Tut das, Sir Christian! Und morgen früh

kehren sie dann zurück, um uns zu erzählen, Allora sei tot!«

»Elysia, bleibt hier!« befahl Jarrett.

»Nein, ich folge meinem Bruder. Um mich aufzuhalten, müßtet Ihr einen Pfeil in mein Herz schießen, Jarrett!«

Wütend starrte er sie an, dann gab er sich geschlagen. »Also gut, wir beide reiten hinter Bret her, mit einer kleinen Truppe. Wir können das Floß nur zweimal übers Wasser und wieder zurückrudern. Sonst würden wir zuviel Zeit verlieren. Sir Christian, Ihr schickt Eure Leute hinüber. Sie sollen versuchen, möglichst viel herauszufinden. Morgen früh trefft Ihr Elysia und mich hinter den Bäumen auf dem Grat des ersten Hügels. Falls Robert heute nacht seine Wachen im Wald postiert, werden wir ihnen mit Gottes Hilfe entrinnen und Hilfe holen.«

»Das dürfte Euch nicht schwerfallen«, meinte der alte Ritter. »Wahrscheinlich hofft Robert sogar, Ihr würdet Bret zurückbringen. Die Truppe des Earls wäre erschöpft, nachdem sie einen Tag und eine Nacht lang ohne Ruhepause geritten ist. Und Robert Canadys hätte ein leichtes Spiel...«

»Also glaubt Ihr, die Botschaft von der geplanten Hinrichtung ist nur eine Finte, die Bret hierherlocken soll?«

Langsam schüttelte Sir Christian den Kopf. »Er will sie ebenso töten wie Bret. Und heute nacht werde ich sogar für das süße Baby beten, das im Hauptturm schläft. Robert möchte die Macht auf der Far Isle an sich reißen — und behalten. Um dieses Ziel zu erreichen, würde er vor nichts zurückschrecken. Und er kann keine nahen Verwandten gebrauchen, die ihm seine Rechte streitig machen würden.«

»Um Himmels willen, Jarrett, beeilen wir uns!« drängte Elysia.

Brets Männer banden die Pferde an den Bäumen fest, schlugen ein Nachtlager auf und entfachten kleine Feuer.

Gedankenverloren wanderte Bret durch den Schnee und beschloß, einen Boten ins Haus Wakefield zu schicken. Er vermutete, daß sein Vater und seine Brüder bereits dort eingetroffen waren, da sie mit ihm sprechen wollten, ehe sie an der wichtigen Versammlung der Barone teilnahmen. Und so beauftragte er Gavin, Sir Christians Sohn, mit einem zweiten Mann durch den nächtlichen Wald zu reiten und sich vor Banditen zu hüten. Roberts Leute stellten keine Gefahr mehr dar, denn inzwischen hatte Brets Truppe die Wakefield-Ländereien erreicht, die der Eroberer seinem treuen Gefolgsmann übertragen hatte. Wenn diese Gegend auch schwach besiedelt war, so mußten etwaige kriegerische Eindringlinge doch stets mit Patrouillen rechnen.

»Sicher kennt Ihr Euch hier so gut aus wie meine eigenen Leute, Gavin«, bemerkte Bret.

»Aye, Mylord, und mein flinkes Pferd ist an felsiges Terrain gewöhnt. Ich werde Eure Nachricht so schnell wie möglich nach Wakefield bringen.«

»Erzählt meinem Vater, Damien habe mich gebeten, Rast zu machen. Diese Erklärung wird Alaric genügen. Und fügt hinzu, mehr könne ich ihm vorerst nicht mitteilen. Auch das wird er verstehen. Sagt ihm, wo wir uns befinden. Und wenn er sich zu uns gesellen möchte, wäre ich herzlich froh.«

»Aye, Mylord.«

»Nehmt den Bretonen Conan mit. Der ist stärker als zehn Ochsen, und Ihr werdet seine Hilfe brauchen, wenn man Euch im Wald überfällt. Auf keinen Fall dürft Ihr Euch in Gefahr begeben. Das würde mich tief bekümmern, nachdem Euer Vater und Ihr mir so treue Dienste geleistet habt.«

»Mylord, da Ihr uns alle gut und gerecht behandelt, dienen wir Euch nur zu gern«, erwiderte Gavin.

»Danke.«

»Aber — warum halten wir an, Mylord?«

Bret hob die Brauen, als ihm bewußt wurde, daß der junge Mann den sächsischen Priester noch nicht allzu gut kannte. »Das weiß ich selber nicht genau«, gab er zu und lächelte etwas wehmütig. »Überbringt meinem Vater die Nachricht, und er wird sie verstehen.«

Nachdem Gavin und sein Begleiter davongeritten waren, ging Bret zu einem Lagerfeuer und hielt seine fröstelnden Hände über die Flammen. Neues Unbehagen erfaßte ihn, und er wünschte plötzlich, er hätte die Far Isle nicht verlassen.

Andererseits durfte er den Ruf des Königs nicht mißachten.

Sehnsüchtig dachte er an Allora. Statt sie unter einer warmen Pelzdecke zu umarmen, stand er in einer kalten Winternacht zwischen schneebedeckten Bäumen und lauschte dem Schrei eines fernen Wolfs ...

Das Floß konnte bestenfalls drei Personen und drei Pferde über das Wasser befördern, und man mußte hoffen, daß die Tiere nicht in Panik gerieten und über Bord sprangen.

Noch nie in ihrem Leben hatte Elysia so qualvolle Angst empfunden. Wenn ihrer Schwägerin ein Leid geschah ... Mit dieser Schuld würde sie nicht leben können.

Andererseits widersprach es ihrem Charakter, zu trauern und zu wehklagen, solange sie noch etwas unternehmen konnte. Und sie würde durch die Nacht galoppieren, sobald das Floß die Wellen zum zweitenmal überquert hatte, um Jarrett und zwei weitere Ritter aufs Festland zu bringen.

Die Augen zusammengekniffen, spähte sie zwischen die Bäume. Niemand ließ sich blicken. Vielleicht hatte Sir Christian recht, und Robert Canadys legte es darauf an, daß Bret zurückgeholt wurde.

»Beeilt Euch, Jarrett!«

Ohne die hilfreiche Hand eines Ritters zu ergreifen,

schwang sich Elysia in den Sattel, und sie galoppierten zu sechst durch den Wald.

»Reiter, Mylord!« meldete Etienne. »Wie der Wind rasen sie über den Schnee!«

Bret saß auf einem umgestürzten Eichenstamm, in seine Satteldecke gewickelt. Vergeblich hatte er zu schlafen versucht und gewartet — wenn er auch nicht wußte, worauf.

Als er Etiennes Ruf hörte, sprang er sofort auf. Zehn Wachtposten standen im Schatten der Bäume, die das Lager umgaben — fünf Bogenschützen, fünf Schwertfechter, jederzeit bereit, alle etwaigen Angreifer abzuwehren. Bret hob eine Hand und bedeutete ihnen, vorerst innezuhalten. Jenseits der Bäume erstreckte sich eine schneebedeckte Wiese, ein Halbmond und unzählige Sterne erhellten die Nacht. Seine Augen verengten sich. Nur sechs Reiter, und sie sprengten heran, ohne Schutz oder Deckung zu suchen.

Und dann erkannte er den ersten Reiter. Er fluchte leise. »Elysia! Wird meine Schwester mich bis in alle Ewigkeit verfolgen?«

»Jarrett begleitet sie, mit einigen anderen Rittern«, erklärte Etienne, der an seiner Seite stand.

Wütend eilte Bret der kleinen Truppe entgegen. Elysia sprang vom Pferd und lief zu ihm, in einen langen Umhang gehüllt, der hinter ihr herwehte. »Gott sei Dank, du bist hier!« rief sie und umklammerte seine Arme. »Und ich dachte schon, wir würden dich nicht einholen!«

Erschöpft lehnte sie an ihrem Bruder, der beobachtete, wie Jarrett abstieg. Längst war sein Zorn von eisiger Furcht verdrängt worden. Warum war er nicht zur Far Isle zurückgeritten, angesichts von Vater Damiens Unbehagen?

Aber der Priester hatte selbst nicht gewußt, was ihn bedrückte, und nur erklärt, sie müßten abwarten.

»Was ist geschehen?« schrie Bret.

»Duncan nahm Allora gefangen. Kurz bevor das Meer stieg. Gestern abend wurde sie von den Schotten zum Tod verurteilt. Und morgen früh soll sie hingerichtet werden.«

Krampfhaft umklammerte er die Schultern seiner Schwester. »Um Himmels willen, wie ist sie in Duncans Hände geraten?« Ein heißer, brennender Schmerz durchfuhr seine Brust. Ein Leben ohne Allora? Unvorstellbar! Tag und Nacht würde er ihre Smaragdaugen vor sich sehen, ihr bezauberndes Lächeln, ihre goldblonden Locken ...

»O Bret, es war meine Schuld«, gestand Elysia. »Wir dachten, David hätte sie rufen lassen ...«

»Schon wieder dieser elende Bastard! Hätte ich ihn doch getötet, als sich eine Gelegenheit bot!«

»Nein, Bret, du verstehst das nicht! Sie wollte meinetwegen mit ihm reden ...«

Entgeistert starrte er sie an. Inzwischen hatten sich alle Männer um die beiden Geschwister versammelt und hörten angespannt zu.

»Vielleicht sollte ich mir das genauer erklären lassen«, fauchte Bret. »Aber wir dürfen keine Zeit verschwenden. Wir müssen sofort losreiten.« Er half seiner Schwester aufs Pferd, und sie begegnete seinem eisigen Blick. »Nun liegt ein langer Ritt vor uns, Elysia. Unterwegs wirst du in allen Einzelheiten Bericht erstatten. Und wenn meiner Frau etwas zustößt ...« Seine Stimme erstarb, mühsam schluckte er seinen Zorn hinunter. Noch ehe der Morgen heraufdämmerte, mußte er wissen, was Robert Canadys plante.

Vater Damien führte den gesattelten Ajax zwischen den Bäumen hervor. »Bitte, Mylord, beeilt Euch!«

»Natürlich«, stimmte Bret zu, nahm die Zügel entgegen und sprang auf den Rücken seines weißen Schlachtrosses.

An der Spitze seines Trupps sprengte er über das schneebedeckte Feld, dann drosselte er das Tempo und drehte sich zu seiner Schwester um. »Reite mit mir!«

Nur zögernd lenkte sie ihren Wallach an Brets Seite, aber sie bezwang ihre Angst und hob stolz das Kinn. »*Ich war es, die unbedingt mit David sprechen mußte. Und deine Frau tat ihr Bestes, um mir zu helfen.*«

»Was wolltest du von diesem Schotten?«

Tapfer hatte sie sich bemüht, seinem Blick standzuhalten. Aber nun senkte sie den Kopf. »Ich erwarte ein Kind von ihm«, erwiderte sie leise.

»Was?« donnerte er, und sie bezweifelte nicht, daß alle Männer den wütenden Ruf hörten.

»Ich — ich erwarte ein Kind von ihm«, wiederholte sie.

»Bei allen Heiligen! Der Mann war im Nordturm eingesperrt, und du ...«

»Aye, ich ging zu ihm. Seine Schuld war's nicht ...«

»Gewiß nicht! Du hast ihm wohl ein Messer an die Kehle gehalten!«

»Nein, ich liebe ihn!« stieß sie hervor. »Und manchmal frage ich mich, ob du solche Gefühle überhaupt kennst!«

Statt zu antworten, preßte er die Lippen zusammen und starrte vor sich hin.

»Bitte, Bret, du darfst Vater nichts davon erzählen!«

»Ich war verantwortlich für dich ...«

»Bitte! Ich flehe dich an!«

»Im Augenblick wissen wir gar nicht, ob wir lange genug leben werden, um Vater irgend etwas zu erzählen«, entgegnete er grimmig. »Aber wenn ich sterbe, nehme ich Robert Canadys ins Grab mit!«

Ein Schauer überlief ihren Rücken, als sie ihn beobachtete. Noch nie hatte sie ihren Bruder so zornig gesehen. Es war falsch gewesen, ihm vorzuwerfen, er wisse nichts von Liebe. Natürlich liebte er Allora. Sie war sein Leben, und er wandte sich nur von ihr ab, wenn er erkennen mußte, daß sie sich immer noch im Zwiespalt befand und ihren Onkel zu schonen suchte.

»Bret ...« Tränen brannten in ihren Augen, als sie erkannte, daß er sie niemals wegen ihrer Schwangerschaft verdammen würde. Im Gegenteil, er hätte ihr zu helfen versucht — mit einem besseren Ergebnis, als es Allora und ihr selbst geglückt war.

»Keine Angst, Elysia. Dieser elende Bastard wird Allora kein Haar krümmen. Das schwöre ich dir.«

Schweigend ritten sie weiter. Ein langer Weg lag vor ihnen, und die Zeit drängte.

Bevor der Tag anbrach, näherten sie sich bereits der Küste. Plötzlich zügelte Bret sein Pferd, als ein Eulenschrei erklang, und auch die anderen hielten an. Das war kein Vogel gewesen.

Und dann entdeckten sie einen Mann, der zwischen den Bäumen zu ihnen rannte, geduckt und atemlos. Es war Timothy, der Schloßverwalter von der Far Isle. »Großer Gott, Mylord, beeilt Euch! Gestern abend wurde Eure Lady zum Tod auf dem Scheiterhaufen verurteilt, und sie ist schon am Pfahl festgebunden — auf dem Hügel, gleich neben unserer neuen Festung. Sir Christian wartet mit der Festlandgarnison im Wald und ist völlig verzweifelt. Mit Freuden würde er das Leben der Männer und sein eigenes opfern, um unsere Herrin zu retten. Aber er fürchtet, man würde die Scheite sofort anzünden, wenn sie sich zeigen, und die Flammen könnten Lady Allora verzehren, ehe er sie erreicht. Wie Sir Christians Spione herausfanden ...« Zögernd verstummte er.

»Großer Gott, so sprecht doch endlich!« drängte Bret. »Jeder Augenblick ist kostbar.«

»Nun, Lady Allora erklärte ihrem Onkel, sie würde ein Kind erwarten. Entweder glaubte er ihr nicht — oder es ist ihm gleichgültig. Jedenfalls weigert er sich, ein unschuldiges Geschöpf zu schonen. Ich glaube, er möchte verhindern, daß noch ein Erbe seines Bruders geboren wird, der die Far Isle beanspruchen könnte.«

»Führt meine Schwester hinter unseren Trupp, Thimothy.« Am liebsten wäre Bret sofort zum Scheiterhaufen galoppiert. Doch es widerstrebte ihm ebenso wie Sir Christian, Allora in noch größere Gefahr zu bringen. »Bleibt im Wald, bis wir auf dem Grat neben jenem Hügel eine geschlossene Linie bilden können!« befahl er seinen Männern. »Unterwegs werden wir die Einheit aus dem Festlandschloß treffen, und ich bete zu Gott — möge die Gerechtigkeit siegen!«

Er schwang sein Schwert hoch, und die anderen folgten seinem Beispiel.

Dicht hintereinander sprengten sie durch das Tal und einen bewaldeten Hang hinauf. Ein leiser Ruf hieß Bret willkommen, und er entdeckte Sir Christian zwischen den Bäumen.

»Dem Allmächtigen sei Dank für seine unendliche Gnade!« seufzte der alte Ritter.

»Hat der Feind Euch gesehen?«

»Noch nicht.« Beklommen blickte sich Sir Christian um. »Bald wird die Sonne aufgehen.« Rotgoldene Streifen überzogen den schneebedeckten Hügel.

»Ja, wir haben keine Zeit zu verlieren.« Bret griff nach seinem Helm, der am Sattelknauf hing, und setzte ihn auf. An der Spitze seines Heeres galoppierte er zum Waldrand auf der anderen Seite des Hügels. Sobald seine Ritter eine Front gebildet hatten, rückten sie langsam vor.

Und da sah er sie. Allora auf dem Scheiterhaufen ... Im Licht der ersten Sonnenstrahlen schimmerte ihr Haar wie gesponnenes Gold.

Wehmütig betrachtete Bret seine schöne Frau. Immer wieder hatte sie ihren Onkel verteidigt — und sein skrupelloses Wesen viel zu spät erkannt. Angst und Zorn kämpften in seiner Seele. Wie jung und unschuldig sie in ihrem schneeweißen Kleid wirkte ... Ihre Locken flatterten im Morgenwind. Und er wußte, daß sie ihn anschaute, obwohl er ihre Augen aus der Ferne nicht sah. Er glaubte sogar, ein Lächeln zu ahnen.

»Er kommt!« schrie jemand, und die Männer, die um den Scheiterhaufen herumstanden, zeigten auf Brets gutgerüstetes Heer.

Hatten sie ihn erwartet? Waren sie zum Kampf bereit?

»Zündet den Scheiterhaufen an!« lautete ein rauher Befehl, und Bret erkannte die verhaßte Stimme.

Entsetzt beobachtete er, wie Robert Canadys selbst zu den aufgetürmten Holzscheiten ritt und sie in Brand steckte, um sein eigenes Fleisch und Blut zu vernichten.

TEIL II

... und das Ende

26

Obwohl sie es nie für möglich gehalten hätte — Bret war gekommen. Aus Ajax' Nüstern quollen weiße Wolken in die eisige Morgenluft, der Helm mit den imposanten Hirschhörnern funkelte, von goldenen Sonnenstrahlen beleuchtet.

Plötzlich stieg ihr beißender Rauch in die Nase. Robert Canadys war zum Scheiterhaufen geritten, um ihn zu entzünden. Während die untersten Scheite zu brennen begannen, sah sie nur Bret. Aber bald spürte sie die Hitze der Flammen und starrte hinab. Golden, rot, orangegelb.

Der Qualm trieb ihr Tränen in die Augen. Durch dichte Schwaden sah sie Bret herangaloppieren — ganz allein. Seine Männer blieben am Waldrand zurück. Nun konnte sie kaum noch atmen, die Sinne drohten ihr zu schwinden.

Würde sie aus der Ohnmacht erwachen, wenn das Feuer ihren Körper berührte?

»Er kommt!« rief jemand.

Das silbrige Schwert erhoben, ritt er den Hang herab. Wie ein mythischer geflügelter Drache sprengte das weiße Streitroß über den Schnee hinweg.

Doch er würde es nicht schaffen — nicht, bevor die Flammen an ihr emporzüngelten ...

»Haltet ihn auf!«

Aus weiter Ferne drang der Befehl zu ihr. Ein Reiter raste davon — und begegnete dem Tod. Ein kraftvoller Schwertstreich warf ihn aus dem Sattel.

»Haltet ihn auf!« brüllte Robert Canadys noch einmal.

Niemand rührte sich. Bret stieß einen Kriegsruf aus, und alle erstarrten, als wären sie an den Boden gefesselt — so wie Allora an den Pfahl. Oder vielleicht konnten sie nicht glauben, daß ein einzelner Mann ins Feuer stürmen würde. Aber das mächtige Schlachtroß sprang über die brennenden Scheite hinweg, das Schwert zerschnitt die Stricke, die Allora an den Pfosten banden. Sie konnte sich kaum bewegen.

»Herauf zu mir!« drängte Bret.

Irgendwie fand sie die Kraft, seine Hand zu ergreifen, und er zog sie in den Sattel. In wildem Galopp floh Ajax durch die Schneewehen.

»Bogenschützen!« hörte sie ihren Onkel schreien.

Erschrocken drehte sie sich um und spähte über Brets Schulter. Zwischen tanzenden Flocken, von den Hufen des Schimmels aufgewirbelt, sah sie Pfeile heranfliegen. Doch die erste Salve verfehlte das Ziel. Und als die zweite abgeschossen wurde, hatten Bret und Allora bereits den schützenden Waldrand erreicht, wo sie von seinen jubelnden Männern empfangen wurden.

Sie schaute zum Scheiterhaufen hinab. Hell loderte das Feuer empor, das sie mittlerweile verzehrt hätte, wäre Bret nicht gekommen. An seine gepanzerte Brust gelehnt, kämpfte sie mit den Tränen, wollte ihm danken, ihre Liebe beteuern und versprechen, sie würde ihm die Heldentat lohnen.

Aber dazu bot sich keine Gelegenheit. »Nehmt euch in acht!« warnte er sein Heer. »Der Feind wird uns jeden Augenblick angreifen!«

Und dann erklang wildes Geschrei, als Roberts Trupp vorrückte. Bret hob seine Frau hoch und ließ sie in Jarretts ausgestreckte Arme gleiten. »Kümmert Euch um die Lady, mein Freund!«

»Aye, Mylord!« rief Jarrett und ritt mit ihr tiefer in den Wald hinein.

Als sie sich umwandte, beobachtete sie, wie die Normannen den Schotten entgegengaloppierten, Bret an der Spitze. Von kalter Angst erfaßt, hielt sie den Atem an, während Jarrett weitersprengte, um sie aus der Gefahrenzone zu entfernen. Im dunklen Schatten unter mächtigen Ästen warteten einige Reiter, in ihrer Mitte Elysia.

Hätten die Schwerter nicht zu klirren begonnen, wäre Allora aus dem Sattel gesprungen und zu ihrer Schwägerin gelaufen. Statt dessen flehte sie Jarrett an: »Bitte! Ich muß sehen, was da geschieht!«

Widerstrebend ritt er zu einer Stelle, wo sich die Bäume ein wenig lichteten. Von hier aus konnten sie die Schlacht verfolgen. Normannen und Schotten fielen reihenweise von ihren Pferden, aber Bret saß immer noch auf Ajax, inmitten des Kampfgetümmels. Entsetzt griff sie sich an die Kehle, als ein Schwertstreich seinen Rücken traf. Doch der Kettenpanzer schützte ihn. Er schwenkte sein Streitroß herum, mühelos wehrte er den nächsten Angriff ab.

Plötzlich drang gellendes Geschrei aus südlicher Richtung heran. »Großer Gott!« keuchte Jarrett.

»Was gibt's?« rief Allora.

Beide blickten einem Normannentrupp in schimmernden Rüstungen entgegen. Auf kräftigen, majestätischen Schlachtrössern sprengten die Ritter heran.

»Alaric d'Anlou, der Earl von Haselford!« verkündete Jarrett triumphierend.

Und dann sah sie, wie Bret sein Schwert hochschwang, um seine Streitkräfte um sich zu sammeln. In einer Dreiecksformation ritten beide Normannentruppen aufeinander zu, so daß der Feind in die Zange genommen wurde. Einige Schotten flohen in den Wald.

Währenddessen zügelten die Normannen ihre Pferde, und Allora beobachtete, wie Bret einem hochgewachsenen Mann, der einen stattlichen Rappen ritt, die Hand schüttelte. Sie wechselten ein paar Worte, und als sie aufs Schlachtfeld ritten, erklang ein Schrei im Wald, aus der

Ecke, in die sich die überraschten Schotten zurückgezogen hatten.

Mit einer zitternden Hand beschattete Allora ihre Augen, um sie vor den grellen Sonnenstrahlen zu schützen, und sah einen Mann ohne Rüstung zwischen den Bäumen hervorreiten. Kraftlos hing er über dem Pferdehals, glitt aus dem Sattel und fiel in den Schnee.

David ...

Trotz der Entfernung konnte sie beobachten, wie sein Blut die weiße Tunika tränkte, die er unter seinem grünen Umhang trug.

»Nein!« stöhnte sie verzweifelt. War er tot? Oder nur verletzt? Wie hätte er kämpfen sollen, die Hände auf den Rücken gefesselt?

Nun tauchte Robert aus dem Schatten des Waldes auf. Kerzengerade saß er im Sattel, hob sein Schwert und beschuldigte Bret mit durchdringender Stimme, die den Schlachtenlärm übertönte: »Mörder! Ihr habt Ioin umgebracht — und jetzt David! Normannischer Bastard! Wir werden nicht ruhen und rasten, bis Ihr den Tod gefunden habt!« kündigte er an, bevor er wieder zwischen den Bäumen verschwand.

Entschlossen spornte Bret seinen Hengst an, um ihm zu folgen.

»O nein!« Allora drehte sich im Sattel um und flehte den Ritter an, der sie vor allen Gefahren schützen sollte: »Laßt mich gehen, Jarrett!«

Auf den kräftigen Stoß, den sie seiner Brust versetzte, war er nicht vorbereitet. Er verlor das Gleichgewicht und stürzte aus dem Sattel. Blitzschnell packte Allora die Zügel, grub ihre Fersen in die Flanken des Pferdes und sprengte aus dem Wald, quer über den Hang. Sie wagte nicht, an Davids Seite anzuhalten und festzustellen, ob er noch lebte. Erst einmal mußte sie ihren Mann retten.

Am Waldrand holte sie ihn ein. Er hatte Ajax gezügelt und spähte ins Halbdunkel, um herauszufinden, in welche Richtung Robert galoppiert war. »Canadys! Wenn Ihr gegen mich kämpfen wollt — zögert nicht!«

»Bret!« schrie Allora. »Nicht ...«

Wütend ritt er zu ihr. »Kleine Närrin! Willst du schon wieder das Leben deines ungeborenen Kindes und dein eigenes riskieren? Ich gab dich in Jarretts Obhut ...«

»*Du* bist ein Narr!« unterbrach sie ihn. »Robert will dich in eine Falle locken — du sollst ihm allein folgen, damit er mit all seinen Leuten über dich herfallen kann! Einem fairen Kampf wird er sich nicht stellen!«

Da raschelte es im Unterholz, und Alaric d'Anlou lenkte seinen kraftvollen Rappen heran. Inzwischen hatte er den Helm abgenommen, und Allora betrachtete ein markantes, würdevolles Gesicht. »Nur keine Angst, Lady, mein Sohn ist nicht allein.« Sein Lächeln erinnerte sie an Bret, die silbergrauen Augen an Elysia.

»Allora, ich hätte dir meinen Vater lieber unter erfreulicheren Umständen vorgestellt. Das ist Alaric d'Anlou. Vater — meine Frau.«

»Und ihr scheint euch immer noch prächtig zu verstehen«, bemerkte Alaric amüsiert. »Liebe Tochter, es ist mir ein Vergnügen, dich endlich kennenzulernen. Ich habe deinen Vater sehr geschätzt, und ich trauere um ihn.«

»Mylord Alaric ...« Sie neigte den Kopf, und ein Schauer überlief ihren Rücken. Früher hatte sie alle Normannen leidenschaftlich gehaßt. Dieser Mann war mit dem Eroberer nach England gesegelt, hatte ihm geholfen, ein ganzes Volk zu unterwerfen. Aber nun erwärmte tiefe Dankbarkeit ihr Herz, denn er war hierhergeritten, um seinem Sohn beizustehen — und auch ihr. Sein Trupp mochte an diesem Tag viele Menschenleben retten ...

Plötzlich erinnerte sie sich wieder an ihren Freund. »Bret — dort drüben am Hang liegt David!«

Wieder rammte sie dem Pferd ihre Fersen in die Flanken und galoppierte zu David, um den sich mittlerweile mehrere Männer versammelt hatten, darunter Vater Damien. Sie sprang aus dem Sattel, bahnte sich einen Weg durch das Gedränge und sah, daß der Priester die weiße Tunika zerfetzt hatte und einen zerknüllten Fetzen auf die Wunde preßte, um die Blutung zum Stillstand zu bringen. »Ist er tot?« fragte sie atemlos.

»Noch nicht. Offenbar hat sein Angreifer überhastet zugestochen.« Damiens Blick fiel auf Alloras weißes Leinenkleid. »Mylady, ich brauche Verbandszeug! Schnell!«

Ohne Zögern riß sie den Pelzbesatz vom Saum ihrer Tunika, dann trennte sie mehrere Stoffstreifen ab.

»Wir müssen ihn möglichst vorsichtig bewegen«, erklärte der Geistliche, »und ihn auf eine Bahre legen, denn der kalte Schnee könnte ihn zusätzlich schwächen.«

»Mein Gott! O nein!« Elysia stieg von ihrem Wallach und kniete neben dem blutenden Mann nieder. Verzweifelt umklammerte sie seine Hand. »O David, du darfst nicht sterben!«

»Elysia!« Plötzlich stand Alaric hinter seiner Tochter und legte eine Hand auf ihre Schulter. Ehe sie sich umdrehte, wechselte sie einen Blick mit Allora. »Offensichtlich bangst du um das Leben dieses Mannes. Du solltest ihn Damiens Obhut überlassen.«

Unsicher stand sie auf, dann sank sie schluchzend in die Arme ihres Vaters. Einige Männer trugen eine Bahre herbei, und Allora sah, wie Bret langsam näherritt. »Bringt David zur Far Isle!«

Auch Jarrett kam keuchend angelaufen. »Mylord, tut mir leid ...«

»Schon gut, Jarrett, ich kenne die Tücken meiner Frau. Allora, übergib ihm sein Pferd und komm zu mir!«

Wortlos gehorchte sie, eilte zu dem Hengst und führte ihn zu Jarrett. Dann senkte sie den Kopf, trat an Ajax' Seite und ließ sich von ihrem Mann in den Sattel helfen. Gefolgt von den Männern, die Davids Bahre trugen, ritten sie an der neuen Festung vorbei und über die Sandfläche zur Insel.

Allora starrte die hohen Mauern an, die wiederzusehen sie nie erwartet hatte; aber sie lebte. Wie durch ein Wunder hatte Bret sie gerettet. Und David lag vielleicht im Sterben ...

Sobald sie den Hof erreichten, sprang sie vom Pferd und eilte Vater Damien entgegen, um zu sehen, ob sie ihm helfen konnte. Elysia gesellte sich zu ihr, und sie begleiteten den kleinen Trupp, der den Verletzten in die Halle brachte.

Seltsamerweise befahl der Priester den Dienstboten, Schnee zu holen. »Die Kälte wird die Blutgerinnung beschleunigen«, erklärte er, »während der Mann Wärme braucht. Bald muß ich die Wunde nähen. Lady Allora, besorgt mir Nadel und Faden! Besitzt Ihr grünes Moos aus den Flüssen auf dem Festland?«

Sie nickte, denn dieses Heilmittel hatte sie schon oft benutzt. Hastig erfüllte sie die Wünsche des Priesters. Elysia saß blaß und unglücklich neben ihm, befolgte seine Anweisungen und preßte den zerknüllten Lappen auf Davids Wunde, so fest so konnte.

Mit Hilfe des Schnees gelang es dem Geistlichen, die Blutung zu stillen. Danach nähte er die Fleischränder zusammen, drückte grünes Moos darauf und legte seinem Patienten einen Verband an.

»Und jetzt?« wisperte Allora.

»Nun, wir müssen abwarten. Aber er ist jung und stark, und ich glaube, er hat eine gute Chance. In welches Zimmer können wir ihn bringen?«

»In meines — es liegt im zweiten Stock!« Elysia warf einen kurzen Blick auf ihren hellhörigen Vater, der mit Bret am Kamin stand, und fügte rasch hinzu: »Ich schlafe bei Lilith.«

Plötzlich öffnete David die Augen und blinzelte sie an. »Elysia ...« Ein schwaches Lächeln umspielte seine Lippen, dann senkten sich seine Lider wieder.

Besorgt ergriff sie seine schlaffe Hand. »O David ...«

»Beruhigt Euch, er lebt noch«, versicherte Damien. »Er schläft nur.«

Nun kamen Elysias Vater und ihr Bruder vom Kamin herüber. Sanft umfaßte Bret ihren Arm. »Laß ihn jetzt in Frieden und bete für ihn.«

»Wie du diesen Mann gehaßt hast, meine Tochter!« bemerkte Alaric. »Inzwischen hegst du wohl andere Gefühle für ihn. Wollen wir um seine baldige Genesung beten, damit ich deine Mutter zu einer Hochzeit einladen kann?«

»O Vater!« flüsterte sie und schlang weinend die Arme um seinen Hals.

Unterdessen beaufsichtigte Damien die Männer, die David vorsichtig nach oben trugen. Elysia sprach leise mit ihrem Bruder, und er neigte den Kopf zu ihr herab. Plötzlich fühlte Allora sich ausgeschlossen. Wie nahe die drei d'Anlous beisammenstanden — eine liebevolle Familie, die sie selbst schmerzlich vermißte.

Ihr zärtlicher Vater lebte nicht mehr, und ihren Onkel konnte sie nur noch aus tiefster Seele verabscheuen.

Und dann drang ein energisches Gebrüll aus dem obersten Stockwerk herab. Natürlich, das Baby! Brauche ich denn eine andere Familie, fragte sich Allora und rannte die Stufen hinauf.

In ihrem Schlafzimmer hob sie das schreiende Kind aus der Wiege und drückte es an sich. Die Tür flog auf, und Mary eilte herein. »O Mylady, wir alle wurden schmählich hintergangen und tappten in die Falle, die uns Duncan und Euer Onkel stellten. Was für schreckliche Ängste mußten wir ausstehen ...« Tränen glänzten in ihren Augen.

»Schon gut, im letzten Moment wurde ich gerettet.«

»Inzwischen haben wir Brianna sorgsam betreut. Sie aß Brot und Käse und Apfelbrei, dazu trank sie Ziegenmilch. Aber wann immer sie von Euch getrennt ist, weint sie, und niemand kann sie besänftigen.«

»Jetzt bin ich ja wieder da.« Lächelnd setzte sich Allora vor den Kamin und stillte ihre Tochter. Ein heißes Glücksgefühl stieg in ihr auf. Vor nicht allzu langer Zeit hatte sie geglaubt, sie würde ihr geliebtes Kind nie wieder im Arm halten.

Als das Baby gesättigt war, wandte sie sich zu Mary und sah, daß Bret hereingekommen war. Die Zofe nahm ihr Brianna ab und trug sie hinaus.

»Künftig muß ich dich wohl in den Nordturm sperren, bevor ich abreise, Lady«, eröffnete Bret das Gespräch. »Mit Elysias Hilfe konntest du den armen Jarrett mühelos um den Finger wickeln. Und dann hast du auch noch sein Pferd gestohlen.«

»Ich — ich wollte nichts Böses . . .«

»Das weiß ich. Mittlerweile hat Elysia ein Geständnis abgelegt, wenn auch etwas verspätet.«

»Dann weißt du . . .«

»Daß sie ein Kind von David erwartet? Aye. Und ich habe auch erkannt, wie innig sie ihn liebt. Ehe er damals die Festung verließ, vertraute er mir an, sie würde ihm sehr viel bedeuten. Mein Vater scheint keine Einwände gegen eine Heirat zu erheben, wenn er auch nichts von Elysias Zustand ahnt. Natürlich müssen die beiden so schnell wie möglich getraut werden — falls der junge Schotte überlebt.«

»Oh, er darf nicht sterben!« rief Allora. Sie hatte ihrem Freund, der ihr zuliebe in ein Inferno geritten war, noch nicht einmal gedankt.

Was Bret dachte, verrieten seine Augen nicht. Hochaufgerichtet stand er in seiner Rüstung vor ihr. Nur den Helm hatte er abgelegt. Allora wußte nicht, was er in diesem Moment für sie empfand.

Aber das erschien ihr nicht so wichtig. Er hatte sie gerettet, vielleicht nur um seiner Ehre oder ihres ungeborenen Babys willen. Das alles spielte keine Rolle.

Mit einem halberstickten Schrei warf sie sich in seine

Arme. Durch den Kettenpanzer spürte sie den kraftvollen Schlag seines Herzens. »O Bret, ich verdanke dir mein Leben. Vielleicht verstehst du nicht, was ich für David wagen mußte. Auch er hat sehr viel für mich riskiert und sich tapfer gegen Robert gestellt — sogar gegen seinen Halbbruder ...«

»Das hat mir inzwischen ein Ritter berichtet, der von deinem Onkel zu uns übergelaufen ist. Glaub mir, ich war es nicht, der David verletzt hat. Ob Robert ihm die Stichwunde selbst zugefügt hat, kann ich nicht sagen. Vielleicht nutzte er die Tat eines anderen, um mich des Mordes zu beschuldigen. Jedenfalls kämpfte ich nicht gegen David. Das hätte ich selbst im wildesten Schlachtgetümmel bemerkt, weil ich schon einmal mit deinem tapferen Schotten focht. Und ich hätte niemals den Vater des Babys getötet, das meine Schwester unter dem Herzen trägt. Außerdem ist er nicht mehr mein Feind, seitdem er mir Treue geschworen hat.«

»Natürlich weiß ich, daß Davids Wunde nicht von deinem Schwert stammt. Das hat Robert nur behauptet, um seine Leute gegen dich aufzuhetzen. Mein Freund tat sein Bestes, um mir zu helfen, aber er wurde ebenfalls gefangengenommen. Vielleicht hätten sie auch ihn zum Tode verurteilt. Robert ... Er ist besessen von dem Wunsch, dich sterben zu sehen.«

»Also hast du's endlich begriffen?«

»Aye. Schon bevor er eigenhändig den Scheiterhaufen anzündete, erkannte ich, daß er vor nichts zurückschrecken würde, um sein Ziel zu erreichen. Und dann kamst du, um mich aus der Flammenhölle zu holen ...« Tränen rollten über ihre Wangen.

»O ja!« Behutsam hob er sie hoch, setzte sich mit ihr aufs Bett, wiegte sie hin und her. »Weil ich mir ein Leben ohne dich nicht vorstellen konnte — und weil ich dich über alles liebe.«

Voller Leidenschaft preßte sie ihre Lippen auf seinen

Mund. »Und ich liebe dich, bei Gott! Als ich festgebunden auf dem Scheiterhaufen stand und dem Tod ins Auge blickte, zog die Vergangenheit an mir vorbei. Ich dachte an alles, was ich zurücklassen mußte — meine Insel, den Himmel und die Sonne, das stürmische Meer — Brianna und mein ungeborenes Kind ... Und da erkannte ich, was ich am schmerzlichsten vermissen würde — dich und das Glück meiner Liebe!«

Lächelnd erwiderte er ihren Kuß, dann stand er auf, um seine Rüstung abzulegen, die Tunika und das Hemd, setzte sich wieder auf den Bettrand und schlüpfte aus den Stiefeln. »Das alles wollen wir vorerst vergessen. Ich möchte nur mehr an dich denken, dich spüren, dich lieben ...«

In wachsendem Verlangen küßten sie sich. Allora schlang die Finger in sein Nackenhaar, strich über seinen Rücken und hielt bestürzt inne, als sie eine geschwollene Stelle berührte. Dann spähte sie über eine Schulter und entdeckte einen bläulichen Fleck. An dieser Stelle hätte ihn jenes Schwert durchbohrt, wäre er nicht vom Kettenpanzer beschützt worden.

»Oh, du bist verletzt ...«

»Unsinn!«

»Das muß weh tun ...«

»Dann lindere den Schmerz — mit einem Kuß!« bat er lachend, ließ sie los und drehte sich auf den Bauch.

Liebevoll ließ sie ihre Lippen über die verfärbte Haut wandern. »Ist es jetzt besser?« wisperte sie und löste sein Hosenband.

Statt einer Antwort stöhnte er nur. Dann fuhr er plötzlich herum und riß ihr die Kleider vom Leib.

»Oh, ich hätte mich *gehorsam* für dich ausgezogen«, neckte sie ihn.

»Mit diesen Kleidern könntest du ohnehin nichts mehr anfangen. Sie sind zerfetzt und schmutzig und verkohlt.« Ungeduldig entfernte er ihre restlichen Kleider, dann drückte er Allora fest an sich. »Durch tausend Flammenhöllen wäre ich gegangen, nur um dich wieder in den Armen zu halten ...«

Während er ihren Hals und ihre Brüste küßte, half sie ihm, die Hose abzustreifen. Endlich verschmolzen sie miteinander, die Zärtlichkeit steigerte sich zu stürmischer Begierde.

Allora schlang die Beine um Brets Hüften, die Arme um seine Schultern. In immer schnellerem Rhythmus strebten sie der höchsten Ekstase entgegen.

Und diesmal gab es nichts, was Alloras Glück trübte. Denn im Augenblick ihrer Erfüllung, hörte sie ein atemloses Flüstern. »Oh, ich liebe dich, ich liebe dich, ich liebe dich, ich liebe dich ...«

In einem goldenen Regen schien die Welt zu bersten.

Erschöpft und zufrieden schlief Allora in den Armen ihres Mannes ein. Aber er fand keine Ruhe, während er sie festhielt. Zu viele Dinge gingen ihm durch den Sinn, zu viele Probleme waren ungelöst.

Als es leise an der Tür klopfte, schob er seine Frau vorsichtig beiseite, stand auf und zog sich an.

Noch bevor er auf Zehenspitzen aus dem Zimmer schlich, erfaßte ihn ein seltsames Unbehagen. Wurde sein Glück von neuen Gefahren bedroht?

27

Jarrett stand vor der Tür, das blasse Gesicht angespannt und müde.

»Was ist geschehen?« fragte Bret bestürzt. »O Gott, David ...«

»Nein, nein, der Schotte schläft. Bitte, folgt mir in die Halle hinunter, Mylord. Euer Vater erwartet Euch. Vor kurzem ist eine Nachricht eingetroffen.«

Bret eilte hinter seinem Ritter die Stufen hinab und sah Alaric am großen Tisch sitzen, über eine Schriftrolle gebeugt.

»Nun, was gibt's?« fragte Bret und ging zu ihm. Jarrett zog sich in den Hintergrund der Halle zurück.

»Welch ein wildes, gefährliches Land!« bemerkte Alaric. »Nicht einmal der Eroberer wagte sich in dieses Grenzgebiet. Offensichtlich ist Robert Canadys ein sehr hartnäckiger Gegner.«

»Wie meinst du das?«

»Eine Stunde vor Sonnenuntergang sollst du ihn auf der Sandfläche treffen — allein. Dort will er eine endgültige Entscheidung herbeiführen. Er schreibt, der Allmächtige würde auf seiner Seite stehen, weil du ein verdammter normannischer Bastard und ein gemeiner Mörder bist, der die Far Isle ins Verderben gestürzt habe ...« Seufzend zuckte Alaric die Achseln und verstummte.

Bret fluchte, entriß seinem Vater das Pergament und überflog die beredsamen Zeilen. Dann schleuderte er den Brief ins Kaminfeuer. »Am liebsten würde ich ihn in Stücke reißen!« fauchte er, an das steinerne Sims gelehnt.

»Immerhin bietet er dir einen fairen Zweikampf an.«
»Soll ich mich von ihm ermorden lassen — oder den

engsten Verwandten meiner Frau töten? Dann würde Allora mich für alle Zeiten verdammen.«

»Ich glaube, da irrt Ihr Euch.«

Verwirrt drehten sich alle drei Männer um. David stand schwankend am Fuß der Treppe. Eine Hand preßte er auf den Verband, der um seine Taille geschlungen war, mit der anderen umklammerte er das Geländer.

»Seid Ihr verrückt, Sir?« rief Bret. »Beinahe wärt Ihr gestorben. Warum bleibt Ihr nicht im Bett?«

»Ich hörte einen Boten kommen und gehen.« Heftige Schmerzen verzerrten Davids Züge. »Und da man mich unbedingt schlafen lassen wollte, mußte ich mich wohl oder übel herunterbemühen, um zu erfahren, was...«

Verblüfft unterbrach er sich, als sein Blick auf Alaric fiel.

»Der Earl of Haselford«, erklärte Bret. »Mein — und auch Elysias Vater.«

Sofort bereute er sein boshaftes Lächeln, denn David wurde noch bleicher. »Oh — Mylord«, stammelte er, verbeugte sich tief und geriet beinahe aus dem Gleichgewicht. Hastig sprang Jarrett hinzu und stützte ihn.

»Fallt bloß nicht in Ohnmacht, David!« mahnte Bret leichthin. »Nachdem Ihr meinen Vater kennengelernt habt und immer noch auf beiden Beinen steht, könnt Ihr mir die leidige Sache abnehmen und ihn um Elysias Hand bitten.«

Da stieg das Blut dunkelrot in Davids Wangen, was Bret mit einer gewissen Genugtuung beobachtete. Nun stand es zweifelsfrei fest — der Mann würde nicht sterben.

»Mylord...«, begann David.

»Schon gut«, unterbrach ihn Alaric. »Jarrett, bringt den dummen Jungen ins Bett, damit er wenigstens lange genug am Leben bleibt, um mein armes Mädchen zu heiraten.«

»Aye, Mylord«, stimmte Jarrett bereitwillig zu.

»Einen Augenblick!« bat David. »Laßt Euch nicht von

Robert täuschen, Bret. Da er Euch abgrundtief haßt und mit aller Macht die Far Isle regieren will, wird er vor nichts zurückschrecken, um Euch zu töten.«

»Danke für die Warnung.«

»Ihr dürft nicht gegen ihn kämpfen ...«

»Jarrett, bringt den wackeren Narren ins Bett!« befahl Bret. »Meine Schwester soll auf ihn aufpassen. Dann wird er's nicht mehr wagen, sich von seinem Krankenlager zu erheben.«

»Aye, Mylord«, stimmte Jarrett zu.

»Nur eins müßt Ihr noch wissen!« warf David hastig ein. »Diese Wunde verdanke ich meinem Halbbruder. Duncan ist ebenso fanatisch wie Robert ...«

»Nochmals — vielen Dank für die Warnung«, fiel Bret ihm energisch ins Wort. »Jarrett ...«

»Aye, ich soll ihn ins Bett bringen.« Jarrett nahm David auf die Arme und taumelte ein wenig unter dem Gewicht des großen Ritters, ehe er ihn die Treppe hinauftrug.

»Hast du gut zugehört, mein Sohn?« fragte Alaric leise, und Bret nickte.

»Trotzdem muß ich gegen Robert kämpfen. Wenn ich mich hinter den Festungsmauern verkrieche, bin ich in den Augen seiner Leute der feige Mörder, als den er mich heute hinstellen wollte.«

»David ist doch am Leben.«

»Was mich betrifft — mein Wort wird den Grenzland-Lairds nicht genügen. Und einen Halbtoten kann ich nicht da hinausschicken, um meine Unschuld zu beweisen.«

»Heute nicht, aber vielleicht morgen oder übermorgen.«

Bret schüttelte entschieden den Kopf. »Je länger wir die Entscheidung hinauszögern, desto mehr Männer werden sterben — und desto schwerer wird es uns fallen, mit den Lairds Frieden zu schließen. Robert schreibt, er würde mich auf der Sandfläche erwarten. Allein. Eine Stunde vor Sonnenuntergang. Also wird das Meer die Leiche des Besiegten davonspülen.«

»Oder es schneidet seinen Leuten den Weg ab, falls sie auf dem Festland im Gebüsch lauern, um notfalls über dich herzufallen.«

»Aye, Vater.« Müde rieb Bret über seine Schläfen. »Und deshalb muß ich ihn töten, bevor mich die Flut von der Far Isle trennt.«

Allora erwachte und stellte verwirrt fest, daß sie allein im Bett lag. Von einer bösen Vorahnung getrieben, stand sie auf, kleidete sich an und rannte aus dem Schlafzimmer.

In der Halle traf sie nur Vater Jonathan, der vor dem Kamin saß und mit sich selber redete.

»Vater!« rief sie und eilte zu ihm. »Wo sind sie denn alle? Wo steckt mein Mann?«

Mit trüben, geröteten Augen erwiderte er ihren Blick. Offenbar sprach er schon seit einiger Zeit dem Wein zu, der auf dem Tisch bereitstand. »O Mylady, niemals führte ich Böses im Schilde. Aber — ich verriet ihnen immer, was hier geschah.«

»Ich weiß nicht, wovon Ihr redet, Vater, sagt mir doch ...«

Erstaunt verstummte sie, als er ihr Handgelenk umklammerte. »Glaubt mir, ich wollte Euch niemals schaden, Lady. Und doch — nachdem Ihr aus London zurückgekehrt wart, schickte ich Informanten zu den Normannen. Vielleicht könnt Ihr meine Beweggründe verstehen ... Zu Lebzeiten unseres guten Königs Harold war ich ein halbverhungertes Waisenkind. Vater Damien holte mich buchstäblich aus der Gosse, lehrte mich lesen und schreiben, und dann veranlaßte er sogar den König, mich zu unterstützen, damit ich Priester werden konnte. Nachdem Ioin das Amt des Lairds von der Far Isle übernommen hatte, wurde ich hierhergeschickt. O Mylady, wie oft hielt ich Euch im Arm, als Ihr ein kleines Mädchen wart ... Aber als Vater Damien wissen wollte, was sich hier ereignete, verständigte ich ihn. Mit meiner Hilfe blieben die Normannen stets auf dem laufenden ...«

Früher wäre sie empört gewesen. Aber jetzt ... »Das spielt keine Rolle, guter Vater Jonathan. Falls ihr meinem Mann geholfen habt, die Festung zu erobern, so danke ich Euch, denn ich liebe ihn. Und nun sagt mir bitte, wo er ist.«

Der Priester gab ihr keine Antwort. Aber sie erfuhr von jemand anderem, was sie wissen wollte.

»Draußen auf der Sandfläche. Er kämpft gegen Robert.«

Bestürzt drehte sie sich um und sah David die Treppe herabsteigen, auf die Schulter ihrer Schwägerin gestützt. »Du solltest doch im Bett bleiben! Elysia ...«

»Tut mir leid, er wollte unbedingt herunterkommen. Und er sagte, notfalls würde er auf allen vieren kriechen, weil er Bret helfen muß ... Er behauptet, wenn dein Mann die Oberhand gewänne, würde Robert seine Ritter herbeirufen, die sich auf dem Festland verstecken. Und David will sich den Lairds zeigen, um zu beweisen, daß er noch lebt — und was für ein niederträchtiger Schurke sein Halbbruder ist.«

Mit großen Augen starrte Allora die beiden an. »Ich — ich verstehe nicht ...«

»Robert hat Bret geschrieben, er würde ihn eine Stunde vor Sonnenuntergang auf der Sandfläche erwarten«, erklärte Elysia. »Jetzt müssen sie schon draußen sein.«

»Großer Gott!« flüsterte Allora, stürmte in den Hof hinaus und sah die Wachtposten in dichtgeschlossenen Reihen an der Brustwehr stehen. Angstvoll lief sie die nächstbeste Treppe hinauf und drängte sich zwischen die Leute.

Tatsächlich — langsam und vorsichtig ritten Bret und Robert um einander herum. Allora blickte zum Himmel und versuchte abzuschätzen, wann das Meer steigen würde. Wieviel Zeit blieb den Kämpfern noch?

Bret parierte den ersten Schwertstreich ihres Onkels. Immer wieder griff Robert an. Als er zögerte, um einen Vorteil abzuwarten, stach sein Gegner zu und schlug ihm die Waffe aus der Hand. In hohem Bogen fiel Robert aus dem Sattel.

Blitzschnell rollte er um die eigene Achse und packte sein Schwert. Auch Bret — in seinem Kettenpanzer, aber ohne Helm — stieg von Ajax' Rücken und ging zu seinem Feind, der aufsprang und ihn erneut attackierte.

Die Schwerter prallten klirrend aufeinander, ein kraftvoller Hieb zwang Robert Canadys in die Knie. Doch er hielt mit aller Kraft dagegen.

Plötzlich hörte Allora ihren Onkel schreien: »Jetzt! Jetzt!«

Aus dem nördlichen Wald rannten mehrere Schotten, mit Schwertern, Dolchen und Streitkolben bewaffnet. Nun erkannte Allora die Strategie, die ihr Onkel anwenden wollte. Vor dem Festland würde das Wasser den Boden erst später überspülen als den der Insel. »Nein!« schrie sie, während die Ritter ihres Onkels zu Bret stürmten.

Aber ihre Stimme wurde von einem durchdringenden Befehl übertönt.

»Bogenschützen!«

Verblüfft wandte sie sich zur Seite. Etwas weiter unten an der Brustwehr stand Alaric d'Anlou inmitten seiner Ritter. Ein Pfeilhagel flog in die Luft, Schmerzensschreie erklangen, einige Schotten rückten weiter vor, andere brachen zusammen.

»Noch einmal!« rief Alaric.

»Legt an — schießt!«

Ein zweiter tödlicher Regen prasselte herab. Die meisten Schotten zogen sich ins Gebüsch hinter dem Strand zurück. Aber ein paar Unentwegte rannten weiter. Besorgt prüfte Allora den Sonnenstand. Bald würde die rote Kugel hinter dem Horizont versinken und das Meer anschwellen ...

Zielstrebig steuerten zwei Schotten auf Bret zu. »Nein!« klagte Allora. »Lieber Gott, nein ...«

»Bogenschützen! Schießt!« befahl ihr Schwiegervater.

Doch ein weiterer Schottentrupp stürmte aus dem Gestrüpp. Mit einem einzigen Schwertstreich hatte Bret die beiden ersten Angreifer zu Boden gestreckt. Aber nun zwang ihn Roberts Attacke auf die Knie. Taumelnd erhob er sich.

Diesen Kampf konnte Allora nicht länger mit ansehen. Sie mußte ihm ein Ende bereiten, und so rannte sie die Stufen hinab. Im Hof traf sie David und Elysia. »Reitest du mit mir, David?« bat sie. »Kannst du auf ein Pferd steigen?«

»Aber seine Wunde wird sich öffnen ...«, sagte Elysia.

»Und dein Bruder könnte sterben«, erwiderte Allora tonlos.

»Natürlich begleite ich dich«, erbot sich David.

Sie eilte in den Stall, wo sich niemand blicken ließ. Sogar die Reitknechte standen an der Brustwehr, um den Kampf zu beobachten. Hastig sattelte sie die nächstbesten zwei Pferde und führte sie in den Hof. Elysia half David, auf den Rand eines Trogs zu steigen und sich von dort in den Sattel zu hieven.

»Aber das Tor ist geschlossen«, erklärte er Allora, die das andere Pferd bestieg.

»Das weiß ich. Wachtposten, öffnet das Tor!«

Doch der Befehl wurde mißachtet, und ihr Schwiegervater starrte von der Brustwehr herab. »Allora! Du sollst doch im Bett liegen!«

»Und du solltest in York sein!«

»Bitte, du darfst dich nicht in Gefahr bringen ...«

»Ohne deinen Sohn kann ich nicht leben. Glaub mir, wir wissen, was wir tun.«

»Wir? Du willst diesen halbtoten Schotten mitschleppen?«

»Aye, Mylord, hier bin ich!« verkündete David.

»Ich flehe dich an, laß uns hinaus, Alaric!« beschwor Allora ihren Schwiegervater. »Es ist so wichtig, daß David vor unseren Feinden erscheint.«

»Aber wenn ihr in unseren Pfeilhagel geratet ...«, warf Alaric ein.

»Wir nehmen uns in acht!« versprach Allora. »Bitte, Vater! Bret kämpft gegen so viele Männer ...«

»Aye, und er steht seinen Mann.«

»Allzulange kann er nicht mehr durchhalten. Außerdem wird das Meer jeden Augenblick steigen.«

»Öffnet das Tor!« rief Alaric, und Allora wartete ungeduldig, bis die schweren knarrenden Türflügel auseinanderschwangen.

»Komm, Allora!« Die Zähne zusammengebissen, eine Hand auf seinen verletzten Bauch gepreßt, ritt David voran. Mit einem kräftigen Schenkeldruck spornte sie ihr Pferd an und folgte ihm. Der Sand unter den Hufen war bereits weich und feucht ...

Inzwischen hatte sich der Kampfschauplatz immer mehr in die Nähe des Festlands verlagert. Tapfer wehrte sich Bret gegen seine Angreifer. Allora und David galoppierten bis auf wenige Schritte an das Getümmel heran, dann zügelten sie die Pferde, und sie rief erbost: »Onkel!« Sofort verhallte das Klirren der Schwerter, und Bret drehte sich keuchend um. Ringsum lagen die Leichen der Männer, die ihn zu töten versucht hatten. Und Robert stand wie erstarrt zwischen mehreren Grenzland-Lairds.

»Du hast mich eine Verräterin genannt und zum Tode verurteilt, Onkel, und meinen Mann des Mordes an David of Edinburgh bezichtigt!« fuhr Allora fort. »Aber wie ihr alle seht, sitzt David auf dem Pferd an meiner Seite! Nachdem er seine Verletzung mit Hilfe meines normannischen Gemahls überlebt hat!«

»Aye, Robert!« schrie David. Schmerzlich krampfte sich Alloras Herz zusammen, als ihr bewußt wurde, welche Mühe ihn das kosten mußte. »Aye, Robert, du hast den

Normannen fälschlich beschuldigt! Alles Lüge! Mein Halbbruder Duncan versuchte, mich zu erstechen! Im Glauben, ich wäre tot, scheuchte er mein Pferd aus dem Wald, so daß mich alle sehen mußten!«

Drückende Stille folgte diesen Worten. Dann donnerte Robert: »Du verlogener Bastard! Heimtückischer Verräter! Du hast dich auf die Seite unserer Feinde gestellt ...«

»Aye! Lieber gehöre ich ihnen an als dir. Du bringst Schande über unseren ganzen Clan, Robert. Und deine Habgier hat dich in den Wahnsinn getrieben!«

»Du bist es, der den Verstand verloren hat!« zischte Robert. »Und der Normanne muß sterben!« Entschlossen hob er seine Waffe und wandte sich zu den Lairds. »Tötet ihn!«

Aber die Krieger gehorchten nicht. Verwundert starrten sie David an, der hoch aufgerichtet im Sattel saß. Robert stürzte sich allein auf seinen Gegner, und Bret schwang instinktiv sein Schwert.

Tief bohrte sich die Klinge in Roberts Brust, keuchend sank er auf die Knie. Allora beobachtete erstaunt, wie Bret vortrat, um ihren Onkel zu stützen.

Während Robert die Handgelenke ihres Mannes umklammerte, ließ Bret ihn langsam zu Boden gleiten. »Bei allen Heiligen, Normanne, du hast gewonnen!« würgte Robert hervor. Dann schloß er die Augen. Seine Finger ließen Bret los, und er fiel zu Boden.

Plötzlich erklang hinter Bret ein gellender Schrei. Er drehte sich um, gerade noch rechtzeitig, um Duncan heranstürmen zu sehen, mit hoch erhobenem Dolch. Hastig wich Bret zurück.

Um Robert festzuhalten, hatte er sein Schwert fallen lassen, und nun war er seinem Angreifer wehrlos ausgeliefert.

»Helft ihm!« forderte Allora die schottischen Lairds auf. »Helft ihm!«

Doch sie rührten sich nicht von der Stelle, völlig überrumpelt von den unerwarteten Ereignissen. Nun konnte Allora die Warnung ihres Schwiegervaters nicht länger beachten. Ehe Duncan ihren Mann attackieren konnte, galoppierte sie zwischen die beiden Männer. Immer schneller stieg die Flut, und im letzten Augenblick riß Bret sein Schwert aus den bitterkalten Wellen, die bereits seine Stiefel umspülten.

Von Alloras Pferd abgedrängt, strauchelte Duncan. Doch er fand sein Gleichgewicht sofort wieder und stürzte sich auf seinen Widersacher.

Bret war vorbereitet. Mit beiden Händen schwang er sein Schwert empor, aber Duncan schleuderte ihm Wasser und Sand in die Augen.

Nachdem Bret kurz geblinzelt hatte, griff er seinen Gegner an, der zurückwich und gegen Davids Pferd prallte.

»Mein Bruder!« stieß David heiser hervor, und Duncan drehte sich ruckartig um, den Dolch gezückt.

Ohne Zaudern zog David seine eigene Waffe aus der Scheide und stach sie in den Hals seines Halbbruders. Röchelnd kippte Duncan vornüber und wurde von den Meereswellen verschlungen. Allora beobachtete ihn voller Grauen, dann begegnete sie Brets Blick. An den Beinen ihres Pferdes stieg kaltes Wasser empor. Sie konnte schwimmen und sich an Land retten, aber David würde es niemals schaffen. »Die Far Ilse erreichen wir nicht mehr!« rief sie verzweifelt.

»Wir reiten zu unserem neuen Schloß auf dem Festland«, entschied Bret.

»Dort lauern immer noch die Männer meines Onkels.«

»Die werden uns wohl kaum aufhalten.« Er sprang auf Ajax' Rücken und musterte David, der sich nur noch mühsam im Sattel hielt. »Nun, närrischer Schotte, kommt Ihr zurecht?«

»Aye, mein edler normannischer Oberherr. Nur um Euch zu ärgern, werde ich noch ein Weilchen leben!«

»Allora, wir nehmen ihn in die Mitte!« rief Bret. »Beeilen wir uns!«

So schnell sie konnten, sprengten sie zwischen Roberts keuchenden Kriegern hindurch, die sich an Land retteten.

Am Strand angekommen, glaubte Allora, ihr Mann würde die neue Festung ansteuern. Statt dessen zügelte er sein Schlachtroß und rief den Schotten zu, die herangewateten oder sich in den Büschen versteckten: »Hört mir zu! Niemals habe ich Ioin Canadys oder seinem Bruder Robert nach dem Leben getrachtet. Und jetzt bin ich des Blutvergießens müde. Bereitwillig ergriff David of Edinburgh die Hand, die ich ihm reichte, um Frieden zu schließen. Er weiß, wie ernst ich mein Friedensangebot meine. Dieses Land beansprucht ihr für Malcolm, obwohl er es für englisches Gebiet erklärt hat. Die Angelegenheit soll den Königen erneut vorgetragen werden. Wenn sie beschließen, das Territorium dem englischen Reich zuzuordnen, schwört ihr mir den Treueeid, und ich beuge mich vor William Rufus. Sollten eure Ländereien in Malcolms Hände übergehen, legt ihr ebenfalls den Treueeid vor mir ab — und ich unterwerfe mich ihm!«

Für einen Augenblick herrschte tiefe Stille. Dann brach lauter Jubel aus.

Erstaunt beobachtete Allora den ersten Schotten, der zwischen den Büschen hervortrat. Es war der alte Andrew, der zu ihr eilte. »Verzeiht mir, Mylady, verzeiht uns allen! Niemals dachten wir, Robert würde Euch tatsächlich zum Tode verurteilen — und den Scheiterhaufen selbst anzünden.« Zu Bret gewandt, hielt er ihm sein Schwert entgegen, mit gesenktem Griff.

»Behaltet Eure Waffe, mein Freund«, sagte Bret leise.

Andrew küßte seine Klinge und schrie: »Friede mit uns allen! Bret d'Anlou, ich schwöre Euch Treue bis zum Tod!«

Im rötlichen Abendlicht trat ein Ritter nach dem anderen heran, um seinen Treueeid abzulegen. Zusammengesunken saß David im Sattel, fiel immer wieder vornüber, und Allora mahnte: »Wir müssen ihn ins Bett bringen!« Ohne auf ihren Mann zu warten, ritt sie zum Festlandschloß, und Davids Pferd folgte ihr. Die Wachen, die auf den Zinnen postiert waren, beobachteten ihre Ankunft und ließen das Tor öffnen.

Im Hof sprang Allora vom Pferd und eilte zu David, dessen schwerer Körper auf sie herabsank. »Helft mir!« befahl sie den Kriegern, und sie gehorchten hastig. »Er braucht ein weiches Bett, feuchte Lappen, um seine Stirn zu kühlen ... Oh, wäre Vater Damien doch hier!«

»Mach nicht so ein Aufhebens, Allora!« stöhnte David, während ihn die Männer auf eine Bahre legten. »Da ich deinem Mann einen Eid geschworen habe, muß ich am Leben bleiben, um mein Wort zu halten.«

»Jetzt mußt du erst einmal schlafen.«

Er nickte, und die Ritter trugen ihn in ein Schlafgemach. Langsam durchquerte Allora den kahlen Hof der neuen Festung. Durch das offene Tor sah sie ihren Mann heranreiten — Ajax schneeweiß vor dem dunkelroten Zwielicht, Bret eine schwarze Silhouette. Glücklich rannte sie zu ihm, und er sprang aus dem Sattel, um sie in die Arme zu nehmen. Er hob sie hoch und wirbelte sie im Kreis herum. Mit beiden Händen umfaßte sie sein Gesicht und küßte ihn.

»O Gott, Lady, wir haben's geschafft!«

»Aye!«

»Aber — ich habe deinen Onkel getötet.« Etwas ernüchtert stellte er sie wieder auf die Beine.

»Aye.«

»Soll das heißen, daß du nicht gekränkt bist?«

»Doch, es kränkt mich, daß er mich sterben sehen wollte — nur weil ich dich liebe.«

Er drückte sie wieder an sich, so fest, als wollte er sie nie wieder loslassen. »O Allora ...«

»Jetzt bist du der Laird von der Far Isle, der Oberherr.

Doch das Oberhaupt des Clans Canadys kannst du niemals werden, ebenso wenig wie ich. Dieses Amt muß David übernehmen, Bret. Dann werden wir ein friedliches Leben führen.«

»Ja, das hoffe ich von ganzem Herzen.«

»Hast du's ernstgemeint?« Sie rückte ein wenig von ihm ab und schaute forschend in seine Augen. »Du würdest dich auch vor Malcolm beugen?«

»Aye, und was ich verspreche, pflege ich zu halten. Ich werde die Sache vor beiden Königen zur Sprache bringen. Sollen sie sich eine Zeitlang herumstreiten, aber ich werde auf eine Entscheidung bestehen. Und was immer sie beschließen, ich will mich fügen.«

»Also würdest du sogar deine Gesinnung ändern?«

»Aye, für die Far Isle.«

»Nur für die Insel?«

Lächelnd neigte er sich herab und küßte ihre Lippen. »Nein, Lady, für die Liebe. Für dich.«

Fünf Tage später traf Fallon ein, zusammen mit Robin und Philip, die sie in Wakefield abgeholt hatten, und mit ihren Töchtern Eleanor und Gwyn. In Windeseile nahm Brets Familie den ganzen Hauptturm in Beschlag.

Sogar Bret schien über die frühe Ankunft seiner Mutter zu staunen. Aber Fallon, die glückstrahlend neben ihrem Mann in der großen Halle stand, winkte gelassen ab. »Ich glaube, mein Sohn vergißt, daß ich in Stamford Bridge mit meinem Vater gegen die Wikinger kämpfte. Dann begleitete ich ihn auf dem wilden Ritt nach Süden, wo er den Tod fand — von Williams Hand. Also bin ich an schnelle Reisen gewöhnt.«

»Laßt euch das eine Warnung sein!« spottete Alaric. Einen Tag nach Fallons Ankunft versammelten sich alle, um Elysias Hochzeit zu feiern. Inzwischen hatte sich David bemerkenswert gut erholt und Alaric gebeten, die Trauung unverzüglich zu gestatten.

Allora half ihrer Schwiegermutter und den Schwägerinnen, die Braut zu schmücken. Fröhlich unterhielten sie sich, und dann erwähnte Elysia die Pflichten einer Ehefrau.

»Aye, meine Tochter!« Lächelnd hob Fallon die Brauen. »Wenn ich mich nicht irre, müssen wir dem Allmächtigen danken, weil er den armen Jungen am Leben ließ — nachdem du ja schon vor der Hochzeit einige deiner Pflichten erfüllt hast.«

»Mutter!« erschrocken schnappte Eliysia nach Luft.

»Wann wird dein Baby das Licht der Welt erblicken?«

»Viel zu früh«, wisperte Elysia.

Aber Fallon drückte ihre Tochter liebevoll an sich und zwinkerte Allora zu. »Unglaublich! Für zwei Enkelkinder bin ich noch viel zu jung.«

»Drei«, wurde sie von Allora verbessert.

»Oh!« Nun umarmte Fallon auch ihre Schwiegertochter. »Wie wundervoll!«

Später nahm Vater Damien die Trauung vor. Diese Ehre wurde ihm zuteil, da Elysia ihn kannte, seit sie denken konnte. Außerdem verdankte ihm der Bräutigam sein Leben. Aber Allora hatte darauf bestanden, daß auch Vater Jonathan an der Zeremonie teilnahm.

Mittlerweile hatten viele Leute Geständnisse abgelegt, und sie fand sein Vergehen nicht so schrecklich. Zwanzig Jahre lang war er auf der Insel ein guter Priester gewesen, und so sollte es bleiben. Auch in Zukunft wollte sie ihn so sehen, wie sie ihn in ihr Herz geschlossen hatte — zuversichtlich, heiter und ein bißchen träge.

Die Hochzeit war schön und stimmungsvoll, und man spürte die innige Verbundenheit zwischen allen Verwandten der Braut. Wehmütig erinnerte sich Allora an ihre eigene Hochzeit und wünschte, sie hätte ihren Mann schon damals geliebt. Doch die Vergangenheit spielte keine Rolle. Nur die Gegenwart und die Zukunft zählten.

Nach der Trauung fand ein ausgelassenes Fest in der

Halle statt. Zu später Stunde begegnete Allora dem durchdringenden Blick ihres Mannes. »Warum mußtest du ihnen ausgerechnet *unser* Schlafgemach zur Verfügung stellen, meine Liebe?«

»Da irrst du dich«, erwiderte sie lächelnd. »In deinem Turm wohnen unsere Eltern. Das Brautpaar habe ich im Nordturm einquartiert. Dort fühlen sich die beiden am wohlsten.« Als Bret verächtlich schnaufte, stand sie auf und ergriff seine Hand. »Für uns habe ich eine ganz besondere Nacht geplant.«

»Tatsächlich? Und wohin gehen wir?«

»Wir stürzen uns in ein Abenteuer.«

»Haben wir davon noch immer nicht genug?«

»Dieses Abenteuer wird dir gefallen.«

Immer noch skeptisch ließ er sich aus der Festung führen.

Am Felsenstrand wartete ein Floß mit Briar und Ajax an Bord. Jarrett ruderte seine Herrschaften und die Pferde zum Festland hinüber. In wachsender Neugier folgte Bret seiner Frau, die durch den Wald vorausritt, zu einer kleinen Jagdhütte, wo sie tagsüber sorgsame Vorbereitungen getroffen hatte.

Ein Feuer brannte im Herd, Wein, Käse und frischgebackenes Brot waren auf einem Tischchen angerichtet, Pelzdecken lagen über dem breiten Bett.

Wohlgefällig schaute Bret sich um. »O ja, Lady, dieses Abenteuer entspricht genau meinem Geschmack«, gestand er und umarmte sie. »Heute abend habe ich dich beoachtet. Und ich las in deinen Augen, was du dachtest — so eine Hochzeit hättest du dir auch gewünscht.«

»Nun, vielleicht war die Trauung nicht allzu erfreulich. Aber dafür hat mich die Hochzeitsnacht entschädigt, ebenso wie viele andere Nächte.«

Er lachte leise. »Dann sollst du auch diesmal auf deine Kosten kommen.«

»Das will ich hoffen! Halt mich fest, bis zum Morgengrauen! Und deine Leidenschaft soll nicht erlöschen, ebenso wenig wie die Flammen im Herd.«

»Meine Leidenschaft — und meine Liebe ...« Eng umschlungen sanken sie auf das Bett, erwärmt vom rötlichen Feuerschein und ihrem Glück.

Heather Graham

Romane von zeitloser Liebe in den Wirren des Schicksals.

04/182

Eine Auswahl:

Tochter des Feuers
04/106

Irrwege der Liebe
04/116

Spiegel der Liebe
04/118

Triumph der Liebe
04/120

Die Normannenbraut
04/128

Der Herr der Wölfe
04/138

Kreuzzug des Herzens
04/143

Die Braut des Windes
04/146

Dornen im Herzen
04/157

Ondine
04/164

Wechselspiel der Liebe
04/171

Rebell der Leidenschaft
04/182

Hafen der Sehnsucht
04/188

Heyne-Taschenbücher

Karen Robards

Romane über das Abenteuer der leidenschaftlichen Liebe.

Sklavin der Liebe
04/41

Freibeuter des Herzens
04/68

Tropische Nächte
04/82

Süße Orchideen
04/108

Fesseln des Herzens
04/123

Sommer des Herzens
04/149

Die Augen der Katze
01/9717

Magische Nächte
01/9969

Schatten im Mondlicht
01/10113

01/9969

Heyne-Taschenbücher